Knaur.

Im Knaur Taschenbuch Verlag sind bereits folgende Bücher der Autorin erschienen:
Zeit für kleine Wunder
Der kleine Schritt zum großen Glück
Sieben kleine Geheimnisse

Über die Autorin:
Sharon Owens wurde 1968 in Omagh, Irland, geboren. 1988 zog sie nach Belfast, um an der Kunsthochschule zu studieren. 2003 erschien ihr erster Roman, der in Irland, England und Amerika ein Bestseller wurde. Sharon Owens lebt mit ihrem Mann und ihrer Tochter in Belfast.

Sharon Owens

Ein Frühling voller Liebe

Roman

Aus dem Englischen von
Angelika Naujokat

Knaur Taschenbuch Verlag

Die englische Originalausgabe erschien 2008 unter dem Titel
It Must Be Love bei Poolbeg Press Ltd, Dublin.

Besuchen Sie uns im Internet:
www.knaur.de

FSC
www.fsc.org
MIX
Papier aus verantwortungsvollen Quellen
FSC® C083411

Deutsche Erstausgabe Januar 2012
Knaur Taschenbuch

Der Titel erschien bereits im Mai 2010 bei der
Verlagsgruppe Weltbild GmbH.
Redaktion: lüra – Klemt & Mues GbR
Umschlaggestaltung: ZERO Werbeagentur, München
Umschlagabbildung: FinePic®, München
Satz: Adobe InDesign im Verlag
Druck und Bindung: CPI – Clausen & Bosse, Leck
Printed in Germany
ISBN 978-3-426-50419-2

2 4 5 3 1

Für Dermot

Kapitel 1

Es war halb neun an einem eisigen Freitagabend im Dezember. Als Sarah die U-Bahn-Station verließ, empfing sie eine bittere Kälte, und ihre Nase war schon bald feuerrot und tat weh. Der plötzliche Temperatursturz hatte sie wieder einmal – wie jedes Mal zu dieser Jahreszeit – völlig überrascht. Sie hastete die Straße entlang und betrat die elegante Eingangshalle des Gebäudes, in dem sie wohnte, stieg die vier Stockwerke im Eilschritt hinauf (was für gewöhnlich ihre einzige sportliche Betätigung darstellte) und war beinahe am Ziel. Doch wo hatte sie nur ihren Schlüsselbund mit dem grünen Apfelanhänger hingesteckt?

»Liebling, ich bin wieder da!«, rief sie fröhlich, obwohl an den meisten Abenden niemand zu Hause war, der ihr eine Antwort geben konnte.

Ihr Verlobter, Mackenzie, lebte den größten Teil des Jahres auf seinem Landsitz in der Nähe eines kleinen Dorfes namens Glenallon an der Ostküste Schottlands, ungefähr vierzig Autominuten von Edinburgh entfernt. Der Landsitz hatte im Jahre 1776 einmal den romantisch klingenden Namen Thistledown erhalten, was aber nichts weiter als Distelwolle hieß, und in Wirklichkeit handelte es sich um ein nüchternes, zugiges Anwesen. Ein vierstöckiges Herrenhaus im gotischen Stil mit drei Türmchen, vier Wasserspeiern und einer alten schwarz gestrichenen Haustür. Die Tatsache, dass sich das Gebäude an den Klippenrand klammerte, verhieß zwar in Sarahs Augen nichts Gutes, aber Mackenzie war überaus stolz auf das Haus. Und da Sarah ihn von ganzem Herzen liebte, hatte sie sich vorgenommen, Thistledown nach der Hochzeit ebenso zu mögen wie er.

Bis dahin war das Apartment mit der renommierten Londoner Adresse ihr hübscherer Wohnort und die Möbel dort wesentlich komfortabler. Am Ende der Straße gab es einen kleinen Marks & Spencer, und gleich um die Ecke befanden sich zwei traumhafte Boutiquen. Die Wohnung hatte zur Hinterlassenschaft von Mackenzies Vater gehört, und Sarah wohnte nun schon seit drei Jahren hier – seit sie sich nach zwei Jahren ihrer Beziehung verlobt hatten.

Mackenzie kam sooft es seine Zeit erlaubte nach London, und sie besuchte ihn fast jedes Wochenende in Thistledown. Trotzdem war diese Fernliebe manchmal eine ziemlich einsame Angelegenheit. Da war es ganz nett, so zu tun, als würde Mackenzie in der Küche herumwerkeln oder unter der Dusche singen oder die Abendzeitung lesend in seinem Lieblings-Lehnsessel sitzen, wenn Sarah von der Arbeit nach Hause kam.

Sarah stellte ihre große, schwarze Lackhandtasche auf den Flurtisch und schaltete ein paar Elektroradiatoren ein. Sie musste zu ihrem Verdruss eingestehen, dass der einzige Nachteil solch hoher Decken darin bestand, dass man im Winter in den eiskalten Räumen ständig fröstelte.

Sie war erschöpft, denn sie hatte den ganzen Tag damit verbracht, Fotos von zartblauen Suppenschüsseln mit Lammauflauf und mehligen Klößen zu machen. Und außerdem noch von einer abenteuerlich hohen Biskuittorte, die mit silbernen Kügelchen und Rosenblättern aus Zuckerguss verziert gewesen war. Sarah war Fotografin und arbeitete zurzeit für eine Kochzeitschrift, ein Hochglanzmagazin mit gehobenen Ansprüchen. »Gastro-Porno« nannte es ihre beste Freundin Abigail immer. Gerichte, die zuzubereiten die meisten Menschen gar nicht in der Lage waren, präsentiert in Häusern, die sich die meisten Menschen nicht leisten konnten, und deren Garnierung Talente erforderte, die die meisten Menschen nicht besaßen, selbst wenn sie sich die Mühe machten, die unendlich vielen Zutaten einzukaufen.

»Eine ganze Flasche teuren Sherry?«, hatte Abigail einmal angemerkt. »Bloß um einen einzigen Teelöffel davon für das Rezept zu verwenden? Wahnsinn. Wer trinkt denn überhaupt noch Sherry? Und wer hat einen langstieligen Servierlöffel rumliegen? Einen Silberlöffel noch dazu, du lieber Himmel!«

»Gib mir nicht die Schuld«, hatte Sarah entrüstet geantwortet. »Ich mache nur die Fotos. Ich tue nur meine Pflicht.«

»Das hat Colonel Tibbets auch gesagt.«

»Wer?«

»Der Pilot der *Enola Gay*, der die Atombombe über Hiroshima abgeworfen hat.«

»Streberin!«

Abigail war immer schon die Klügere gewesen. Sie arbeitete als klinische Psychologin in einer Londoner Klinik, wo sie sich unzähliger Deprimierter und Verwirrter und Verzweifelter annahm. Sarah wusste, dass Abigail ihre Arbeit niemandem gegenüber rechtfertigen musste. Keiner kam auf die Idee, sich über klinische Psychologen lustig zu machen.

Nun ja, sie würde ohnehin nicht mehr lange in der Gastro-Porno-Branche arbeiten, dachte Sarah zufrieden. Denn an Heiligabend würde sie, Sarah Quinn, dreißig Jahre alt, Berufsfotografin und passionierte Fashionista, ihre glanzvolle Karriere im Verlagswesen aufgeben, nach Schottland ziehen und den hinreißenden, wenn auch schon ein wenig in die Jahre gekommenen Gutsbesitzer Mackenzie Campbell heiraten. Sie beabsichtigte, Großmutter Rubys cremefarbenes Satin-Hochzeitskleid mit den vielen verdeckten Knöpfen im Rücken zu tragen, und hatte sich bereits für einen riesigen Brautstrauß aus cremefarbenen Rosen und Efeuranken entschieden. Und ausnahmsweise einmal würde sie bereit sein, ihre bequemen Stiefeletten gegen ein Paar cremefarbene Satinschuhe zu tauschen. Sie zählte schon die Tage, sogar die Stunden bis zur Trauung.

An dem Tag, an dem sie Mackenzie bei einem Foto-Shooting in Thistledown Manor (bei dem auch Thistledown Fine Foods vertreten gewesen war, seine kleine Käse- und Konfitürenfirma) kennengelernt hatte, hatte sie sich gleich rettungslos in ihn verliebt.

Er war groß und breitschultrig und sah mit seinem zerzausten, grau-blonden Haar und den strahlend blauen Augen einfach umwerfend aus. Er war schon einmal mit einer Schönheit namens Jane verheiratet gewesen, aber sie war vor einigen Jahren bei einem Autounfall ums Leben

gekommen. Tragischerweise hatte sie damals gerade ihr erstes Kind erwartet. Natürlich war das alles sehr ergreifend und schrecklich, aber er sprach nur äußerst selten darüber.
Und Sarah respektierte seine Verschwiegenheit und stellte ihm nie irgendwelche Fragen über Jane. Aber sie hatte vor, nach ihrer Hochzeit für Mackenzie da zu sein, so wie er immer für sie da war. Und sie wünschte sich mindestens ein Kind von ihm. Vielleicht auch zwei oder drei. Dann wäre Mackenzie nicht mehr der letzte Campbell von Glenallon, der in Thistledown lebte. (Das Anwesen befand sich immerhin schon seit siebenhundert Jahren im Besitz der Familie.) Sie beabsichtigte, die Wände des Kinderzimmers mit einem Wandbild von zwei sich miteinander verflechtenden Bäumen in zarten Pastelltönen gestalten zu lassen und ein riesiges Gitterbett hineinzustellen, das gegen die Zugluft mit warmem Stoff ausgeschlagen werden sollte. Sie würde die beste Mutter aller Zeiten werden.
Apropos Mutter: Mackenzies Mutter Millicent hatte unbestreitbar etwas von einem Drachen. Und sie lebte ebenfalls in Thistledown. Sie war unerbittlich, was ihren Tagesablauf betraf, war ständig mit irgendetwas beschäftigt, nahm sich niemals Zeit zum Ausruhen und Entspannen. Und Sarah war ein Mädchen aus London, das eigentlich keine Ahnung hatte, wie man nähte oder kochte oder mit Hunden umging (Mackenzie besaß sechs preisgekrönte Deutsch-Kurzhaar-Jagdhunde). In Wahrheit wusste sie so gut wie nichts darüber, wie man einen Landsitz mit einem großen Haus und einer Herde Milchkühe und einem dazugehörigen kleinen Betrieb führte. Aber das alles spielte

eine untergeordnete Rolle. Sie würde es mit der Zeit schon lernen.

»Mit der Zeit«, murmelte sie nun vor sich hin und zog ihre Stiefeletten aus. »Jetzt erst mal etwas trinken, und dann bestelle ich mir eine Pizza.«

Die Wohnung lag dunkel und still da. Sarah ging durch das prachtvolle Wohnzimmer, zog ihren Trenchcoat und den Schal mit dem Pünktchenmuster aus und nahm ein großes Glas und eine Flasche Merlot aus dem Walnussschrank. Sie hatte am Morgen, bevor sie zur Arbeit ging, vergessen, die Vorhänge zu öffnen und nun war das Zimmer kalt und hatte etwas Tristes an sich. Die Wände des Wohnzimmers waren in einem dunklen Graublau gestrichen, und über dem Kaminsims hing ein riesiger Spiegel mit einem klassischen Harzrahmen aus Italien. Tief unten auf der Straße rollte der abendliche Verkehr vorbei, und hin und wieder vernahm Sarah ein ungeduldiges Hupen oder auch ein wütendes Schimpfen, weil wieder einmal jemand in zweiter Reihe vor einem der Läden geparkt hatte, obwohl die Polizei seit kurzem strenger gegen Falschparker vorging. Sarah warf der Rückseite von Mackenzies Lehnstuhl eine Kusshand zu und ließ sich auf das Sofa sinken. Sie öffnete den Schraubverschluss der Weinflasche und goss sich vorsichtig etwas daraus in ihr Glas. Sie wollte nichts auf dem roten Brokatstoff der Polster verschütten.

»Ich werde heiraten«, sagte sie und prostete ihrem Spiegelbild zu. »Ich werde tatsächlich heiraten. Wer hätte das gedacht?«

Es war alles so aufregend! Sie musste unbedingt mit jemandem reden, musste ein weiteres Mal all die Einzel-

heiten durchgehen, die einer Frau so wichtig waren. Sie entschied sich, Abigail anzurufen.
Freitags kümmerte sich Abigail im Krankenhaus immer um den Papierkram, und Sarah hoffte, dass sie nun nicht zu müde sein würde, um über Streichholzheftchen mit persönlicher Note und klitzekleine Schächtelchen mit kandierten Mandeln zu plaudern. Aber Abigail war wohl nicht zu Hause, denn in ihrer eleganten, modernisierten Maisonettewohnung in Chelsea nahm niemand ab. Ihre Freundin wurde nicht müde zu betonen, dass sie weiter hinausziehen und sich etwas Größeres hätte leisten können – obwohl ihre Wohnung auch immerhin zwei Schlafzimmer hatte –, dass sie aber die Ruhe in dem vornehmen Viertel mit seinem alten Baumbestand und den langjährigen Bewohnern schätze, wo jeder jeden kannte. Sarah legte auf und wählte Abigails Handynummer.
»Hallo? Sarah? Du meine Güte, ich bin wohl eingenickt«, murmelte Abigail gähnend. »Gott, dieses Ding hat einen schrecklich lauten Klingelton. Ich muss unbedingt mal herausfinden, wie man den leiser stellt.«
»Tut mir leid«, erwiderte Sarah, die sogleich ein schlechtes Gewissen wegen ihres Anrufs hatte. »Ich wollte dich nicht wecken.«
»Kein Problem. Ich gehe heute besser früh ins Bett. Wie ist es bei dir?«
»Oh, gut. Alles in Ordnung. Ich hatte nur Lust auf einen kleinen Schwatz. Ich bin heute Abend allein. Störe ich dich auch wirklich nicht?«
»Ich liege auf dem Sofa und warte darauf, dass etwas Anständiges im Fernsehen läuft. Solltest du nicht eigentlich schon auf dem Weg zu Mackenzie sein? Erzähl mir bloß

nicht, dass du wieder mal dein Diadem verlegt hast!« Typisch Abigail. Sie zog sie ständig wegen ihres vornehmen Freundes aus dem Landadel auf.

»Ha, ha. Nein, ich bin dieses Wochenende einfach zu müde – wir waren mit unserem letzten Fototermin derart in Verzug geraten, dass wir ziemlich reinklotzen mussten. Ich will auch gar nichts Bestimmtes von dir, einfach nur noch mal über die Hochzeit reden. Ich weiß, dass ich total davon besessen bin, aber sei bitte nachsichtig mit mir. Bist du eigentlich schon dazu gekommen, dir diese hübsche, paillettenbesetzte Haarspange zu kaufen, die dir so gut gefiel? In diesem Antiquitätenladen in Notting Hill?«

»Nein, bis jetzt noch nicht. Aber das werde ich auf jeden Fall machen. Gleich morgen früh. Versprochen.«

»Wird auch Zeit. Die Hochzeit ist schließlich in drei Wochen, und du bist meine Oberbrautjungfer. Außerdem hast du dir noch nicht einmal ein Paar Schuhe gekauft. Wenn du nicht voranmachst, werde ich dir Big Millie auf den Hals hetzen.«

»Sehr witzig.«

»Big Millie wird dir schon zeigen, wo's langgeht. Glaub mir, ich bringe sie dazu, um Mitternacht unter deiner Schlafzimmertür durchzuflutschen und dich zu Tode zu erschrecken.«

Sie brachen beide wie zwei alberne Teenager in Kichern aus, denn Millicent Campbell war in Socken einen Meter siebenundachtzig groß und spindeldürr. Die beiden nannten sie insgeheim Big Millie, und Sarah juxte in Abigails Gegenwart sogar darüber, dass man Big Millie als Käsedraht verwenden könnte, wenn bei Thistledown Fine Foods einmal die Messer abhanden kämen.

»Sie nimmt also trotz des guten Essens in der Vorweihnachtszeit kein Gramm zu?«, fragte Abigail lachend.
»Nein, sie ist auch in ihren Tweed-Klamotten immer noch dünn genug, um problemlos durch den Cheddar zu gleiten«, sagte Sarah prustend.
»Ich kann es kaum erwarten, sie einmal in natura zu sehen!«
Abigail war Millie noch niemals begegnet und kannte sie nur von Fotos.
»Ich finde es nur schade, dass es zu spät ist, ihr noch eine Statistenrolle im neuen Harry-Potter-Film zu verschaffen«, sagte Sarah kichernd. »Mit ihrem langen, schlohweißen Haar und diesen langen Mänteln ist sie eigentlich wie dafür geboren. Ganz abgesehen davon, dass sie sich mit alten Schlössern auskennt. Sie schleicht wie ein Panther die Treppen rauf und runter, völlig geräuschlos. Du weißt nie, wo sie gerade ist. Man kommt nichtsahnend um die Ecke gebogen, und da steht Big Millie und staubt die Geweihe ab, als ginge es um ihr Leben. Also pass bloß auf, was du sagst, wenn du nach Thistledown kommst, versprochen?«
»Versprochen. Ich werde mich benehmen.«
»Warte nur ab, bis du sie kennenlernst. Sie wird dich in Angst und Schrecken versetzen. Im wirklichen Leben ist sie noch viel furchteinflößender als auf Fotos. Und wenn sie einen ansieht, hat man das Gefühl, als könne sie Gedanken lesen.«
»Du bist ganz schön gemein.«
»Ja, ich weiß. Ich bin heute Abend ziemlich aufgedreht, aber das liegt an all der Aufregung. Ich wünschte, die Hochzeit wäre schon morgen früh. Am liebsten wäre ich

in diesem Augenblick in der Kirche. Und Big Millie würde auf ihrem Besen in den Sonnenuntergang reiten, so dass Mackenzie und ich das Haus für eine Weile ganz für uns allein hätten.«

»Mensch! Du solltest den armen Kerl nicht zu hart rannehmen. Immerhin geht er auf die Fünfzig zu. Wir wollen doch nicht, dass er ins Gras beißt, bevor du den Erben in der Wiege und dein Schäflein im Trockenen hast.«

»Und wer ist jetzt gemein? Mackenzie ist in glänzender Form. Ach, ich muss dir unbedingt noch erzählen, was heute bei der Arbeit passiert ist. Am Ende des Shootings, als ich für einen Moment aus dem Zimmer ging, um alles auszuschalten, hat Eliza einen Schokopenis in den Auflauf gesteckt und in dem Moment ein Foto von mir geschossen, als ich zurückkam und sah, wie er zwischen den Klößen in die Höhe ragte. Sie will es heute Abend auf MySpace einstellen. Ich sehe bestimmt lächerlich aus – ich hab nämlich Stielaugen bekommen.«

»Wie witzig! Das muss ich mir ansehen.«

»Es war furchtbar geschmacklos, aber wir haben uns schlappgelacht. Eliza ist unbezahlbar, echt. Sie ist zwar erst seit letztem Jahr beim Magazin, aber ich bin froh, dass ich sie gebeten habe, meine zweite Brautjungfer zu sein. Wir werden beim Junggesellinnenabschied in Thistledown bestimmt viel Spaß haben!«

Alles in allem war es eine sehr nette Unterhaltung zwischen zwei guten Freundinnen an einem ruhigen Freitagabend.

Schade nur, dass Mackenzie lediglich ein paar Meter von Sarah entfernt saß und beinahe jedes Wort mitbekommen hatte. Es war ja schließlich nicht seine Schuld, dass er in dem Lehnstuhl eingeschlafen war, oder? Und dann rechtzeitig wieder aufgewacht war, um mitzubekommen, wie seine Mutter verhöhnt wurde. Er war aus einer Laune heraus nach London gefahren, um Sarah zum Abendessen auszuführen. Aber er war schon seit dem Morgengrauen auf den Beinen, hatte auf dem Hof gearbeitet. Und dann war Sarah auch noch später als sonst von der Arbeit gekommen. Er hatte sich, während er auf sie wartete, ein paar Drinks genehmigt und war in dem Sessel eingeschlummert. Jetzt musste er sie irgendwie wissen lassen, dass er in der Wohnung war. Wahrscheinlich würde sie vor Schreck einen Herzanfall bekommen. Er hüstelte dezent, beugte sich im Sessel nach vorn und winkte Sarah entschuldigend zu.

Wie schon vermutet, bekam sie einen Riesenschreck, ließ das Weinglas fallen, und der dunkelrote Merlot spritzte über den ganzen Teppich. Sie beendete das Gespräch auf der Stelle, ohne sich von Abigail zu verabschieden.

»Was zum Teufel …?«, keuchte sie und schlug erschrocken und zugleich peinlich berührt die Hände vor den Mund.

»Hallo, Sarah.«

»Mein Gott, Mackenzie, was machst du denn hier?«

»Ich wollte dich sehen – was sollte ich sonst hier wollen? Jetzt, wo die Hochzeit unmittelbar bevorsteht, fände ich es schade, wenn wir ein Wochenende getrennt verbringen, das ist alles. Ich wollte deine Unterhaltung nicht belauschen. Aber ich konnte einfach nicht anders. Es war recht aufschlussreich.«

»Es tut mir wirklich leid, dass du das mitangehört hast«, sagte Sarah. »Was ich über Big Millie gesagt habe … ich meine natürlich Millicent, also, das war nur ein Scherz, Mackenzie. Das habe ich nicht ernst gemeint. Du hast das doch nicht etwa für bare Münze genommen, oder? Wir haben nur rumgeflachst.«

»Das macht doch nichts«, erwiderte er und lächelte sie liebevoll an.

Doch es machte durchaus etwas.

Kapitel 2

Abigail schnipste sich ein paar blonde Strähnen ihrer Bobfrisur aus den Augen und strich über eine Falte in ihrem roten Samtkleid – das weit ausgeschnittene, das ihren Busen so wunderbar zur Geltung brachte und sich vorteilhaft um ihre üppige Figur schmiegte.

»Mädels, könnte bitte mal jemand für zwei Sekunden die Musik leiser stellen?«, sagte sie mit lauter Stimme, während sie den perlenden Champagner in sieben hohe Gläser austeilte. »Danke, Eliza. Nicht jede kann eine so geballte Ladung Slade ertragen. Dürfte ich jetzt für einen Augenblick um eure Aufmerksamkeit bitten? Danke. Also, ich möchte einen Toast ausbringen auf unseren Glückspilz hier. Auf Sarah Quinn! Hebt eure Gläser!«

»Prost!«, riefen die Frauen im Chor.

»Prost! Ja, auf unsere Freundin Sarah«, sagte Abigail und zwinkerte der zukünftigen Braut fröhlich zu, um ihr zu zeigen, wie sehr sie sich alle für sie freuten. »Und ich möchte ihr herzlich dazu gratulieren, dass sie sich Schottlands begehrtesten und, wenn ich das hinzufügen darf, attraktivsten Junggesellen, Mackenzie Campbell, geangelt hat! Möge sie nie vergessen, wer ihre besten Freundinnen sind, wenn sie erst einmal Herrscherin über Thistledown

Manor ist. Und viel Glück für Sarah und Mackenzie an ihrem ganz besonderen Tag. Auf den Heiligabend! Hipp, hipp, hurra!«

»Juhu!«, riefen alle und versuchten, so gut es eben mit einem kristallenen Champagnerglas in der Hand ging, zu klatschen.

»Danke, ihr verrückten Hühner«, sagte Sarah lächelnd und hatte Mühe, die Tränen zurückzuhalten. »Danke, dass ihr heute mit mir aus London hergekommen seid, und danke, dass ihr diese wunderbare Zeit mit Mackenzie und mir verbringen wollt. Prost!«

»Juhu!«, riefen sie erneut, und die Musik wurde wieder lauter gedreht.

Es waren noch drei Tage bis Heiligabend, und ein bitterkalter Wind blies über die Klippen herein. Er verursachte seltsame Stöhngeräusche in den Spalten der Schiebefenster, und das kleine Holztor, hinter dem die Treppe zum Strand hinunterführte, war aus dem Schloss gesprungen und schlug unerbittlich auf und zu. Im Wetterbericht der Abendnachrichten war die Rede von Schnee gewesen, der am stärksten entlang der Küste fallen sollte und einige der schwer erreichbaren Dörfer und Dörfchen in der Gegend möglicherweise für Tage von der Außenwelt abschnitt, wenn er gefror. Aber das war Sarah gleichgültig. Ihr Herz schwebte auf den Schwingen des Glücks dahin, denn alles, was ihr wichtig war, befand sich in diesem Haus. Hier in Thistledown Manor. Außer ihren Eltern natürlich, aber die würden es pünktlich hierherschaffen, daran hegte sie nicht den geringsten Zweifel. Ein läppischer Schneesturm konnte Mr. und Mrs. Quinn niemals davon abhalten, an der Hochzeit ihrer einzigen Tochter teilzunehmen. Also war alles am richtigen Ort – sogar der Pfarrer, der reizende und liebenswürdige Reverend James Alexander. Er saß unten, mit seiner entzückenden Frau Susan und ihren beiden bezaubernden kleinen Scotchterriern. Sie hatten früher am Tag vorbeigeschaut, um sich vor der Hochzeit noch einmal mit Mackenzie und Sarah zu unterhalten, und Millicent hatte sie gebeten, zum Essen zu bleiben. Der Reverend und seine Frau befanden sich nun im Gesellschaftszimmer, wo ihnen Millicent bei heißem Portwein und Weihnachtsgebäck Gesellschaft leistete.

Unterdessen veranstaltete Mackenzie mit seinen Freunden seinen Junggesellenabschied in der riesigen Küche auf der Rückseite des Hauses. Und Sarah hatte den Salon oben für ihre Junggesellinnen-Abschiedsparty requiriert. Die Mädels hatten eigentlich vorgehabt, einen Karaoke-Abend im Pub des Dorfes zu besuchen, aber wegen des angekündigten Schneefalls blieben sie zu Hause und versuchten, das Beste daraus zu machen.

Sarah betrachtete wieder einmal das wunderschöne, schlichte Goldarmband, das Mackenzie ihr zur Hochzeit geschenkt hatte. Es lag wohlig um ihr Handgelenk, leuchtete mit tausend sternenhellen Strahlen warmen, gelben Lichts. Er hatte ihr letzte Woche noch gesagt, dass er sie immer lieben würde. Und sogar Big Millie, die ihr einziges Kind abgöttisch liebte und Mackenzie mit großer Fürsorge behandelte, benahm sich ihr gegenüber im Augenblick ausgesprochen freundlich, nachdem sie zu Beginn ihrer Beziehung lange auf Distanz geblieben war. Vielleicht hatte sie Sarahs Liebe zu Mackenzie und Thistledown ja in Frage gestellt. Aber all das gehörte jetzt der Vergangenheit an.

Und das Beste war, dass Mackenzie von nun an den ganzen Tag in ihrer Nähe sein würde. Sie wollten das Gut und den Familienbetrieb gemeinsam führen. Thistledown Fine Foods besaß sogar ein eigenes Logo: ein Kranz aus purpurfarbenen Disteln, der sich um die Silhouette eines Hirsches schlang. Und sie exportierten ihre Erzeugnisse in Weidenkörben, die mit Schottenstoff ausgekleidet waren, in die ganze Welt (im Ausland lebende Schotten waren verrückt danach). Doch trotz all seiner Arbeit konnte Mackenzie, wann immer ihm der Sinn danach stand, auf eine Tasse Kaffee und eine kleine Kuschelrunde nach Hause flitzen. Es war einfach perfekt. Sarah schlang sich die Arme um den Oberkörper. Abigail sah, wie sie versonnen lächelnd in die flackernden Flammen des heimeligen Holzfeuers blickte, und stupste sie spielerisch an.

»Jetzt hör endlich auf, so selig vor dich hin zu grinsen«, sagte sie und tat so, als sei sie sauer auf ihre Freundin, die sie seit der ersten Klasse kannte. »Lass noch etwas Glück für uns andere übrig und denk hin und wieder auch mal an die einsamen, alten Jungfern dieser Welt.«

»Richtig!«, stimmte ihr Sarahs zweite Brautjungfer, die preisgekrönte Stylistin Eliza McKenna zu. »Was sollen wir sitzengebliebenen alten Mädchen denn sagen? Habt Mitleid, holde Dame!« Eliza streckte ihre Hand aus und bewegte sich mit unsicheren Schritten, Gebrechlichkeit heuchelnd, auf Sarah zu. Die sieben Frauen schütteten sich aus vor Lachen. Eliza McKenna war alles andere als ein sitzengebliebenes, altes Mädchen. Ihr Problem bestand vielmehr darin, sich daran zu erinnern, mit welchem Kerl sie gerade zusammen war, damit sie nicht den falschen Namen nannte, wenn sie mit ihm telefonierte. Und sie war obendrein ein echter Spaßvogel – sämtliche Jungs am Set schwärmten für sie. Aber die Mädels waren dennoch schrecklich eifersüchtig auf Sarah und ihren tollen Fang und machten auch gar keinen Hehl daraus.

»Eins kann ich euch sagen«, erklärte Eliza und füllte ihr Glas nach, bevor sie sich wieder hinsetzte. »Ich hoffe nur, dass Mackenzie Campbell ein paar Freunde zum Hochzeitsempfang eingeladen hat, die noch all ihre Gliedmaßen bewegen können. Ein paar Kerle wie der Reverend wären nicht schlecht. Er sieht gar nicht übel aus für einen Geistlichen.«

»Und wenn keiner kommt«, kicherte Sarah, »kannst du ja immer noch auf deinen kleinen Schokofreund zurückgreifen. Ich werde dir die Sache mit dem Foto auf MySpace übrigens noch heimzahlen. Warte nur ab.«

Darüber musste Eliza so lachen, dass sie aus Versehen von der Sofakante rutschte und auf dem Schaffell landete – glücklicherweise, ohne auch nur einen einzigen Tropfen aus ihrem Glas zu verschütten.

»Sieh dich vor, Eliza McKenna«, sagte Abigail warnend, die unbestreitbar die Vernünftige in der Gruppe war.

»O ja, übertreib es nicht mit den Drinks, Eliza!«, stimmte eine der anderen Frauen ein. »Und komm bloß nicht auf die Idee, am Abend vor der Hochzeit so weiterzumachen. Wir wollen doch nicht, dass die zweite Brautjungfer das Kleid vollkotzt.«

»Oder den Reverend«, fügte Sarah kichernd hinzu. »Das hat sie ja schon mal gemacht, stimmt's, Lizzy?«

Und wieder brüllten alle vor Lachen.

»Ich hoffe, Mackenzie und seine Freunde können uns nicht hören«, sagte Abigail lachend und tätschelte liebevoll Sarahs Arm. »Wir wollen sie schließlich nicht vergraulen.«

Der zukünftige Bräutigam und seine Freunde genossen ihren ausgezeichneten Whiskey und einige Platten Wildbraten und sahen sich dabei die Videoaufzeichnung eines wichtigen Fußballspiels an. Millicent hatte sämtlichen Ideen von etwas Gewagterem umgehend einen Riegel vorgeschoben, und ausnahmsweise war Sarah einmal heilfroh, dass ihre zukünftige Schwiegermutter einen so stechenden Blick besaß, der keinen Widerspruch duldete. Auch wenn es niemand laut aussprechen wollte, so war Mackenzie mit seinen neunundvierzig Jahren nun einmal ein Mann reiferen Alters, der zudem seine erste Frau unter tragischen Umständen verloren hatte. Also wäre etwas Anzügliches geschmacklos gewesen. Außerdem wusste Sarah, dass er so etwas auch gar nicht gewollt hätte. Mackenzie war ein echter Gentleman, gütig und weise und die Art von Mensch, die immer das Richtige tat. Ja, Sarahs Leben war einfach zu schön, um wahr zu sein. Sie betrachtete erneut ihr hübsches Armband.

Und dann fiel ihr die Armbanduhr ein.

Die Armbanduhr, die sie zu Mackenzies Geburtstag gekauft hatte. Der heute war, am 21. Dezember. Sie hatte ganz vergessen, sie ihm zu geben!

Was für ein Dussel sie doch war – wie hatte das nur passieren können? Himmel, wahrscheinlich dachte er jetzt, sie hätte seinen Geburtstag vergessen. Welch ein Auftakt zu ihrer Märchenhochzeit! (Das Thema der Hochzeit war »Schwarz und Weiß«, und die Mädels verglichen gerade seufzend vor Vergnügen ihre Kleider und glitzernden Schuhe und die fedrigen Schals.) Brachte es womöglich

Unglück, wenn sie Mackenzie bei seinem Junggesellenabschied sah?

Doch Sarah war nicht abergläubisch. Und Mackenzies Geburtstag war nun einmal heute. Sie konnte ihn nicht verstreichen lassen, ohne ihrem Verlobten einen zärtlichen Kuss zu geben und ihm ihr hübsches Geschenk zu überreichen. Daher überließ sie die kichernden, schnatternden Frauen dem Champagner, warf einen prüfenden Blick in den Spiegel über dem Kamin, um sicherzugehen, dass ihr mittellanges, schwarzes, glänzendes Haar ordentlich lag, und puderte sich rasch das Gesicht ab, um die Folgen von vier Gläsern Champagner zu mildern. Dann zog sie, ohne dass es jemand bemerkte, die Armbanduhr aus ihrer Handtasche und schlüpfte aus dem Zimmer, als Eliza gerade irgendeinen Singsang anstimmte.

Sie begegnete niemandem, als sie die Haupttreppe hinuntereilte. Sie hatte die Uhr mit einer Gravur versehen lassen: *In Liebe, Sarah.* Wenn sie sie ihm gegeben hatte, würde sie mit den Mädels noch ein Glas »Krug« trinken und ihnen dann eine gute Nacht wünschen. Sie brauchte ihren Schönheitsschlaf. Obwohl sie gar nicht schlecht aussah, wenn man bedachte, dass sie müde war von der Reise hierher und so beschwipst wie schon seit Jahren nicht mehr. Andererseits sehnte sie sich insgeheim danach, ins warme Bett im besten Gästezimmer zu schlüpfen, das sie sich bis zur Hochzeitsnacht mit Abigail teilte.

Mit etwas Glück würde es ihr gelingen, Mackenzie für einen kurzen Moment aus der Küche zu sich zu rufen, ohne dass es jemand bemerkte. Sie schlich auf Zehenspitzen an den bunten Lichtern des riesigen Weihnachtsbaums in der Eingangshalle vorbei und den Flur hinunter zur

Küche. Hinter jedem Bild, an dem sie unterwegs vorbeikam, klemmten üppige Zweige von frischem Ilex, und in dem kleinen Wohnzimmer, in dem Mackenzie hin und wieder eine Zigarre rauchte, stand ein Flechtkorb mit nach Zimt duftenden Tannenzapfen neben dem Kamin. Sarah konnte den köstlichen, würzigen Duft der Tannenzapfen riechen, der durch die geöffnete Tür in den Flur hinausdrang und das Haus mit den Verheißungen der Weihnacht erfüllte.

Und dann hörte sie Mackenzie seufzen und sah, dass er am Kamin stand und sich mit dem Handrücken über die Augen fuhr, als ob er geweint hätte. Sarah erstarrte für einen Augenblick und zog sich dann langsam zurück.

»Ist schon gut, Mackenzie«, sagte ein Mann mit sanfter Stimme. Sarah vermutete, dass es sich dabei um Mackenzies besten Freund Dougal handelte, wenngleich er sich außerhalb ihres Blickfelds befand. »Der Whisky ist schuld. Du hast zu viel getrunken. Ich habe es weiß Gott oft genug selbst getan, um zu wissen, wovon ich rede.«

»Tut mir leid, Dougal«, sagte Mackenzie mit einem leisen, resignierten Keuchen.

Wie seltsam. In den fünf Jahren, die sie sich nun kannten, hatte Sarah Mackenzie noch nie weinen sehen. Und er hatte ihr gestanden, dass er nicht eine einzige Träne vergossen hatte, als sein geliebter Vater William vor zwanzig Jahren bei einem Sturz vom Pferd den Tod gefunden hatte. Er war natürlich am Boden zerstört gewesen, aber er war nicht der Typ, der weinte. Er hatte laut Millicent die Lippen zu einer schmalen Linie zusammengepresst, und für lange Zeit war jeglicher Glanz aus seinen himmelblauen Augen verschwunden gewesen. Er hatte nicht einmal bei Janes Tod geweint. Wenn er über irgendetwas aufgebracht war, wurde er für gewöhnlich ein oder zwei Tage lang ganz still. Aber weinen? Nein. Sonst wären die Campbells von Glenallon wohl kaum zu einer der respektiertesten Familien des Landes geworden.

Sarah wusste nicht, was sie tun sollte. Sie wartete vor der Tür, hin- und hergerissen zwischen dem Wunsch zu lauschen und der Angst, dabei erwischt zu werden. Ein jeder konnte hier vorbeikommen, vielleicht sogar Big Millie, um weiteres Gebäck für ihre Gäste aufzuwärmen oder um ihnen heißen Port nachzugießen.

»Jetzt hör mir mal zu, Mackenzie Campbell«, sagte Dougal mit fester Stimme. »Lass uns einen kleinen Spaziergang machen. Das wird dir guttun. Sarah könnte dich so sehen, mein Freund. Und sie könnte einen falschen Eindruck bekommen.«

»Sie wird mich schon nicht sehen. Sie feiert die ganze Nacht oben mit ihren Freundinnen.«

»Na gut. Aber glaubst du denn im Ernst, Jane hätte gewollt, dass du den Rest deines Lebens allein verbringst? O nein, sie hätte sich gewünscht, dass du glücklich bist. Du meine Güte, es ist aber wirklich kalt geworden. Ich werde besser die Vorhänge schließen. Sieh nur, es schneit! Wie gut, dass wir die Wagen in der Scheune geparkt haben.«

»Ich hoffe, es macht ihr nichts aus, wenn sie von da oben über mich wacht. Ich hoffe, es macht ihr nichts aus, dass ich wieder heirate«, sagte Mackenzie. »Ich kann immer noch nicht glauben, dass sie fort ist. Zwei Jahre waren uns vergönnt. Nur zwei kurze Jahre.«

»Nun ja, es heißt, dass die Wege des Herrn unergründlich seien.«

»Wenn ich nach dem Gottesdienst manchmal ihr Grab besuche, ist es wie ein Faustschlag in die Magengrube für mich, und ich spüre wieder diesen Schmerz.«
»Aber natürlich tust du das, mein Freund. Jeder andere würde an deiner Stelle das Gleiche empfinden.«
»Und es ist so furchtbar, sie dort zurücklassen zu müssen und allein zu einem guten Abendessen und einem warmen Bett nach Hause zurückzukehren! An dem Tag, an dem ich es erfahren habe, habe ich einfach dichtgemacht. Ich konnte wochenlang keinen vernünftigen Satz bilden. Ich vermisse sie immer noch jeden verdammten Tag, Dougal. Ich habe meinen Tränen damals keinen freien Lauf gelassen, weil ich Angst hatte, dass sie niemals wieder versiegen würden.«
»Wir alle vermissen Jane, Mackie. Gott hab sie selig! Es war für jeden hier ein schrecklicher Schlag – sie war die gute Seele des Dorfes. Sie hat sich um jeden gekümmert, hat damals dafür gesorgt, dass alle an einem Strang zogen, um die Planungen für die Umgehungsstraße zu stoppen. Weißt du was, wir lassen das mit dem Spaziergang – es ist zu kalt draußen. Du solltest besser ins Bett gehen. Sonst siehst du morgen schrecklich aus. Hattest du nicht vor, mit deinen Gästen auf die Jagd oder zum Fischen oder wohin auch immer zu gehen?«
»Ja, stimmt. Wenn wir nicht durch kniehohen Schnee waten müssen.«
»Danach sieht es aber aus, fürchte ich. Komm schon, ab ins Bett. Du wirst ein guter Ehemann sein. Sarah bedeutet dir doch etwas. Ihr zwei seid ein tolles Paar. Sie ist eine warmherzige Frau, solide und verlässlich. Genau das, was du brauchst. Dieses Haus könnte eine Familie mit kleinen

Kindern vertragen. Sarah wird sich um alles kümmern. Sie wird die Dinge schon wieder ins Lot bringen.«

»Ja, ich weiß. Sie ist großartig, nicht wahr?«

»Das ist sie.«

»Eigentlich zu jung und schön für einen alten Trübsalblaser wie mich. Ich habe sie gar nicht verdient. Sie ist bereit, ihren tollen Job aufzugeben, um die Frau eines Landwirts zu werden, dabei ist sie viel zu talentiert, um Etiketten auf Marmeladengläser zu kleben.«

»Sie liebt dich, du Esel. Und du bist erst neunundvierzig, Mackie, das ist ja wirklich nicht steinalt. Ich bin achtundvierzig und ganz bestimmt noch nicht bereit, mit einer Wolldecke über den Knien in irgendeiner Ecke zu versauern. Und jetzt komm, wir gehen in die Küche und wünschen dem Haufen eine gute Nacht, und dann verfrachte ich dich ins Bett.«

»Es geht mir wieder gut«, sagte Mackenzie. »Tut mir leid wegen dieses kleinen Gefühlsausbruchs eben. Ich weiß nicht, was mich geritten hat.«

»Ich verstehe das. Bei der ersten großen Liebe empfinden wir immer am tiefsten. Soweit es mich betrifft, hat diese Unterhaltung niemals stattgefunden.«

»Du bist ein guter Freund, Dougal, weißt du das?« Mackenzie hatte aufgehört zu weinen und klang einfach nur noch traurig und ernüchtert. »Meine Mutter hat wohl recht, wenn sie sagt, dass mein Vater und Jane nun an einem besseren Ort sind und wir trotzdem weitermachen müssen. So ist es doch, oder?«

»Ja, so ist es.«

»Ich habe gehört, wie sich Sarah am Telefon über Mum lustig gemacht hat. Das war vor zwei Wochen in London.

Was sie sagte, war wahrscheinlich lustig, und ich habe mir zu dem Zeitpunkt nichts daraus gemacht. Aber mir kommt immer wieder der Gedanke, dass Jane niemals so etwas gesagt hätte. Die beiden waren gute Freundinnen. Jane wusste Mum zu nehmen. Wie heißt es doch so schön: ›Hunde, die bellen, beißen nicht.‹ Mum war all die Jahre ohne meinen Vater hier sehr einsam. Sie ist eine verlorene Seele, wie ich. Das heißt, wie ich es *war*, bevor ich Sarah kennengelernt habe.«

»Urteile nicht zu hart, Mackie. Niemand ist perfekt.«

»Jane war perfekt. Sie war mein Ein und Alles. Und ich habe sie im Stich gelassen, Dougal. Es gibt nichts, was das jemals ungeschehen machen könnte.«

Und dann herrschte Stille.

Sarah war so entsetzt und gekränkt, dass sie sich kaum aufrecht zu halten vermochte. Sie hatte nicht erwartet, dass Mackenzie jemals ganz aufhören würde, Jane zu lieben. Und natürlich würde er sie nicht vergessen. Janes sorgfältig gepflegtes Grab auf dem Friedhof von Glenallon war ohnehin nicht zu übersehen. Es war das einzige mit einem gemeißelten Steinengel, während die anderen Grabsteine ziemlich schlicht gehalten waren. Aber Mackenzie hatte noch nie mit einer solchen Zärtlichkeit und Hingabe von seiner ersten Frau gesprochen. Heute Abend kam es ihr so vor, als sei in Mackenzies Herzen nur Platz für eine einzige Frau. Und diese Frau war eindeutig nicht Sarah Quinn.

Kapitel 3

»Komm schon, wir sollten wieder zu den anderen gehen.«

Sarah brachte genügend Energie auf, um in einen Nachbarraum zu huschen, ehe die beiden Männer aus dem Zimmer kamen und sich wieder der Feier in der Küche anschlossen. Sie vernahm einen Chor von Rufen und Sticheleien, da Mackenzies Freunde offenbar annahmen, ihm sei von dem vielen Whiskey schlecht geworden.

»Seht ihn euch an, wie rot seine Augen sind! Verträgst du denn gar nichts mehr, alter Junge? Welch eine Schande! Wenn wir das nächste Mal feiern, braucht er eine Entschuldigung von seiner Mom!«

Und dann ertönte Dougals ruhige Stimme, der ihnen mitteilte, dass sie sich wie ein Haufen Teenager benähmen und er Mackenzie jetzt nach oben ins Bett bringen würde. Woraufhin sie wieder in kreischendes Gelächter und gut gelaunte Frotzeleien ausbrachen.

»Keine Sorge, Mackenzie, was beim Junggesellenabschied passiert, das ist deine Sache. Unsere Lippen sind versiegelt. Von uns erfährt Sarah nichts – versprochen!«

Sarah kam sich vor, als würde sie eine außerkörperliche Erfahrung machen. Ihr war heiß und kalt zur selben Zeit.

Ja, Mackenzie war betrunken und erinnerte sich verständlicherweise voller Rührung an die guten Zeiten, die er mit seiner ersten Frau verbracht hatte. Und ein Mann seines Alters hatte zwangsläufig die eine oder andere ernsthafte Beziehung hinter sich. Das verstand Sarah ja auch. Doch nun kannte sie den Grund, warum er nicht oft über Jane sprach: Er liebte sie immer noch. Und sie selbst würde lediglich seine getreue, zuverlässige Gefährtin sein, die auf gemütlichen Spaziergängen in der Umgebung seine Hand hielt, die den Anschein von Leben und Farbe in dieses Haus zurückbrachte und die versuchen würde, die große Leere zu füllen, die Jane hinterlassen hatte. Und mit einem Mal kam ihr das alles wie ein riesiger Berg Arbeit vor, der ihre Kräfte überstieg. Sarah hatte ihren Umzug nach Glenallon immer als den Beginn eines friedlichen, beschaulichen Lebensabschnitts betrachtet. Nun fürchtete sie, dass alle Augen auf ihr ruhen und alle darauf warten würden, ob es ihr gelänge, Mackenzie unter dieser Lawine des Schmerzes und der Trauer auszugraben. Und wie sollte sie das nur anstellen, wenn er ihr nicht einmal gesagt hatte, wie todunglücklich er war? Die Wände von Thistledown schienen sich plötzlich in die Gitterstäbe eines Hochsicherheitsgefängnisses verwandelt zu haben.
Sie verließ ihr Versteck und flitzte wieder nach oben, was auf hohen Absätzen gar nicht so einfach war. Sie zitterte vor Anstrengung und Verzweiflung, als sie den Salon erreicht hatte, wo sie sich in einen Sessel am Fenster sinken ließ. Abigail bemerkte sofort den angespannten Ausdruck auf dem Gesicht ihrer Freundin und das schmale Kästchen, das sie mit ihrer Hand umklammert hielt. Mackenzies Armbanduhr, die Sarah völlig vergessen hatte.

»Wo warst du denn?«, flüsterte Abigail und setzte sich auf die Kante der Fensterbank. Der Schnee fiel inzwischen sehr dicht.

»Mackenzie liebt Jane immer noch«, sagte Sarah rundheraus. »Ich habe eine Unterhaltung im Raucherzimmer mit angehört.«

Abigail begriff sogleich, was geschehen war.

»Ach herrje, jetzt hör mir mal für einen Augenblick zu, Süße. Was auch immer du da gehört haben magst, hat dich ganz offensichtlich schrecklich mitgenommen. Aber was Mackenzie angeht, handelt es sich eindeutig um einen Fall von schlechtem Gewissen. Er fühlt sich schuldig, weil er wieder heiratet und sein Leben weitergeht – und Jane dabei zurückbleibt. Eigentlich eine völlig normale Sache. Er lässt die Vergangenheit los. Hat er mit Dougal geredet?«

Sarah nickte.

»Das dachte ich mir. Hör zu, für Mackenzie ist das heute ein sehr emotionaler Abend, denn es ist der Beginn der ganzen Festlichkeiten. Und seine Freunde haben ihn wahrscheinlich mit so viel Whiskey abgefüllt, dass es für fünf Leute gereicht hätte.«

»Nein, er liebt sie immer noch – du hättest seine Stimme hören sollen. Er klang so schrecklich traurig! Ich habe ihn noch nie so reden hören, Abigail. Er ist untröstlich. Ich bin mir nicht sicher, ob ich die Hochzeit unter diesen Umständen durchziehen kann. Ich fühle mich wie eine Schwindlerin.«

»Hör auf, Sarah! An so etwas solltest du nicht einmal denken.«

»Jane war auch groß und dunkelhaarig. Und sie hatte schmale, grüne Augen, genau wie ich.«

»Jetzt stell doch nicht solche Vergleiche an. Er hat bestimmt nicht damit gemeint, dass es ihm lieber wäre, Jane zurückzubekommen. Er liebt dich sehr, und das weißt du auch!«

»Aber er klang so niedergeschmettert, schien sich zutiefst verlassen zu fühlen. Er klang so, als würde er mich von einem Moment auf den nächsten verlassen und zu ihr zurückkehren, wenn er nur könnte«, sagte Sarah leise, und dicke Tränen kullerten ihr dabei über die Wangen. »Wie konnte ich das nur übersehen? Wie konnte ich so blind sein?«

»Sarah, ist alles in Ordnung mit dir?«, fragte Eliza, die mit einem Mal bemerkte, dass die Party schwächelte.

»Ja, alles klar. Bin nur ein bisschen müde«, erwiderte Sarah lächelnd und winkte den anderen zu, um zu bedeuten, dass es ihr gutging.

»Lass uns in unser Zimmer gehen, und dann legst du dich ins Bett«, sagte Abigail. »Wir haben alle viel getrunken. Ich werde noch einmal in die Küche runterflitzen und Tee und Toast holen. Es gibt nichts Besseres als Tee und Toast, wenn man Trost sucht. Oder würdest du lieber mit Mackenzie über die Sache reden? Vielleicht noch heute Abend? Würde dir das helfen? Warte mal, es ist bereits nach Mitternacht, und er ist ganz offensichtlich ziemlich beschwipst. Rede besser morgen mit ihm, wenn ihr euch beide besser fühlt, in Ordnung?«

»Auf gar keinen Fall, Abigail. Versprich mir, dass du weder ihm noch Dougal etwas sagen wirst. Ich brauche jetzt ein bisschen Ruhe und Frieden, um nachzudenken.« Sarah erhob sich, atmete tief durch und setzte einen fröhlichen Gesichtsausdruck auf, um sich von ihren Freundinnen zu verabschieden. »Ich verschwinde ins Bett, Leute. Macht nicht die ganze Nacht durch.«

»Nie im Leben!«, skandierten sie und stimmten gleich darauf ein Lied an, das vage an *Fairytale of New York* erinnerte. Möglicherweise, weil Mackenzie und Sarah ihre Hochzeitsreise nach New York machten.

»Wir sehen uns dann morgen früh«, sagte Abigail und bugsierte Sarah geschickt an der kleinen Gruppe vorbei. Eliza hatte sich eine Federboa aus einigen dicken Strängen glitzerndem Lametta gebastelt und schwenkte sie gerade im Takt der Musik über ihrem Kopf.

Als sich Sarah und Abigail in der relativen Stille ihres Zimmers befanden, sank Sarah noch tiefer in ihre verzweifelte Stimmung.

»Ich werde uns mal Tee und Toast holen«, wiederholte Abigail in dem Versuch, sie wieder aufzuheitern. »Ich weiß nicht, wie es dir geht, aber ich bin am Verhungern. Wir machen es uns im Bett gemütlich und reden über alles«, fügte sie hinzu und zog sich einen warmen Pullover über. Insgeheim hoffte sie, dass Sarah etwas essen und dann einschlafen würde. Und dass sie am nächsten Morgen besser mit ihren Gefühlen umgehen konnte.

»Ich bin nicht hungrig«, murmelte Sarah, ging ins Bad, schloss die Tür ab, sank auf den Toilettensitz und begann wie ein Kind zu schluchzen.

»Alles in Ordnung bei dir?«, erkundigte sich Abigail. »Ich bleibe hier, wenn du willst. Weinst du? Komm raus und lass dich in den Arm nehmen. Sarah?«

»Mir geht es gut. Hol uns ruhig etwas Tee. Aber ich will nichts essen.«

»Okay. Aber ich werde trotzdem etwas zu knabbern

holen, für den Fall, dass du es dir noch anders überlegst.«
Mit diesen Worten verließ Abigail das Zimmer und flitzte den Flur hinunter.
Unterdessen heulte sich Sarah die Augen aus.
Wie konnte Mackenzie nur etwas so Vertrauliches mit Dougal besprechen?, dachte sie bitter enttäuscht und riss einen langen Streifen Klopapier von der Rolle ab, um sich damit die Augen zu betupfen. Ausgerechnet Dougal Patterson! Der Trauzeuge! Der nun während der ganzen Trauung an Heiligabend Sarah in dem Bewusstsein ins Gesicht schauen würde, dass Mackenzie immer noch Jane liebte. Wie ungerecht das alles war! Denn wie sollte sie sich jemals mit Jane Campbell messen? Und warum hatte Mackenzie sie drei Jahre auf diese Hochzeit warten lassen, wenn es für ihn so oder so nicht von Bedeutung war? Wo Sarah doch nach Thistledown ziehen und ihre Pflichten als Gutsherrin übernehmen wollte. Ob es daran lag, dass er nie wirklich mit dem Herzen dabei gewesen war? Spielte es überhaupt eine Rolle, was Mackenzie über Jane sagte oder nicht sagte oder ob er mit Dougal oder ihr selbst darüber sprach? Er liebte Jane immer noch. Das war die schlichte und einfache Wahrheit. Sarah hatte einmal irgendwo gelesen, die Wahrheit sei manchmal so endgültig, dass es einem wie ein Todesfall in der Familie vorkam. Und genauso fühlte es sich heute Abend auch an. In ihrem Inneren war eine große Leere und Kälte.
Und fast so etwas wie Trauer.
Und Benommenheit.
Der Traum war vorüber.
Sie nahm die baumelnden Ohrringe ab und warf sie in ihre Kosmetiktasche, die auf dem Badezimmerregal stand.

Dann wischte sie sich die Schminke vom Gesicht und ließ sich – bis auf die blau-metallicfarbenen Schuhe noch vollständig bekleidet – ins Bett fallen.
Als Abigail zehn Minuten später mit einem Tablett zurückkehrte, auf dem sich glühend heißer Tee und ein Teller mit getoasteten und gebutterten englischen Muffins befand, hatte Sarah einen Arm über ihr Gesicht gelegt und gab vor zu schlafen. Sie wollte einfach nicht mehr darüber reden. Und ganz besonders nicht mit der lieben, netten Abigail, die für sie alle eine Art Muttersatz darstellte und die immer nur das Beste in jedem Menschen sah. Sie würde ihr ohnehin raten, Mackenzies verbliebene Gefühle für Jane zu respektieren. Und ihr erklären, dass er ein Recht darauf hatte, in den letzten Tagen vor seiner zweiten Heirat ein schlechtes Gewissen zu haben. Und dass jeder irgendetwas vor seinem Partner verbarg, irgendeine Erfahrung, die das ganze Leben verändert hatte, oder einen kostbaren Moment, den man für sich behalten wollte. Und dass Mackenzie inzwischen Sarah so sehr liebte, wie ein Mann eine Frau nur lieben konnte. Und dass sie sich entschließen sollte, glücklich zu sein und ihren märchenhaften Hochzeitstag und die Traum-Hochzeitsreise nach New York zu genießen. Man stelle sich nur vor, an Heiligabend nach New York zu fliegen! Besser geht's ja wohl nicht, würde sie sagen.
Und vielleicht hatte Abigail recht. Aber Sarah konnte nicht vergessen, was Mackenzie heute Abend zu Dougal gesagt hatte, als der erste Schnee des Winters zu fallen begann. Und sie konnte sich nicht vorstellen, dass sie es jemals vergessen würde.

Kapitel 4

Als Abigail am nächsten Morgen die Augen öffnete, traute sie sich nicht gleich, ihren Kopf zu Sarahs Bett hinüberzudrehen, aus Angst, es leer vorzufinden. Doch die Ungewissheit war rasch verflogen, als sie einen verräterischen Zettel erblickte, der in der Mitte gefaltet auf der Frisierkommode stand. Abigail rutschte das Herz in die Hose wie ein Stein, der in einen Brunnen fiel. Ja, Sarahs Bett war in der Tat leer, und ihre Gepäckstücke, die neben dem Schrank gestanden hatten, waren verschwunden. Ebenso wie ihre spitz zulaufenden Stiefeletten, die sie unter dem Bett plaziert hatte.

Verdammt noch mal!

»Sarah hat sich aus dem Staub gemacht«, sagte Abigail, und ihr armes Herz rutschte angesichts dieser Erkenntnis noch tiefer und begann zu flimmern. Aber vielleicht hatte ihre Freundin auch einfach nur ihre Sachen aufgeräumt und war spazieren gegangen, dachte sie, sich an diesen Strohhalm klammernd.

Abigail schlüpfte unter der warmen Decke hervor, durchquerte das Zimmer mit schnellen Schritten und faltete den Zettel, den Sarah aus einem ihrer für sie so typischen spiralgebundenen Notizbücher gerissen hatte, auseinander.

Ja, Sarah hatte Thistledown wahrhaftig mitten in der Nacht verlassen. Und was nun?
Abigail ging zum Fenster hinüber und öffnete die Vorhänge, als könne sie damit Sarah wieder herbeizaubern. Doch alles, was sie sah, war eine dicke Decke aus unberührtem, jungfräulichem Schnee – auf dem Hof und den Wirtschaftsgebäuden, den Feldern hinter dem Haus mit ihren hübschen Steinmauern, auf den nackten Zweigen der Sandbirken. Die Tannenbäume in der Ferne waren nur eine einzige weiße Masse, ebenso wie das Dorf Glenallon und die Hügel dahinter.
Abigails Hand, mit der sie den Zettel umklammert hielt, zitterte vor Enttäuschung. Sie stieß einen lauten Seufzer aus und setzte sich auf ihr Bett, um die Nachricht erneut zu lesen. Es handelte sich im Wesentlichen um Sarahs Entschuldigung bei allen, die von ihrer plötzlichen Abreise betroffen waren, und enthielt die Bitte an Abigail, ihnen zu erklären, was geschehen war.
Abigail schloss die Augen.
Es war manchmal verdammt schwer, immer die Kluge zu sein. Denk nach, befahl sie sich. Geh logisch an die Sache heran. Sie konnte unmöglich allen »erklären«, was geschehen war. Was genau gab es denn eigentlich zu erklären? Dass Sarah ihren Verlobten mitten in der Nacht verlassen hatte, weil ihr mit einem Mal bewusst geworden war, dass Mackenzie immer noch etwas für seine verstorbene Frau empfand? Das war letztlich eine Sache zwischen ihm und Sarah. Außerdem war Abigail klar, dass sie Mackenzie beschämen würde, wenn sie versuchte, die Kontrolle zu übernehmen. Nein, das konnte sie ihm einfach nicht antun. Im Übrigen würde Sarah schon bald

wieder zur Vernunft kommen, auch wenn sie im Moment verletzt war. O Gott! Abigail hätte Sarah am liebsten eine geklebt, weil sie sich und allen anderen diese Traumhochzeit verdarb. Und das nur, weil sie ein verwöhntes Einzelkind war und superempfindlich auf jegliche Kritik reagierte und obendrein auch noch unglaublich stur war. Mackenzie hatte doch ein Recht auf seine Gefühle, oder etwa nicht? Seine Freunde und seine Familie sollten nicht erfahren, dass er dabei erwischt worden war, wie er sich wegen Jane die Seele aus dem Leib heulte. Und das, nachdem er sein Leben lang immer den Anschein von Stärke gewahrt hatte. Armer Mackenzie! Und Big Millie wäre auch am Boden zerstört. Ebenso wie Sarahs treu sorgende Eltern, die beide sehr schüchtern und ängstlich waren. Jemand musste sie anrufen und ihnen mitteilen, dass keine Notwendigkeit mehr bestand herzureisen – falls sie sich nicht schon auf dem Weg befanden und versuchten, den Schnee zu bezwingen. Und was war mit den Mädels? Die arme Eliza war trotz ihres frechen, selbstbewussten Auftretens so aufgeregt wie ein kleines Kind am Abend vor der Bescherung. Die Mädels freuten sich auf einige Tage traditioneller Unterhaltung, wie es sich für einen solchen Landsitz geziemte, aber vor allem freuten sie sich auf die Märchenhochzeit an Heiligabend. Von all den anderen Gästen ganz zu schweigen, die an dem Tag selbst eintreffen würden, einige sogar extra aus dem Ausland.

O Sarah!

»Da hast du uns ja was Schönes eingebrockt«, sagte Abigail wütend.

Dann bemerkte sie, dass Sarahs Hochzeitskleid noch in seiner schützenden Plastikhülle an der Rückseite der Tür hing. Offenbar hatte sie es in ihrer Eile, von hier wegzukommen, vergessen. Es hätte Sarah so viel bedeutet, dieses Kleid zu tragen! Abigail begriff, dass Sarah wirklich nicht mehr weitergewusst hatte, und fragte sich, warum sie weder ein vorfahrendes Taxi noch das Schließen der Haustür gehört hatte. Nun, immerhin hatte sie am Abend zuvor viel getrunken. Und möglicherweise hatten die Meereswellen, die gegen die Felsen brandeten, Sarahs Flucht übertönt.

»Ich ruf sie an!«, sagte Abigail mit einem Mal und erhob sich wieder. »Na klar, ich werde sie auf der Stelle anrufen, vielleicht ist es ja noch nicht zu spät.« Sie nahm ihr Handy aus der voluminösen weißen Lederhandtasche und suchte Sarahs Nummer im Adressbuch. »Wehe, du hast dein Handy abgeschaltet, Herzchen«, flüsterte sie. Ihre Sorge wuchs von Sekunde zu Sekunde. Sie konnte nicht einmal den Gedanken daran ertragen, was Sarah wohl in diesem Augenblick empfand, während sie in ihrem erschöpften und aufgewühlten Zustand allein unterwegs war. »Bitte geh ran!«

Glücklicherweise meldete sich Sarah augenblicklich.

»Ich dachte mir schon, dass du ungefähr um diese Zeit anrufen würdest. Ich bin in ein paar Minuten in der Wohnung«, sagte Sarah und gähnte vernehmlich. »Ich bin gerade aus der U-Bahn gestiegen. Zum Glück musste ich heute Morgen in Edinburgh nicht lange auf einen Flug warten. Stell dir vor, sie hatten nur noch einen einzigen Platz frei! Ich bin am Tor ins Taxi gestiegen, Abigail. Es muss so halb fünf gewesen sein, als ich das Haus verlassen habe und die Auffahrt hinuntergegangen bin – es war ganz schön unheimlich im Dunkeln. Tut mir leid, dass ich dir nichts davon gesagt habe, aber ich wollte eine Szene vermeiden und niemanden wecken.«

»Oh, Sarah, warum bist du bloß weggelaufen? Das musste doch nicht sein.«

»Doch, musste es. Hast du es Mackenzie schon gesagt?«

»Nein, noch nicht. Ich bin ja gerade erst wachgeworden und habe deine Nachricht gelesen, Herrgott noch mal! Mein Hirn funktioniert noch gar nicht richtig. Ich bin immer noch platt vom gestrigen Abend. Wie spät ist es eigentlich?«

»Halb neun.«

»Ich glaube nicht, dass schon irgendjemand wach ist.«

»Wie ich Millie kenne, führt sie bereits die Hunde aus oder backt Brot oder schaufelt den Schnee von den Wegen – du weiß doch, wie sie ist«, erwiderte Sarah seufzend. »Ich habe keine Ahnung, woher sie diese Energie nimmt.«

»Thistledown verleiht sie ihr. Sie hat mir gestern beim Essen erklärt, dieses Haus sei ihre Seele. Sie könne ohne es nicht sein. Und Mackenzie gehe es ebenso.«

»Das hat sie dir gesagt? Du meine Güte, sie muss dich wirklich mögen.«

»Ich habe lediglich angemerkt, dass das Haus absolut atemberaubend ist, was ja auch stimmt«, antwortete Abigail müde.

»Schleimerin!«, sagte Sarah.

»Wie auch immer, das ist jetzt wirklich nicht das Thema. Kommst du bitte wieder zurück? Wenn du dich beruhigt hast? Eine von uns kann dich abholen.«

»Ich komme nicht zurück, Abigail. Nie wieder«, entgegnete Sarah entschieden, auch wenn ihr dabei erneut Tränen über das Gesicht liefen. »Mackenzie liebt mich nicht.

Und da ich das jetzt weiß, wie soll ich den Rest meines Lebens mit ihm verbringen? Wie kann ich jemals wieder mit ihm schlafen? Ich wollte, dass diese Hochzeit perfekt wird. Jetzt weiß ich, dass ich nur die zweite Wahl für ihn bin.«

»Sarah, ich habe dir doch schon erklärt, dass Mackenzie gestern Abend betrunken war. Es ist völlig normal, zu bestimmten, bedeutsamen Zeiten im Leben ein Gefühl von Verlust zu empfinden, und Weinen ist sehr befreiend. Wenn überhaupt, dann zeigt es, dass er die Sache zu bewältigen beginnt und sich mit Janes Tod abfindet.« Abigail begann in ihrem warmen, flauschigen Pyjama zu schwitzen. Das Ganze würde wirklich schrecklich werden, wenn es ihr nicht gelang, Sarah zu überreden, auf der Stelle wieder nach Thistledown zurückzukehren.

Aber mit Logik funktionierte das nicht. Sie sollte es besser mit Schmeicheleien versuchen.

»Er liebt dich doch«, sagte sie. »Er vergöttert dich, das kann jeder erkennen. Wir sind alle grün vor Neid, wenn wir euch beide sehen. Wie er dich gestern beim Abendessen über den Tisch hinweg angeschaut hat! Glaub mir, die Hochzeit wird wundervoll. Bitte kränke ihn nicht und verlasse ihn nicht so, ohne dich auch nur von ihm zu verabschieden. Du tust dir dabei doch am meisten weh. Es sollte deine Traumhochzeit werden, schon vergessen? Sarah, hörst du mir überhaupt zu?«

»Du magst das vielleicht für sonderbar halten, aber die ganze Zeit über, als ich mit Mackenzie zusammen war, dachte ich im Stillen: Das ist einfach zu schön, um wahr zu sein. Das ist nur ein Traum. Mein Porträt wird niemals in der Bibliothek hängen. Ich werde niemals wirklich Mrs.

Mackenzie Campbell sein. Und jetzt weiß ich auch, warum. Weil er immer nur Jane gewollt hat.«

»Natürlich hat er sie gewollt, und ja, er hat sie geliebt. Sie war seine Frau! Sarah, ich flehe dich an, kannst du bitte aufhören, dich von deinen Emotionen leiten zu lassen, und einfach nur das tun, was ich sage? Es ist noch nicht zu spät, die Sache in Ordnung zu bringen.«

»Doch, das ist es.«

»Du benimmst dich kindisch! Einfach so zu verschwinden … Und mich hast du damit ganz schön hineingeritten, tausend Dank auch.«

»Abigail, du bist seit fünfundzwanzig Jahren meine beste Freundin. Erinnerst du dich noch daran, wie wir stundenlang auf den Schaukeln im Park gesessen, die Wolken beobachtet und davon geträumt haben, was wir wohl sein werden, wenn wir erwachsen sind? Damals hatten wir nicht einmal genug Geld für Süßigkeiten und Eiskrem.«

»Ja, ich erinnere mich.«

»Diese Tage waren für mich ganz und gar real. Verstehst du? Ich weiß nicht, wie ich es sonst ausdrücken soll. Wir haben zwar nichts Besonderes gemacht, aber es fühlte sich für mich alles so richtig an, als lebte ich das richtige Leben im richtigen Moment. Das mag jetzt albern klingen, aber mit Mackenzie verlobt zu sein hat sich niemals so angefühlt. Selbst als er mir das Anwesen gezeigt hat und wir am Strand spazieren gingen und durch das Dorf gebummelt sind, fühlte ich mich irgendwie unbeteiligt. Als er mich in dem Betrieb hinterm Haus herumführte, da kam ich mir wie eine Besucherin vor. Und als er mir die Namen der Tiere nannte, dachte ich, warum muss ich wissen, wie die Kühe heißen? Selbst als er mir die Antiquitäten und das ganze Zeug zeigte, hatte ich immer das Gefühl, als geschehe es einer anderen Person, und ich würde es mir nur im Fernsehen anschauen. Ich habe mir von Anfang an etwas vorgemacht.«

»Nein, das hast du nicht, Dummerchen. Warum sollte er all diese Dinge überhaupt erst tun, wenn er dich nicht lieben würde? Mein Gott, Sarah Quinn, du hast wirklich die überaus nervige Angewohnheit, Dinge auf eine sehr merkwürdige Art und Weise zu interpretieren.«

»Aber als ich heute in aller Frühe auf dem Weg zum Flughafen die Straßen entlangfuhr und der Schnee gegen die Windschutzscheibe wirbelte und die Luft so frostig war und im Radio all diese kitschigen Weihnachtslieder liefen, da fühlte sich das real an. Und ich bin nicht einmal ausgeflippt und hatte auch nicht für einen Moment Bedenken, dass ich die falsche Entscheidung getroffen habe.« Sarah seufzte und wischte sich mit dem Handrücken die Tränen weg. »Hör zu, ich glaube eben nicht an die Art von Liebe, an der zwei Menschen erst arbeiten müssen. Meiner Ansicht nach sollte sie einfach schon vorhanden sein. Ich rufe dich heute Abend an, wenn ich mich etwas ausgeruht habe, okay? Ich muss ja noch meinen ganzen Kram packen.«

»Wieso das denn? Willst du etwa verreisen?«

»Abigail, die Wohnung gehört Mackenzie. Streng genommen ist sie Teil des Campbell-Besitzes. Und Mackenzie hat auch für mein tolles Auto bezahlt, obwohl er es sich eigentlich gar nicht leisten konnte. Schließlich handelt er mit Gourmetkäse und nicht etwa mit Diamanten. Ich verlasse ihn. Und ich gebe den Lebensstil auf, den ich mit ihm geführt habe. Ich möchte nichts behalten, das nicht wirklich mir gehört. So wahr mir Gott helfe, es ist mir ernst damit. Es ist vorbei.«

»Verdammter Mist, Sarah, bitte tu das nicht! Hör zu, ich weiß, dass ich eigentlich niemandem raten sollte, wie er sein Leben zu führen hat, aber nach meinem Dafürhalten braucht Mackenzie dich mehr, als du glaubst. Du kannst lernen, mit Janes Andenken zu leben. Ich finde es wahnsinnig romantisch, dass sie ihm immer noch etwas bedeutet. Zeigt das nicht, dass er zu tiefen Gefühlen fähig ist und die Frauen in seinem Leben respektiert? Was soll er denn deiner Meinung nach tun? Jane kurzerhand vergessen, als hätte sie ihm nie etwas bedeutet? Hörst du mir zu, Sarah?«

»Nein. Das heißt, ja, ich höre dir zu. Aber es ist zu spät.«

Insgeheim dachte Abigail, dass sich Sarah wie ein kleines Mädchen aufführte, das sich gerade rote Limonade auf ihr nagelneues Prinzessinnenkleid gekleckert hatte und das Fest verlassen wollte, weil ihm der Spaß vergangen war. Aber andererseits wollte sie Sarah nicht fehlender Reife bezichtigen, wo sie doch im Moment eine Freundin benötigte und keine Therapeutin. Jetzt war Diplomatie so gefragt wie nie zuvor.

»Na schön, ich sage dir, was ich tun werde. Ich werde den Sachverhalt erklären – allerdings nur Mackenzie und niemandem sonst. Ich überlasse es ihm, was wegen der Hochzeit unternommen werden soll. Ich habe keine Lust, in sein Zimmer zu stürmen und ›sag alles ab‹ zu schreien, und dann kommst du plötzlich zur Vernunft und tauchst hier wieder auf. Du hast ein paar Tage Zeit, um es dir noch einmal zu überlegen. Allerdings müsstest du gegebenenfalls nach Thistledown zurücklaufen, wenn die Straßen zugeschneit sind. Hast du deine Eltern schon angerufen? Sie könnten sich bereits auf den Weg gemacht haben.«

»Nein, noch nicht. Ich wollte sie nicht wecken. Ich rufe sie gleich an. Das heißt, eigentlich wäre es mir lieber, wenn du ihnen die Sache beibringen würdest. Du weißt doch, wie sie auf schlechte Neuigkeiten reagieren. Ich bin mir sicher, dass sie noch zu Hause sind, wer weiß wie viel Aufhebens um die Flugtickets machen und sich zanken, ob sie die Fensterläden schließen oder eine Lampe eingeschaltet lassen sollen.«

»Ich werde mich auch darum kümmern. Und du solltest dich jetzt etwas ausruhen.«

»Danke, das werde ich. Es ist mir egal, was du Mackenzie sagst. Aber tief in meinem Herzen weiß ich, dass es aus ist und ich das Richtige tue. Du bist ein Schatz, Abigail. Ich hab dich lieb. Ich melde mich bald wieder. Tschüs.« Die Verbindung wurde unterbrochen.

»Tschüs«, sagte Abigail traurig, ließ ihr Handy zuschnappen und starrte für eine Weile darauf, an der unwirklichen Hoffnung festhaltend, dass es läuten und dieser ganze Alptraum enden würde. Aber das Handy blieb stumm.

»Sarah, du dummes Ding«, sagte sie leise. »Na, das wird ja ein tolles Vergnügen für mich werden. Vielen Dank auch, Sarah Quinn. Du läufst einfach weg, um deinen gekränkten Stolz zu hätscheln, und was soll ich jetzt machen? Und dabei dachte ich, ich hätte mal ein paar beratungsfreie Tage vor mir. Als Erstes spreche ich wohl am besten mit Mr. und Mrs. Quinn. Und dann werde ich dem Bräutigam die freudige Nachricht überbringen. Ich kann es kaum erwarten!«

Abigail sprang rasch unter die Dusche und putzte sich die

Zähne, da sie später wohl kaum noch die Zeit dafür haben würde – besonders dann nicht, wenn irgendjemand hysterisch wurde. Sie föhnte ihren blonden Bubikopf, trug einen Hauch von Make-up auf, um ihr müdes Aussehen aufzufrischen, und zog sich eine schwarze Hose mit weitem Schlag und ein adrettes Poloshirt an. Ihre Therapeutinnenklamotten.

Sarahs Mutter regte sich erwartungsgemäß furchtbar auf, als sich Abigail nach Kräften bemühte, ihr die Situation zu erklären. Aber Mr. Quinn schien das Ganze recht schnell zu verstehen.

»Also, ich mache ihr keine Vorwürfe, dass sie Mackenzie verlassen hat. Was hat er sich nur dabei gedacht, so etwas zu sagen, wo er doch weiß, wie sensibel sie ist? Sie hätte uns gestern Nacht anrufen und uns erzählen sollen, was geschehen ist. Wir wären nach Thistledown gekommen und hätten sie abgeholt. Sie muss ja am Boden zerstört sein.«

»Vermutlich wäre das besser gewesen. Aber ich hatte gehofft, dass die beiden die Sache wieder in Ordnung bringen können. Ich mache mir Vorwürfe, dass ich gestern Nacht nicht noch versucht habe, mehr zu tun«, sagte Abigail. »Aber ich hätte nicht gedacht, dass sie einfach so verschwindet.«

»Es ist eine Schande. Ich werde sie auf der Stelle anrufen«, sagte Sarahs Vater plötzlich. »Um mich zu vergewissern, dass es ihr gutgeht.«

»Ach du meine Güte«, keuchte Mrs. Quinn. »Glaubst du, sie hat einen Zusammenbruch erlitten? Sollen wir unseren Hausarzt anrufen?«

»Sie müssen sich wirklich keine Sorgen machen. Sie wird

sich mit Ihnen in Verbindung setzen, da bin ich mir sicher«, sagte Abigail hastig. »Sobald sie sich etwas ausgeruht hat. Sie klang am Telefon sehr erschöpft.«

»Also gut, dann warten wir wohl am besten ab«, sagte Sarahs Vater. »Ich bin tief enttäuscht, dass Mackenzie Sarah so verletzt hat. Ich gehe mal davon aus, dass sie wieder bei uns einziehen wird.«

»O ja«, sagte Sarahs Mutter. »Da haben wir jetzt einiges zu erledigen. Ich muss meine Nähmaschine und das Trimmrad aus Sarahs Zimmer schaffen, das Bettzeug lüften, noch etwas Milch und Brot kaufen und, und, und.«

Abigail wusste, dass das genau der richtige Weg war: Sarahs Eltern mussten jetzt eine Beschäftigung haben, auf die sie sich konzentrieren konnten.

»Das ist eine großartige Idee«, ermunterte sie sie. »Sarah hat erwähnt, dass sie vorhat, aus Mackenzies Wohnung auszuziehen.«

»Gott segne dich dafür, dass du uns angerufen hast, Abigail. Du bist ein liebes Mädchen«, sagte Sarahs Mutter und schniefte traurig. »Ich weiß gar nicht, wie mir geschieht. Und dabei wollten wir ihnen doch eine so wunderschöne Kaminuhr mit Porzellanrosen zur Hochzeit schenken.«

Kapitel 5

Einige Minuten später stand Abigail vor der Tür von Mackenzies Zimmer, atmete einige Male tief durch und klopfte nachdrücklich.

»Das dürfte interessant werden«, flüsterte sie aufgeregt.

Mackenzie öffnete die Tür in Pantoffeln. Er trug die Hose und das Hemd vom gestrigen Tag und hielt sich mit einer Hand den Kopf.

»Abigail? Stimmt was nicht?«

»Du begreifst aber schnell«, sagte sie und verzog das Gesicht. »Darf ich für einen Moment hereinkommen?«

Er trat zurück und gab den Blick frei auf ein zerwühltes Himmelbett und einen großen, antiken Schreibtisch nebst Stuhl.

»O Gott, mir platzt der Schädel. Ich fürchte, ich habe gestern ein wenig zu tief ins Glas geschaut«, sagte er verlegen, fuhr sich mit der Hand durch das graublonde, zerzauste Haar, gähnte und streckte sich.

Sarah musste verrückt sein, dass sie diesen wundervollen Mann einfach sausen ließ. Dabei waren die beiden ein so attraktives Paar: die groß gewachsene, schlanke Sarah mit den hohen Wangenknochen und den durchdringenden, grünen Augen und der starke, gutaussehende Mackenzie, der perfekte acht Zentimeter größer war als Sarah. Abigail selbst war nur durchschnittliche ein Meter achtundsechzig groß.

»Ich bin überrascht, dass du noch stehen kannst«, sagte sie lächelnd.

»Ich habe es wohl ein bisschen übertrieben. Aber schließlich heiratet man ja nicht jeden Tag.«

»Das ist wahr«, entgegnete sie nervös und setzte sich auf den Bettkasten. »Mackenzie, ich, äh, nun ja, ich fürchte, ich habe schlechte Neuigkeiten für dich. Ich habe keine Ahnung, wie ich es dir schonend beibringen soll, also sage ich es geradeheraus: Als du dich gestern Abend mit Dougal über Jane unterhalten hast, hat Sarah es zufällig mitangehört.«

Mackenzie schaute sie entgeistert an. »Wie denn das? Ich dachte, sie war den ganzen Abend mit euch oben!«

»Sie kam herunter, um dir eine Armbanduhr zum Geburtstag zu schenken. Diese hier – warte, du kannst sie genauso gut haben.« Abigail nahm das schmale Kästchen aus der Tasche und legte es aufs Bett. Es war das Einzige, was Sarah zurückgelassen hatte, abgesehen von ihrem heißgeliebten Hochzeitskleid, das sie in der Eile vergessen haben musste. »Ich fürchte, sie hat sich in den Kopf gesetzt, dass du sie nicht liebst.«

»O Gott! Aber warum gibst *du* mir die Uhr? Wo ist Sarah? Ich muss unbedingt mit ihr reden. Natürlich liebe ich sie!«

»Ich gebe dir die Uhr, weil Sarah nach London zurückgeflogen ist. Ich habe gerade mit ihr telefoniert, und sie hat gesagt, dass sie dich an Heiligabend nicht heiraten wird.«

»Das darf doch nicht wahr sein! Ich werde sie sofort anrufen.«
Er stürzte zu dem Telefon an seinem Bett.
»Nein, warte!«, rief Abigail. »Sie ist erschöpft und viel zu aufgewühlt. Lass ihr noch etwas Zeit. Ich habe versucht, mit ihr zu reden, aber du weißt ja, wie eigensinnig sie ist. Und ihr Stolz wurde furchtbar verletzt. Ich soll dir sagen, dass es … dass es vorbei ist.«
»Das glaube ich einfach nicht! Ich habe es wieder einmal vermasselt, nicht wahr? Ich hätte auf Dougal hören sollen. Ich kann nicht glauben, dass ich so blöd gewesen bin. Wie konnte ich nur derart die Fassung verlieren?«
»Du warst betrunken, Mackenzie.«
»Dann hätte ich eben nicht trinken dürfen. Ich bin ein solcher Idiot! Ich werde nie wieder einen Tropfen anrühren.«
»Kein Grund zur Panik. Ich bin mir sicher, dass sie nur schmollt. Als wir noch Kinder waren, ist sie jedes Mal beleidigt davongestürmt, wenn ich sie beim Tennis geschlagen habe oder beim Rechtschreibtest besser war. Im Augenblick ist sie schrecklich gekränkt, Mackenzie. Sie ist eben sehr empfindlich, das ist alles.«
»Ich weiß nicht, was ich tun soll«, sagte er mit rauher Stimme. »Ich hätte den Mund halten sollen, aber manchmal bekomme ich Jane einfach nicht aus meinem Kopf. Ich frage mich immer und immer wieder, ob sie an jenem Tag wohl zu erschöpft gewesen ist, um Auto zu fahren. Hätte ich vielleicht erkennen müssen, dass etwas Schreckliches passieren würde? Hätte ich es ahnen müssen? Ist es meine Schuld, dass sie gestorben ist? Ist es meine Schuld, dass das Baby gestorben ist? Sie wäre niemals mit Absicht

leichtsinnig gefahren – vielleicht ist ihr ja ein Tier vor den Wagen gelaufen. Vielleicht hätte es doch niemand verhindern können. Aber was da geschehen ist, lässt mich einfach nicht los, und ich gehe es in Gedanken immer und immer wieder durch.«

Abigail nickte verständnisvoll. Sie hörte diese Worte beinahe jeden Tag von ihren Patienten.

Mackenzie seufzte und ging hinüber zum Fenster, um in den Schnee hinauszustarren. Die Dächer der Wirtschaftsgebäude waren mit einer dicken, glitzernd-weißen Schicht bedeckt, die an den Zuckerguss auf einem Weihnachtskuchen erinnerte. Das Anwesen hatte nie schöner ausgesehen. Der höchste Tannenbaum war mit einer Lichterkette versehen und mit altmodischen, gezwirbelten Christbaumkugeln hübsch dekoriert.

»Möchtest du, dass wir nach London reisen und mit ihr reden?«, fragte Abigail behutsam.

»Was soll das bringen?«, erwiderte er traurig. »Ich kann nichts tun. Niemand kann etwas tun. Es ist hoffnungslos. Niemand versteht mich.«

»Ich möglicherweise schon«, sagte Abigail leise. »Ich weiß, wie es ist, wenn ein geliebter Mensch stirbt.«

Kapitel 6

»Also, willst du nicht einmal versuchen, etwas zu retten?«, fragte Abigail wieder, nachdem sie sich zwanzig Minuten mit Mackenzie unterhalten hatte.
»Warum? Ich weiß, dass mir Sarah ohnehin keine weitere Chance geben würde«, sagte er leise.
Sein Gesicht wirkte vor Enttäuschung eingefallen, aber er machte auch einen entschlossenen Eindruck. Auf jeden Fall klang er, als wäre er sich absolut sicher.
»Sarah hat in gewisser Weise recht. Es gibt kein Zurück. Dass ich über Jane gesprochen habe, kann ich nicht ungeschehen machen«, sagte er ruhig. »Und ich habe Sarah viel zu gern, als dass ich einen Haufen Unsinn erzählen würde, den sie mir ohnehin nicht glaubt.«
»Aber du warst betrunken, Mackenzie. Die Menschen sagen alles Mögliche, wenn sie betrunken sind.«
»Ich nicht. Und Sarah weiß das«, lautete seine schlichte Entgegnung. »Es würde immer zwischen uns stehen.«
»Also wirst du die Hochzeit absagen, und damit hat es sich?«
»Sieht ganz so aus.«
»Mackenzie Campbell, das ist doch einfach nicht zu fassen. Ihr habt so wunderbar zusammengepasst.« Abigail

war inzwischen selbst den Tränen nahe. »Welch eine Schande.«

»Abigail, bitte glaube nicht, dass ich mich jetzt stur stelle, nur weil Sarah mich dabei erwischt hat, wie ich in Dougals Gegenwart geheult habe. Ich weiß, was es bedeutet, die Hochzeit abzusagen, welch ein schlechtes Licht es auf mich werfen wird. Aber es macht wirklich keinen Sinn, Sarah nachzulaufen, weil diese Sache alles zwischen uns kaputtgemacht hat. Sie weiß jetzt, warum ich nicht über Jane rede. Weil ich nämlich nicht über sie sprechen kann, ohne in Tränen auszubrechen. Sie weiß jetzt, dass ich Jane nicht vergessen kann. Jedes Mal, wenn Sarah und ich Streit hätten, würde sie es mir vorhalten. Würde mich möglicherweise am Ende sogar verlassen.«

»Sie würde dich niemals verlassen, Mackenzie.«

»Aber das hat sie doch gerade getan! Und ich würde immer damit rechnen, dass sie es wieder tut.«

Er wirkte tief getroffen. Erst hatte er Jane verloren und nun auch noch Sarah – und das nur, weil er vergeblich versuchte, über den Tod seiner ersten Frau hinwegzukommen. Aber scheinbar ließ ihn die legendäre campbellsche Entschlossenheit auch dieses Mal nicht im Stich. Der schicksalsergebene Ausdruck in seinen Augen sagte ihr, dass er auch diese Sache überstehen würde, ganz so, wie er den Verlust von Jane überstanden hatte. Mehr oder weniger zumindest. Abigail versuchte ihn erneut dazu zu überreden, Sarah nachzureisen, denn sie war überzeugt, dass Mackenzie und Sarah diesen Tag für den Rest ihres Lebens bereuen würden. Aber er bewegte sich keinen Millimeter. Offenbar ließ dies sein Stolz nicht zu.

»Und was geschieht jetzt?«, fragte sie schließlich seufzend. »Ich habe Mr. und Mrs. Quinn bereits Bescheid gesagt, aber niemandem sonst. Es tut mir im Übrigen leid, dass ich ihnen gegenüber erwähnt habe, was geschehen ist, aber ich fand, sie hatten ein Recht, es zu erfahren.«

»Da stimme ich dir zu. Ich werde Dougal bitten, die Dinge zu regeln und alle Leute anzurufen. Er wird sehr enttäuscht sein, weil er mir schon gestern Nacht geraten hat, den Mund zu halten. Ich werde ihn bitten, lediglich zu erwähnen, dass wir es uns anders überlegt haben und kein Grund besteht, auf weitere Details einzugehen. Er wird in meinem Namen den Empfang absagen und die Hochzeitsreise stornieren. Ich werde jedoch persönlich mit meiner Mutter reden, sobald ich mich zurechtgemacht habe. Himmel, ich habe in diesen Sachen geschlafen – ich muss furchtbar aussehen. Könntest du bitte dafür sorgen, dass ein Taxi für euch Frauen gerufen wird, und dich um die anderen kümmern? Ich bin bereit, für neue Flugtickets aufzukommen, falls dies nötig sein sollte.«

»Das ist sehr anständig von dir, aber vielleicht kommt uns die Fluggesellschaft ja entgegen.«

»Vielen Dank, Abigail.« Mackenzie rieb sich die Augen und setzte sich auf das Bett. Er betrachtete das Kästchen, nahm es schließlich in die Hand und öffnete den Deckel. »Oh, Sarah«, flüsterte er, »wir hätten so glücklich miteinander werden können.«

»Es tut mir wirklich leid, Mackenzie. Das Ganze ist ein schrecklicher Schock. Wie fühlst du dich jetzt?«

»Ich werde schon wieder ins Lot kommen. Sarah hoffentlich auch.«

»Also schön, dann kümmere ich mich mal um die Mädels«, sagte Abigail. »Und lass dich in Ruhe.«

»Du sagtest, du hättest auch schon einmal jemanden verloren – war es dein Freund?«, fragte er unvermittelt, als Abigail Anstalten machte zu gehen. »Sarah hat mir vor langer Zeit einmal so etwas erzählt. Er starb bei einem Unfall, nicht wahr?«
»Ja. Sein Name war Donal. Seine Eltern stammten aus Irland, aber seine Familie lebt in London, genau wie Sarahs und meine auch. Unsere Eltern kannten sich alle aus einem irischen Club in Kilburn. Ein Lastwagen hat ihn auf dem Nachhauseweg von der Arbeit mit seinem Motorrad erfasst, und er wurde auf die Straße geschleudert. Der Fahrer sagte, er habe ihn gar nicht kommen sehen. Es war dunkel. Donal trug schwarze Lederklamotten und einen schwarzen Helm. Aber dieser Mistkerl von Lastwagenfahrer hat offenbar die ganze verdammte Beleuchtung nicht bemerkt, die Donal an diesem bescheuerten Motorrad angebracht hatte.«
»Das ist ja schrecklich. Wann ist das denn passiert?«
»Im letzten November waren es sieben Jahre.«
»Ist das der Grund, warum du nicht verheiratet bist?«
»Wer weiß?«, erwiderte sie und versuchte sich an einem Lächeln. Sie war daran gewöhnt, sich der Fragen von Patienten zu erwehren. Einige von ihnen taten alles, um nicht über ihre eigenen Probleme reden zu müssen.
»Ich bin nie über ihn hinweggekommen, wenn es das ist, was du wissen willst. Letztes Jahr bin ich einige Male mit einem Mann ausgegangen, aber es war nicht so wie mit Donal. Also habe ich es beendet. Donal war ein ganz besonderer Mensch. Er hat mir das Gefühl gegeben, als ob auch ich etwas Besonderes wäre. Er war meine große Liebe.«

»Aber wenigstens bist du nicht schuld an seinem Tod, nicht wahr?«, sagte Mackenzie und schaute sie aufmerksam an. »Du hast den Unfall nicht auf dem Gewissen, so wie ich.«

»Aber du hattest doch gar keine Schuld an Janes Unfall, Mackenzie. Jetzt schau mich nicht so entgeistert an. Ich bin Expertin in diesen Dingen. Sie hat sich entschieden, den Wagen zu fahren, auch wenn sie vielleicht gar nicht in der Verfassung dazu gewesen ist. Sie hätte ja auch ein Taxi rufen oder dich bitten können, sie zu bringen. Aber sie wollte selbst fahren. Das war ihre Entscheidung. Genauso wie dein Vater liebend gern geritten ist. Und Donal gewusst hat, dass Motorradfahren gefährlich ist. Die Statistiken von Motorradunfällen sind erschreckend. Sein Vater hat ihn ständig gebeten, sich lieber einen großen Wagen mit einer guten Sicherheitsbilanz zu kaufen, aber davon wollte er nichts hören. Eine halbe Stunde vor dem Unfall haben wir noch miteinander telefoniert. Und dann bekam ich den Anruf.«

»Oh, Abigail, das ist ja schrecklich. Wie lange hast du gebraucht, bis du deine Trauer bewältigt hattest?«

»Ausgerechnet du willst von mir etwas über Trauer erfahren? Der Schmerz hört niemals auf, das weißt du doch. Er wird zu einem Teil deiner Persönlichkeit. Du veränderst dich, wirst ein wenig härter und machst einfach weiter. Ich lache nicht mehr so viel wie früher. Und trotzdem macht es keinen Sinn, durchs Leben zu schleichen, denn solche Dinge passieren nun einmal. Man hofft zwar, dass man davon verschont bleibt, aber das kann man nicht vorhersagen.«

»Das stimmt.«

»Ich habe ein Dutzend Patienten, die nicht in der Lage sind zu akzeptieren, wie sich ihre Leben entwickelt haben. Sie sind in dem Moment erstarrt, von dem an alles schieflief. Ich möchte nicht so enden, Mackenzie. Selbst ein nicht hundertprozentig glückliches Leben ist besser, als auf ewig in einem falschen Moment steckenzubleiben.«

»Wie ich, meinst du wohl. Warum bist du nicht mit diesem Mann zusammengeblieben, mit dem du dich im letzten Jahr getroffen hast, wenn das deine Ansicht ist?«

»Weil es mir eigentlich nichts ausmacht, allein zu sein. Offen gestanden glaube ich nicht, dass ich jemals heiraten werde. Dieser Mann forderte zu viel Aufmerksamkeit, war eher ein extrovertierter Typ. Er wäre mir mit seinen ganzen kleinen Überraschungsgeschenken eines Tages auf die Nerven gegangen. All die Luftballons und die Plüschteddys und die gefütterten Herzen mit den schnulzigen Sprüchen darauf ... Er hatte zu meinem Geburtstag eine weiße Limousine gemietet. Der liebe Gott möge ihn für all seine Mühen entlohnen, aber ich hasse so etwas. Ich kann es einfach nicht ernst nehmen. Spielsachen sind etwas für Kinder. Und weiße Limousinen sind etwas für amerikanische Teenager am Abend des Abschlussballs, sie taugen nicht dazu, im strömenden Regen an roten Londoner Ampeln zu stehen.«

»Der arme Kerl, dabei hat er solche Anstrengungen unternommen. Du solltest ihm zumindest gute Noten für den Versuch bescheinigen.«

»Du brauchst dir keine Sorgen um ihn zu machen. Er hat in null Komma nichts ein anderes Mädchen kennengelernt, das heute die Luftballons bekommt.«

»Na schön.«
Abigail warf einen Blick auf ihre Armbanduhr und erhob sich.
»Ich sollte jetzt wohl besser gehen. Die anderen werden sich fragen, wo wir stecken. Soll ich Dougal zu dir raufschicken, oder kommst du zum Frühstück runter? Du solltest etwas essen – das ist gut gegen den Schock.«
»Ich komme runter und trinke eine Tasse Tee. Vielleicht mache ich einen kleinen Spaziergang. Ich kann die Hunde noch einmal ausführen. Das wird Mutter zwar schon erledigt haben, aber sie sind ganz vernarrt in Schnee.«
»Mackenzie, es liegt mir fern, Leute zu belehren, aber wenn man die Liebe gefunden hat, dann sollte man sie nicht einfach kampflos aufgeben. Vielleicht solltest du deinen Stolz hinunterschlucken und versuchen, mit Sarah zu reden. Ich bin sicher, dass es dir gelingen würde, sie zur Umkehr zu bewegen. Sie ist verrückt nach dir.«
Aber er schüttelte bloß den Kopf und lächelte.
»Du bist eine tolle Frau, Abigail. Ich danke dir für diese Unterhaltung.«
Abigail nickte ihm zum Abschied zu und ging zur Tür hinaus.
Später am selben Morgen faltete sie Sarahs Hochzeitskleid in das schützende Seidenpapier und legte es ehrfürchtig ganz oben auf ihre eigene Kleidung in den Koffer. Sie würde Sarah das Kleid zurückgeben, sobald sie wieder in London war. Die Mädels hatten entschieden, sich in einem gemieteten Kleinbus auf den Weg zum Flughafen zu machen. Für die Mittagszeit waren neue Schneefälle angekündigt, und sie wollten nicht über die Weihnachtsfeiertage hier festsitzen. Zumindest jetzt nicht mehr, wo diese

Bombe geplatzt war. Die Stimmung war gedrückt, als sie sich von Millicent verabschiedeten, die mit versteinerter Miene dastand. Die arme Eliza weinte still vor sich hin. Ihr Traum, bei der prachtvollen Hochzeitsfeier selbst den Mann fürs Leben zu finden, war geplatzt. Abigail bemerkte, dass Mackenzie von dem oberen Flurfenster aus beobachtete, wie der Kleinbus auf das Eingangstor zufuhr. Sie winkte ihm vom Beifahrersitz aus zu, und er nickte grüßend zu ihr hinab, verzog aber dabei keine Miene und winkte auch nicht zurück.

Kapitel 7

Sarah war hundemüde. Sie ging auf dem Parkplatz an ihrem wunderschönen silbernen Saab vorbei und betrat das Gebäude, in dem sie wohnte. Mackenzie hatte ihr den Wagen zusammen mit einem diamantenen Verlobungsring zu ihrem siebenundzwanzigsten Geburtstag geschenkt. Sie würde ihm nun beides zurückgeben müssen. Sie war nicht versucht, eins dieser beiden wunderschönen Geschenke zu behalten, denn sie wusste, dass es ihr nur das Herz brechen würde. Wie sollte sie den funkelnden Diamantring jemals wieder betrachten oder mit dem Wagen durch die Gegend fahren und dabei ihre Lieblings-CD laufen lassen, ohne dass ihr Herz in noch winzigere Stücke zerbrach? Doch sie beschloss, heute keine Tränen mehr zu vergießen, denn sie hatte eine Menge zu tun. Sobald sie eine neue Wohnung gefunden und ihre Sachen aus dem Appartement geräumt hatte, blieb ihr immer noch Zeit, sich die Augen auszuweinen.

Langsam schritt sie auf den Aufzug zu. Sie hatte sich entschieden, heute einmal nicht die Treppe zu nehmen. Der Wachmann saß wie üblich hinter dem kleinen marmornen Schalter – neben einem prächtigen Weihnachtsbaum, der mit Santa-Claus-Figürchen und winzigen Glasrentieren dekoriert war. An der Wand gegenüber dem Aufzug hing ein riesiger Kranz mit von Kunstreif bedeckten roten Beeren.

»Hallo, Sarah«, sagte der Wachmann freundlich. »Ist kalt draußen, was?«

»Hallo, Tim«, erwiderte Sarah mit gespielter Fröhlichkeit. »Das ist ja ein wunderschöner Baum, sehr schick! Wie geht es Ihnen?«

»Man muss zufrieden sein. Und Ihnen?«

»Oh, ich kann nicht klagen.«

»Gut«, sagte er und bedeutete ihr, sich eine Zuckerstange aus dem Goldfischglas zu nehmen, das auf seinem Schalter stand. »Ich muss mich vorsehen, sonst finde ich mich noch mit einer riesigen Lichterkette und einem Klammergerät auf dem Dach wieder. Die neue Hausverwalterin ist verrückt nach Weihnachten. Was bringt Ihnen denn Santa Claus dieses Jahr?«

»Eine große Überraschung«, sagte Sarah seufzend. »Vielmehr, er hat sie mir schon gebracht.«

Ihr Blick fiel auf einen kleinen, ordentlichen Stapel gefalteter Plastiktüten, die auf dem Gemeinschaftstisch in der Eingangshalle lagen und für Kleiderspenden zur Unterstützung betagter Mitbürger gedacht waren – »Help the Aged«. Sarah stand wie angewurzelt da und starrte die Tüten geschlagene zehn Sekunden an, bevor sie sie zusammenraffte und damit zu Mackenzies Appartement hinauffuhr. Jemand von »Help the Aged« hatte sich die Mühe gemacht, diese Tüten zu verteilen, dachte sie, in höchstem Maße bewegt. Wie traurig, dass das Wohlergehen der ärmsten, älteren Bürger Großbritanniens abhängig war vom Krimskrams fremder Leute. Sie legte die Tüten in

einer Reihe auf dem Küchentisch bereit. Es waren insgesamt neunzehn. Das sollte eigentlich für ihre Klamotten reichen.
Zuerst jedoch rief sie ihre Eltern an, um ihnen zu sagen, dass es ihr gutging.
»Wie schön, dass du dich meldest, mein Kind«, sagte ihr Vater liebevoll, »es tut gut, deine Stimme zu hören. Wir laufen hier schon seit einer Weile wie die Tiger im Käfig auf und ab. Na ja, zumindest die letzte halbe Stunde. Abigail hat uns, wenn auch nur kurz, über das Vorgefallene informiert, und wir sind natürlich auf deiner Seite. Er hat dich nicht verdient, mein Schatz. Er hätte diese dummen Gedanken für sich behalten sollen. Das war einfach nicht der richtige Zeitpunkt. *Du* hättest im Mittelpunkt stehen sollen. Ich wollte es ja mit ihm ausfechten, aber letztlich haben wir uns entschieden, den Mund zu halten. Abigail ist der Ansicht, es ginge uns nichts an. Dass es eine Sache zwischen ihm und dir sei. Aber er sollte sich was schämen! Und dabei war Millicent immer so höflich und anständig zu uns, wenn wir zu Besuch waren.«
»Ziehst du noch heute wieder bei uns ein?«, wollte ihre Mutter als Erstes wissen, nachdem sie ihrem Mann den Hörer aus der Hand gerissen hatte. »Wir würden uns natürlich sehr darüber freuen. Allerdings ist dein Zimmer noch nicht ganz fertig. Aber keine Sorge, die Heizung läuft auf vollen Touren, und deine Bettdecke hängt im Wäschetrockenschrank. Es wäre wundervoll, dich Weihnachten bei uns zu haben, mein Schatz. Natürlich abgesehen davon, dass deine Verlobung gelöst und die Hochzeit abgesagt wurde. Oh, das hört sich dumm an. Aber du weißt ja, wie ich es gemeint habe, mein Engel. Wann

kommst du denn? Ich werde Hühnchen und Fritten machen.«

»Gib mir den Hörer wieder«, sagte ihr Mann ungeduldig. »Wem steht in einem solchen Moment schon der Sinn nach Hühnchen und Fritten? Viel wichtiger ist, ob es unserer Tochter gutgeht. Ich hätte Lust, diesem Idioten auf der Stelle eine zu verpassen. Auch wenn er doppelt so groß ist wie ich.«

»Ein gutes Essen wird Sarah helfen, wieder zu Kräften zu kommen. Das wird ihr mehr nutzen, als wenn ihr Vater im Gefängnis landet, du Holzkopf!«

Sarah hörte, wie sie wütend miteinander flüsterten. Sie schienen ganz vergessen zu haben, dass sie am anderen Ende der Leitung war.

»He! Hört auf, ihr zwei! Ich habe mich noch nicht entschieden, was ich tun werde. Erst einmal mache ich jetzt ein Nickerchen. Ich habe die ganze Nacht nicht geschlafen. Ich muss mich ausruhen.«

»Du hättest dich auch nicht mitten in der Nacht davonschleichen sollen«, schimpfte ihre Mutter. »Ich mag mir gar nicht ausmalen, was alles hätte passieren können! War das Taxi von einem richtigen Taxi-Unternehmen? Hast du überhaupt einmal daran gedacht, das zu kontrollieren? Stell dir nur vor, wenn in Thistledown ein Feuer ausgebrochen wäre und niemand gewusst hätte, wo du bist!«

»Ich wollte allein sein, Mum. Tut mir leid, dass du dir Sorgen gemacht hast. Es war dumm von mir.«

»Ja, schon gut. Wir sind hier, wenn du uns brauchst. Du kannst jederzeit kommen. Wir holen dich auch im Appartement ab, wenn du möchtest. Und wage es ja nicht, noch einmal auf diese Weise zu verschwinden, hast du verstanden? Die arme Abigail war außer sich vor Sorge, als sie deine Nachricht gelesen hat. Sei tapfer, mein Schatz. Wir haben dich sehr lieb.«

»Wir haben dich lieb«, wiederholte ihr Vater über die Schulter seiner Frau hinweg.

»Ich euch auch. Bis bald.«

»Mach's gut, mein Engel. Lass von dir hören.«

Nachdem Sarah das Gespräch beendet hatte, legte sie sich auf das Sofa und sank für mehrere Stunden in einen tiefen, traumlosen Schlaf.

Mackenzie hatte sich und die Hunde auf seinem Spaziergang bis zur Erschöpfung vorangetrieben. Einige Male hatte er kurz davor gestanden, Sarah anzurufen, damit sie sich in aller Freundschaft voneinander verabschieden konnten, doch dann hatte ihn immer wieder der Mut verlassen, bis er schließlich die Geduld verloren und das Handy einen kleinen steilen Hang hinuntergeworfen hatte. Was sehr töricht von ihm gewesen war, denn es herrschte eine eisige Kälte, die von Minute zu Minute schlimmer wurde, und am Ende musste er mit nackten Händen im Schnee wühlen, um es wiederzufinden. Er litt an einer beginnenden Unterkühlung, und die Hunde zitterten ganz schrecklich. Als er dann entdeckte, dass das Handy kaputt war, geriet er in Panik.

Doch es bestand kein Grund zur Sorge, denn Millicent war bereits mit dem Jeep auf der Suche nach ihm. Sie brachte Decken für die Hunde mit und eine Thermoskanne mit heißer Suppe für ihren geliebten Sohn, und sie verkniff es sich sogar, ihm auf dem Rückweg einen Vortrag über vernünftiges Verhalten bei winterlichen Bedingun-

gen zu halten. Selbst Millicent wusste, wann ein Mensch genug gelitten hatte.
Mackenzie schlief jetzt unter einer dicken Decke in einem alten Lehnstuhl vor dem Kamin, und die sechs Hunde lagen ebenfalls schlafend auf dem Teppich zu seinen Füßen. Millicent betrachtete ihre kleine Familie liebevoll. Dann widmete sie sich wieder dem reibungslosen Ablauf von Thistledown, wie sie es immer getan hatte. Sie bereitete noch einmal Suppe zu, beantwortete die Tagespost, wusch das Geschirr ab, wischte Staub, sah im Betrieb nach dem Rechten, gab den Angestellten früher frei, bevor der Schnee noch schlimmer wurde, sprach ein Gebet für ihren verstorbenen Mann, den sie wie eh und je vermisste, holte mehr Brennholz herein, kehrte Krümel zusammen. Und sie dachte darüber nach, ob sie sich möglicherweise in diesem späten Stadium in das Liebesleben ihres Sohnes einmischen sollte. Nicht etwa, dass sie eine elterliche Einmischung oder Kuppelei für gut befand, so war es keinesfalls. Aber sie kam zu dem Schluss, dass sie etwas unternehmen musste, um Mackenzie irgendwie aus seiner Isolation zu locken. Andernfalls würde er als schrulliger, alter Mann enden – und sie hatte einige Erfahrung darin, wie es war, alt und schrullig zu werden.

Als die Nachmittagssonne am Himmel verblasste, schreckte Sarah aus ihrem Schlaf hoch, weil jemand in der Nachbarwohnung sehr laut Weihnachtslieder spielte. Unvermittelt fiel ihr ein, dass schon bald Heiligabend war. Ihr Hochzeitstag. Und wenn der erste Weihnachtstag dämmerte, hätte sie eigentlich mit Mackenzie auf dem Weg nach New York sein sollen. Doch nun würde aus der

Sache mit dem großartigen, frischgebackenen Ehemann und aus all ihren Plänen für die Zukunft nichts werden. Sarah erhob sich wie ein Roboter, ging lautlos ins Schlafzimmer und öffnete die Schränke.

»Ich werde nur das behalten, was ich wirklich, wirklich brauche«, ermahnte sie sich streng. Denn eins war bei diesem ganzen Fiasko sonnenklar: Wenn sie Mackenzie Campbell schon verließ, dann würde sie es richtig anstellen. Sie wollte einen endgültigen Schlussstrich ziehen. Keine Rückkehr wegen eines bestimmten Buches oder einer Lieblings-Auflaufform oder um Schlüssel zurückzugeben oder die Post abzuholen. Das kam für Sarah Quinn nicht in Frage! Also legte sie ihre beiden türkisfarbenen Hartschalenkoffer aufgeklappt auf das Bett. In dem größeren verstaute sie ihre Lieblingsschuhe, ein Paar dunkelblaue, glänzende Highheels aus Schlangenleder-Imitat mit goldfarbenen Riemchen. Als Nächstes fügte sie drei Paar Stiefeletten hinzu, ihr bestes Kostüm, zwei superbequeme Jeans und zwei warme Pullover, Strümpfe und Unterwäsche, ihre Fotomappe und ihre Dokumententasche mit den persönlichen Papieren. In den kleineren Koffer packte sie ihr bestes Make-up und ihren Lieblingsschlafanzug ebenso wie ihren Wintermantel, ein paar Stranglers-T-Shirts und CDs und zwei signierte Bücher über Fotografie. Ihre restlichen Kleidungsstücke und Schuhe und all die anderen Sachen verstaute sie ordentlich in den gelben Tüten und brachte sie mit dem Aufzug hinunter in die Eingangshalle.

»Ziehen Sie aus?«, erkundigte sich Tim erschrocken, als er den ganzen Kram erblickte, den er nun offenbar im Auge behalten musste. Denn man konnte wahrlich nicht vorsichtig genug sein. Selbst in einem so vornehmen Gebäude voller reicher Leute wie diesem war ein Diebstahl nicht ausgeschlossen. Im Übrigen harmonierten die gelben Tüten ganz und gar nicht mit der schicken Weihnachtsdekoration. Die Verwalterin würde durchdrehen! Er fragte sich, ob wohl genug Platz in der Putzkammer war, so dass er sie dort verstecken konnte, bis sie abgeholt wurden.

»Ja, ich ziehe aus.«

»Im Ernst? Ich habe doch nur Spaß gemacht.«

»Ich ziehe noch heute aus.« Sarah erwiderte sein Lächeln, dabei fühlte sich ihr ganzer Körper an, als wäre er aus bemaltem, leicht zerbrechlichem Glas gemacht (wie die antiken, tropfenförmigen Christbaumkugeln in Thistledown).

»Nun, das sind ja große Neuigkeiten«, sagte er und überflog die Seiten seines Kalenders. »Ich habe mir gar nicht notiert, dass jemand auszieht.«

»*Ich* werde gehen, Mackenzie bleibt«, sagte sie und konnte nur mit Mühe einen Schluchzer unterdrücken.

»Oh, verstehe. Nun, das ist wirklich sehr schade. Tut mir leid, das zu hören. Ach, haben Sie das damit gemeint, als Sie von der Überraschung sprachen, die Ihnen Santa Claus schon gebracht hat?«

»Ja, genau. Vermutlich hätte ich mich präziser ausdrücken sollen. Bitte seien Sie mit diesen vier Tüten hier besonders vorsichtig, ja? Es befinden sich einige zerbrechliche Dinge darin. Kochgeschirr und Tafelgeschirr. Genau genommen einige sehr gute Stücke. Es wäre sehr schade, wenn sie kaputtgingen. Ich habe noch einige Tüten oben.«

»Ich passe drauf auf, Sarah. Die werden hocherfreut sein, wenn sie die Sachen sehen.«

»Ich danke Ihnen, Tim. Das ist sehr nett von Ihnen.«

Sie lächelten einander an. Es war ein fast schon schmerzliches Lächeln. Sie verließ das Gebäude bald zum letzten Mal, und er würde hier wahrscheinlich bis in alle Ewigkeit sitzen.

Sie reihten die Tüten gemeinsam ordentlich hinter dem Schalter auf, obgleich Tim wusste, dass er sie alle verstecken würde, sobald Sarah gegangen war. Ihre zahlreichen Bildbände landeten ebenso in der Eingangshalle wie ihre Foto-Requisiten, an denen sie immer so gehangen hatte, dazu ein Kuchenständer aus rosafarbenem Glas, den sie einmal in Venedig gekauft und nun in mehrere Lagen Seidenpapier gewickelt hatte. Einige andere Dinge, die sich nicht zum Spenden eigneten, warf sie in den Müllcontainer auf der Rückseite des Gebäudes.

Sie fühlte sich eigenartig leer, als sie wieder oben angekommen war, und machte sich eine belebende Tasse Tee, ehe sie ihren alten Chef anrief, um ihm mitzuteilen, dass sie nun doch nicht heiraten und nach Schottland ziehen würde, und um zu fragen, ob die Möglichkeit bestand, ihren alten Job wiederzubekommen. Er zeigte sich verständnisvoll und versprach, sie im Gedächtnis zu behalten, falls eine Stelle frei würde, aber leider hatte er bereits andere Vorkehrungen getroffen. Sarah dankte ihm trotzdem und wünschte allen frohe Weihnachten. Sie hörte, dass die Weihnachtsfeier der Belegschaft im Hintergrund im vollen Gange war.

Dann holte sie einmal tief Luft und widmete sich wieder dem Unterfangen, Mackenzie zu verlassen. Sie bezog die Betten neu und putzte das Badezimmer, bis es funkelte. Die Gläser mit dem koffeinfreien Kaffee, die Erdnussbutter mit Stückchen und andere Lebensmittel, von denen sie wusste, dass Mackenzie sie nicht mochte, warf sie weg. Sie machte den Kühlschrank sauber, leerte sogar den kleinen Abfallbehälter unter der Spüle und kleidete ihn mit einer neuen Abfalltüte aus, weil sie keine Ahnung hatte, wann Mackenzie wieder einmal herkommen würde. Dieses Appartement war lediglich eine Kapitalanlage und sollte für den Fall, dass er einmal Kinder haben würde, irgendwann als Studentenbude dienen.

Sie löschte ihre Ansage auf dem Anrufbeantworter, speicherte Nummern vom Telefon ab und schloss ihr persönliches E-Mail-Konto auf dem Computer, nachdem sie zunächst dafür gesorgt hatte, dass ihr die Post an die Islingtoner Adresse ihrer Eltern nachgesandt wurde.

Und dann schrieb sie – immer noch die Tränen unterdrückend – mit ihrem besten Füllfederhalter auf zartblauem Briefpapier einen Brief an Mackenzie.

Lieber Mackenzie,
es war nicht richtig von mir, dich und Dougal gestern Nacht zu belauschen, und wenn ich die Uhr zurückdrehen könnte, würde ich es tun. Aber wir kennen einander gut genug, um zu wissen, dass dies das Ende für unsere Beziehung bedeutet. Du liebst Jane immer noch, und ich möchte nicht mit ihrem Andenken konkurrieren oder in ihrem Schatten leben müssen. Oder jedes Mal, wenn ich dir sage, dass ich dich liebe, die Aufrichtigkeit deiner Erwiderung in Frage stellen. Vielleicht gibt es Frauen, die damit klarkommen würden, Frauen, die reifer sind und einen versöhnlicheren Charakter besitzen als ich, aber ich vermag

es nicht. Es ist nicht deine Schuld, und es tut mir leid, dass ich nicht schon früher bemerkt habe, wie du empfindest. Ich werde für eine Weile eine Auszeit nehmen und Bilanz ziehen, und ich hoffe, dass du mit allem klarkommen wirst. Ich werde dich sehr vermissen und unsere gemeinsame Zeit niemals vergessen. Aber wenn ich bei dir bliebe, würden wir uns beide nur etwas vormachen. Ich hoffe, du verstehst das. Bitte grüße Millicent von mir. Ich habe das, was ich über sie gesagt habe, wirklich nicht so gemeint. Pass gut auf dich auf und arbeite nicht zu viel!

In ewiger Liebe
Sarah

Sie drückte den Briefumschlag für einen Moment an ihre Lippen, bevor sie ihn adressierte, eine Briefmarke darauf klebte und ihn dann in ihre Tasche steckte. Sie würde ihn in den Briefkasten am Ende der Straße werfen.

Nun gab es hier nichts mehr für sie zu tun.

Sie hatte ihm geschrieben, dass sie eine Auszeit nehmen und Bilanz ziehen wollte. Na ja, darauf zu hoffen war wohl ein wenig optimistisch – bei dem Wirbel, den ihre Mutter mit Sicherheit um sie veranstalten würde, und angesichts der ohnmächtigen Wut ihres Vaters. Die beiden würden die nächsten zehn Jahre über diese abgesagte Hochzeit lamentieren. Behaupten, dass Mackenzie ohnehin viel zu alt für sie gewesen und es sogar gut sei, dass Sarah ihn in jener Nacht wie eine Spionin belauscht hatte. Überzeugt davon, dass Gottes Wege unergründlich waren und er sie auf diese Weise vor einer unglücklichen Ehe gerettet hatte.

Und sie würde in naher Zukunft eine Runde durch die Zeitschriftenredaktionen drehen müssen, um sich einen neuen Job in dieser Halsabschneiderbranche zu suchen. Dabei glaubte jeder, dass man da nur auf der faulen Haut lag und die Zeit mit Markteinführungspartys totschlug, wo man jede Menge hübscher Werbegeschenke kassierte und einen teuren Cocktail nach dem anderen in sich hineinschüttete. Die Aussichten waren schlecht, was Fotografen betraf. Und zu alldem musste sie auch noch ohne Auto auskommen. Das hieß, im Regen auf Busse warten, in der U-Bahn zwischen fremde Leute gequetscht stehen, während mit Messern hantierende Jugendliche in Kapuzenjacken ihre Kameratasche beäugten. Wahrlich grandiose Aussichten auf Ruhe und Erholung.

Wenn es doch nur jemanden gäbe, mit dem sie in Urlaub fahren könnte, dachte sie traurig. Jemand, der mit ihr zwei Wochen auf die Bahamas oder in irgendein anderes sonniges Urlaubsparadies fliegen würde. Auch wenn der Anblick all der Flitterwöchner, die sich unter Kokospalmen umarmten, sie wahrscheinlich um den Verstand bringen würde. Aber es hatte ohnehin niemand Zeit, mit ihr zu verreisen. Abigail hatte um Weihnachten herum immer besonders viel zu tun, und sie, Sarah, könnte es im Augenblick nicht ertragen, den anderen Mädels zu begegnen. Wohin sollte sie zu dieser Jahreszeit auch reisen, ohne dass man sie anstarrte und wie einen Freak behandelte?

Mit einem Mal kam ihr eine Idee. Warum fuhr sie nicht nach Irland?

Kapitel 8

Manchmal musste man eben auf sein Bauchgefühl hören.

Die Iren waren ein toleranter Haufen. Sie waren Kummer und Verzweiflung gewohnt. Sangen sie nicht ständig in ihren Pubs irgendwelche Lieder darüber, wie unglücklich sie waren? Sie weideten sich ja förmlich daran! Oder zumindest hatten sie es in der Vergangenheit getan. Möglicherweise sangen sie heute keine traurigen Lieder mehr. Doch immerhin würden sie sie nicht für bescheuert halten, wenn sie dort ganz allein zu einem kleinen Urlaub vorbeischaute, während alle anderen Weihnachten feierten. Das wusste Sarah genau. Denn einige Mitglieder ihrer irischen Verwandtschaft hatten ihr gegenüber bereits mehrfach beteuert, dass ihre Eltern völlig normal seien. Ausgerechnet ihre Eltern, ein Ehepaar, das so geplagt wurde von Komplexen und sonderbaren Ansichten, dass sie jemanden, der eine Flasche mit Flüssigseife in seinem Badezimmer stehen hatte, für einen Riesensnob hielten. Und wenn die Farbe der Seife dann auch noch zu den Badezimmerfliesen passte oder zu den Handtüchern oder zu sonst irgendetwas, dann wurde diese Person automatisch auf eine Stufe mit Queen Mum gestellt (auch wenn die

liebenswerte alte Dame inzwischen im Himmel weilte). Und wenn eine Nachbarin etwas so Ausgefallenes besaß wie etwa eine Dusche mit gewölbter Glastür oder Terrassenstühle aus Hartholz, dann wurde sie gleich zur Königin von Saba erklärt. Andererseits gab es bei ihren Eltern eine sehr, sehr lange Liste von Dingen, die sie bei anderen inakzeptabel fanden und diese zu Personen machten, mit denen man »keinen freundschaftlichen Umgang« pflegen sollte – und ganz oben auf der Liste stand ein unordentlicher Vorgarten. Wenn die Iren Sarahs Eltern also als »völlig normal« bezeichneten, dann war Irland definitiv ihr nächstes Ziel. Dort passte sie offenbar hin. Hatte Abigail ihr nicht oft genug gesagt, dass sie eine eigenartige Sichtweise der Dinge habe?
Und so kam es, dass sich Sarah entschied, für eine Weile nach Irland zu gehen.
In ein kleines Dorf – eher ein Dörfchen – namens Redstone, an der Westküste gelegen, mit viel Platz ringsum, wo der Rhythmus des Lebens ein gemächlicherer war. Ihre Eltern stammten von dort, und sie hatten in ihrer alten Heimat einige schöne Urlaube mit Sarah verbracht, als diese noch klein gewesen war. Friedliche Urlaube, in denen sie am Strand oder in einem kleinen Wohnwagen gesessen und Bücher aus der Bibliothek gelesen und Fischgerichte aus der Frittenbude gegessen hatte. Sie sah plötzlich wieder vor sich, wie das junge Mädchen in der Frittenbude aus einer voluminösen runden Pappdose großzügig Salz über den Fisch und die Fritten streute. Wahrscheinlich waren es jedes Mal mindestens ein halbes Dutzend Esslöffel gewesen! Trotzdem hatte es einfach himmlisch geschmeckt. Das lag daran, dass sie in den Frit-

teusen »nur bestes Schweinefett« verwendeten, wie ihr Vater stolz verkündet hatte.

Sarah war seit ihrer Kindheit nicht mehr dort gewesen, und sogar ihre Eltern fuhren heutzutage nur noch selten in ihr Heimatdorf, da immer weniger Leute dort lebten, die sie kannten, und stattdessen Zugezogene und Ferienhausbesitzer das Regiment übernommen hatten.

Doch im Augenblick schien Redstone die Lösung all ihrer Probleme zu sein. Sarah bemerkte mit einem Mal, wie erschöpft sie war. Sie brauchte wirklich etwas Zeit für sich, um abzuschalten. Im Übrigen würde niemand sie wirklich vermissen. Ihre Eltern verbrachten den ersten Weihnachtsfeiertag normalerweise immer bei Verwandten in Teddington, und da die Hochzeit abgesagt worden war, konnten sie das auch diesmal wie gewohnt tun. Sie kämen gut ohne sie klar. Eigentlich sogar besser. Sarah wollte nicht, dass sie Zeugen wurden, wie sie heulend vor den matschigen Pastinaken und den Soßenflaschen saß. (Im Familienkreis der Quinns waren alle süchtig nach den Soßen von HP.)

Nein, ihr war wirklich nicht nach einer wilden Weihnachtsparty in Teddington zumute. Sie musste unwillkürlich lächeln, als sie daran dachte, dass sie bis zur Teestunde die alten Swingplatten hervorgekramt und die Möbel zur Seite geschoben haben würden, um den »Hucklebuck« zu tanzen. Und sie wollte ihnen nicht den Tag verderben. Sie hatten schon genug damit zu tun, all den Krimskrams zusammenzusuchen, um die 1970er mit Papiertischdecke und Papierservietten, Papiergirlanden an der Decke und Papierhüten auf den Köpfen wiederaufleben zu lassen. Den Weihnachtspudding anzuzünden war jedes Mal ein wahrer Alptraum. Ihr Vater musste immer mit dem Feuerlöscher danebenstehen, wenn die blauen Flammen in die Höhe schossen.

Es war Zeit zu gehen.

Es war ein emotionaler Moment für Sarah, als sie ihre beiden sperrigen Koffer zum letzten Mal durch den Flur rollte. Sie versuchte, den eleganten, schwarzen Füllfederhalter in die Handtasche zu stecken, aber ihre Hand zitterte so stark, dass sie den Reißverschluss nicht zu öffnen vermochte, und so schob sie den Füller stattdessen in die Manteltasche. Dann sah sie sich ein letztes Mal in der Wohnung um, ob sie auch nichts vergessen hatte, aber nein, sie war reisefertig. Sie hatte ihren iPod und den Reisepass und ihr Handy und das Portemonnaie. Die Schlüssel für die Wohnung und für den Saab hatte sie zusammen mit dem Verlobungsring in den kleinen Safe im Schlafzimmer gelegt. Ansonsten bewahrten sie nichts weiter darin auf. Nur einige Versicherungsunterlagen und etwas Bargeld. Sarah spielte für einen Moment mit dem goldenen Armband, entschied sich dann aber, es zu behalten. Als Erinnerung an Mackenzie. Als Erinnerung an die guten Zeiten. Und dann nahm sie die Koffer, die Handtasche und den unhandlichen Kamera-Rucksack, und beinahe wäre ihr angesichts der Endgültigkeit des Ganzen ein Wimmern entfahren. Sie quälte sich aus der Tür, zog sie hinter sich zu und ging Richtung Aufzug.

»Tschüs, meine Liebe. Passen Sie gut auf sich auf«, sagte Tim unten freundlich, aus seinem Nest aus Retro-Deko und gestreiften Zuckerstangen.

Sie schaffte es mit Mühe und Not, ihm zum Abschied zuzunicken.

Das ganze Stück die Straße hinunter schlug Sarahs Herz so laut wie jene Glocke, die ertönt, wenn die Leute auf der Kirmes bei »Hau den Lukas« mit dem Hammer fest genug auf den Pflock schlagen. Doch sie schaffte es irgendwie bis zum Taxistand und hielt ihre fünf Sinne auch noch lange genug zusammen, um am Bahnhof Paddington in den Heathrow Express zu steigen und ein Flugticket nach Dublin zu kaufen.

Warum fuhr sie nicht einfach zu ihren Eltern nach Islington?, sinnierte sie im Flughafencafé, während sie vor einem schaumigen Cappuccino saß, der viel zu heiß zum Trinken war. Warum fuhr sie nicht nach Hause, wo ihr altes Zimmer auf sie wartete? Ihr ärmlich eingerichtetes Dachzimmer mit dem Blumenmuster auf der Strukturtapete und den Pop-Postern, die sie einmal aus irgendwelchen Musikzeitschriften ausgeschnitten und in bunten Plastikrahmen aufgehängt hatte? Ihre Eltern würden sie nur zu gern wieder bei sich aufnehmen.

Und genau das war der Punkt. Sie konnte nicht wieder nach Islington zurück, eben weil ihre Eltern so nett waren und ihr altes Zimmer mit seiner Aura jugendlicher Unschuld auf sie wartete. Sie wollte niemals wieder allein in diesem schmalen Bett unter der Dachluke schlafen. Und sie wollte erst selbst verstehen, was geschehen war, ehe sie es ihren Eltern erklärte. Sie wollte an einen neuen Ort, wollte nach vorn schauen. Wollte ein Leben führen, das perfekt war und nicht voller Kompromisse und Fragen danach, was hätte sein können. Ja, sie war allzu idealistisch, dessen war sie sich durchaus bewusst. Sie hätten trotz allem, was Mackenzie am Abend zuvor preisgegeben hatte, einigermaßen glücklich werden können. Aber einigermaßen reichte Sarah Quinn nicht. Sie wollte nun einmal überglücklich sein. Abigail würde wohl sagen, dass ich wegen meines Hangs zum Perfektionismus eine Therapie benötige, dachte sie bei sich, während ihr Flug aufgerufen wurde und sie sich zum Gehen erhob, ohne auch nur einen einzigen Schluck Cappuccino getrunken zu haben. Nun, gleichgültig, ob richtig oder falsch, sie hatte sich entschieden.

»Ich muss nach vorn schauen«, sagte sie sich wieder, als das Flugzeug auf der Startbahn immer schneller wurde und seine knollige Nase auf den finster werdenden Himmel richtete. »Immer nur nach vorn schauen.«

Kapitel 9

Sobald Sarah auf ihrem Platz saß, schlief sie ein, und sie erwachte erst wieder nach einer knappen Stunde, als die Maschine in Dublin landete. Als sie im Stadtzentrum aus dem Shuttlebus stieg, bekam sie mit einem Mal ein schlechtes Gewissen. Bei dem Gedanken daran, wie Mackenzie wohl auf ihren Brief reagieren würde, wurde ihr ganz heiß, und sie geriet in Panik. Ob er wohl versuchen würde, sie aufzuspüren, und nach Irland kommen, um sie damit zu konfrontieren? In diesem Augenblick hatte sie fast ein wenig Angst vor ihm. Sie hatte seine Stärke immer bewundert und befürchtete nun, dass er eine solche Zurückweisung nicht tatenlos hinnehmen würde. Allerdings hatte er sie kein einziges Mal angerufen oder ihr eine Nachricht hinterlassen. Also würde er sie wahrscheinlich nicht verfolgen. Sie würde ihn möglicherweise nie wiedersehen. Sarah fühlte sich mit einem Mal schrecklich niedergeschlagen. Langsam begann sie zu begreifen, welche Folgen ihr Handeln hatte. Vielleicht sprach ja doch etwas dafür, im Leben hin und wieder Kompromisse zu schließen, dachte sie erschrocken. Doch dann atmete sie einige Male tief durch und ging weiter.

Sie schaute sich für eine Weile in den Geschäften um, die

trotz der späten Stunde noch geöffnet hatten, und kaufte sich in einem kleinen Geschenkeladen namens »The Silver Birdcage« einen steinernen Buddhakopf. Warum sie den Drang verspürte, ihn zu erstehen, konnte sie sich nicht erklären. Der Kopf war zwar nicht lebensgroß, sondern nur maximal Zweidrittel, wog aber mindestens eine Tonne, und sie hatte eigentlich schon genug zu tragen. Aber aus irgendwelchen Gründen vermochte sie nicht daran vorbeizugehen. Es verlieh ihr ein Gefühl der Entspannung, in das Gesicht des Buddhas zu schauen, wie er da in einem kunstvollen Glaskasten umgeben von einer Menge Schmuckgegenstände thronte, angestrahlt von grünen und blauen Scheinwerfern. Der Buddha rief Sarah in Erinnerung, dass sie bloß ein Staubkorn im Universum war. Das war ein tröstlicher Gedanke. Die Frau, die sie bediente, schien allerdings zu spüren, dass sie eine Freundin brauchte. Sie war ziemlich gesprächig, erkundigte sich nach Sarahs Besuch in Dublin und welche Pläne sie für Weihnachten hatte. Sarah versuchte, so wenig Informationen wie möglich über sich preiszugeben, und wünschte, die Frau würde etwas weniger Intuition besitzen. Wenn sie doch einfach den Kopf einwickeln und in eine Tüte stecken würde! Sie versuchte es mit einem Blick aus dem Fenster und auf ihre Armbanduhr, um zu signalisieren, dass sie in Eile war. Doch sie konnte nicht umhin, das Aussehen der Verkäuferin zu bemerken, denn diese trug einen rabenschwarzen Bubikopf und ein mattschwarzes Kleid, das schon sehr alt zu sein schien, möglicherweise aus den 1940er Jahren. Sie hatte rauchgrauen Lidschatten aufgelegt und war unglaublich schön. Ihre Hände waren lang und schmal, die Fingernägel schwarz lackiert, und sie trug ein kräftiges, würziges Parfüm. Sarah vermochte nicht zu ergründen, was an ihr so unwiderstehlich war. Vielleicht war sie eine Wahrsagerin oder etwas in der Art. Sie hatte zumindest solch eine Ausstrahlung.

»Er wird Ihnen Glück bringen«, sagte die rätselhafte Frau mit einem wohlwollenden Lächeln und reichte Sarah eine dicke, schwarze Tragetasche aus Papier. »Ein schönes Weihnachtsfest.«

»Ihnen auch«, erwiderte Sarah lachend. »Er wird mir auf jeden Fall einen kräftigen Bizeps bringen, so viel ist sicher. Auf Wiedersehen.«

Sie drückte die schwarze Tasche an sich – weil es ein tröstliches Gefühl war, aber auch, um zu verhindern, dass die Leute ständig in sie hineinliefen – und entschied, dass es an der Zeit war, sich ein Hotel zu suchen.

Nachdem sie sich noch eine billige Flasche Wein gekauft hatte (für den Fall, dass ihr nach einem Schlummertrunk zumute war), checkte sie in ein kleines, freundlich aussehendes Hotel in der Nähe von Saint Stephen's Green ein, duschte ausgiebig und heiß und versuchte, beim Zimmerservice Kaffee und etwas Weihnachtliches wie ein Truthahn-Sandwich zu bestellen. Aber man sagte ihr, dass die Küche leider schon geschlossen sei. Woraufhin sie sich in dem überraschend gemütlichen und altmodischen Hotelzimmer aufs Bett sinken ließ, die Weinflasche öffnete und ihre Eltern anrief, um ihnen eine gute Nacht zu wünschen. Dann folgte eine Stunde, in der sie sich erlaubte, alles zu vergessen, in der sie Rotwein aus einer Teetasse trank und über die chaotischen Eskapaden in der Fernsehserie *Most Haunted* lachte, die sie durch Zufall im Fernsehen entdeckt hatte. Bald schon war die Flasche zur Hälfte geleert, und Sarah rollte sich erschöpft auf der Bettdecke zusammen und weinte sich leise in den Schlaf. Wobei gesagt werden muss, dass sich in ihre Traurigkeit auch eine gewisse Erleichterung mischte. Erleichterung darüber, dass sie, bevor es zu spät war, herausgefunden hatte, wie sehr der Gedanke an Jane ihren Verlobten immer noch beherrschte. Und dass sie nicht den Rest ihres Lebens damit verbringen musste, die Herzen aller Dorfbewohner für sich zu gewinnen. Wenngleich ihr auch erbärmlich darüber zumute war, dass sie Mackenzie einfach verlassen hatte. Und sie hasste ihn ein klein wenig dafür, dass er ihr nicht nachgerannt war und sie angefleht hatte, es noch einmal zu versuchen. (Was keinerlei Sinn ergab, doch andererseits war ihr Verhalten im Moment nicht gerade vernunftgesteuert.) Außerdem vermisste sie seine Küsse. Mackenzie war ein sehr zärtlicher und leidenschaftlicher Liebhaber, und nun würde sie niemals wieder ihren weichen Körper gegen seinen harten pressen können und ihn küssen, bis sie das Gefühl hatte, als würden ihre Lippen schmelzen. Aber die Hauptsache war, dass sie das Richtige getan hatte. Für sie beide.

Am nächsten Morgen erwachte Sarah schrecklich verkatert um neun Uhr. Ihre Schulter war ganz steif, was wohl daher rührte, dass sie auf ihrem Arm gelegen hatte. Sie versuchte sich damit aufzuheitern, dass sie sich auszog und in ihren wärmsten Pyjama schlüpfte, um sich dann richtig ins Bett zu legen und mit geschlossenen Augen Radio zu hören. Aber sie kam nicht umhin, sich zu fragen, was zum Teufel sie als Nächstes tun sollte. Sie war wieder unabhängig, und das jagte ihr eine entsetzliche

Angst ein. Sie lebte ihr neues Leben, aber im Augenblick kam es ihr ziemlich öde und trostlos vor.
Apropos, sie musste sich in London eine neue Bleibe suchen – und einen gut bezahlten Job, damit sie die Miete zahlen konnte. Ihre Ersparnisse beliefen sich gerade mal auf dreitausend Pfund. Am besten bat sie ihre Freunde in den kreativen Berufen, sich in ihren Firmen nach freien Stellen umzuhören. Außerdem hatte sie immer noch Abigail zum Reden, das durfte sie nicht vergessen. Sie hatte immer noch ihre beste Freundin, auch wenn ihr Handy am gestrigen Tag die meiste Zeit über abgestellt gewesen war. Zweifellos musste sie sich um eine Horde von untreuen Ehemännern kümmern, die sich nicht entscheiden konnten, ob sie Weihnachten mit ihren duldsamen Ehefrauen und Kindern oder mit ihren hübschen, jungen Geliebten verbringen sollten. Laut Abigail regte sich bei vielen Kerlen das schlechte Gewissen, sobald sie Spielzeugwerbung im Fernsehen sahen, obwohl sie den Rest des Jahres die unterschiedlichen Bereiche ihres Lebens wunderbar getrennt halten konnten. Im Januar war dann wieder alles beim Alten, und die »Geschäftstermine« bis tief in die Nacht begannen von Neuem. Wer wollte da schon Therapeutin sein?
Es wurde zehn Uhr, und die Minuten verstrichen weiter, und Sarah entschied sich, aufzustehen und ihrer Zukunft ins Auge zu sehen. Sie wollte ein oder zwei Tage durch Dublin schlendern, bis der Weihnachtstrubel vorbei war. Vielleicht gab es ja irgendein Theaterstück, das sie sich anschauen konnte, um sich für ein paar Stunden abzulenken. Derweil würde sie in Erfahrung bringen, welche Unterbringungsmöglichkeiten in Redstone zu dieser Jah-

reszeit zur Verfügung standen. Ihr schwebte ein kleines Hotel mit einem stimmungsvollen (schwach beleuchteten) Aufenthaltsraum vor, in dem ein Pianist traurige Lieder für einsame Menschen wie sie spielte. Sie duschte ausgiebig, was ihren Nerven guttat, zog sich Jeans und einen warmen Pullover an, packte ihre beiden Koffer neu und rief dann kurz ihre Eltern an. Sie wollten sich gerade zu Tante Jean aufmachen, wo es Tee und Sandwiches gab, und anschließend zur Mittagsmesse gehen und draußen an der Krippe ein Gebet sprechen.

»Sprecht auch eins für mich, wenn ihr schon mal dabei seid«, sagte Sarah, die mit Religion eigentlich nichts am Hut hatte, aber dieses Mal meinte sie es ernst. Und sie stellte sich vor, wie sie klammheimlich ein paar Halme des »heiligen Strohs« unter dem Keramik-Jesuskind hervorzogen, so wie sie es jedes Jahr taten. Es war eine lang gehegte Tradition in der Quinn-Familie, heiliges Stroh zu stehlen.

»Bist du dir auch ganz sicher, dass es dir gutgeht, mein Schatz?«

»Ja, wirklich, es ist alles okay.«

Sie bekundeten erneut ihr Mitgefühl und gaben sich wirklich allergrößte Mühe, nicht allzu verwirrt zu klingen, weil sie aus einem Hotel in Dublin anrief, statt sich oben in ihrem eigenen kleinen Bett auszuschlafen.

Sarah betrachtete sich im Zimmerspiegel, nachdem sie den Anruf beendet hatte. Sie fand, dass sie ein wenig älter aussah. Älter und weiser. Was soll's, dachte sie. Es war irgendwie ganz nett, wieder das Sagen zu haben und nicht in einem Strom aus Routine und Gewohnheit mitgerissen zu werden. Jetzt musste sie nur noch eine Stunde nach der anderen, einen Tag nach dem anderen überstehen, bis aus den Tagen Wochen und Monate und Jahre geworden waren und all diese Traurigkeit und Betroffenheit allmählich nachließ und sie gestärkt daraus hervorging. Theoretisch zumindest.

Aber zunächst hatte sie einen Bärenhunger. Sie ging vorsichtig hinunter ins Erdgeschoss, wo sich das dämmerige Speisezimmer befand, das herausgeputzt war mit Glocken aus Silberfolie und riesigen, funkelnden Schneeflocken. Sie setzte sich an einen kleinen Tisch in der Ecke und bestellte ein spätes Frühstück, das aus gebratenem Brot, Würstchen, Rührei und gegrillten Tomaten bestand. Aber trotz des quälenden Hungers, der sie plagte, brachte sie einfach nichts hinunter. Ihr Magen schien angesichts des penetranten Geruchs nach heißem Fett zu rebellieren. Sie schob den Teller einige Male zur Seite, zog ihn dann wieder zu sich heran und versuchte es erneut. Jetzt entscheide dich endlich, schalt sie sich, wohl wissend, dass die Bedienung sie besorgt beäugte. Aber nach den vier Gläsern Wein am vergangenen Abend war ihr immer noch ziemlich übel, und der durchdringende Geruch fetter Würstchen, der in ihre Nasenlöcher drang, machte die Sache auch nicht besser. Sie aß gerade mal ein Stückchen Brot, bevor sie aufgab, weil es ihr zu riskant schien. Aber eine schöne Tasse Tee tat ihrem Magen gut, und Sarah machte sich im Geiste eine Notiz, es niemals in ihrem Leben jemals wieder mit Wein zu übertreiben. Von nun an würde sie höchstens zwei Gläser trinken. Die Bedienung schien Sarahs missliche Lage zu verstehen und akzeptierte das Trinkgeld mit einem aufmunternden und zugleich mitfühlenden Lächeln.

»Passen Sie gut auf sich auf, und schöne Feiertage«, sagte die Frau mit freundlicher Stimme, und Sarah nickte, wobei sie sich fragte, was um alles in der Welt sie eigentlich verkatert und wohnungslos mitten in Dublin zu suchen hatte. Und warum sie so verdammt dankbar war für jedes Lächeln und jedes freundliche Wort von Wachmännern, Verkäuferinnen und Kellnerinnen, wo sie doch gerade einen wunderbaren Mann praktisch vor dem Altar hatte stehen lassen. Sollte sie ihn vielleicht einmal anrufen?
Sollte sie?
Nein, sie hatte ihn viel zu sehr verletzt. Sie würde nach vorn schauen. Am besten erkundigte sie sich erst einmal an der Rezeption, ob man ihr eine gute Unterkunft in der Nähe von Redstone empfehlen konnte. Aber als sie wenige Augenblicke später am Empfang vorbeikam, war dort niemand. Sie konnte hören, wie die wenigen Mitarbeiter, die Dienst hatten, im Fernsehzimmer lachten. Es lief irgendeine Talkshow, und sie schütteten sich offenbar aus vor Lachen über die schlabberige Hose des Moderators.
»Toller Fetzen, den du da anhast, Mann. Bloß schade, dass dein Hintern das Ding nicht ausfüllt. Seht ihn euch an! Ich frage mich, was bei ihm schneller verschwindet, die Haare oder der Allerwerteste!«
Sarah kehrte in ihr Zimmer zurück und setzte sich für eine Weile auf die Bettkante, um nachzudenken. Dann beschloss sie, etwas Make-up aufzulegen. Ein Hauch Rouge und leuchtend roter Lippenstift würden ihr gewiss helfen, sich wieder frischer zu fühlen. Sie kämmte ihr glänzendes, schwarzes Haar zu einem Knoten und steckte einige glitzernde Spangen hinein – schließlich war Weihnachten. Dann trug sie noch etwas Mascara auf. Warum sollte eine

Frau auf voluminöse Wimpern verzichten, nur weil ihr Herz in Aufruhr war? Außerdem band sie sich ihr Lieblingstuch mit dem Pünktchenmuster zu einer großen Schleife um den Hals. Anschließend unternahm sie einen Spaziergang, drehte eine Runde in den Straßen nahe des Hotels und sagte sich immer und immer wieder, was für eine tapfere, unabhängige Frau sie war und dass ein großes Abenteuer auf sie wartete. Sie hoffte nur, dass sie nicht wieder zu ihren Eltern ziehen musste, wenn dieses Abenteuer vorbei war. Angesichts der hohen Mietpreise, die man heutzutage in London zu zahlen hatte, war dies gar nicht so abwegig. Und sie wollte sich auf gar keinen Fall eine Wohnung mit irgendjemandem teilen, denn sie hatte keine Lust auf überquellende Küchenabfalleimer und leere Klopapierrollen. Mist! Wahrscheinlich würde sie noch einmal dankbar sein für dieses Dachzimmer in Islington, falls sich in der nahen Zukunft nichts anderes ergab. Mummy und Daddy und Sarah wieder vereint. Sie sah es schon vor sich, wie sie zu dritt auf dem wuchtigen Chintz-Sofa im guten Zimmer saßen, jeder eine Tasse mit milchigem Tee in der Hand, einen Teller mit Mandelkuchen auf dem Schoß, die Blicke auf den Fernseher gerichtet, in dem eine Folge der Krimiserie *Hetty Wainthropp Investigates* lief. Sarah konnte beinahe die schwermütige Trompete der Erkennungsmelodie hören. Welch eine grauenhafte Vorstellung!

In der O'Connell Street fiel ihr Blick auf das Schaufenster eines kleinen Vermittlungsbüros für möblierte Objekte. Dort entdeckte sie ein Traumhäuschen. Es war ein winziges, rosafarbenes, einstöckiges Sommerhaus mit einem schrägen Schieferdach, das eingezwängt zwischen zwei größeren, moderneren Häusern dastand. Auf der Vorderseite gab es nur ein einziges Schiebefenster und eine Holztür, die an das Märchen von Hänsel und Gretel erinnerte. Von der Dachspitze hing ein brauner Weidenkorb mit hübschen roten und rosafarbenen Blumen herab. Unter dem Schiebefenster stand eine bezaubernde Eisenbank, die die Vorübergehenden einzuladen schien, Platz zu nehmen und sich für eine Weile auszuruhen. Sarah rief sich in Erinnerung, dass das Foto mitten im Sommer aufgenommen worden war. Bei diesem düsteren, feuchtkalten Wetter würde es gewiss nicht so verlockend aussehen. Aber das Haus kam ihr irgendwie bekannt vor, und sie las, neugierig geworden, was darunter zu lesen stand.

Rose Cottage, Redstone.
Mietpreis: 250 Euro pro Woche.

Redstone?

Aber natürlich! Jetzt fiel es ihr wieder ein: das kleine, rosafarbene Haus stand in Redstone!

Das war ja verrückt. Da wollte sie ein paar Wochen in Redstone verbringen, und hier war das hübscheste Haus der ganzen Welt zu vermieten. Sie konnte es gar nicht glauben. Die Miete war allerdings etwas hoch. Aber laut ihren Eltern war Redstone in den letzten Jahren zu einem Zufluchtsort für Künstler geworden. Vielleicht war das der Grund, warum die Preise höher lagen als in den meisten Londoner Stadtteilen. Eintausend Euro im Monat für diese kleine Hütte? Doch das Häuschen übte eine unerklärliche Faszination auf sie aus, und es war immer noch billiger als ein Hotel. Und außerdem das absolute Gegenteil von dem gewaltigen, imposanten Thistledown Manor in seinem dunkelgrauen Stein.

Sarah konnte es kaum erwarten, Rose Cottage mit eigenen Augen zu sehen und für eine Weile dortzubleiben. Und einen Brief an irgendjemanden zu schreiben (und wenn es auch nur ein paar Zeilen an den Zweigstellenleiter ihrer Bank wären), um als Absender Rose Cottage, Redstone, Irland angeben zu können. Nicht einmal eine Postleitzahl wäre nötig. Wie wundervoll! Sollte sie es wagen, ihren Urlaub ein wenig zu verlängern? Vielleicht auf drei Wochen? Einen Monat?

Doch sie wurde unsanft aus ihren Tagträumen gerissen, als ihr einfiel, dass sie im Augenblick kein großes Vermögen besaß. Und dass sie, falls sie das Häuschen für einen Monat mietete, kaum noch genug Geld für ihre Grundbedürfnisse auf dem Konto haben würde. Andererseits musste sie dem Vermittlungsbüro ja nicht auf die Nase binden, dass sie beinahe pleite war. Und ehe sie sich' versah, war sie auch schon hineingegangen und hatte den jungen Mann, der dort arbeitete, gefragt, ob Rose Cottage noch zu vermieten war. Das war es. Halleluja! In Sarahs Vorstellung flatterten Engel vom Himmel herab und begannen zu singen.

»Das Objekt ist erst gestern wieder frei geworden«, sagte er. »Da haben Sie Glück.«

»Ich nehme es für zwei Monate«, sagte Sarah atemlos, verblüfft über ihre eigene Torheit. Sie rechnete es dem jungen Mann hoch an, dass er nicht einmal überrascht wirkte, weil sie mitten im tiefsten Winter für eine so lange Zeit ein Sommerhaus mietete. Wenn sie um diese Jahreszeit im Meer schwimmen gehen wollte, würde sie wohl

einen Survival-Anzug benötigen. Allerdings ging ihn das ja gar nichts an.
»Ab wann möchten Sie es denn buchen?«, fragte er. »Nach Neujahr?«
»Eigentlich schon ab heute. Dann könnte ich noch den Bus nehmen. Über die Weihnachtsfeiertage fährt ja keiner mehr. Ginge das?«
»Oh, mir war nicht klar, dass sie es schon so bald mieten wollen.«
»Gibt es da ein Problem?«
»Nein, nein, ganz und gar nicht. Es ist ja Ihr Geld.« Er füllte den Abrechnungsbeleg aus, zog ihre Kreditkarte durch und reichte ihr beides mit einer überschwenglichen Geste. »Also soll's nach Redstone gehen, ja? Ein reizendes, ruhiges Fleckchen am Atlantik. Rund sechzehn Kilometer westlich von Galway City. Sie reisen mit dem Bus an? Nun, dann empfehle ich Ihnen, vom Busbahnhof hier in Dublin bis Galway zu fahren und dort in einen Bus nach Redstone umzusteigen. Ich bin mir nur nicht ganz sicher, ob die Besitzerin da sein wird, um Ihnen alles Nötige, das Haus betreffend, zu erklären, das ist alles.«
»Ich werde schon klarkommen. Und außerdem bin ich nicht das erste Mal in Redstone.«
»Na, dann. Ich hoffe, Sie werden eine schöne Zeit dort verleben. Besuchen Sie Verwandte im Dorf?«
»Ja, genau«, log Sarah rasch. Sie wollte nicht, dass der Kerl sie für verrückt hielt. Oder für verzweifelt.
Er nannte ihr die Adresse, wo sie den Schlüssel für Rose Cottage abholen konnte.
Sarah war in Gedanken schon in ihrem neuen Heim. Wie das Haus zu seinem Namen gekommen war, würde sie in

Erfahrung bringen. Von Rosen war zumindest auf dem Foto nichts zu sehen gewesen, aber vielleicht hing der Name ja auch mit dem Anstrich zusammen. Sarah vermochte die Worte »Rose Cottage« nicht laut auszusprechen, denn das Ganze klang einfach zu schön, um wahr zu sein. Genau wie bei Thistledown, das sich ja auch als unerreichbarer Traum entpuppt hatte. Sie hatte Angst, dass sich das kleine, rosafarbene Haus in Luft auflösen könnte, wenn sie zu intensiv darüber nachdachte. Genauso wie ihre Hochzeitspläne.

»Miss, haben Sie mich verstanden?«, erkundigte sich der junge Mann höflich.

»Aber ja. Dann wäre wohl alles geregelt«, sagte sie, denn sie konnte es kaum erwarten, sich auf den Weg zu machen. »Ich kann mir den Schlüssel also in der Nummer sieben abholen. Aber warten Sie mal, sagten Sie nicht, dass die Besitzerin möglicherweise fort ist? Haben Sie keinen zweiten Schlüssel hier im Büro?«

»Nein. Das habe ich Ihnen gerade zu erklären versucht. Mrs. Casey wohnt zwei Türen weiter, in Nummer sieben, und sie hat den einzigen Schlüssel, denn das Haustürschloss ist schon sehr alt und der Schlüssel so etwas wie ein Familienerbstück. Ich werde natürlich versuchen, sie telefonisch von Ihrer Ankunft zu unterrichten, aber sie verbringt die Weihnachtstage meistens bei ihrer Schwester in Spiddal. Sollte sie also nicht zu Hause sein, wenn Sie eintreffen, fragen Sie einfach im Lebensmittelladen nach dem Schlüssel. Sollte der Laden geschlossen sein, versuchen Sie es im Pub. Und falls der Pub auch geschlossen ist, finden Sie den Schlüssel in der Blumenampel. Steigen Sie auf die Bank, dann kommen Sie problemlos dran.«

Sarah nickte wortlos. Sie hegte die Befürchtung, dass ihr bei diesen zahlreichen Unklarheiten möglicherweise eine Nacht im Freien auf besagter Bank bevorstand.

»Geht das in Ordnung?«, hakte er nach. »Gibt es vielleicht sonst noch etwas, womit ich Ihnen helfen kann?«

»Oh, nein, vielen Dank. Es ist prima so. Schöne Feiertage.«

»Das wünsche ich Ihnen auch. Machen Sie's gut. Falls irgendwelche Probleme auftreten sollten, rufen Sie diese Nummer an.« Er reichte ihr eine Geschäftskarte.

»Danke schön. Auf Wiedersehen.«

Nach allem, was sie gehört hatte, machte sich Sarah nun ein wenig Sorgen, dass Redstone doch allzu rustikal und heruntergekommen sein könnte. Ganz zu schweigen von Mrs. Caseys verwegener Einstellung in Sicherheitsfragen, die das Haus betrafen. Offenbar musste sie sich auf die Gefälligkeit von Fremden verlassen. Aber sie war zu ihrem Abenteuer aufgebrochen, und Abenteuer steckten nun einmal voller Überraschungen und Unwägbarkeiten.

»Also schön, auf geht's«, sagte sie mit einer nervösen, schrillen Stimme, die sie plötzlich an ihre Mutter erinnerte. Sie kehrte so schnell es ging zum Hotel zurück, um ihr Zimmer zu bezahlen und den Bus nach Galway zu erwischen. Sie wäre gern noch ein wenig in Dublin geblieben, um die Läden zu erkunden und vielleicht Tee im Four Seasons zu trinken, aber sie wusste, dass es den restlichen Tag in Anspruch nehmen würde, um mit öffentlichen Verkehrsmitteln nach Redstone zu gelangen, und daher blieb ihr keine Zeit mehr.

Es war nicht schwer, den Busbahnhof zu finden. Sarah kaufte sich eine Fahrkarte. Unglücklicherweise fuhren an diesem Tag eine Menge Leute nach Galway. Jeder wollte wohl die Feiertage mit der Familie verbringen. Sie erblickte eine ganze Flotte luxuriöser Überlandbusse, die auf dem Gelände aufgereiht standen, aber bereits voll besetzt waren. Die Busgesellschaft hatte jedes nur verfügbare Fahrzeug bereitgestellt, teilte ihr der Fahrkartenverkäufer mit. Und sogar noch den einen oder anderen Bus von einem privaten Unternehmen gemietet, um die große Zahl der Reisenden befördern zu können.

Der Bus, zu dem Sarah gewiesen wurde, musste aus einem Verkehrsmuseum stammen. Außerdem hielt er unterwegs hundertmal an. Sie würde sieben Stunden benötigen, um das Land zu durchqueren, hatte ihr der Fahrkartenverkäufer mit einem entschuldigenden Lächeln gesagt.

Nun, es blieb nichts anderes zu tun, als noch einmal rasch zur Toilette zu gehen und sich einige Schokoriegel und eine Zeitschrift mit dem neuesten Klatsch und Tratsch über die Reichen und Schönen dieser Welt zu kaufen.

Als der Bus zehn Minuten später lostuckerte und sich auf seine geräuschvolle Fahrt nach Westen machte, hielt Sarah allein der Gedanke an Rose Cottage aufrecht, und sie versuchte, nicht an die Stunden zu denken, die vor ihr lagen. Wenigstens schneit es hier in Irland nicht, versuchte sie sich aufzumuntern. Das war etwas, wofür sie dankbar sein sollte. Doch gerade als sie es sich auf ihrem Sitz gemütlich machte, um wenigstens einen Teil der Reise schlafend zu verbringen, zog sich der Himmel zu, und erste winzige Flocken fielen herab, die schon bald zahlreicher wurden und an den Fenstern des brechend vollen Busses kleben blieben.

Kapitel 10

Sarah traf weit nach Einbruch der Dunkelheit in Redstone ein. Und mit einem Mal stand Rose Cottage vor ihr – nicht länger als hübsches Foto in einem Prospekt, sondern als ein Haus aus Ziegeln und Mörtel. Vielleicht war es aber auch aus massivem Stein mit einem Holzdach gebaut. Das ließ sich im Dunkeln nur schwer sagen. Auf jeden Fall war es kleiner, als sie es sich vorgestellt hatte, aber mindestens so schön und einladend und gemütlich, auch wenn die Blumenampel im Augenblick leer war. Ein paar Türen weiter befand sich eine Polizeiwache, die unglaublich winzig war, offenbar kleiner noch als ihre eigene Unterkunft. Das Fenster der Wache zierte ein hübscher Blumenkasten voller roter, weihnachtlicher Pflanzen, und eine altmodische, blaue Polizeilaterne leuchtete im Dunkeln. Sarah wurde von einer älteren Frau gegrüßt, die mit ihrem Hund spazieren ging, und dann schritt ein junges Paar in gammeligen Jeans Arm in Arm an ihr vorbei, in eine Unterhaltung über ein großartiges Aquarell vertieft, das sie wohl gerade irgendwo gesehen hatten.

An der Tür von Nummer sieben öffnete niemand. Offenbar war Mrs. Casey tatsächlich nicht zu Hause. Und leider hatte der Lebensmittelladen, den ihr der Makler beschrie-

ben hatte, auch schon geschlossen. Lediglich ein rostiges Schild, auf dem die Eismarke HB für ihre Sorte »Maxi Twist« warb, bewegte sich träge im leichten Wind.
»HB Maxi Twist«, sagte Sarah laut und betrachtete das Bild. Davon hatte sie seit zwanzig Jahren keins mehr gegessen.
»Ich darf nicht vergessen, mir gleich morgen eins zu holen, falls der Laden geöffnet hat. O mein Gott, was ist, falls er nicht geöffnet hat? Ich habe doch gar keine Lebensmittel mitgebracht! Bloß diesen Buddha. Wirklich klasse! Jetzt werde ich verhungern.« Doch dann ermahnte sie sich, dass es die Leute sicher nicht mochten, wenn sie auf der Straße Selbstgespräche führte. Sie war jetzt eine alleinstehende Frau und sollte zumindest den Anschein erwecken, als käme sie klar.
Sie musste irgendwie an den Schlüssel zu Rose Cottage kommen. Musste ihn in ihrer Handfläche fühlen, um daran zu glauben, dass ihr Traum von Selbstständigkeit wahr wurde. Und außerdem hatte sie dringend Schlaf nötig. Sie wollte an einem Ort aufwachen, der weder ein Hotel noch die Doppelhaushälfte ihrer Eltern, noch Mackenzies Landsitz war. Sondern ihre eigenen vier Wände, wenn auch nur vorübergehend.
Es blieb also noch der Pub. Die Fenster der schmucken Dorfkneipe, die sich auf halbem Weg die Straße hinunter befand, leuchteten hellgelb in der dunstigen Dunkelheit, und lebhafte Gesprächsfetzen drangen aus der geöffneten Tür zu ihr herüber.
»Also schön«, sagte sie mit Nachdruck, auch wenn sie von der Reise erschöpft war, deren letzter Teil sie über schmale, holperige, gewundene Straßen geführt hatte, auf

denen die Zweige von Weißdornhecken derartig an den Fenstern entlangschrammten, dass Sarah schon befürchtet hatte, sie könnten das Glas durchbrechen und ihr das Gesicht zerkratzen. Trotz alledem sehnte sie sich nun beinahe wieder nach der Geborgenheit des Fahrzeugs. Doch der letzte Bus war lange fort, und er hätte sie ohnehin nirgendwo hinbringen können. Außer vielleicht zurück zum Flughafen. Heim nach Islington und ihrer elterlichen Bleibe. Und zu Hetty Wainthrop, Mandelkuchen und Dachluke.

»Komm schon, du dumme Kuh. Du hast es doch bis hierher geschafft.«

Doch sie zögerte erneut.

Ich muss nichts weiter tun, als den sicherlich netten Barmann nach dem Schlüssel zu fragen, dachte sie bei sich. Nur keine Aufregung. Bloß dass sie dann sehen werden, dass ich allein und mitten in der Nacht hier gelandet bin. Wetten, dass die Einheimischen alle mit dem Trinken aufhören und mich anstarren werden? Aber sie konnte sich nicht weiter hier herumdrücken und die Schüchterne spielen, denn sie musste dringend aufs Klo. Also machte sie sich auf den Weg zu der geöffneten Tür und betrat den Pub. Erstaunlicherweise starrte sie keiner der Einheimischen an, und sie waren auch nicht gekleidet wie irgendwelche Statisten aus dem Jim-Sheridan-Film *Das Feld*. Nein, sie sahen völlig normal aus. Trugen schicke Freizeitkleidung, modische Frisuren, und hier und da blitzten unter einer Schirmmütze ein paar aufgehellte Zahnreihen auf, bei denen der Zahnarzt mit dem Laser nachgeholfen hatte.

Sarah bemerkte einen ziemlich interessanten Mann, der

allein am Ende der Bar stand. Er war groß und schlank und schien Anfang dreißig zu sein. Seine Augen waren von einem so dunklen, funkelnden Braun, dass er gut und gern Italiener oder Spanier hätte sein können. Aber seine winterblasse Haut verriet seine Herkunft: Er war eindeutig Ire. Er hatte ziemlich langes Haar, das er so zottelig trug, wie es gerade in London sehr angesagt war. Der Kragen seiner alten Seemannsjacke war nach oben geklappt, und selbst aus der Entfernung vermochte sie zu sehen, dass seine breiten Wangenknochen Schatten auf sein Gesicht warfen. Er betrachtete Sarah eingehend. Was ihr wohl geschmeichelt hätte, wenn sie nicht so müde und hungrig gewesen wäre und wenn man ihr nicht gerade das Herz gebrochen hätte. Sarah spürte, wie sie mit einem Mal von Panik ergriffen wurde. Was zum Teufel tat sie hier in diesem Dorf, in das sie seit zwanzig Jahren keinen Fuß mehr gesetzt hatte? Und dazu noch mit all ihren Habseligkeiten in zwei Koffern, einem Buddhakopf in einer Tragetasche und dem Kamera-Rucksack auf dem Rücken?

Sie musste doch total übergeschnappt sein!

Hör auf, ermahnte sie sich verärgert, bevor sie mit einem Kopfnicken in die Runde grüßte. Es war wichtig, dass sie relativ normal wirkte. Sie musste nach vorn schauen, nicht zurück.

Sie bemerkte, wie hübsch die Weihnachtsdekoration aus roten und grünen Stoffherzen war. Alles wirkte sehr gemütlich. Einige der Männer tranken Wein aus Gläsern – und noch dazu aus anständigen Gläsern, wie sie in schicken Restaurants auf den Tisch kamen. Sarah war sehr beeindruckt. Ein paar Mädchen im Teenageralter spielten

Darts und hörten sich auf der Musikanlage eine CD von Snow Patrol an. Und zwei ältere Männer bewunderten eine gerahmte Fotografie an der Wand, die den jüngsten Grand-National-Gewinner zeigte. Sie alle lächelten Sarah höflich zu und widmeten sich dann wieder ihren eigenen Angelegenheiten. Wie es schien, würde man sie doch nicht ansprechen und ausfragen.

Sarahs Laune besserte sich sogleich, und sie schleppte ihre Koffer und Taschen auf die Damentoilette. Es war wohl selten eine Frau so glücklich, eine Toilette zu sehen. Auch wenn die Ausstattung ein wenig zu wünschen ließ. Der Boden war aus Beton, der Spiegel, der über den alten Becken mit den kupferroten Flecken hing, war mit den Jahren schon ganz trüb geworden, und über allem lag ein eigenartiger, durchdringender Geruch, als dessen Quelle sie nach einiger Zeit die kompakten Blöcke der Luftreiniger ausmachte, von denen sie geglaubt hatte, dass sie gar nicht mehr hergestellt wurden.

»Man soll nicht reparieren, was nicht kaputt ist, schätze ich«, sagte sie mit einem großen Gähnen und schwor sich dann, niemals wieder in der Öffentlichkeit Selbstgespräche zu führen. Und dieses Mal würde sie sich auch ganz bestimmt daran halten. Es war wirklich eine peinliche Angewohnheit. Sie war allein, das war alles. Sie war nicht verrückt.

»Ich wiederhole, ich bin nicht verrückt«, teilte sie dem Spiegel nachdrücklich mit. »Nicht das kleinste bisschen. Ich habe alle Tassen im Schrank, keinen Sprung in der Schüssel, bin nicht plemplem. Hier gibt's nichts zu sehen, wie die Polizei immer so schön sagt. Die Vorstellung ist vorbei. Geht weiter, Leute!«

Eine Frau Anfang fünfzig, die ihr langes, blondes Haar straff zurückgekämmt und zu einer länglichen Rolle aufgesteckt trug, kam in genau diesem Moment aus einer der Kabinen, warf Sarah einen Blick zu, wusch sich rasch die Hände und rannte dann förmlich zur Tür hinaus.

Ach herrje, Sarah hatte gar nicht bemerkt, dass sie in Gesellschaft gewesen war. Sie spritzte sich seufzend etwas Wasser ins Gesicht und auf den Hals und überprüfte ihr Make-up. Sie sah schrecklich aus. Was nach den Ereignissen der letzten Tage verständlich war. Schließlich traute sie sich an die Bar, schilderte rasch ihre Lage und zeigte ihren Führerschein, um sich auszuweisen. Der Barmann händigte ihr sogleich den Schlüssel aus. Es war ein großer, brauner Metallschlüssel, wie man ihn für gewöhnlich an riesigen Schlüsselringen in mittelalterlichen Schlössern hängen sah. Außerdem überreichte er ihr eine Mehrweg-Tragetasche, in der sich ein Laib ungeschnittenes Weißbrot, eine Packung Butter in Wachspapier, vier Dosen Tomatensuppe, ein Päckchen Teebeutel und eine Schachtel Haferkekse befanden. Dann nahm er noch eine Milchtüte aus einem der Kühlschränke und legte sie vorsichtig oben auf die Lebensmittel.

»Mrs. Casey hat das für Sie vorbeigebracht. Herzlich willkommen in Redstone«, sagte der Barmann mit einem strahlenden Lächeln. »Möchten Sie vielleicht ein Glas Wein?«

»Wein?« Sarahs Leber zog sich protestierend zusammen. Oh, nein. In diesem Moment wäre ihr ein Teller Rindfleischeintopf, gefolgt von einem schönen, warmen Schaumbad, am liebsten gewesen. »Nein! Ich meine: vielen Dank, aber nein. Vielleicht morgen. Und ganz herzlichen Dank für diese Tüte«, sagte sie und gähnte erneut. »Das ist wirklich sehr freundlich.«

Sie schlief beinahe im Stehen ein, und als sie auf den Ausgang zutorkelte, stolperte sie über eine lose Fliese und ließ den größeren ihrer beiden Koffer fallen. Er platzte auf, und ihre Sachen verteilten sich links und rechts auf dem Boden. Vor lauter Verlegenheit ließ Sarah ihre Tragetasche vom »Silver Birdcage« in Dublin ebenfalls fallen. Der Buddhakopf rollte heraus und unter den nächststehenden Tisch, wo er einige der Gäste im ersten Moment aufschreckte, weil sie ihn für einen echten, menschlichen Kopf hielten. Sarah fischte den Buddha mit ihrem rechten Fuß unter dem Tisch hervor und entschuldigte sich überschwenglich bei den dort sitzenden Gästen. Und sie errötete vor Wut und Scham bis zu den Ohren. Ihre Hände waren ganz steif und schmerzten von all den Griffen und Riemen, die sie festgehalten hatten, und sie benötigte einen Moment, um alles andere abzusetzen, ehe sie anfangen konnte, die Sachen aus dem Koffer wieder einzusammeln.

»Hübsche Schuhe.«

Plötzlich war der gutaussehende Mann mit den dunklen Augen an ihrer Seite und bot ihr seine Hilfe an. Aus der Nähe betrachtet sah er sogar noch besser aus. Sarah wurde ein wenig schwach zumute, als sie diesen hinreißenden Wangenknochen mit einem Mal so nahe war. Er hatte ihre blauen Schlangenlederschuhe aufgehoben und hielt sie ihr hin.

Sarah bedankte sich höflich bei ihm, erwiderte aber, dass sie schon beinahe alles wieder verstaut hätte.

»Lassen Sie mich wenigstens beim Tragen helfen«, sagte

er. »Fahren Sie mit einem Taxi, oder werden Sie abgeholt?« Er hatte in der Tat sehr schöne Augen. Er hätte Johnny Depps kleiner Bruder sein können. Und dabei war er so liebenswürdig. Und sexy. Umwerfend sexy, ehrlich gesagt. Sarah stellte erschrocken fest, dass sie ein gewisses Verlangen empfand.

Also, das kannst du gleich wieder vergessen, mahnte sie sich. Aber ganz schnell. Ihr Herz war schließlich zurzeit krankgeschrieben.

Aber er war so hinreißend mit diesen vollen Lippen, die aussahen, als hätte ihn eine Biene gestochen …

Hör endlich auf damit. Es widerstrebte ihr eigentlich, ihr Eigentum einem Fremden anzuvertrauen, wie attraktiv er auch sein mochte. Andererseits hatte sie wirklich sehr viel zu tragen. Und er schien ein anständiger Kerl zu sein. Auch wenn sie eine Kneipe normalerweise nicht in der Begleitung eines Mannes verließ, den sie nicht kannte. Aber es waren ja viele Leute hier. Einheimische. Er hatte sicher kein Vorstrafenregister, sonst hätte er sie nicht vor aller Augen angesprochen. Auf jeden Fall schien ihn der Barmann zu kennen.

»Ethan ist in Ordnung, er wird dafür sorgen, dass Sie zum Haus kommen, ohne sich einen Bruch zu heben«, sagte der Barmann augenzwinkernd.

»Vielen Dank«, erwiderte sie schließlich. »Das wäre wirklich nett.«

Sie gingen zusammen die Straße hinauf. Sarah mit dem Schlüssel, der Handtasche, dem Kamera-Rucksack und der Lebensmitteltüte. Und er mit den beiden Koffern und dem Buddha.

Sie erzählte ihm, dass sie nach Irland gekommen war, um

Urlaub zu machen. Ging aber nicht auf die näheren Umstände ein.

»Mein Name ist übrigens Ethan Reilly«, sagte er, als sie Rose Cottage erreichten. »Ich bin der hiesige Mechaniker. Wenn Sie einen Rat beim Gebrauchtwagenkauf brauchen, rufen Sie mich an. Das ist manchmal billiger als ein Mietwagen.«

»Danke. Ich werde darüber nachdenken. Oh, ich bin Sarah Quinn. Ich danke Ihnen vielmals, Ethan. Ich bin wirklich todmüde.«

Ihre Arme brachten sie um, und sie war froh, als sie ihre Habseligkeiten auf der Eingangsstufe absetzen konnte. Sie warf einen Blick auf den großen Schlüssel, bevor sie ihn ins Schloss schob. Er passte wider Erwarten perfekt, und sie trat durch die Hänsel-und-Gretel-Tür. Ethan stellte ihre Koffer drinnen ab und verabschiedete sich.

»Wir sehen uns bestimmt mal«, sagte er lächelnd, während er einige Schritte auf der Straße rückwärts zurücklegte. »Und schöne Feiertage.«

»Ach ja, das vergesse ich ständig. Ich werde im Pub nach Ihnen Ausschau halten, Ethan. Ich schulde Ihnen ein Bier«, sagte Sarah, winkte ihm kurz nach und schloss die Tür. Und sie fragte sich, ob er wohl ein Romeo oder ein guter Samariter war. Wahrscheinlich versuchte er es bei jeder Frau, die ihm über den Weg lief.

Inzwischen war es stockfinster geworden, aber Sarah war ganz euphorisch, dass sie endlich in Redstone angekommen war. Sie lehnte sich gegen die Tür, so wie es die Leute im Fernsehen immer in alten Rührstücken aus den 1950er Jahren taten, und bemerkte, wie still es im Haus war. Es war eine Art Stille, wie sie in London einfach nicht existierte. Sie konnte beinahe spüren, wie sich die Einsamkeit auf ihren Schultern niederließ. Nicht einmal eine Spinne krabbelte davon, um sich vor dem Eindringling in Sicherheit zu bringen. Keine Spur von Verkehrslärm, kein entferntes Brummen einer Autobahn. Herrlich!

Doch als Sarah das Deckenlicht einschaltete und sah, dass sie offenbar das kleinste Haus auf der ganzen Welt gemietet hatte, sehnte sie sich schlagartig nach Mackenzie (und seinem geräumigen Luxusappartement). Rose Cottage war wirklich furchtbar klein. Ein Puppenhaus. Seine Miete nicht wert. Da bekam man ja Platzangst! Oh, was hatte sie bloß getan?

Durch die Haustür trat man direkt ins Wohnzimmer, das an seiner breitesten Stelle allerhöchstens zweieinhalb Meter maß. Auf der einen Seite befanden sich ein winziges Sofa und ein klitzekleiner, gusseiserner Kamin und auf der anderen ein Kieferntisch, der kaum groß genug war für zwei Teller und eine Teekanne. Zwei Eichenstühle waren daruntergeschoben, und an der hinteren Wand hing eine weiß gestrichene Garderobe. Neben dem Sofa befand sich eine weitere Tür, von der sie annahm, dass sie zu den Schlafzimmern, der Küche und dem Bad führte, aber sie war zu müde, um jetzt noch ein Bett zu machen oder nach weiteren Lichtschaltern zu suchen.

»Ich muss wirklich völlig übergeschnappt sein«, sagte sie. Glücklicherweise besaß sie nicht einmal mehr die nötige Energie für eine Panikattacke. Hätte sie die Kraft besessen, hätte sie das Haus niedergeschrien, ihr Geld zurückverlangt, die Iren dafür verflucht, dass sie einen solchen Sinn für Poesie und so viel Charme besaßen und einem dann einen Schrank mit einem Schornstein drauf vermieteten. Sie hätte ihr Gepäck stehen gelassen und wäre den ganzen weiten Weg durch die Irische See nach Hause zurückgeschwommen.

Halsabschneiderei!

Sie schaltete das Licht aus, setzte sich auf das Sofa und fiel, ohne sich weiter umzusehen oder zu überprüfen, ob die Hintertür auch abgeschlossen war, in einen tiefen Schlaf.

Sie besaß allerdings vorher noch die Geistesgegenwart, eine Wolldecke über sich zu breiten, die gefaltet über der Rückenlehne des Sofas lag.

Sie erwachte in der Nacht ein einziges Mal und sah den Mond durch das Schiebefenster scheinen. Er tauchte die Möbel im Zimmer in ein geisterhaftes, blaues Licht. Doch Sarah dachte, es sei ein Traum, und schlief wieder ein. Sie glaubte, gemeinsam mit Mackenzie im Bett zu liegen und sich an seinem starken, muskulösen Körper zu wärmen. Dabei hatte sie nur den Arm über einen ihrer Koffer gelegt. Abigail tauchte kurz in Sarahs Traum auf und schüttelte den Kopf mit einem Ausdruck berufsmäßigen Missfallens.

»Du versuchst dich zu drücken, meine Liebe«, hörte Sarah ihre Freundin sagen. »Du kannst nicht ewig davonlaufen.«

»Doch, das kann ich«, erwiderte Sarah im Schlaf mit scharfer Stimme. »Warte nur ab.«

Kapitel 11

Als Sarah am nächsten Morgen langsam erwachte, reckte sie gähnend die Arme und rieb sich die Augen. Sie konnte sich kaum bewegen vor Kälte. Ihr Atem glich einem dunstigen Nebel, und ihre Füße schienen sich in Eisblöcke verwandelt zu haben. Es war Heiligabend, der Tag, an dem sie eigentlich hätte heiraten sollen. Der Tag, vor dem es ihr zuletzt nur noch gegraut hatte. Wenn sie die Zeit doch nur vorspulen könnte! Oh, Augenblick mal, irgendetwas beschäftigte sie in den hinteren Ecken ihres Gehirns … was war es nur? Etwas, das sie vergessen hatte, etwas, das sie hatte tun wollen. Herrje! Sie hatte ihr Hochzeitskleid an der Tür in Thistledown hängen lassen! Großmutter Rubys wunderschönes Hochzeitskleid. Das vor dem Krieg geschneidert worden war. Sie war wirklich ein hoffnungsloser Fall!

Sobald diese Erkenntnis in Sarahs Bewusstsein gedrungen war, begann sie sich verständlicherweise die Seele aus dem Leib zu heulen und schluchzte und weinte, was das Zeug hielt. Sie versuchte verzweifelt, Abigail telefonisch zu erreichen, um herauszufinden, ob sie das Kleid entdeckt und mit nach London zurückgenommen hatte, aber Abigails verschiedene Telefonnummern waren allesamt auf einen automatischen Antwortdienst geschaltet worden. Und in der Klinik teilte man ihr mit, dass sie sich einige Tage frei genommen hatte.

Sarah war am Boden zerstört. Sie war eindeutig am Tiefpunkt angelangt.

Und sie fand es unheimlich, ganz allein in diesem Schuhkarton von einem Haus zu sein.

Aber da sie irgendwann zu erschöpft war, um noch länger zu weinen, entschied sie sich, dem Urlaub eine Chance zu geben. Und was die Sache mit ihrem Hochzeitskleid anging, so musste sie einfach abwarten. Sie sprang vom Sofa und begann den Rest des Hauses zu erkunden.

Die kleine Kiefernholztür, von der sie annahm, dass sie zur Küche und den anderen Räumen führte, lockte sie als Erstes, und als sie sie öffnete, erlebte sie eine große Überraschung. Denn hinter der Tür führten fünf Steinstufen hinunter in ein riesiges Wohnzimmer, das wohl an die zwölf Meter lang war. Am seinem Ende befand sich ein großes, quadratisches Panoramafenster mit niedrigen, gelben Ginsterbüschen davor und einer atemberaubenden Aussicht auf das Meer.

Zwischen dem Fenster und dem schmalen Strand befand sich ein kleiner Hinterhof, umgeben von einer niedrigen, weiß gestrichenen Mauer, an der kleine Rosenbüsche in alten Steintrögen entlangwuchsen. Sie trugen natürlich im Moment keine Blüten, aber Sarah konnte sich vorstellen, dass sie in den Sommermonaten traumhaft aussehen mussten. Auch dort stand eine Bank, und es gab einen kleinen Schuppen. Wie idyllisch!

»Juchhu!«, rief sie und streifte in dem Zimmer umher, um alles genauer unter die Lupe zu nehmen. Der Blick über die Mauer war atemberaubend. Er bot alles, was man sich als Tourist von der irischen Küste erhoffte, und Sarah hatte ihn nun sozusagen frei Haus. Es war ein derart beglückendes Gefühl, der Natur nahe zu sein, dass ihr fast ein wenig schwindelig wurde. Dunkle, zerklüftete Felsen zu ihrer Linken, jadegrüne Wellen, die an den weißen Sandstrand klatschten, direkt vor ihr, unheimliche, purpurne Hügel in der Ferne zur Rechten und Schwärme geräuschvoller Seevögel am Himmel. Eigentlich all das, was Glenallon auch besaß. Außer dass es hier weniger Wolken gab. Ach, der arme Mackenzie! Sie hoffte inständig, dass die Landschaft und die See um Glenallon in der Lage waren, ihm ein wenig Trost zu spenden, so, wie die Landschaft hier ihre Stimmung zu heben begann.

Was für ein Schatz die gute, alte Mrs. Casey doch war. »Ich wusste doch, dass sie mich nicht übers Ohr hauen würde!«, rief Sarah den Möwen zu.

Sie eilte in das andere Zimmer zurück, um ihren Fotoapparat zu holen, und lachte vor lauter Freude, da sie nun wusste, dass es sich lediglich um den Eingangsbereich ihres Feriendomizils handelte. Vielleicht war es früher einmal der einzige Raum gewesen, aber dann hatte man glücklicherweise noch angebaut. Sie trat erneut an das Panoramafenster und stand einfach da und ließ sich von diesem Gefühl von Weite überwältigen. Saugte es in sich auf. Überlegte, welche Fotos sie schießen würde. Und machte sich für einige kostbare Minuten keine Sorgen um ihre Zukunft oder um ihre Vergangenheit. Sarah zog einen Schaukelstuhl aus Mahagoni ans Fenster und saß für eine Weile dort, schaukelte leicht vor und zurück, ließ ihre Gedanken schweifen und genoss die Stille des Hauses. Hörte nur die immerwährende Meeresbrise. Sie fiel in eine Art Trance, aber es war ein gutes Gefühl. Manchmal musste man eben einfach abschalten.

Das Wohnzimmer war zwar spärlich möbliert, aber es gab einen massiven Kamin aus Backstein und zwei bequeme (wenn auch schon ein wenig schäbige) breite, weiße Sofas. Mit jeder Menge Zierkissen. Rechts und links vom Kamin standen dunkle Bücherregale aus Holz, die allerdings im Augenblick leer waren. Die Holzdielen waren mit indischen Teppichen in Braun, Rot und Orange bedeckt, und es gab drei große Weidenkörbe, gefüllt mit unterschiedlich großen Torfbrocken. Ein kleinerer Korb enthielt Feueranzünder, kleine Äste und Streichholzschachteln. Sarah hatte in ihrem ganzen Leben noch nie ein Kaminfeuer angezündet, aber die notwendigen Utensilien dazu waren bereits im Kamin übereinandergeschichtet, und sie merkte sich die Anordnung zum späteren Nachbau.

Sie schwirrte wie ein kleiner Vogel im Haus umher, stellte ihren Buddha in eines der Bücherregale, schüttelte die Zierkissen auf, arrangierte sie neu und stellte sogar die Torfkörbe an eine andere Stelle. Dann setzte sie sich wieder hin und erfreute sich vom Schaukelstuhl aus an ihrem Werk.

Zwei Stunden später entschied Sarahs Magen, dass er sich von all dem Alkohol erholt hatte, dem sie ihn in letzter Zeit ausgesetzt hatte. Daher machte sie sich etwas zu essen. Die kleine, aber blitzsaubere Küche grenzte an das riesige Wohnzimmer.

Sarah verbrachte den Rest des Tages damit, ihre wenigen Habseligkeiten wegzuräumen und sich in ihrem neuen Heim einzugewöhnen. Sie nahm ein langes Bad und machte es sich anschließend bei einem echten Torffeuer auf dem Sofa bequem, um fernzusehen. Sie fühlte sich so wohl, dass sie richtig traurig war, als es Zeit wurde, ins Bett zu gehen.

An ihrem zweiten Morgen im Rose Cottage war Sarah schon in aller Frühe auf. Eigentlich hatte sie den Weihnachtsfeiertag im Bett verbringen und vorzugsweise größtenteils verschlafen wollen, doch nun hatte sie keine Lust mehr darauf. Die beiden Schlafzimmer waren recht klein und schlicht, aber sauber und trocken. In jedem Zimmer standen ein Doppelbett, ein Kleiderschrank, ein Stuhl am Fenster und zwei winzige Nachttische, aber es gab keinen Fernseher, nicht einmal ein Radio, und die Vorhänge waren so dünn, dass das Licht hindurchdrang. Sarah beschloss, bei Gelegenheit, wenn sie die Tatkraft besaß, das Bett ins Wohnzimmer zu schieben und es mit Blick auf das Meer zu plazieren, damit sie, wenn sie morgens die Augen öffnete, als Erstes den Ozean sah. Da sie nicht damit rechnete, viele Gäste zu haben, spielte es ja keine Rolle.

Nachdem sie den gasbetriebenen Grill in den Griff bekommen und sich Toast und eine Tasse Tee zubereitet hatte, zog sie sich warme Kleidung an und ging nach draußen. Sie nahm ihren Fotoapparat mit und machte sich auf zu einem ausgiebigen Strandspaziergang. Sie hatte die Absicht, ihre Zeit in Redstone dafür zu nutzen, um körperlich richtig fit zu werden.

Der Strand lag zu dieser frühen Stunde verlassen da – abgesehen von den Möwen, die über Sarahs Kopf kreisten und schimpften. Es wehte ein eiskaltes Lüftchen, und stellenweise lag noch etwas Schnee, aber das machte ihr nichts aus. Sie nahm sich vor, schnell zu gehen, um warm zu werden, und dann auf dem Rückweg einige Fotos zu machen. Sie hatte erst eine kurze Strecke auf dem gefrorenen Sand zurückgelegt, als sie einen anderen frühen Spaziergänger erblickte. Es war eine Frau, die sich die Augen ausweinte. Sarah bemerkte sogleich, dass sie sehr farbenfrohe Kleidung trug. Einen violett-grünen Wollmantel mit Rüschen, einen grünen Filzhut mit violetten Häkelblumen an der Seite, dazu eine violette Strumpfhose, braune Lederstiefel und violette Handschuhe. Über ihrer Schulter hing eine große, bunte Strickhandtasche, die einen Knopf von der Größe einer Untertasse hatte. Das pflaumenfarbene, lockige Haar der Frau umrahmte ihre großen grauen Augen. Sarah schätzte sie auf Mitte dreißig. Sie lief ziellos am Ufer entlang, und ihre Schultern bewegten sich zu ihren kleinen, keuchenden Schluchzern. Sarah fürchtete anfangs, die arme, unglückliche Frau, die sie noch nicht bemerkt hatte, in Verlegenheit zu bringen. Sie überlegte gerade, ob sie wieder umkehren oder einfach so tun sollte, als habe sie das Weinen nicht registriert, als die Frau sie entdeckte und schuldbewusst zu Boden sah.

»Hallo! Wie ich sehe, bin ich nicht die Einzige, die schon so früh unterwegs ist«, sagte Sarah rasch.

»O ja, es ist so schön am Strand, wenn niemand sonst da ist. So friedlich.«

»Das kann man wohl sagen. Geht es Ihnen gut? Ich möchte nicht neugierig wirken, aber Sie scheinen ein wenig aus der Fassung zu sein«, erlaubte sich Sarah zu sagen. So ein Pech aber auch. Es war nicht ihre Absicht, in irgendein Familiendrama zu geraten. Andererseits wollte sie auch nicht gleichgültig erscheinen.

»Oh, nein, es ist alles in Ordnung. Meine Emotionen spielen zu dieser Jahreszeit nur mal wieder verrückt, wissen Sie. Weihnachten erinnert mich immer an alles, was ich während des Rests des Jahres zu ignorieren versuche.«

»Das kann ich sehr gut verstehen«, erwiderte Sarah. »Mein Name ist Sarah Quinn. Ich bin gerade aus London angekommen, um hier Ferien zu machen. Ich wohne im Rose Cottage. Kann ich irgendetwas für Sie tun? Soll ich jemanden anrufen? Ich habe mein Handy dabei.«

»Ach herrje, was müssen Sie für einen schrecklichen Eindruck von mir haben«, sagte die geheimnisvolle Frau und lächelte mit Tränen in den Augen. »Mein Name ist Miriam. Miriam Gormley. Es ist wirklich alles in Ordnung, Sie müssen sich keine Sorgen machen.«

»Na gut«, sagte Sarah erleichtert. »Wir werden uns sicher noch einmal über den Weg laufen. Ich bleibe zwei Monate hier. Vielleicht haben wir irgendwann die Gelegenheit, uns ausführlicher zu unterhalten.« Warum hatte sie das jetzt gesagt?, fragte sich Sarah mit Bedauern. Sie leitete doch schließlich keine Beratungsstelle.

»Sind Sie vielleicht eine Freundin von Mrs. Casey?«, erkundigte sich Miriam zaghaft.

Sarah betrachtete Miriams sorgfältig aufeinander abgestimmte Kleidung und hatte aus irgendeinem Grund großes Mitleid mit ihr. Miriam machte den Eindruck, als wäre sie normalerweise ein glücklicher, aktiver und optimistischer Mensch. Zumindest nach ihren Klamotten zu urteilen. Aber jetzt war sie blass, und zwar so sehr, dass ihre Haut fast schon bläulich wirkte.

»Der Besitzerin des Hauses? Die habe ich leider bisher noch nicht kennengelernt. Meine Reise war ein spontaner

Entschluss. Ich glaube, sie ist über die Feiertage zu ihrer Schwester gefahren. Der Mann, der mir in Dublin das Haus vermittelt hat, sagte, dass sie einige Tage weg sein würde. Ich fand es zwar ein wenig seltsam, dass sie mich haben einziehen lassen, ohne mich weiter zu überprüfen, aber was soll's. Diese Mrs. Casey ist wohl ein sehr unkomplizierter Mensch.«

»Ja, das ist sie«, sagte Miriam, und die Tränen begannen erneut zu fließen. Sie wandte sich ab und schritt davon. »Bis bald. Machen Sie's gut.«

Aber Sarah eilte ihr nach.

»Entschuldigen Sie, Miriam, aber darf ich fragen, was los ist? Irgendetwas macht Ihnen offensichtlich sehr zu schaffen. Wenn Sie möchten, bleibe ich bei Ihnen, bis Sie sich wieder besser fühlen. Oder darf ich bitte jemanden für Sie anrufen?«

»Ach, ich bin heute einfach nicht ganz auf dem Damm, sondern furchtbar enttäuscht. Ich dachte, ich sei schwanger, bin es aber nicht. Das ist alles.«

»Oh, Miriam, das tut mir leid. Ich hoffe, dass es bald klappt.«

Sie lächelten einander zu. Es gab eine Verbundenheit zwischen ihnen, wie sie manchmal bei Frauen vorkommt, die spüren, dass sie etwas gemeinsam haben.

»Haben Sie Kinder?«, erkundigte sich Miriam.

»Nein, ich bin nicht verheiratet. Was natürlich nicht heißen soll, dass man verheiratet sein muss, um Kinder zu haben. Aber nein, ich habe keine. Wissen Sie, ich hätte eigentlich gestern heiraten wollen, aber ich habe meine Meinung geändert. Oder besser gesagt, es ist etwas geschehen, das meine Meinung geändert hat. Man könnte wohl sagen, ich wurde von einem Geist heimgesucht. Also nein, Sie müssen mich ja für völlig übergeschnappt halten.«

»Ganz und gar nicht. Sie hat es offensichtlich noch schlimmer erwischt als mich. Was sagten Sie noch, wie Sie heißen – Sarah?«

»Ja, Sarah Quinn.«

»Das muss eine schreckliche Erfahrung für Sie gewesen sein, Sie Ärmste.«

»Ja, es war ziemlich schlimm, aber ich werde es hoffentlich überleben. Ich bin nach Redstone gekommen, um hier ein bisschen abzuschalten.«

»Das ist eine gute Idee, und Sie haben den richtigen Ort dafür ausgewählt. Haben Sie wohl zufällig ein Taschentuch für mich? Jetzt schleppe ich schon dieses Monstrum von Handtasche mit mir herum und stehe trotzdem ohne Taschentücher da. Ich hab schon alle aufgebraucht.«

»Ich habe welche dabei, warten Sie.«

Sarah zog ihren Rucksack von den Schultern und tastete darin herum, auf der Suche nach einem Päckchen Menthol-Taschentüchern, die sie in Dublin gekauft hatte. Sie fand es schließlich unter einem ihrer Objektive.

Sie reichte Miriam das Päckchen, die dankbar ein Taschentuch daraus hervorzog und so diskret wie nur eben möglich hineinschnupfte.

»Danke«, sagte sie. »Das hat gutgetan. Ich mag Menthol.«

»Behalten Sie das Päckchen«, bot Sarah ihr großzügig an. »Ich habe in letzter Zeit genug geheult. Und meinen Kummer so hinreichend ertränkt, dass ich bestimmt noch eine ganze Woche Kopfschmerzen haben werde. Wir Frauen sind eine eigenartige Spezies, nicht wahr? Wir beschweren uns, wenn wir keinen Mann und keine Kinder haben, und wir beschweren uns noch lauter, wenn wir beides haben.«

»Hätten Sie Lust, mich ein Stück zu begleiten?«, fragte Miriam und blickte auf die Muschelschalen zu ihren Füßen hinab.

»Ich möchte mich nicht aufdrängen«, erwiderte Sarah, die eigentlich nicht vorgehabt hatte, sich in der kurzen Zeit, die sie hier verbringen würde, zu intensiv mit irgendjemandem einzulassen. Doch dann überlegte sie es sich anders. Es wäre eigentlich gar nicht schlecht, heute Morgen ein wenig Gesellschaft zu haben. »Ach, warum nicht«, sagte sie fröhlich. »Aber unter einer Bedingung. Ich möchte nicht den Rest meines Lebens mit Jammern und Klagen verbringen und die Leute mit meiner Leidensgeschichte langweilen. Also, um es kurz zu machen: Ich habe meinen Verlobten verlassen, weil ich erfahren habe, dass er immer noch seine erste Frau liebt. Und ich konnte nicht viel dagegen unternehmen, weil seine erste Frau nicht mehr unter uns weilt. Sie ist vor zehn Jahren gestorben. Ich konnte damit nicht umgehen und habe die Flucht ergriffen. Das war's auch schon. Und was ist mit Ihnen? Haben Sie schon die Fruchtbarkeitstests und all das hinter sich gebracht? Wie man hört, soll das Ganze ja gar nicht so einfach sein.«

Sie machten sich gemeinsam auf den Weg und passten ihre Schritte einander an, während die Wellen nur wenige Zentimeter von ihren Füßen entfernt an den Strand rollten.

»Ja, das habe ich. Mein Mann Patrick würde tot umfallen, wenn er wüsste, dass ich Ihnen das erzähle, aber das Problem scheint bei ihm zu liegen.«

»Verstehe. Hat er sich denn schon testen lassen? Hat er zu wenig Spermien, oder sind sie zu langsam?«, erkundigte sich Sarah sachlich. Sie hatte kein Problem damit, über solche Themen zu sprechen. In ihren Kreisen, angesichts all der Alphaweibchen, die das Kinderkriegen bis zuletzt aufschoben, war künstliche Befruchtung ein beliebtes Thema am Kaffeeautomaten.

»Du meine Güte! Sie sind wohl noch nicht lange in Redstone, Sarah. Die Männer hier haben es nicht so mit Tests. Oder zumindest bei meinem Mann ist das so. Verstehen Sie mich bitte nicht falsch, er ist ein wunderbarer Mann, aber er will nichts mit Ärzten und Krankenhäusern zu tun haben.«

»Verstehe.«

»Ein Test wäre genauso, als würde ich ihn bitten, sich in einem Fass die Victoriafälle hinunterzustürzen.«

»Männer! Im Herzen sind sie alle noch kleine Jungs, nicht wahr?«, sagte Sarah mit sanfter Stimme. »Sie können nicht genug bekommen von den abenteuerlichsten Dingen, von rasanten Motorradfahrten oder den gefährlichsten Sportarten. Aber wenn man sie bittet, für den Arzt die Hosen runterzulassen, nehmen sie gleich die Beine in die Hand, als wollten sie den Weltrekord über tausendfünfhundert Meter brechen.«

Miriam lächelte. »Ich sehe gerade meinen Patrick vor mir, wie er in einem Trainingsanzug die Straße entlangrennt, mit einem Trupp Krankenschwestern auf den Fersen.«

Und zum ersten Mal seit vielen Wochen begann sie zu lachen.

Kapitel 12

Sarah zog die Hintertür ihres Häuschens zu und machte sich auf zu einem weiteren ausgiebigen Strandspaziergang.

Es war der Tag vor Silvester, und sie hatte noch nicht mit Abigail gesprochen. Es war schwer, mit jemandem zu telefonieren, wenn man nichts Interessantes zu sagen hatte, es nicht viel zu berichten gab – außer dass sie jeden Tag stundenlang am Strand entlanglief, bis ihr die Oberschenkel und die Fußknöchel weh taten. Und dass sie ungefähr zwanzig Maxi Twists und fünf Portionen Fisch mit Pommes frites gegessen hatte und erstaunlicherweise immer noch in ihre Jeans passte. Oder dass sie jeden Abend allein in dem großen Wohnzimmer vor dem Fernseher saß, ohne dabei dem Programm zu folgen. Der flimmernde Bildschirm diente nur dazu, ihr Gesellschaft zu leisten. Sie wartete darauf, dass ihr Herz aufhörte zu schmerzen und endlich heilte und dass sie sich nicht länger schuldig fühlte. Aber das war nicht das, was Abigail hören wollte, da war sich Sarah sicher. Hatte sie es in der Klinik nicht oft genug mit solchen Fällen zu tun? Seltsamerweise hatte Abigail auch nicht versucht, sie zu erreichen.

Genauso wenig wie Mackenzie.

Sarah hatte ihren Eltern jedoch zwei fröhliche Postkarten aus dem Dorf geschickt, und diese hatten umgehend auf die erste reagiert und ihr zehn Zwanzig-Pfund-Noten geschickt, in ein flauschiges, neues Geschirrtuch gewickelt. Das Päckchen hatten sie mit dem Vermerk *Enthält Geschirrtuch* versehen – in Fettschrift. Das sah ihren Eltern wieder mal ähnlich, dachte Sara gerührt. Es tat ihr jedoch gut, dass sie sich so um sie sorgten, auch wenn es ihr oft auf die Nerven ging. Sie hätten natürlich auch einen Verrechnungsscheck oder eine internationale Postanweisung schicken können. Oder ihre Bank in Islington bitten können, eine elektronische Überweisung vorzunehmen. Doch das Bargeld war ihr angesichts ihrer geänderten Lebensumstände sehr willkommen. Sie hatte die Sterling-Noten in der hiesigen Bank in Euro umgetauscht, und das Geld lag nun sicher verstaut in ihrem kleineren Koffer unter dem Bett.

Sarah holte tief Luft und atmete den sauberen, salzigen Geruch des Meeres ein. Die Wellen waren heute schäumend weiß, und die Sonne strahlte vom Himmel, aber es war nach wie vor sehr kalt. Ihr Gesicht war schon bald gerötet, was aber zum Teil auch an der Vorfreude lag, denn Miriam Gormley hatte sie eingeladen, und sie würde sie heute zum ersten Mal in ihrem Haus besuchen und dort zugleich auch ihre Freundinnen Aurora Blackstaff und Gemma Hayes kennenlernen. Die drei hatten wohl so etwas wie einen kleinen, zwanglosen Literaturzirkel gegründet. Nichts allzu Anspruchsvolles, wie Miriam ihr versichert hatte. Es war offenbar Auroras Idee gewesen. Sarah hatte der Einladung in erster Linie aus reiner Höflichkeit zugestimmt, weil Miriam ein so reizender Mensch

war. Anschließend würde sie in ihr schönes Häuschen zurückkehren, die Füße hochlegen und den Abend damit verbringen, ins flackernde Kaminfeuer zu schauen und den Klängen des Ozeans zu lauschen.
Auch jetzt hatte das Geräusch der Wellen etwas so Beruhigendes, dass sie wieder einmal jegliches Zeitgefühl verlor und sich am Ende beeilen musste umzukehren, um in die andere Richtung auf die Hügel zuzumarschieren.
Am Ende traf sie zwanzig Minuten zu früh bei Miriam ein. Wahrscheinlich bin ich die Erste, dachte sie ein wenig aufgeregt. Aber ihre Sorge, dass dieser Besuch bei Miriam etwas von einer lästigen Pflicht haben würde, wurde ihr genommen, sobald sie das wunderschöne, lavendelfarben gestrichene Haus sah.
Miriam hatte sie gebeten, direkt zur Hintertür zu kommen, und so lief Sarah um das Haus herum. Als die Tür geöffnet wurde, entfuhr ihr beim Anblick von Miriams Küche ein Begeisterungsschrei, obwohl sie von der Eingangsstufe aus nur einen Teil des Raumes und einen kleinen Ausschnitt des angrenzenden Wohnzimmers sehen konnte. Miriam Gormleys Haus war einfach hinreißend. Die Wände der Küche waren in einem zarten Rosé gestrichen, das an die Farbe von Teerosen erinnerte. Die Schränke und Regale waren weiß. An sämtlichen Schubladen befanden sich runde, weiße Griffe, an denen Scheren, kleine Salatkörbchen und Topfhandschuhe mit Blumenmuster hingen. Es gab einen großen, cremefarbenen Aga-Herd, der behangen war mit knallbunt gestreiften Geschirrtüchern. Den Tisch hatte Miriam mit blauen Tellern und Tassen gedeckt, und in der Mitte stand eine roséfarbene Etagere, die turmhoch beladen war mit Rosinen-

brötchen, blassblauem Schaumgebäck und Schokoladen-Eclairs auf Spitzenpapier. Augenscheinlich alles selbst gebacken. Es war so hübsch anzusehen, dass sich Sarah ein wenig überwältigt fühlte.

»Für dieses Haus würde ich meine eigene Großmutter verkaufen«, hörte Sarah jemanden sagen. Und stellte fest, dass sie es gewesen war, die da gesprochen hatte.

Miriam lachte laut auf, umarmte sie und küsste sie auf beide Wangen. »Vielen Dank für das Kompliment. Ich hoffe aber, dass Sie das nicht ernst gemeint haben! Kommen Sie nur herein und setzen Sie sich. Haben Sie das Haus rasch gefunden?«

»Machen Sie Witze? Wie hätte ich ein so großartiges Haus übersehen sollen? Sie hatten mir zwar gesagt, dass es lavendelfarben gestrichen ist, einen weißen Lattenzaun hat und acht Palmen im Vorgarten stehen, aber ich hätte mir nie träumen lassen, dass es so wunderschön ist.«

»Jetzt reicht es aber, ich bekomme ja schon rote Ohren. Ich freue mich sehr, dass Sie heute kommen konnten, Sarah. Aurora und Gemma brennen darauf, Sie kennenzulernen.«

»Ich hoffe nur, sie werden nicht von mir enttäuscht sein.«

»Natürlich nicht. Bislang besteht der Literaturzirkel nur aus uns dreien, weil sich Aurora eine kleine, freundschaftliche Gruppe wünscht. Eigentlich steht mehr die Freundschaft im Vordergrund. Das mit dem Lesen nehmen wir nicht ganz so ernst. Es ist leider eine reine Frauenveranstaltung.«

»Oh, das ist mir sehr recht. Von Männern habe ich im Moment die Nase gestrichen voll.«

»Das kann ich verstehen. Hatte ich eigentlich bereits erwähnt, dass wir bei diesen Gelegenheiten ziemlich viel Kuchen und Eiskrem essen? Ich hoffe, Sie sind keine Gesundheitsfanatikerin.«

»Keineswegs. Ich liebe Eiskrem«, erwiderte Sarah sogleich. »Ich kann gar nicht genug von dem Zeug bekommen, seit ich in Redstone bin.«

»Die Zubereitungsmöglichkeiten roher Möhren sind nun einmal begrenzt.«

»Sehr richtig.«

Miriam trug heute hautenge Jeans, Ballerinas und einen langen, weißen Pullover mit roséfarbenen Schneeflocken darauf. Sie wirkte unglaublich feminin. Welch eine Schande, dass ihr Mann sich nicht überwinden konnte, zu einem Arzt zu gehen. Miriam würde sicher eine tolle Mutter abgeben.

»Dieses Haus ist einfach umwerfend. Sicher war es sehr teuer. Ich dachte, die Immobilienpreise hier in Irland seien moderat, aber das Gegenteil ist der Fall, sie sind höher als in London«, sagte Sarah wehmütig.

»Die Hauspreise sind wirklich kriminell«, stimmte Miriam ihr zu und legte behutsam Teelöffel auf die blauen Untertassen. »Dabei ging alles so schnell. In einem Jahr sind die Leute noch wie gewohnt in Scharen ausgewandert, und im nächsten schon haben sie eine halbe Million Euro für eine Schuhschachtel bezahlt.«

»Unglaublich, nicht wahr?«

Es war so gemütlich und warm in der Küche, dass Sarah beinahe vergaß, dass ihr eigenes Leben ein einziger Scherbenhaufen war.

»Was halten Sie von einer kleinen Hausführung?«, fragte

Miriam unvermittelt und wies zur Decke hinauf. »Bis die anderen kommen.«

»Nur zu gern«, entgegnete Sarah, sprang auf und warf als Erstes einen Blick in das angrenzende Wohnzimmer. In dem ganz in Weiß gehaltenen Raum mit seinen riesigen, weißen Sofas standen eine Reihe von Glaskerzenleuchtern, und an den Wänden hingen abstrakte, texturierte Meereslandschaften in hellen Blau- und Türkistönen.

»Einfach sensationell«, sagte Sarah und schüttelte staunend den Kopf. »Insbesondere diese herrlichen Meerespanoramen.«

»Die stammen von einer hiesigen Künstlerin, Brenda Brown«, erläuterte Miriam stolz. »Sie ist der leuchtende Stern unserer kleinen Künstlergemeinde hier. Sie lebt das ganze Jahr über in Redstone und hat eine eigene kleine Galerie draußen an der Landspitze. Und Brendas Mann, Sean, ist ein echter Hingucker und ein wirklich netter Kerl noch dazu. Er grüßt immer jeden sehr freundlich. Manche Frauen haben wirklich ein Glück! Er ist ganz vernarrt in sie. Es geht einem richtig das Herz auf, wenn man die beiden zusammen durchs Dorf schlendern sieht. Junge Liebe ist doch etwas Wunderbares!«

Sarah lächelte, sagte aber nichts. Sie hatte für den Rest ihres Lebens genug von der Liebe.

»Brenda hat kürzlich einen Sonderverkauf in ihrer Galerie veranstaltet, und ich hatte das Glück, dieses Bild dort drüben zu ergattern.« Miriam zeigte auf eine kleine Leinwand in einem dicken, weißen Rahmen. »Ich sammele ihre Arbeiten schon lange, aber sie sind inzwischen derart im Wert gestiegen, dass ich sie mir beinahe nicht mehr leisten kann. Sie hat mir dieses Bild zum alten Preis gelassen, weil ich sie schon in ihrer Anfangszeit unterstützt habe. Sie ist wirklich eine sehr nette junge Frau. Zieht sich immer ziemlich leger an. Läuft in alten Jeans und gammeligen T-Shirts herum.«

»Ich werde nach ihr Ausschau halten. Gammelig, sagten Sie? Ich glaube, ich habe sie und ihren Mann an dem Abend gesehen, als ich hier ankam.«

Die wohnliche Diele war zitronengelb gestrichen, und neben der Haustür stand ein großes, dunkelbraunes Bücherregal mit jeder Menge kleiner Seegraskörbe darin – für Schuhe, Schuhcremedosen und Bürsten, Briefe und Schlüssel. Die beiden Frauen gingen die Treppe hinauf, und auch oben war alles einfach vollkommen. Ein cremefarbenes Schlafzimmer mit schweren Möbeln im französischen Stil. Ein makelloses, mintgrünes Badezimmer mit weiteren Körben voller Handcremes erlesener Kosmetikfirmen, muschelförmiger Seifen und Badekugeln in allen möglichen Farben. Oh, welch ein Luxus, dachte Sarah bei sich. Und dann kamen sie zu einer niedrigen Tür am Ende des Flurs, vor der Miriam für einen Moment zögerte.

»Das ist das Arbeitszimmer meines Mannes. Es hat das schönste Fenster im Haus.« Sie öffnete die Tür und trat zurück, um ihren Gast das Bullauge bewundern zu lassen.

»Das ist ja einfach fantastisch!«, sagte Sarah seufzend und bekam weiche Knie vor Neid. Das große, runde Fenster in Patricks Arbeitszimmer war wirklich wunderschön. Der Raum selbst war in einem zarten Blau gestrichen, und auf Dutzenden weiß gestrichenen Regalbrettern standen Hunderte kleine, hölzerne Leuchttürme. Außerdem gab es noch einen Schreibtisch und einen Stuhl aus Kiefernholz und einen blaukarierten Lehnstuhl am Fenster.

»Er sammelt Leuchttürme«, sagte Miriam lachend, obgleich ihre Augen dabei nicht mitlachten.
Sie kehrten wieder in die Traumküche zurück. Miriam schenkte Tee ein und bat Sarah, sich von der Etagere zu bedienen. Dann fuhr ein Auto vor, und Schritte näherten sich der Hintertür. Sarah hielt den Atem an. Was wäre, wenn die anderen Frauen sie nicht mochten? Oder sie die beiden nicht mochte? Doch dann war die Tür auch schon geöffnet, und Aurora Blackstaff und Gemma Hayes standen in der Küche. Sie stellten ihre Taschen ab, hängten die Jacken auf und begrüßten Miriam und Sarah herzlich.
»Ich kenne Sie doch!«, sagte Aurora.
Sarah war sich dessen nur allzu bewusst. Aurora war die Frau, die mit angehört hatte, wie sie an ihrem ersten Abend in Redstone auf der Toilette des Pubs verkündet hatte, dass sie nicht verrückt war.
»Ja, ich fürchte, wir sind uns schon einmal begegnet«, erwiderte sie verlegen. »Ich war gerade mit dem Bus aus Galway angekommen und wusste nicht so recht, wie es weitergehen sollte, verstehen Sie? Ich bin aus einer Laune heraus hierhergekommen. Es war ein spontaner Entschluss. Sie müssen mich für eine Spinnerin gehalten haben.«
»Keineswegs. Ich verstehe das sehr gut. Bei mir war es mal genauso«, säuselte Aurora. Sie war eine groß gewachsene Frau, vielleicht schon Anfang fünfzig, doch mit ihrem durchtrainierten Körper und ihrer munteren Art wirkte sie sehr viel jünger. Sie trug ihr langes, blondes Haar zu einem gepflegten Haarknoten aufgesteckt. Und sie verströmte eine gewisse Autorität. Sarah fragte sich, ob Aurora vielleicht Lehrerin war. (Miriam hatte nicht er-

wähnt, womit die beiden Frauen ihren Lebensunterhalt verdienten.)

Gemma war auch groß und wirkte sehr gelassen. Sie hatte einen wasserstoffblonden Kurzhaarschnitt und trug weiche Jeans und einen langen Strickpullover. Sie machte einen beherrschten Eindruck und schien die Art von Frau zu sein, auf die im Notfall Verlass war, die jede Krise meisterte.

Sarah fühlte sich in Gesellschaft der beiden sogleich wohl. Sie nahmen alle am Tisch Platz, und wie schon vermutet riss Aurora das Gespräch an sich.

»Also, ich bin schrecklich durstig! Miriam, ist das frischer Tee, oder sollen wir gleich noch eine Kanne machen? Dann lasst uns mal mit der Vorstellrunde beginnen. Das hier ist Gemma Hayes, Sarah. Sie ist eine mit allen Wassern gewaschene Journalistin, also passen Sie gut auf, was Sie sagen. Alles, was Sie hier enthüllen, wird notiert und könnte als Beweis gegen Sie verwendet werden. Oder zumindest in ihrer Zeitungskolumne landen.«

»Lass den Quatsch, Aurora«, sagte Gemma. »Du verschreckst die Frau noch, ehe wir überhaupt richtig begonnen haben. Ich bin zunächst einmal Autorin, Sarah. Vielleicht haben Sie ja schon von mir gehört. Aber ich schreibe auch eine Kolumne für eine Boulevardzeitung. Es ist meist dummes Geschwätz, aber von dem Honorar kann ich meine Rechnungen bezahlen. Und Aurora betreibt den kleinen Buchladen namens »The Last Chapter« am Ende der Promenade, und sie war früher einmal Lehrerin. Miriam dagegen gibt sich dem süßen Nichtstun hin. Das war nur ein Scherz, Miriam. Jetzt schau doch nicht so beleidigt drein. Miriam hat sich der Wohltätigkeitsarbeit verschrieben und könnte wohl inzwischen genauso gut hauptberuflich als Krankenpflegerin arbeiten. Sie kann es sich leisten, weil sie und ihr Mann geerbt haben. Aurora stammt aus Belfast, und Miriam und ich sind gebürtige Redstoner. So viel zu uns.«

»Und was hat Sie in unser bescheidenes Dorf verschlagen, Sarah Quinn?«, fragte Aurora. »Legen Sie gerade eine Karrierepause ein, um für eine Weile dem Hippie-Dasein zu frönen? Oder halten Sie Ausschau nach einem Feriendomizil?«

»Sehen Sie, erst rät sie Ihnen aufzupassen, und dann feuert sie selbst ihre Fragen ab«, sagte Gemma streng. »Ignorieren Sie sie einfach, Sarah, sie kann nicht anders.«

»Schon gut«, erwiderte Sarah lachend. »Ich habe nichts zu verbergen. Ich verbringe lediglich einen langen Urlaub hier in Redstone. Meine Eltern sind hier geboren.«

»Wirklich? Nur raus damit, wir wollen Details hören«, sagte Gemma.

»Die Familie meines Vaters hat das hiesige Postamt geleitet.«

»Ach, diese Quinns also! Ja, ich habe von ihnen gehört. Natürlich war ich selbst noch ein Kind, als sie das Dorf verlassen haben.«

»Und der Name meiner Mutter war Maguire, ihnen gehörte der Stoffladen. Wie dem auch sei, Miriam weiß schon Bescheid, dass ich gerade versuche, über das Ende einer langjährigen Beziehung hinwegzukommen.«

»Tut mir leid, das zu hören«, sagte Gemma leise. Ihre großen blauen Augen waren voller Mitleid, und Sarah überkam das Bedürfnis, Mackenzie gegenüber ihren neuen Freundinnen in Schutz zu nehmen.

»Er ist ein toller Mann, und das Ganze war nicht seine Schuld. Er war noch nicht über seine erste Frau hinweg, und ich habe sehr plötzlich beschlossen, dass das einfach nicht der richtige Weg für mich ist. Und deshalb bin ich gegangen. Das ist schon alles. Anschließend wollte ich einfach nur weg aus London und mich für eine Weile entspannen. Ich habe Rose Cottage für zwei Monate gemietet. Ich werde Mrs. Casey allerdings erst morgen kennenlernen, wenn sie zurückkommt. Meine Brötchen verdiene ich mir als Fotografin. Meist für Zeitschriften. Im Augenblick bin ich allerdings auf Jobsuche.«

»Wie wunderbar! Miriam hat schon etwas in dieser Richtung erzählt«, sagte Aurora. »Eine Fotografin! Nun, ich hoffe, Sie werden in der Zeit, in der Sie hier sind, Gefallen an unserem kleinen Literaturzirkel finden. Hier gibt es oft nichts anderes zu tun, als zu lesen. Ganz besonders im Winter. Dann läuft mein Laden immer sehr gut.«

»Das mag vielleicht auf dich zutreffen«, konterte Gemma. »Ich dagegen muss jede Woche eine Kolumne schreiben, ganz zu schweigen von dem Roman, den ich dem Verlag alle achtzehn Monate abzuliefern habe. Trotzdem haben mir die Treffen mit den beiden hier jede Menge Ideen geliefert, Sarah, das dürfen Sie mir glauben.«

»Sie will Sie nur auf den Arm nehmen«, beschwichtigte Aurora. »Darf ich Ihnen noch eine Tasse Tee nachschenken?«, fragte sie, als Miriam eine frische Kanne auf den Tisch stellte.

»Ja, bitte«, sagte Sarah, die sich vorkam, als sei sie in einer Geschichte von Enid Blyton gelandet. All diese köstlichen Naschereien und die Spitzendeckchen und diese roséfarbene Küche voller hinreißendem Schnickschnack …

Dazu drei mitteilsame neue Freundinnen, die sie so freundlich aufgenommen hatten, ohne wirklich etwas über sie zu wissen. Und um dem Ganzen die Krone aufzusetzen, wohnte sie auch noch in einem Haus namens Rose Cottage, von dessen riesigem Wohnzimmer aus man einen atemberaubenden Blick auf das Meer hatte. Nach all der Tristesse der vergangenen Tage war dies herrlich aufregend.

»Ist Patrick zu Hause?«, fragte Gemma flüsternd, und die Stimmung schlug sofort ein wenig um.

Aurora zog ihre Augenbrauen in die Höhe und begann Krümel von der Decke zu wischen.

»Nein, er ist mal wieder angeln gegangen«, erwiderte Miriam leise.

Aurora und Gemma tauschten vielsagende Blicke. Dann griffen sie alle nach den Büchern, die Aurora in ihrem Einkaufskorb mitgebracht hatte, und begannen darin zu blättern.

Das ist ja wie der erste Schultag nach den Ferien, dachte Sarah vergnügt.

»Wie stellen wir es denn an, Mädels?«, erkundigte sich Aurora. »Bestseller zuerst, wie gewöhnlich? Oder sollen wir mit der Autobiografie beginnen?«

»Oh, lasst uns mit Liz Smiths Memoiren anfangen!«, erwiderte Miriam augenblicklich. »Ich kann es gar nicht erwarten, dieses Buch zu lesen. Sie ist eine so wunderbare Schauspielerin.«

»Einverstanden«, sagte Aurora. »Wenn Sie noch Tee möchten, Sarah, melden Sie sich. Und zögern Sie nicht, sich einzumischen oder ein Thema anzuschneiden, das nichts mit Büchern zu tun hat. Wir sind hier ja schließlich

nicht in einer Bibliothek. Dann lasst uns mal über das Buch der letzten Woche reden. Wer möchte beginnen?«
Sarah lächelte in die Runde. Die Hintertür war nur wenige Meter von ihr entfernt, falls die drei sich mit einem Mal doch noch als Verrückte erweisen sollten, aber in den Nachrichten war in letzter Zeit eigentlich nichts von irgendwelchen Greueltaten in irischen Literaturzirkeln zu hören gewesen. Nein, sie war sich sicher, dass es sich bei den anderen bloß um einsame Frauen eines gewissen Alters handelte, die nun, da sie nicht mehr durch die Clubs zogen, versuchten, den Schein eines gesellschaftlichen Lebens zu wahren. Und sie waren bisher wirklich außerordentlich nett zu ihr gewesen. Sarah hatte sie jetzt schon ins Herz geschlossen. Miriam begann mit ihrer Kritik, und die anderen lauschten höflich.
Und Sarah empfand fast schon so etwas wie Zufriedenheit, als sie sich auf ihrem Stuhl aufrichtete und sich eine weitere Tasse Tee einschenkte.

Kapitel 13

Aurora schritt zügig die Treppe zu ihrer luxuriösen Dachwohnung im dritten Stock hinauf und betrat sie mit beschwingtem Schritt. Das Treffen ihres kleinen Literaturzirkels war heute sehr gut verlaufen.

Sarah Quinn war genau die Art von Mensch, die ihr gefiel: beherzt, geradeheraus und dennoch zurückhaltend. Sie redete nicht allzu viel über sich selbst, benahm sich andererseits aber auch nicht geheimnistuerisch. Sie war einfach perfekt für ihre Gruppe. Anfangs hatte sie sich ein wenig Sorgen gemacht, als sie hörte, dass Miriam ihre neue Freundin zu dem wöchentlichen Treffen eingeladen hatte, aber nun fühlte sie sich wohl dabei.

Aurora war ein klein wenig besessen, wenn es um den Literaturzirkel ging, dessen war sie sich sehr wohl bewusst. Aber sie gab sich die größte Mühe, dass diese Besessenheit nicht die Macht über sie ergriff (wie es schon einmal geschehen war).

Als sie gerade ihre besten Pumps in das Regal im Dielenschrank gestellt und ihre Jacke auf den dafür vorgesehen Bügel gehängt hatte, läutete das Telefon.

Wehe, wenn das schon wieder David Cropper war, dachte sie verärgert, als sie den Hörer abhob. Er hatte sein Soll an Verzweiflungsanrufen in diesem Monat mehr als erfüllt.

»Hallo?«

»Aurora, mein Schatz, bitte leg nicht gleich wieder auf«, ertönte eine flehentliche Männerstimme. »Wir müssen uns unterhalten.«

»Himmelherrgott, David! Ich habe gestern und vorgestern und wer weiß wie viele Male zuvor bereits versucht, dir begreiflich zu machen, dass ich dir nichts mehr zu sagen habe. Das mit uns ist vorbei.«

»Aber ich will dir das Ganze doch nur erklären. Du hast mir nie wirklich die Chance gegeben, es zu erklären. Du bist ja eines Nachts einfach verschwunden.«

»David, das wird jetzt langsam wirklich lästig. Ich habe Belfast wegen dir verlassen. Ich habe meine wunderschöne viktorianische Villa in der Malone Road wegen dir verkauft, und du hast keine Ahnung, wie schwer es mir gefallen ist, mich von all meinen Freunden dort zu verabschieden. Ich bin aus dem Schuldienst ausgeschieden und hierhergekommen, in dieses abgelegene, kleine Dorf, um noch einmal neu anzufangen.«

»Das weiß ich doch alles, mein Liebling.«

»Und was glaubst du, warum ich mir all diese Mühe gemacht habe? Denkst du, ich hätte das erste halbe Jahr hier rund um die Uhr gearbeitet, damit der Buchladen ein Erfolg wird, bloß damit du wieder in mein Leben gestolpert kommst und alles auf den Kopf stellst? Ich mag ja so dumm und albern und naiv gewesen sein, zu glauben, dass du mich liebst, David Cropper. Aber ich habe keine masochistische Ader. Und jetzt sei kein Kindskopf und lass mich in Ruhe.«

»Warum behandelst du mich so, Aurora? Warum willst du die Sache so beenden? Ich glaube dir einfach nicht, dass du mich nicht mehr liebst!«

»Das solltest du aber.«

»Hast du denn vergessen, was wir beide alles zusammen erlebt haben? Wie wir uns für den Literaturzirkel kostümiert und Wange an Wange in deinem Wintergarten getanzt haben? Wie unwiderstehlich es gewesen ist, diese ganzen Spitzenrüschen auf unserer Haut zu spüren, und was es mit uns angestellt hat?«

»Hör auf, mir wird schon ganz übel.«

»Vermisst du denn unsere privaten Dichterlesungen gar nicht, Liebste? Die Treffen des Literaturzirkels, diese Energie und Begeisterung?«

»Nein, das tue ich nicht, David. Ich werde die Schande unserer Affäre mit ins Grab nehmen. Meine Würde war nur das erste Opfer unserer Beziehung. Und was den Zirkel und den Bau dieses verdammten Ungetüms von einem Wintergarten angeht, so bedauere ich es im Nachhinein zutiefst, dass ich den Garten des armen Henry dafür planieren ließ. Du hast wirklich Nerven, mich anzurufen!«

»Wie geht es deinem Ex-Mann denn eigentlich? Ist er immer noch mit dieser Tussi aus dem Blumenladen zusammen?«, erkundigte sich David und versuchte damit schlauerweise, den Mann in Auroras Leben anzugreifen, von dem sie behauptet hatte, er sei der Einzige, der sich jemals wirklich etwas aus ihr gemacht hatte.

»Ja, das ist er. Er hat diese Tussi, wie du sie zu bezeichnen pflegst, geheiratet, und sie haben inzwischen eine hinreißende kleine Tochter, sind sehr glücklich miteinander und leben in einem wunderschönen französischen Bauernhaus. Wie du siehst, ist mein Ex-Mann im Gegensatz zu dir ein richtiger Mann, der keine Bindungsängste hat und dem es nichts ausmacht, dabei gesehen zu werden, wie er einen Kinderwagen durch die Straßen schiebt, während du in deinem Alter immer noch hinter jedem Rockzipfel herjagst. Findest du nicht, dass du übertreibst? Was glaubst du, wie lange du noch diesen knochigen Schauspielerinnen nachstellen und um vier Uhr in der Früh aus Weinlokalen getorkelt kommen kannst?«

»Das gehört einfach dazu, wenn man in der Fernsehbranche arbeitet, Aurora. Das ist doch alles nur fauler Zauber. Von Produzenten wird erwartet, dass sie ein wenig flirten und gelegentlich mit dem ganzen Team einen draufmachen. Das schweißt zusammen und hebt die Arbeitsmoral.«

»Ha! Also ehrlich, wenn das Ganze nicht so jämmerlich wäre, könnte ich dieser Unterhaltung doch tatsächlich etwas Humorvolles abgewinnen. Du solltest mal eine Therapie machen, auch wenn ich bedauerlicherweise bezweifeln möchte, dass du genug Verstand besitzt, um dir helfen zu lassen.«

»Aber vermisst du mich nicht wenigstens ein kleines bisschen, Aurora? Vermisst du nicht unsere gemeinsamen Abende im Wintergarten, nur wir zwei, als wir einander aus den Romanen von Charlotte Brontë vorgelesen haben? Und ich meinen Gehrock trug und du deine Petticoats und dieses Korsett, das so eng war, dass man es schon als kriminell bezeichnen konnte?«

Oh, dieser verdammte Mistkerl. Jetzt fing er wieder mit dieser Sache an, dachte sie wütend.

»Ja, ich gebe zu, dass ich dich manchmal ein klein wenig

vermisse«, sagte sie, wollte ihn damit aber nur veralbern. »Du hast in diesem Gehrock wirklich umwerfend ausgesehen.«

»Wirklich?« Er klang verwirrt.

»Ja, ich bin ja schließlich auch nicht aus Stein. Ich bin eine normale Frau mit normalen Gefühlen.«

»Ich wusste es! Und ich vermisse dich auch, mein Liebling. Du glaubst gar nicht, wie sehr. Und warum sollten wir beide einsam sein und uns langweilen? Du musst doch nur nach Belfast zurückkommen. Komm zurück und schenk mir deine Liebe, die ich so lange vermisst habe!«

Aurora wollte ihren Ohren nicht trauen. David Cropper konnte nicht einmal zum Laden an der Ecke gehen, um Milch zu kaufen, ohne gleich über die erste attraktive Frau herzufallen, die ihm über den Weg lief. Offenbar schienen ihm die Alternativen und die Frauen auszugehen, sonst würde er sie nicht ständig anrufen.

»Oh, David«, gurrte sie verführerisch ins Telefon, »erinnerst du dich noch an das erste Mal, als wir uns in unseren Kostümen geliebt haben? An dem Tag, an dem sie mit den Dreharbeiten über den Brontë-Zirkel für die Reihe auf BBC2 fertig geworden waren? Unsere kleine Literaturgesellschaft war endlich berühmt geworden! Wir waren Stadtgespräch. Jeder, der etwas auf sich hielt, riss sich um eine Mitgliedschaft. Sie beförderten mich an der Schule sogar zur stellvertretenden Rektorin, weil es uns gelungen war, die klassische Literatur für die breiten Massen verlockender zu machen. Das waren in der Tat gute Zeiten.«

»Ja, das kann man wohl sagen, nicht wahr?«

»Und erinnerst du dich noch an den Tag, als der arme Henry seine Niederlage eingestanden hat und aus der ehelichen Wohnung ausgezogen ist? Und er hat nicht einmal versucht, vor Gericht die Hälfte des Hauses zu erstreiten – er ist einfach gegangen und hat ein neues Leben mit Rose angefangen.«

»Natürlich erinnere ich mich daran.«

»Wirklich? Und erinnerst du dich auch noch daran, wie du geschworen hast, dass wir bis in alle Ewigkeit zusammenbleiben würden?«, gurrte sie.

»Ja!«

Aurora holte tief Luft. »Und dann hast du mich mit dieser zwanzigjährigen Studentin aus deinem Schauspielkurs betrogen«, schrie sie ins Telefon, »die mir einen Brief geschickt und mir haarklein geschildert hat, was ihr zwei hinter den Kulissen am Grand Opera House so alles angestellt habt!«

»Jetzt hör mir doch bitte einmal zu, Aurora. Ich habe dir doch gesagt, dass ich das alles erklären kann.«

»Dann mal los.« Aurora sah in den Dielenspiegel und tätschelte sich das Haar. Sie fand, dass sie heute ziemlich gut aussah. Die Meeresluft und Miriams Hausmannskost schienen ihr wunderbar zu bekommen. Sie hatte drei Kilo zugenommen, seit sie nach Redstone gezogen war, und ihre Wangen und das Kinn waren ein wenig voller geworden, aber es stand ihr gut. »Ich höre.«

»Ich hatte eine Midlife-Crisis. Ich habe mein Alter gespürt und nach jeder Chance gegriffen, um mir zu beweisen, dass ich auf jüngere Frauen immer noch anziehend wirke.«

»Ach bitte, David, was soll denn das? Du bist ein gebildeter Mann. Dir fällt doch bestimmt noch etwas Besseres ein, oder? Habe ich nicht eine glaubwürdigere Entschuldigung verdient als die gute alte Midlife-Crisis? Eine solch mickrige Ausrede ist wirklich eine Beleidigung!«

»Du hast einfach keine Ahnung, wie das für einen Mann ist, mein Schatz. Du verstehst nicht, wie wesentlich unsere Potenz für unser Selbstwertgefühl ist. Die Aufmerksamkeit, die sie mir geschenkt hat, hat mein Selbstvertrauen gehoben. Das Zusammensein mit … äh, mit dieser Frau hat bei mir einen kreativen Schub bewirkt.«

»Du weißt nicht einmal mehr ihren Namen?«

»Natürlich weiß ich den noch.«

»Und wie lautet er?«

»Aurora, jetzt quäle dich doch nicht mit irgendwelchen Einzelheiten. Gib einfach diesen albernen Buchladen auf und komm wieder zurück nach Belfast, wo du hingehörst. Ich liebe dich. Ich brauche dich.«

»Und du bist für mich so überflüssig wie ein Kropf, du schleimiger kleiner Widerling. Du bist nichts weiter als ein Heuchler. Und dazu noch pervers. Das Mädchen war jung genug, um deine Tochter zu sein! Du hast dich nicht einmal dafür entschuldigt. Du musst völlig das bisschen Verstand verloren haben, das du besitzt, wenn du glaubst, dass ich dich jemals wieder auch nur einen Steinwurf weit an mich heranlassen werde. Wenn ich noch daran denke, wie sich die Mitglieder des Brontë-Zirkels damals über mich lustig gemacht haben – sogar meine Schüler konnten nicht aufhören, über mich zu kichern. Der Skandal hätte mein Ansehen beinahe ruiniert, du dreckige kleine Ratte.«

»Aurora, so beruhige dich doch, mein Engel!«

»Beruhigen? Du bist doch derjenige, der keine Ruhe gibt, der mich Tag für Tag anruft. Ich warne dich, treibe es nur nicht wieder so weit, dass ich noch einmal meine Telefonnummer ändern muss! Und ruf auch nicht mehr im Buchladen an, sonst werde ich dich wegen Belästigung anzeigen. Und wenn das nicht funktioniert, werde ich jeden deiner Anrufe aufzeichnen und die Bänder an deinen Chef bei der BBC in Belfast schicken. Und wenn ich schon einmal dabei bin, werde ich auch gleich den *Belfast Telegraph* informieren. Die stürzen sich doch immer gern auf jeden Klatsch und Tratsch.«

»Oh!«

»Du magst dich ja um mein Ansehen einen Dreck scheren, aber dein guter Ruf ist dir verdammt wichtig, wie wir beide wissen. Also lass mich in Ruhe!«

Aurora hörte, wie er ein überraschtes Keuchen von sich gab. Sie benutzte sonst niemals Kraftausdrücke. Dann knallte sie den Hörer mit einer schwungvollen Bewegung auf.

»Also wirklich, Männer sind solche Trottel«, sagte sie zu ihrem Spiegelbild und schüttelte amüsiert den Kopf. »Nachdem sie Tausende und Abertausende von Jahren mit uns Frauen zusammengelebt haben, glauben sie immer noch, dass sie das starke Geschlecht sind. Dieser Mann ist emotional gesehen eine absolute Sackgasse, wie die meisten Männer. Und wenn er annimmt, dass ich ihn jemals wieder in die Nähe meiner Petticoats lasse, dann hat er sich sehr getäuscht. Der bloße Gedanke verursacht mir schon eine Gänsehaut.« Sie nahm sich vor, bei Gelegenheit das Kostüm herauszusuchen, das sie damals beim Brontë-Zirkel getragen hatte, und es in den Müll zu werfen. Inklusive des Korsetts, der Knopfstiefel und des Straußenfedernhuts. Also wirklich, sie musste wohl selbst in einer Midlife-Crisis gesteckt haben, dass sie einen solchen Schleimer wie David Cropper an sich herangelassen hatte.

»Was soll's«, sagte sie seufzend. »Von jetzt an geht's steil nach oben!«

Dann schaltete sie die Zentralheizung ein und ging in die Küche, um sich eine Tasse Kaffee zu machen.

Kapitel 14

Überall gab es Vorbereitungen für die Silvesterpartys. Der Pub bot an jenem Abend Live-Musik, einen Alleinunterhalter und das übliche Quiz mit Fragen zum Allgemeinwissen an und dazu noch eine Tombola. Sarah sah die Ankündigung im Fenster des Ladens, als sie ein paar Lebensmittel einkaufte, und beschloss, wenn ihr der Sinn danach stand, am Abend für ein oder zwei Stunden in den Pub zu gehen, um nicht unfreundlich zu erscheinen.

Doch vorher stattete sie Mrs. Casey einen kurzen Besuch ab und erkundigte sich bei ihr, ob es möglich wäre, weiteren Torf zu bestellen.

»Oh, gewiss, nur zu, meine Liebe, hier ist die Nummer«, erwiderte Mrs. Casey und nahm einen kleinen Zettel aus ihrem Portemonnaie, auf den sie eine Telefonnummer gekritzelt hatte. »Auch wenn ich nur schwer glauben kann, dass Sie bereits den ganzen Torf aufgebraucht haben.«

»Die drei Körbe? Ja, die sind beinahe leer«, gestand Sarah.

»Aber es ist doch noch jede Menge in dem Schrank im zweiten Schlafzimmer«, sagte Mrs. Casey. »Haben Sie die Säcke noch gar nicht entdeckt? Miriam sagte, ich solle

nicht alles im großen Zimmer aufbewahren, weil das dann doch ein wenig zu rustikal wirken würde.«
»Nein, tut mir leid«, sagte Sarah lachend. »Da habe ich noch gar nicht nachgesehen. Vielen Dank und einen guten Rutsch!«

In dem entsprechenden Schrank entdeckte sie drei große, prall mit Torf gefüllte Plastiksäcke.
»Dieses Haus wird einfach immer besser«, murmelte sie.
Und dann klopfte es an der Haustür.
Sarah eilte die Stufen hinauf, in der Annahme, dass Miriam, Gemma oder Aurora vorbeigekommen waren, doch zu ihrer Überraschung stand Ethan vor der Tür. Er hielt einen großen Weihnachtsbaum in den Händen.
»Oh, hallo«, sagte sie. »Unternehmen Sie gerade einen Spaziergang mit Ihrem Lieblingsbaum?«
»Ha, sehr witzig! Der ist für Sie. Ich dachte, dass Sie ihn vielleicht gern haben würden, weil die Weihnachtszeit doch offiziell noch sechs Tage dauert und er in der Werkstatt jetzt schon weggeworfen würde.«
Er lehnte den Baum gegen die Wand.
»Das ist wirklich nett von Ihnen, Ethan. Ich habe allerdings überhaupt keinen Schmuck dafür.«
»Keine Sorge, ich habe das hier mitgebracht.« Er zog ein kleines Päckchen mit einer Lichterkette und ein weiteres mit Weihnachtskugeln aus einer Tasche und hielt sie ihr hin. »Ist vielleicht ein bisschen wenig für einen Baum dieser Größe, aber wenigstens wäre er nicht nackt.«
Sarah freute sich über die Geste und war zugleich auch ein wenig verlegen. Ob er vorhatte, sie auf einen Drink einzuladen?

»Hätten Sie Lust, nachher mit mir auszugehen?«, fragte er prompt fröhlich. »Silvester haben wir im Pub immer viel Spaß. Es gibt ein Quiz, zwei Comedians werden auftreten, und sie spielen Live-Musik. Ach ja, und dann ist da natürlich noch die Tombola, auch wenn man dabei meist nur ein paar Flaschen Wein und einen Föhn oder etwas Ähnliches gewinnen kann. Aber es ist wirklich lustig – sie machen viel Aufhebens darum, als ginge es um den Jackpot beim Lotto.«

»Oh, vielen Dank, Ethan, aber ich bin mir noch nicht sicher, was ich unternehmen werde.«

Sarah fühlte sich hin- und hergerissen, war nicht sicher, ob sie die Einladung annehmen, mitgehen und sich amüsieren sollte – oder ob sie besser ablehnte, früh zu Bett ging und versuchte, die Nacht zu verschlafen. Gemma und Aurora besuchten einen piekfeinen Ball in einem Hotel in Galway, zu dem sie schon Ewigkeiten im Voraus die Eintrittskarten gekauft hatten. Und Miriam verbrachte den Abend zu Hause mit Patrick, der diesen ganzen »überdrehten Quatsch« um diese Jahreszeit hasste. Sarah hatte bereits mit ihren Eltern telefoniert und auch mit Abigail (die eigenartig schweigsam gewesen war und ihr ihre Flucht offensichtlich immer noch nicht ganz vergeben hatte), und nun blieb ihr eigentlich nichts mehr zu tun. Aber sie wollte Ethan nun einmal nicht auf die Idee bringen, dass sie scharf auf ihn war. Also schön, sie fand ihn sehr attraktiv, aber es war eigentlich noch viel zu früh, um über Dates nachzudenken.

»Ist schon in Ordnung, wenn Sie andere Pläne haben«, sagte er und zuckte mit den Achseln. »Ich habe Sie nur die ganze Woche nicht im Pub gesehen, und da dachte ich, ich klopfe einfach mal an die Tür und frage. Wie auch immer, es macht nichts.« Er stopfte seine Hände tief in die Taschen seiner alten Seemannsjacke und wandte sich zum Gehen.

Plötzlich tat es Sarah leid, dass sie ihm eine Abfuhr erteilt hatte.

»Einverstanden. Ich komme mit. Vielen Dank für die Einladung«, sagte sie atemlos.

»Oh, super. Soll ich Sie dann später abholen? So gegen neun?«, fragte er, von einem Ohr zum anderen grinsend.

»Ja, neun wäre prima«, erwiderte sie und überlegte bereits, wie sie ihm auf taktvolle Weise beibringen sollte, dass sie im Augenblick nicht bereit war, sich auf eine Romanze einzulassen. Und dass sie auch nicht auf der Suche nach einem Urlaubsflirt war.

Aber für den Fall, dass sie sich verkrachten oder es ein Missverständnis geben sollte, konnte sie beruhigt sein, da der Pub ja nur ein paar Türen weit von ihrem Häuschen entfernt lag. Und sie hatte ein reines Gewissen, weil sie ihn nie auf irgendeine Weise ermutigt hatte.

»Dann sehen wir uns um neun«, sagte er. »Bis später.«

Er war dieses Mal mit dem Auto unterwegs, einem alten Audi. Der Wagen passte zu ihm, dachte sie.

»Ach, Ethan, warten Sie noch mal kurz«, sagte sie, als er sich erneut zum Gehen wandte. »Werfen sich die anderen wohl in Schale?«

»In Schale werfen?«

»Ja, tragen die Frauen Kleider und hohe Schuhe? Oder kommen sie eher sportlich-elegant?«

Ethan lachte. »Wollen Sie mich auf den Arm nehmen? Im Callaghan's gibt es keine Kleiderordnung. Die Leute ziehen das an, worin sie sich wohl fühlen. Meistens Jeans. Es spielt wirklich keine Rolle.«

»Also gut. Dann bis nachher.«

»Kommen Sie mit dem Tannenbaum klar?«

»Ja, das schaffe ich schon. Vielen Dank noch mal. Wir sehen uns.«

Sarah schloss die Tür und schleifte den Baum die Treppe hinunter und hinüber zum Panoramafenster, wo sie ihn in einen der Weidenkörbe hievte und den Stamm mit den dicksten Torfstücken abstützte, so dass er gerade stand. Sie drehte ihn auf der Suche nach seiner schönsten Seite mehrmals herum. Er nadelte schon ein wenig, sah aber alles in allem noch gut aus. Zufrieden begann sie, ihn mit der kleinen Lichterkette und den Kugeln zu dekorieren, wobei sie sich Mühe gab, alles halbwegs gleichmäßig zu verteilen. Er vermochte natürlich nicht mit dem prächtigen Christbaum in Thistledown mitzuhalten, der mit so vielen herrlichen alten Kugeln behängt gewesen war, dass man die Zweige gar nicht mehr sehen konnte. Ach, es war wohl besser, nicht mehr daran zu denken. Sie würde sich nur wieder elend fühlen.

Sie schob den Stecker der Lichterkette in die Steckdose. Sie sah eigentlich sehr hübsch aus mit ihren kleinen, bunten Miniaturlaternen. Die waren inzwischen zwar völlig aus der Mode gekommen, aber irgendwie kamen sie ihr weihnachtlicher vor als all die geschmackvollen, weißen Birnen aus Opakglas, auf die ihre Londoner Freundinnen solchen Wert legten. Im selben Moment läutete ihr Handy. Das war vermutlich noch einmal Mum, die sich wie immer Sorgen um sie machte, dachte sie lächelnd. Aber es war nicht ihre Mutter, sondern Millicent Campbell.

»Hallo, Sarah? Bist du dran? Tut mir leid, wenn ich störe, ich wollte nur kurz mit dir plaudern. Hast du einen Moment Zeit?«

»Aber natürlich, wie geht es dir?«, erwiderte Sarah, und ihr Puls begann vor Schreck zu rasen. Ob Big Millie vorhatte, sie zusammenzustauchen, weil sie Mackenzie so gut wie vor dem Altar hatte stehenlassen?

»Ich wollte dir nur einen guten Rutsch ins neue Jahr wünschen, Sarah, und dir sagen, wie leid es mir tut, dass sich die Situation so entwickelt hat. Ich war überzeugt, dass Mackenzie mit Janes Tod fertiggeworden ist und dass ihr zwei zusammen glücklich werdet. Ihr jungen Frauen von heute wollt immer, dass alles perfekt ist. Wenn du erst einmal in meinem Alter bist, wirst du begreifen, dass Perfektion eine sehr trügerische Angelegenheit ist.«

»Vermutlich hätte ich ihm eine Chance geben sollen, alles zu erklären, aber ich habe das getan, von dem ich geglaubt habe, dass es das Richtige ist. Und die Tatsache, dass er sich nicht bei mir gemeldet hat, gibt mir ja auch recht.«

»Vielleicht, Sarah, vielleicht auch nicht. Man lernt einen Menschen eigentlich erst nach der Hochzeit richtig kennen. Die Männer der Familie Campbell benötigen eine gewisse Zeit, um sich zu öffnen. Ich wünschte, du hättest Mackenzie geheiratet. Er mag ein Dickkopf sein, aber er ist ein guter Mann. Du hättest ihm einfach etwas mehr Zeit lassen sollen, mein Kind. Wie dem auch sei, ich wollte dir nur sagen, dass ich dich vermissen werde.«

»Danke, Millicent. Ich werde dich auch vermissen.«

Und das war durchaus ernst gemeint.

»Du hättest zu mir kommen und mit mir reden können, weißt du. Ich wünschte, du hättest es getan.«

»Es tut mir leid, Millicent. Wahrscheinlich habe ich die ganze Angelegenheit wirklich nicht gut gehandhabt. Als mir Abigail sagte, dass Mackenzie ein Recht auf seine Gefühle für Jane hat, war mir wohl bewusst, dass sie damit richtigliegt. Aber in dem Moment bin ich damit einfach nicht zurechtgekommen. Das war alles zu viel für mich.«

»Ich weiß, und ich verstehe das auch. Aber Männer sind solche Dummköpfe! Er hätte nach eurer Hochzeit anders empfunden. Besteht denn vielleicht noch eine kleine Chance, dass ihr euch wieder versöhnt? Oder womöglich wieder zusammenkommt, ohne dass ihr heiratet?«

»Ach, Millicent, das glaube ich nicht. Ich habe Mackenzie durch mein Weglaufen enttäuscht und er mich dadurch, dass er nicht um unsere Beziehung gekämpft hat.«

»Aber seitdem du fort bist, hat er kaum ein Wort gesprochen. Er isst auch nicht richtig. Ich mache mir wirklich Sorgen um ihn.«

»Tut mir leid, das zu hören, aber mir selbst geht es auch noch nicht wieder gut. Ich hatte, ehrlich gesagt, auch nicht geplant, Weihnachten allein zu verbringen.«

»Ich weiß, ich weiß. Also, was bleibt mir noch zu sagen? Ich habe Abigail zu Silvester nach Thistledown eingeladen. Hat sie es dir schon erzählt?«

»Nein«, sagte Sarah, ein wenig verärgert über ihre Freundin. »Allerdings habe ich in letzter Zeit auch nicht viel mit ihr gesprochen. Sie hat um diese Zeit ja immer so viel in der Klinik zu tun.«

»Richtig. Deshalb habe ich sie für ein paar Tage eingeladen, sollte sie es einrichten können, und so wie es ausschaut, wird sie bald hier eintreffen. Lass uns in Kontakt bleiben, Sarah.«

»Das halte ich für keine gute Idee, Millicent. Es wäre sicher für uns beide zu schmerzhaft. Tut mir leid.«
Eine peinliche Stille entstand.
»Dann versprich mir, dass du auf dich aufpassen wirst, ja?«
Millicent gab sich wirklich allergrößte Mühe, optimistisch und freundlich zu klingen.
»Das mache ich. Danke, dass du an mich gedacht hast. Leb wohl, Millicent.«
»Leb wohl.«
Als Sarah das Gespräch beendet hatte, kam es ihr so vor, als wolle ihr das Herz vor Traurigkeit aus der Brust springen. Es war ihr schrecklich schwergefallen, Mackenzies Mutter etwas abzuschlagen, aber ihr Entschluss stand nun einmal fest. Sarah atmete einige Male tief durch und ging dann in die Küche, um sich eine Tasse Tee zu machen und anschließend das Feuer im Kamin anzuzünden – zwei Beschäftigungen, nach denen sie in den vergangenen Tagen scheinbar süchtig geworden war. Sie hatte noch vier Stunden Zeit, bevor Ethan sie abholte, um mit ihr ins Callaghan's zu gehen. Sie hoffte nur, dass sie den Mut besaß, es auch durchzuziehen.
Ach, zum Kuckuck, dachte sie mit einem Mal. Vergiss die Nicht-mehr-als-zwei-Gläser-Regel. Ein richtiges Besäufnis war jetzt genau das, was sie brauchte.
»Also gut«, sagte sie mit entschlossener Stimme. »Wo habe ich mein Make-up hingelegt? Ich weigere mich, auch nur eine weitere Sekunde in Selbstmitleid zu zerfließen.«

»Drei, zwei, eins! Frohes neues Jahr alle miteinander«, schrie der Leadsänger, bevor er mit seiner Hommage an die Pogues fortfuhr (faule Zähne inklusive). Im brechend vollen Pub herrschte eine drückende Hitze, und jeder war beschwipst, erschöpft und fröhlich.

Bis auf Sarah und Ethan.

Sarah war sich nur allzu bewusst, dass sich Ethan zu ihr hingezogen fühlte, und hatte keine Ahnung, wie sie dem einen Riegel vorschieben sollte, ohne ihn zu verletzen. Ethan wiederum spürte ihre Traurigkeit und fragte sich, was los war. Er hatte ihr an diesem Abend wohl an die hundert Mal gesagt, wie umwerfend sie aussah, doch sie hatte nur mit den Achseln gezuckt und weiter der Band zugehört. Ihr einziges Zugeständnis hatte darin bestanden, dass sie sich jetzt duzten.

»Würde es dir etwas ausmachen, mich jetzt wieder nach Hause zu bringen?«, schrie sie über den Krach hinweg. »Ich bin wirklich hundemüde.«

»Klar«, erwiderte er und griff nach ihren Jacken. Wenige Augenblicke später hatten sie sich zum Ausgang durchgedrängt und waren in die tintenschwarze Nacht hinausgetreten. Die kalte Luft schlug wie eine Welle über Sarah zusammen, und sie begann sogleich mit den Zähnen zu klappern.

»Du meine Güte, ist das kalt«, murmelte sie. »Zum Glück habe ich das Feuer angelassen.«

Ethan lächelte und klappte seinen Kragen hoch. »Es ist ja nicht so weit bis zu dir. Es war wirklich ein schöner Abend. Ich habe mich gefreut, dass du mitgekommen bist. Ich fand den Kerl mit der Dauerwelle zum Totlachen, auch wenn die Witze uralt waren.«

»Na, wenigstens hat er vor der eigenen Haustür gekehrt.«

»Stimmt. Er hat eigentlich nur über seine Landsleute gelästert, aber es war doch irgendwie gut. Vor allem der Witz über die Volkstanz-Wettbewerbe, die immer ewig und drei Tage dauern und bei denen der Geiger auf der Bühne immer weiterfiedelt, auch wenn er schon längst eingeschlafen ist.«
»Die Leute haben sich schiefgelacht.«
»Ich glaube, sie haben mehr über seine Dauerwelle gelacht.«
»Der arme Kerl, er hat wirklich sein Bestes gegeben.«
Eine Minute später waren sie an ihrer Haustür angelangt.
»Also«, sagte Ethan, »du willst jetzt bestimmt direkt ins Bett.«
»Wie bitte?«
»Du sagtest doch, du bist hundemüde.«
»Ach so, ja, genau. Hast du es denn weit bis nach Hause? Du wirst doch wohl nicht mehr fahren? Wir haben schließlich jeder einige Gläser Wein getrunken.«
»Nein, ich gehe zu Fuß. Es ist nicht weit.«
»Wie weit denn genau?«
»Gut drei Kilometer.«
»Ach, dann komm lieber herein und ruf dir ein Taxi«, sagte sie und schloss die Haustür auf.
»Dessie fährt heute Nacht kein Taxi mehr«, sagte Ethan lachend. »Der dürfte inzwischen schon ins Koma gefallen sein. Es ist aber wirklich kein Problem für mich, glaub mir.«
»Komm rein und trink wenigstens noch einen heißen Tee. Bei dem Wetter erfrierst du sonst. Komm schon, ich bestehe darauf.« Sie zog ihn mit sanfter Gewalt ins Haus.
»Also schön, aber ich möchte dir nicht zur Last fallen.«

Sarah schaltete das Licht ein, hängte ihre Jacken auf, und sie gingen hinunter ins Wohnzimmer. Glücklicherweise war das Feuer nicht ausgegangen, und der Raum war so warm, wie ein Raum dieser Größe in einer so kalten und frostigen Silvesternacht nur sein konnte. Sarah zog den Kaminschirm vor, legte etwas Torf nach und stöpselte die Lichterkette des Christbaums ein. Das Zimmer wirkte beinahe gemütlich – wenn man einmal davon absah, wie leer es war. Während sie Tee und Toast zubereitete, plauderte sie vor lauter Nervosität ohne Punkt und Komma über den Abend und wie gut ihr die Musik gefallen hatte. Als sie mit dem Tablett zurückkam, hockte Ethan auf der Sofakante und starrte ins Feuer.

»Wie ist sein Name?«, fragte er leise.

»Wessen Name?«, fragte sie und reichte ihm einen Becher.

»Der Name des Kerls, der dich dazu gebracht hat, einen Tag vor Weihnachten allein mit dem Bus hierherzukommen.«

»Oh, wie hast du das denn herausbekommen? Also, das ist eine lange Geschichte. Es würde die ganze Nacht dauern, sie dir zu erzählen«, erwiderte sie ruhig.

»Ich habe die ganze Nacht Zeit, Sarah. Bitte erzähle sie mir.«

Und so berichtete sie ihm wider besseres Wissen alles über Thistledown und wie sie bis über beide Ohren in Mackenzie verliebt gewesen war und wie alles ein plötzliches Ende gefunden hatte, weil sie ihm nicht vergeben konnte, dass er die Erinnerung an Jane mehr liebte als sie. Dass sie ihn aber verstand und ihm gern vergeben und ihn so akzeptiert hätte, wie er war, es aber einfach nicht vermocht hatte.

»Das ist eine traurige Geschichte«, sagte Ethan, als sie geendet hatte. »Es tut mir leid, dass deine schöne Hochzeit nicht stattgefunden hat.«

»Mir auch«, sagte sie. Und dann, bevor sie wusste, wie ihr geschah, beugte er sich zu ihr herüber und küsste sie sanft auf den Mund.

»Dazu waren wir um Mitternacht gar nicht gekommen«, sagte er.

»Ich möchte nichts verkomplizieren, aber das ist einfach zu früh für mich«, sagte Sarah, und Tränen schossen ihr in die Augen.

»Das dachte ich mir schon. Es war ja auch nur ein Neujahrskuss, weiter nichts.«

»Ich mag dich wirklich.«

»Das reicht doch für den Moment«, sagte er und hielt ihre Hand dabei ganz fest.

Sarah spürte, wie sich etwas in ihrem Herzen rührte und sie mit einem Mal wieder zu atmen vermochte, und sie erwiderte seinen Kuss. Vielleicht lag es daran, dass sie sich einsam fühlte und es die Silvesternacht war. Oder vielleicht auch daran, dass sie viel zu viel getrunken hatte und keine andere Möglichkeit sah, ihrer Enttäuschung über die Sache mit Mackenzie Luft zu machen. Oder weil Ethan seine Jacke noch nicht aufgeknöpft hatte, obwohl er nahe am Feuer saß, und sie dies aus irgendeinem Grund unglaublich verführerisch fand. Auf jeden Fall erwiderte sie seinen Kuss ein weiteres Mal und stellte fest, dass es ihr gefiel. Ethans Lippen waren sehr weich, und er war so unsicher, dass sie eine Verletzbarkeit spürte, die sie bei Mackenzie nie wahrgenommen hatte. Offenbar war sein Verlangen so groß, dass er sich fürchtete, etwas Falsches zu tun oder zu sagen. Seine Lippen zitterten vor Nervosität.

»Möchtest du über Nacht bleiben?«, fragte sie und schockierte sich damit selbst zutiefst. Sie war noch niemals bei einer ersten Verabredung mit einem Mann ins Bett gegangen.

»Du steckst wirklich voller Überraschungen. Aber ich werde auf dem Sofa schlafen«, erwiderte er. »Das halte ich für eine gute Idee, meinst du nicht auch? Du hast doch selbst gesagt, es sei noch zu früh.«

»In Ordnung«, sagte sie lächelnd und wand sich dabei vor Verlegenheit. »Aber es gibt ein zweites Schlafzimmer hinter dieser Tür dort. Ich habe das Bett zwar nicht gemacht, doch im Wäscheschrank sind genügend Laken und Bettzeug. Du kannst da schlafen, wenn du möchtest. Es ist bestimmt bequemer als auf dem Sofa. Und du musst wenigstens nicht mehr im Dunkeln durch die Kälte laufen.«

»Super«, sagte er. »Das wäre großartig. Vielen Dank.«

»Dann bis morgen früh«, murmelte Sarah, als das Bett bezogen war. Sie fühlte große Scham, dass er so vernünftig gewesen war zu warten.

Sie zogen sich in ihre jeweiligen Schlafzimmer zurück, und Sarah schlief auf der Stelle ein. Der Wein und die Musik, die ihr noch in den Ohren klang, überlagerten jeglichen Gedanken an die erlesene Weihnachtsdekoration in Thistledown, an Mackenzies bequemes Himmelbett, seine herrlich breiten Schultern und an die endlose Reise von Dublin hierher. Und auch an Ethans dunkle, funkelnde Augen und an sein wundervolles, ansteckendes Lächeln.

Ethan dagegen lag den größten Teil der Nacht wach und fragte sich, was er als Nächstes tun sollte. Er musste wirklich verrückt geworden sein, sich in eine Frau zu verlieben, die noch vor Frühlingsbeginn wieder aus Redstone verschwunden sein würde. Zudem noch eine wunderschöne Frau, der gerade ein anderer das Herz gebrochen und der er im Grunde nichts von echtem Wert zu bieten hatte.

Sollte er ihr von dem Unfall auf dem Rummelplatz und von Patrick Gormley erzählen? Ehe sie es vielleicht von jemand anderem erfuhr? Ihm schwirrte der Kopf angesichts all der Fragen und Sorgen. Es gab so viele Dinge zu bedenken, dass er kaum bemerkte, wie kalt es im Zimmer war. Am nächsten Morgen stand er kurz vor neun auf und setzte sich für eine Weile ans Feuer, das er leise mit weiteren schwarzen, pulvrigen Torfklumpen fütterte. Dann stellte er in der Küche den gefüllten Wasserkessel auf den Gasherd, um ihnen beiden eine Tasse Tee zu machen, sobald Sarah aufwachte.

Kapitel 15

Es war fast Mittag, und Gemma war sehr zufrieden mit dem, was sie an diesem Morgen geschafft hatte. Ihr kleines, graugrün gestrichenes Reihenhaus am Meer war bis in die letzte Ecke blitzsauber, das Staubsaugen erledigt, all die vielen Bücher in den Regalen waren abgestaubt und zurechtgerückt. Sie hatte sich ihr kurzes, punkigweißes Haar zu einer kunstvollen, schräg in die Stirn fallenden Tolle geföhnt. Und sie trug ihre Lieblingsjeans und einen weichen, cremefarbenen Pullover. Im Augenblick war sie barfuß, da sie sogar noch fünf Minuten Zeit gefunden hatte, um sich die Fußnägel perlweiß zu lackieren, auch wenn sie meist geschlossene Schuhe trug, wenn sie das Haus verließ. Sie fühlte sich einfach attraktiver, wenn ihre Fußnägel hübsch aussahen. Andererseits hatte sie sich nach ihrem vierzigsten Geburtstag ein paar Wochen zuvor entschlossen, dass weniger mehr war, was das Schminken anging. Dick aufgetragene Grundierung oder das Herumgefuchtel mit Puder und Pinsel kamen für sie nicht mehr infrage. Bloß ein Tupfer teure Abdeckcreme unter jedes Auge und ein Hauch mattgoldener Lippenstift, das war schon alles.

Sie war groß und besaß eine kurvenreiche Figur, ohne da-

bei mollig zu wirken. Ihre großen, blauen Augen blickten heute ein wenig betrübt drein, wie sie fand, deshalb trug sie rasch etwas Mascara auf, ehe sie sich ein leichtes, blumiges Parfüm auf die Innenseiten beider Handgelenke sprühte. Kein Wunder, dass sie gelegentlich niedergeschlagen war. Ihr Liebesleben war eine fünfundzwanzigjährige Aneinanderreihung gescheiterter »Beziehungen«. Dieser Silvesterball, zu dem sie mit Aurora gegangen war, hatte Spaß gemacht, aber keine interessanten Männer zutage gefördert. Und sie hatte gerade zwei kostenlose Eintrittskarten zu einer sehr reizvollen Galaveranstaltung in Dublin ablehnen müssen, weil sie so kurzfristig keine Begleitung fand.
Das Problem bestand darin, dass sie sich immer von kontaktfreudigen Männern angezogen fühlte, die gern flirteten, sich aber hinter verschlossenen Türen als langweilig erwiesen oder – schlimmer noch – als aggressiv. Die meisten ihrer Liebhaber hatten sich als selbstsüchtig oder unberechenbar entpuppt. Oder beides zugleich.
Vielleicht glaubten sie, dass eine starke Frau in der Lage sei, sie zu unterstützen oder sonst was, aber letztlich nahmen sie ihr irgendwann ihre Selbstbeherrschung und ihre Belastbarkeit übel. Nun ja, sie wollte einen Partner, mit dem sie ihr Leben teilen konnte, und kein Projekt. Heutzutage war es ja beinahe eine Auszeichnung, wenn man ein Privatleben hatte, das verwickelter war als ein altes Wollknäuel. Also, sie wollte solch ein Leben nicht. Es reichte ihr völlig, wenn sich die Melodramen in ihren Romanen abspielten.
Sie räumte ihr Make-up weg und schaute auf die Uhr. Pünktlich wie immer läutete in dem Augenblick das Tele-

fon. Normalerweise lagen ihr diese Gespräche schwer im Magen, aber heute fühlte sich Gemma entspannt und bereit für eine Debatte mit Mike, dem Chefredakteur ihrer Zeitungskolumne. Sie ging über den cremefarbenen Wollteppich zu ihrem Glasschreibtisch, der schräg vor dem Wohnzimmerfenster stand. Das Schreiben war eine einsame Tätigkeit, hatte aber in ihrem Fall den Vorteil, dass sie in einem schönen Haus mit einer atemberaubenden Aussicht arbeiten konnte. Es gab nicht viele Menschen, die von ihrer Computertastatur aus auf Meereswellen und die darüber kreisenden Seevögel schauten. Sie griff zum Hörer, entschlossen, freundlich, aber bestimmt aufzutreten.

»Hallo. Mike?«

»Hallo, Gemma, wie geht's?«

»Hier ist es sonnig. Ein wunderschöner Tag. Wie ist das Wetter in Dublin?«

»Bedeckt«, erwiderte Mike barsch. »Nicht etwa, dass ich den Himmel so oft zu sehen bekäme wie du. Ich stecke wie immer bis zu den Augenbrauen in Arbeit. Also, was hast du diese Woche für mich?«

Offensichtlich war er nicht in Stimmung für Smalltalk. Sie holte tief Luft.

»*Das Ende des Feminismus*. Was hältst du davon?«

»Einen Augenblick, Gemma. Da ist ein Gespräch auf der anderen Leitung.«

Gemma überkam mit einem Mal ein Hungergefühl, und sie wanderte mit ihrem schnurlosen Telefon in die Küche und öffnete den Mini-Gefrierschrank. Wenn sie jetzt etwas in die Mikrowelle tat, konnte sie nach ihrem Gespräch gleich essen. Huhn-Curry in nur fünf Minuten, das klang doch nicht schlecht. Sie stellte das Gericht in die Mikrowelle und schaltete sie ein.

»Also, Gemma, das haben wir doch schon alles mehr als einmal durchgekaut.«

»Ich weiß.«

Gemma hörte sich, während ihr Mittagessen seine Runden auf der Drehscheibe der Mikrowelle zurücklegte, Mikes üblichen Vortrag über den nicht nachlassenden Bedarf der Zeitung an spannenden und frechen (eher gewagten) Beiträgen an. Er beendete seine Leier just in dem Moment, als ihr der Summer an der Mikrowelle mitteilte, dass das Essen fertig war.

»Ich verstehe, was du mir sagen willst, aber bitte lass mich ausreden«, hob sie an. »Es gibt doch wirklich Wichtigeres als Brüste, Brust-OPs und verpfuschte Brust-OPs und wer in Hollywood in Wahrheit schwul ist. Wen interessiert das schon? Im Übrigen haben wir doch längst alle Grenzen überschritten. Wie viele Promis sollen wir denn noch outen? Hör zu, Mike, es ist mir wirklich peinlich, jede Woche solch einen unnützen, sinnlosen Blödsinn schreiben zu müssen.«

Gemma hatte sich das Telefon zwischen Kinn und Schulter eingeklemmt und versuchte, die durchsichtige Folie von dem Mikrowellengericht abzuziehen. Die Folie wollte sich aber nicht von der Stelle rühren, so dass sie schließlich brutal mit einem scharfen Messer darauf einstach. Da entwich der Packung ein Schwall glühend heißen Dampfs, und Gemmas Hand zuckte vor Schmerz zurück. Sie ließ den Behälter vor Schreck auf die Arbeitsplatte fallen, wo er einen dramatischen Hüpfer vollführte, aufplatzte und in einem weiten Bogen hellorangefarbene Soße über ihre

Küchenfliesen verspritzte. Gemma wusste, dass die weißen Fugen damit für immer fleckig sein würden.
»Verdammt! Dieses dämliche Ding!«
»Alles in Ordnung?«
»Das tut saumäßig weh«, keuchte sie und tauchte ihre verbrühten Finger in eine große Tüte Eiswürfel aus dem Gefrierschrank. »Tut mir leid, Mike«, sagte sie. »Ich habe mir gerade die Hand verbrannt.«
»Musst du ins Krankenhaus?«
»Nein, ich werde es überleben.«
»Freut mich zu hören. Dann lass uns wieder zum eigentlichen Thema zurückkommen. Es tut mir leid, aber dieser Titel ist ein absoluter Flop. Verstanden?«
»Aber Mike, der Feminismus *ist* mausetot! Die meisten von uns haben wirklich ihr Bestes versucht, aber wir wurden von einigen unserer Schwestern im Stich gelassen, die sich lieber für leicht verdientes Geld ihrer Oberteile entledigten.«
»Glaub mir, es gibt genug Kerle auf dieser Welt, für die das Leben auch nicht gerade ein Honigschlecken ist. Warum schreibst du nicht diesen netten kleinen Artikel, den ich dir letzte Woche vorgeschlagen habe? Über Bikinis im Metall-Look?«
»Oh, Mike, was soll ich bloß mit dir anstellen?«
»Bitte nicht schon wieder die alte Leier! Hör zu, ich stehe heute ziemlich unter Zeitdruck.« Der Redaktionsschluss rückte bedrohlich näher, und er hatte auch noch einen Stapel Rechnungen zu bezahlen. »Spaß beiseite, Gemma, ich brauche innerhalb der nächsten Minuten einen richtig guten Text, denn ich muss ihn mit der Spalte für die Kontaktanzeigen und dem Artikel über das neue Diätbuch

und der Anzeige für diese Schönheitsklinik, die wir uns gestern geangelt haben, zusammenbasteln. Und du wirst dich diese Woche haargenau an die vereinbarte Wortzahl halten, verstanden? Wir müssen den Anzeigen nämlich Vorrang geben. In Ordnung?«

»Ach, Mike, warum mache ich mir überhaupt die Mühe?«

»Weil du das Geld brauchst, meine Liebe. Genau wie ich.«

Das stimmte allerdings. Sie brauchte das Geld. Romane verkauften sich heutzutage nicht mehr sehr gut, sofern man nicht das Glück hatte, als Top-Titel des Programms oder für einen Fernsehauftritt zur Hauptsendezeit auserkoren zu werden.

»Du hast mal wieder gewonnen, Mike«, sagte sie leise. »Ich werde dir in den nächsten zehn Minuten etwas mailen.«

»Sagen wir lieber in fünf. Du bist ein braves Mädchen, Gemma. Und solltest du jemals wieder ein Interview auf *Ireland AM* über einen deiner Romane geben, dann vergiss nicht, den Namen unseres bescheidenen Blättchens zu erwähnen, okay? Könnte ich nächste Woche übrigens bitte etwas über *Big Brother* von dir bekommen? Mach dir mal Gedanken darüber, ob eine unserer Leserinnen wohl in einem Haus voller Mädchen zur Lesbe werden würde, ja? Bis dann!«

»Warte, Mike!«

Doch er hatte bereits aufgelegt.

Gemma seufzte, stellte das Telefon zurück in die Ladestation und ging ins Wohnzimmer, wo sie einen schlüpfrigen Beitrag über Strandluder in silberfarbenen Bikinis heruntertippte, einmal die Rechtschreibprüfung durchlaufen ließ und dann auf »Senden« drückte, ohne sich noch einmal die Mühe zu machen, das Geschriebene zu lesen. Es war sowieso egal, dachte sie verärgert. Mike würde damit anstellen, was er wollte, und das Ganze dann noch mit einem schmutzigen Titel ruinieren. Obwohl Gemmas Kolumne eigentlich für Frauen gedacht war, wussten sie beide, dass sie überwiegend von Männern gelesen wurde, die sich davon irgendwelche anzüglichen Neuigkeiten versprachen, über die sie sich mit ihren Freunden im Pub vor Lachen ausschütten konnten. Gemma gelangte immer mehr zu der Überzeugung, dass Männer Frauen im Grunde hassten. Denn je mehr sie Frauen begafften und begehrten, desto mehr schienen sie sie zu verachten und zu verdammen. Und das für gewöhnlich wegen genau der Eigenschaften, von denen sie sich ursprünglich so angezogen gefühlt hatten – nämlich wegen ihrer Schönheit und ihrer Intelligenz.

»Ach, was soll's«, sagte sie seufzend und fuhr sich noch einmal vor dem Spiegel durch die Haare. »Männer drehen sich nach blonden Dummchen um, wollen mit blonden Dummchen ins Bett und heiraten Dienstmädchen. Punkt. Und da ich weder das eine noch das andere bin, bin ich wohl aus dem Rennen.«

Und jetzt?

Sie war viel zu sauer, um sich auf ihre eigentliche Arbeit, den Roman, konzentrieren zu können, und versuchte stattdessen noch einmal, ihre Tochter zu erreichen, die in New York lebte.

Sie hatte die einundzwanzigjährige Victoria in den letzten Tagen telefonisch nicht erreichen können – weder zu Hause noch über ihr Handy. Gemma hatte es sogar mehrmals in dem Schönheitssalon versucht, in dem Victoria arbeitete, aber immer nur die Auskunft erhalten, dass sie nicht da sei. Doch sie ging nicht einmal spätabends zu Hause ans Telefon. Es war sehr beunruhigend. Vielleicht hatte sie einen neuen Freund und hielt sich in seiner Wohnung auf. Sie wäre doch wohl kaum in Urlaub gefahren, ohne ihre Mutter wissen zu lassen, wo sie steckte? Gemma ging in die Küche zurück. Inzwischen hatte sich ihr Mittagessen in einen kalten, unappetitlichen Klumpen verwandelt, den sie in den Abfalleimer beförderte.

Am nächsten Morgen, als Gemma zum Zeitschriftenladen spazierte, um eine Ausgabe der Zeitung zu kaufen, für die sie schrieb, hatte sich Victoria immer noch nicht bei ihr gemeldet. Gemma blätterte eilig durch die Seiten, bis sie ihre Kolumne fand. Typisch Mike! Die Hälfte ihrer Wörter waren einem Foto zum Opfer gefallen. Darauf war ein superdünnes Modell zu sehen, über dessen hervorstehende Beckenknochen und dem ganz offensichtlich silikongefüllten Busen sich der silberglänzende Stoff des neuen Bikinis bis zur Grenze der Belastbarkeit spannte. Laut Bildunterschrift war sie achtzehn Jahre alt. Achtzehn! (Zu der Zeit hatte Gemma gerade ihre Prüfungen gemacht.) Sie konnte praktisch die Eileiter des Mädchens sehen, so dürftig war der Bikinifetzen, den sie trug. Die Journalistin in ihr wand sich vor Verlegenheit.

Doch das war leider nicht alles, was sie sich gefallen lassen musste. Es war auch ein Foto von Gemma abgedruckt worden, auf dem sie ziemlich mürrisch dreinblickte. Offenbar war es mit Photoshop bearbeitet worden, damit sie niedergeschlagener aussah, als sie es auf ihren Autorenfotos für gewöhnlich tat. Und irgendwie sah ihr Mund darauf aus wie ein Entenschnabel. Die wenigen Leserinnen, die sie noch hatte, würden sicherlich glauben, dass sie sich in der Öffentlichkeit über die Tyrannei der Schönheitsindustrie ausließ, während sie sich insgeheim irgendwelchen kosmetischen Operationen unterzog. Wenn sie Mike das nächste Mal sah, würde sie ihm eine verpassen, so viel war sicher.

»Aber denk doch an das Geld«, sagte sie sich im Laufe des Nachmittags betrübt.

Und das half. Wenn auch nur ein bisschen. Um sich aufzuheitern, harkte sie ihren im Zen-Stil angelegten Kieselgarten bis zur Perfektion und unternahm dann einen langen Spaziergang am Strand.

Am späten Nachmittag traf sie sich mit Aurora und Miriam auf einen Kaffee in der Buchhandlung. Aurora hatte kürzlich einen kleinen Bereich mit einigen Tischen geschaffen, wo sie Kaffee und Gebäck verkaufte. Natürlich unterstützten die beiden Frauen Gemma hundertprozentig in ihren Ansichten, und sie waren empört darüber, wie Mike sie mit dem zweifelhaften Entenschnabel-Foto reingelegt hatte.

Was für ein Glück, dass sie solche Freundinnen besaß, dachte Gemma auf dem Nachhauseweg bei sich. Was würde sie wohl ohne sie anfangen?

Sie versuchte nach dem Abendessen (das aus einem weiteren Mikrowellengericht – Auflauf aus Hackfleisch und Kartoffelbrei – bestand, zwar ziemlich fade und fettig, aber mit der reichlich vorhandenen braunen Soße zumindest essbar) noch zweimal, Victoria zu erreichen. Aber es war zum Verzweifeln, denn in ihrer Manhattaner Wohnung nahm niemand ab. Und ihr Handy war immer noch abgestellt. Vielleicht hatte sie es ja verloren. Gemma hinterließ eine weitere Nachricht im Schönheitssalon und ging früh zu Bett, konnte aber nicht einschlafen. Die Sache mit Victoria machte sie schrecklich nervös. Sie lag verkrampft in ihrem schönen Schlittenbett (die einzige Extravaganz, die sie sich jemals gegönnt hatte, und zwar aus Anlass ihres ersten Autorenvertrags) und starrte zur Decke hinauf.

Sie fragte sich, ob Sucht wohl vererbbar war. Victoria schien zurzeit häufig bei der Arbeit zu fehlen. Und Gemma erinnerte sich schweren Herzens daran, dass sie schon als Teenager gern getrunken hatte. Sie, Gemma, war damals nicht besonders streng gewesen, was im Nachhinein vielleicht ein Fehler war. Aber als alleinerziehende Mutter hatte Gemma genug um die Ohren gehabt und sich nicht auch noch den Zorn ihrer Tochter zuziehen wollen. Sie hatte Victoria ganz allein großgezogen. Und die meiste Zeit war es ein Kampf gewesen, ihr Mutter und Vater, Erzieherin und Ernährerin zugleich zu sein. Sie hatte einen Studienplatz für Journalistik ergattert und ihre Zeit dann zwischen Kursen und Prüfungen und Viktoria aufgeteilt. Sie hatte Kolumnen für drei Lokalzeitungen geschrieben, zwischen den Jobs zusätzlich die Kinder anderer Mütter gehütet, für eine Weile Romane Korrektur gelesen und dann selbst sechs Romane geschrieben. Es war zwar keiner ein Bestseller geworden war, aber sie hatte sich immerhin einen Namen gemacht. Und nun schrieb sie diese Kolumne für eine überregional erscheinende Zeitung – wenn es auch ein Boulevardblatt war –, was ihr ein ganz anständiges Einkommen sicherte. Sie hatte sich sogar dieses kleine Haus kaufen können, wenn auch zu einer Zeit, als die Preise noch nicht in den Himmel geschossen waren. Und sie hatte es nach und nach renovieren lassen, wann immer sie das Geld dazu erübrigen konnte, ohne jemals Victorias Bedürfnisse hintanzustellen.

Niemand konnte ihr vorwerfen, eine schlechte Mutter gewesen zu sein. Niemand außer ihren eigenen Eltern. Sie hatten kein Wort mehr mit ihr gewechselt, seit sie mit achtzehn von einem »Spinner« aus Dublin, wie sie ihn nannten, schwanger geworden war. Er war Drummer in einer Nachwuchs-Rockband gewesen, und sie hatte sich ganz schrecklich in ihn verknallt. Aber er und die anderen Jungs schafften es nie in die Charts. Landeten nur hin und wieder in einer Zelle wegen Ruhestörung. Die Band verschwand innerhalb weniger Monate in einem Sumpf aus Alkohol und Drogen, und Victorias Vater hatte schon das Interesse an seiner Tochter verloren, bevor diese überhaupt geboren war (Gemma wusste nur, dass er sich damals nach London aufgemacht hatte). Inzwischen konnte er überall und nirgends sein. Vielleicht hatte er sich gebessert und war solide geworden. Oder vielleicht war er schon tot.

Aber Gemma war ohnehin schnell über ihn hinweggekommen.

Während der Schwangerschaft stellte sich schließlich ganz schnell heraus, ob man es mit einem Mann oder einem großen Jungen zu tun hatte. Als die Zeit der Morgenübelkeit endlich vorüber war, wusste Gemma, dass sie den Kerl niemals wiedersehen wollte. Wenn Gemmas Großmutter sie nicht aufgenommen hätte, wären Victoria und sie wahrscheinlich in der Gosse gelandet. Sie hatte ihren

Eltern immer noch nicht verziehen, dass sie derart überzogen reagierten. Sie versuchte, ihnen zugute zu halten, dass sie selbst sehr streng erzogen worden waren, aber diesmal hatten sie sich wie Ungeheuer verhalten. Sie hatten Gemma beschimpft und nicht die geringsten Gefühle gezeigt, selbst dann nicht, als Victoria gesund zur Welt kam. Gemmas Vater war inzwischen herzkrank, aber sie konnte sich immer noch nicht dazu durchringen, die beiden zu besuchen.

Keiner der Männer, denen Gemma in den Jahren nach Victorias Geburt begegnet war, war bereit gewesen, sich auf eine Beziehung mit ihr einzulassen. Sie wollten Victoria nicht »am Hals haben«, hatten sie gesagt. Hatten keine Lust, das Kind eines anderen Mannes großzuziehen. Und jetzt, da Victoria erwachsen war und ihr eigenes Leben führte, war scheinbar immer noch keiner bereit, sich mit Gemma einzulassen, denn sie war mit ihren vierzig Jahren nach wie vor allein. Vielleicht war sie inzwischen zu eigensinnig und in ihren Gewohnheiten zu festgefahren für eine Beziehung. Gemma hatte die Hoffnung mehr oder weniger aufgegeben, jemals einem netten, normalen Mann zu begegnen. Nun, zum Teufel mit dem ganzen Haufen, sagte sie sich. Diese verdammten Kerle! Ein Glück, dass sie die los war! Denn dadurch konnte sie sich auf den einzigen Menschen konzentrieren, den sie wirklich liebte.

Sie nahm sich vor, Victoria am nächsten Tag im Stundentakt anzurufen. Und sie würde ihr einen langen, äußerst unterhaltsamen Brief voller lustiger Anekdoten schreiben. Seit Victoria in Amerika arbeitete, hatten sie nur noch sporadisch Verbindung. Gemma wollte nun aber darauf bestehen, mit ihrer Vorgesetzten im Schönheitssalon zu

sprechen. Es war doch wirklich unerhört, dass man sich dort so wenig entgegenkommend gezeigt hatte.
Und wenn es ihr bis zum Wochenende nicht gelungen sein sollte, ihre Tochter zu erreichen, hatte sie keine andere Wahl, als nach New York zu fliegen und herauszufinden, was zum Teufel da los war. Sie konnte einfach nicht weiter mit dieser Ungewissheit leben. Alles war besser als diese Funkstille, die momentan von Victorias Seite aus herrschte. Alles war besser, als nachts wach zu liegen und sich irgendwelche Horrorszenarien auszumalen. Ja, sie würde nach New York fliegen.
Flugangst hin oder her.

Kapitel 16

Mackenzie trank seinen Tee aus, spülte den Becher, trocknete ihn ab und stellte ihn in die Anrichte zurück. Die Küche war tadellos sauber, und er wollte nichts auf dem Abtropfbrett hinterlassen, um diesen Eindruck zu verderben. Seine Mutter hatte sich so darauf gefreut, endlich hin und wieder die Füße hochlegen zu können und die meisten Pflichten der Hausherrin zu übergeben. Auch wenn sie sich niemals in eine bequeme Großmutter verwandelt hätte, die sich von hinten bis vorn bedienen ließ. Aber diese Gefahr bestand ja nun nicht mehr. Und dabei hätte er es ihr so gewünscht, dass endlich wieder eine weitere Frau im Haus war. Er wusste, dass es in Thistledown recht einsam werden konnte, wenn die Angestellten nach Hause gegangen waren und er sich mit seinen Freunden im Pub traf. Er versuchte zwar, seine Mutter nicht allzu oft allein zu lassen, aber hin und wieder musste er einfach mal raus, um mit anderen Menschen zu reden, sonst hätte er sich noch in einen Einsiedler verwandelt.

Seit aus Sarah und ihm ein Paar geworden war, hatte Millicent auf eine Hochzeit gehofft. Sie hatte sich zwar große Mühe gegeben, ihn nicht ständig danach zu fragen, wie die Beziehung lief, aber er wusste, wie sehr sie sich gewünscht hatte, Sarah sei die Frau, die ihm über Jane hinweghelfen würde. Und für eine Weile hatte er wirklich geglaubt, Sarah könnte seine Retterin sein. Doch dann war sie mitten in der Nacht weggelaufen, ohne auch nur mit ihm zu reden. Und da hatte er gewusst, dass sie nicht die Richtige war. Vielleicht hatte er es ja schon immer gewusst. Vielleicht war das der Grund, warum er ihr nicht bereits früher einen Antrag gemacht hatte.

Er sah, dass Abigail und seine Mutter von ihrem Spaziergang mit den Hunden zurückkamen, und winkte ihnen durch das Küchenfenster zu. Abigails Wangen waren von der frischen Luft und der Anstrengung gerötet – offenbar war sie so viel Bewegung nicht gewohnt. Die Hunde sprangen aufgeregt um ihre neue Spielkameradin herum. Millicent sah ihn am Fenster stehen und winkte mit einem breiten Lächeln. Ein paar Minuten später hatten sie sich alle drei zu einem späten Mittagessen am Tisch versammelt und aßen Brot, Käse und selbstgebackenen Apfelkuchen.

»Ist draußen alles in Ordnung?«, erkundigte sich Mackenzie und bot Abigail eine weitere Tasse Tee an.

»Ja, den Schafen geht es gut«, sagte seine Mutter. »Keine Verletzungen, soweit ich das sehen konnte. Und die jungen Tannenbäume scheinen den Sturm der letzten Nacht überstanden zu haben.« (Sie hatten vor ein paar Jahren damit begonnen, gewerbsmäßig Tannenbäume anzupflanzen.)

»Oh, prima, das erspart mir einen Weg«, sagte Mackenzie dankbar. »Dann mache ich jetzt mit den neuen Bestellungen weiter. Heute geht eine Ladung nach Kanada raus.«

»Hast du später etwas Zeit, um Abigail ins Dorf zu fahren? Sie möchte ein paar Einkäufe erledigen. Und mich könntest du unterwegs an der Kirche rauslassen.«

»Ja, klar«, sagte Mackenzie und stand auf.
»Aber wirklich nur, wenn es keine Umstände macht«, fügte Abigail hinzu. »Ich habe leider zu wenig Sachen mitgebracht. Als Millicent anrief, um mich einzuladen, war ich so überrascht, dass ich zu wenig Pullover und Socken eingepackt habe.«
»Aber nein, das macht mir überhaupt keine Umstände. Ich bin wirklich froh, dass du uns noch einmal besuchst«, sagte Mackenzie. »Ich hätte nicht gedacht, dass irgendeine von Sarahs Freundinnen überhaupt noch mit mir reden würde. Geschweige denn, eine von euch wiederzusehen«, setzte er finster hinzu.
Millicent wirkte bei seinen Worten äußerlich ruhig und gefasst, aber Mackenzie wusste, dass sie wie auf glühenden Kohlen saß, und er fragte sich, wann ihr wohl der Geduldsfaden reißen würde.
»Hör mal, Mackenzie, lass mich eins klarstellen, damit es ein für alle Mal abgehakt ist«, sagte Abigail. »Niemanden trifft irgendeine Schuld für das, was geschehen ist. Ich habe Sarah noch in jener Nacht erklärt, dass du für deine Gefühle nichts kannst, und der Ansicht bin ich nach wie vor. Du hast versucht, dein Leben weiterzuleben und erneut zu heiraten. Aber du musstest feststellen, dass es dir schwerer fällt, die Vergangenheit loszulassen, als du erwartet hattest. Sarah wiederum konnte genauso wenig für ihre Gefühle. Sie musste nie wirklich etwas teilen. Es wäre eine zu große Anstrengung für sie gewesen, diese Ehe in dem Bewusstsein einzugehen, dass du so empfindest. Und dass alle anderen wissen, wie du empfindest. Natürlich ist das Geschehene sehr traurig, zumal wir uns alle auf eine schöne Hochzeit gefreut hatten. Aber die Hauptsache ist

doch, wie es dir jetzt geht. Und wie Sarah damit fertig wird. Alle anderen werden darüber hinwegkommen. Sie kennen ohnehin nicht die ganze Geschichte.«

»Ich bin mir sicher, dass sie sich alles zusammengereimt haben.«

»Möglicherweise. Aber du bist es doch dem Rest der Welt nicht schuldig, eine unehrliche Ehe zu führen. Und Sarah genauso wenig. Ihr seid beide nur Menschen.«

»Da kann ich dir nicht widersprechen. Vielen Dank, dass du mir Klarheit verschafft hast«, sagte er nickend, obgleich er dabei ein wenig angefressen klang. Als ob sie ihn verspottete, weil er ein solches Drama aus seiner abgesagten Hochzeit machte.

»Gern geschehen«, sagte sie.

Sie beäugten sich über den Tisch hinweg, und keiner von beiden blinzelte oder blickte zur Seite.

Millicent sagte nichts, aber ihre Wangen trugen einen rosigen Schimmer. Konnte es sein, dass Abigail die Richtige für ihren Sohn war? Dass sie es schaffen würde, ihn an die Leine zu nehmen? Millicent hielt den Atem an. Es hing davon ab, was in den nächsten Stunden geschah.

Abigail brach den Zauber und goss sich noch ein wenig Tee ein.

Sie tätschelte Mackenzies Hand und schenkte ihm ein liebevolles Lächeln. »Es spielt keine Rolle, was andere darüber sagen oder denken, dass die Hochzeit abgeblasen wurde. Das Einzige, was zählt, ist, dass es euch gutgeht. Auch wenn ihr meiner bescheidenen Meinung nach Vollidioten seid.«

»Vielen Dank auch«, sagte er, erhob sich unvermittelt und schritt in Richtung der Käserei davon.

»Oh, Abigail, Sie sind einfach großartig«, seufzte Millicent, als ihr Sohn außer Hörweite war.

»Tatsächlich?«

»Ja! Ich habe in den letzten Tagen vergeblich versucht, zu ihm durchzudringen, damit er sich nicht mit Selbstvorwürfen zerfleischt. Und nun haben Sie alles einfach laut ausgesprochen. Sagen Sie Ihre Meinung immer so freiheraus?«

»Dafür werde ich bezahlt. Ehrlich gesagt, ich bin erstaunt, dass die beiden ihre Beziehung nicht schon längst wieder gekittet haben. Sie sind wirklich die dickköpfigsten Menschen, die ich kenne.«

Millicent nickte, und damit war die Unterhaltung beendet.

Abigail ging in ihr Zimmer, um sich frisch zu machen, und Millicent räumte den Tisch ab. Aber während sie den Apfelkuchen wegstellte, lächelte sie in sich hinein.

Sie hatte in jener Nacht sehr wohl gehört, wie Sarah das Haus verließ. Millicent hatte einen leichten Schlaf und wachte bei dem leisesten Geräusch auf. Was sich in einem großen, historischen Herrenhaus wie dem ihren, das Diebe anzog, als nützlich erwies. Also ja, sie hatte gehört, wie Sarah die Haustür öffnete und leise wieder hinter sich schloss. Und sie hatte gesehen, wie sie im Mondlicht mit dem Gepäck, das ihr gegen die Beine schlug, die Auffahrt hinuntergeeilt war. Aber sie hatte keinen Alarm geschlagen. Sie hatte weder Mackenzie noch sonst jemanden geweckt. Denn Millicent vertrat die Ansicht, dass man dem Schicksal nicht ins Handwerk pfuschen sollte. Natürlich hatte sie Sarah später angerufen und sie gebeten, Mackenzie noch eine Chance zu geben. Doch Sarah hatte sich ge-

weigert. Sehr nachdrücklich geweigert. Also hatte Millicent, was das anging, ein reines Gewissen.
Aber hatte sie Abigail vielleicht hierher eingeladen, weil sie tief in ihrem Herzen spürte, dass sie viel besser zu Mackenzie passte? Millicent musste sich eingestehen, dass ihr gewiefter Verstand Überstunden machte, seit sich Abigail so lobend über Thistledown geäußert hatte.
Es war offensichtlich, dass ihr Sohn allein nicht glücklich werden würde, und er verstand er sich so gut mit Abigail. Er schien sogar ein bisschen bessere Laune zu haben. Vielleicht war die Veränderung nicht groß genug, dass andere sie bemerkten, aber Millicent reichte es aus, um wieder ein wenig Hoffnung zu schöpfen.

Später, im Jeep, als sie Richtung Dorf fuhren und Millicent an der Kirche abgesetzt hatten, schien Mackenzie wieder in seine düstere Stimmung zu versinken und sich in sein Schneckenhaus zurückzuziehen. Er sprach nicht viel, und wenn, dann waren es meist einsilbige Antworten auf die Fragen, die Abigail ihm stellte.
Big Millie hatte wohl recht gehabt, dachte Abigail traurig. Mackenzie schloss wieder jeden aus, genauso wie er es nach Janes Tod getan hatte.
»Du könntest eine Therapie gebrauchen«, sagte sie vorsichtig. »Trauerarbeit. Du steckst immer noch in jenem schlimmen Moment fest, nicht wahr? Erinnerst du dich, dass ich dir gesagt habe, selbst ein nicht hundertprozentig glückliches Leben sei besser, als auf ewig in einem falschen Moment stecken zu bleiben?«
»Oh, bitte, jetzt fang doch nicht wieder davon an«, seufzte er. »Wenn eine Therapie wirklich eine so tolle Sache ist,

warum wirft sich dann das halbe Land Glückspillen ein und hat irgendwelche Affären und besäuft sich an jedem verdammten Abend der Woche? Ganz offensichtlich funktioniert diese ganze Analyse- und Selbsterkenntniskiste ja wohl nicht richtig.«

»Das liegt daran, dass das Leben heutzutage komplizierter ist als jemals zuvor und die meisten von uns länger leben, als es Mutter Natur vorgesehen hat. In der guten alten Zeit haben Kriege und Krankheiten die Leute umgebracht, bevor sie überhaupt wussten, dass sie depressiv waren. Und die, die überlebten, waren zu sehr mit der Suche nach etwas Essbarem beschäftigt.«

»Wenn du es sagst.«

Abigail schaute aus dem Fenster auf der Beifahrerseite. Sie war entschlossen, nicht die Beherrschung zu verlieren, beschloss aber in diesem Moment, nie wieder nach Thistledown zu kommen. Dieser Besuch war ein Fehler gewesen. Sie mochte Big Millie wirklich sehr, und sie machte sich Sorgen, wie sie wohl mit ihrem deprimierten Sohn fertig werden würde. Mackenzie war wie ein schwarzes Loch. Er zog jeden in seiner Nähe in seinen Kummer hinein. Doch sie selbst hatte bereits genug um die Ohren – bei ihrer Arbeit musste sie ständig an ihre emotionalen und körperlichen Grenzen gehen.

Inzwischen herrschte eine unbehagliche Stille im Wagen.

»Ich sage ja nur, dass es hilfreich sein könnte, sich mit jemandem zu unterhalten«, brummte Abigail und wünschte sogleich, sie hätte es nicht getan. Sie meinte sogar, ein verächtliches Schnaufen von Mackenzie gehört zu haben.

»Du glaubst, du hättest auf alles eine Antwort«, sagte er leise.

»Nein, das glaube ich nicht!«, rief sie so laut, dass er zusammenzuckte. »Aber ich versuche es zumindest. Jemand muss es ja schließlich versuchen. Ich hatte in der Weihnachtswoche mit vier Selbstmorden fertig zu werden, wenn du es unbedingt wissen willst. Zu vier Begräbnissen bin ich gegangen! Das ist der Grund, warum ich überhaupt freibekommen habe, Mackenzie. Mein Job ist verdammt hart, und niemand weiß das zu würdigen. Drei der Verstorbenen waren bei mir in Behandlung. Zwei von ihnen schon seit langer Zeit. Aber wenn so etwas passiert, heißt es immer, wir hätten nichts getan, hätten die Zeichen nicht erkannt. Also, ich schufte mich in dieser Klinik kaputt und gebe jeden verdammten Tag, den ich dort bin, mein Bestes. Und weißt du was, Mackenzie Campbell? Manchmal reicht das einfach nicht. Was soll ich deiner Meinung nach dagegen tun? Einfach aufgeben und den Rest meines Lebens mit Schmollen verbringen? So wie du? Ich kann die Welt bestimmt nicht allein verändern, aber ich versuche zumindest, etwas zu bewirken.«
»Himmel, tut mir leid, dass ich auch nur ein Wort gesagt habe. Frauen!«
»Frauen? Was soll das denn wieder heißen? Also, jetzt reicht's mir! Halt sofort diesen verdammten Jeep an. Die Federung ist sowieso eine einzige Katastrophe. Ich werde zu Fuß zum Haus zurückgehen und meine Sachen packen, und du wirst nie wieder mein Psychogebrabbel über dich ergehen lassen müssen. Keine Sorge, ich bin heute Abend schon verschwunden.«
Mackenzie sah sie erschrocken an.
»Bitte geh nicht, Abigail. Mum wird sich sehr aufregen, wenn du früher abreist. Und sie wird schrecklich sauer

auf mich sein und mich gehörig zusammenstauchen, weil ich dich verärgert habe.«

»Meine Güte, warum kommst du nicht endlich aus deiner Schmollecke heraus und bittest Sarah, nach Thistledown zurückzukehren? Hiermit gebe ich mich offiziell geschlagen. Wenn sich ein solch wunderbarer Trottel wie du in *mich* verliebt hätte und den lieben langen Tag in einem riesigen schottischen Schloss hocken und Trübsal blasen würde, hätte ich ihn schon längst vor den Traualtar gezerrt. Wenn du mein Verlobter wärst, würde ich es nicht zulassen, dass du so weitermachst, du dummer Kerl. Halt endlich an, sonst öffne ich die Tür und springe raus. Das ist mein voller Ernst!«

Mackenzie stieg auf die Bremse, parkte den Wagen im Schatten einer Reihe von Tannenbäumen und zog Abigail grob in seine Arme. Einen schrecklichen Moment lang dachte sie, er würde sie schlagen. Oder auf die Straße hinausstoßen. Doch dann sah sie, wie sein Blick zu ihren Lippen hinunterwanderte. Und sie wusste, dass er sie stattdessen küssen würde. Und sie, die sie wie betäubt war von der Verzweiflung, in einer einzigen Woche an vier Gräbern gestanden zu haben, ließ es zu, dass er ihr einen leidenschaftlichen Kuss gab. Und dann begann sie vor Ergriffenheit zu weinen und erwiderte seinen Kuss mit noch größerer Leidenschaft. Und ehe sie sich versahen, taumelten sie aus dem Jeep in die Finsternis der dicht gepflanzten Tannenbäume. Mackenzie zog seinen Mantel aus, legte ihn auf den Boden und zerrte Abigail mit sich hinunter. Seine überraschend warmen Hände glitten unter ihre Kleidung, berührten ihre Brüste, umfingen ihre Taille.

Und sie versuchte, sich zusammenzureißen, ihn zu bitten, damit aufzuhören, doch sie vermochte es nicht. Sie begehrte ihn so sehr! Abigail wusste, dass das, was sie tat, falsch war, überaus falsch sogar, aber das war ihr plötzlich gleichgültig. Sie war so einsam und unglücklich und so vieler Dinge überdrüssig. Sie war es satt, zu Begräbnissen zu gehen, satt, Notsitzungen abhalten zu müssen, satt, dass sie nie Zeit für sich selbst hatte. Und sie war es satt, dass ihre Freunde all ihre Sorgen und Nöte bei ihr abluden. Und dass sie Donal vermisste und jeden Morgen allein aufwachte und jeden Abend allein zu Bett ging. Die Welt war grausam, und sie hatte niemanden. Genau wie Mackenzie. Und außerdem waren seine Hände unglaublich zart. Und diese herrlich zarten Hände begannen nun, die Knöpfe ihrer Jeans zu öffnen, und sie ließ es zu. Dann lag er auf ihr, und es war für jede Gegenwehr zu spät.
Fünf Minuten lang war bis auf ihr schweres Atmen und den einen oder anderen Raubvogel, der in den oberen Zweigen der Tannenbaumschonung flatterte, kein Laut zu hören. Dann rollten sie sich unwillkürlich herum, weil Mackenzie so viel schwerer und kräftiger war als Abigail, und sie setzte sich rittlings auf seine harten Schenkel, und der Höhepunkt ihrer Vereinigung glich einer Explosion. Sie sahen einander tief in die Augen, verschränkten krampfhaft ihre Hände, und auf ihren Gesichtern spiegelte sich die unendliche Lust.
Als es vorüber war, klammerte sich Mackenzie an Abigail und wollte sie gar nicht mehr loslassen.
»Es tut mir leid«, sagte er, zog sie zu sich herunter und bedeckte ihr Gesicht mit Küssen. »Schrecklich leid.«
»Das muss es nicht«, erwiderte sie beruhigend und dehnte

ihren Rücken. Sie streichelte seinen Rücken, seine Schultern und küsste ihn auf die Stirn. »Ich wollte es doch auch.«

»Wirklich?«, keuchte er.

»Ja«, sagte sie. »Ich habe dich von Anfang an gemocht. Das musst du doch gemerkt haben! Jedes Mal, wenn wir uns in London getroffen haben, dachte ich heimlich, wie nett du doch bist.«

»Ich hatte keine Ahnung, dass du dich zu mir hingezogen fühlst«, sagte er leise.

»So war es aber. Natürlich habe ich es für mich behalten. Ich bin nicht *immer* für absolute Offenheit, musst du wissen. Es gibt Gefühle, die man wirklich für sich behalten sollte.«

»Was wird denn nun, Abigail?«, fragte Mackenzie und ließ seinen Blick über ihr zerzaustes, blondes Haar und ihren Körper wandern und umarmte sie.

»Was nun wird?«, wiederholte Abigail, befreite sich mit sanfter Gewalt aus seinem Griff, stand vorsichtig auf und knöpfte die Bluse zu. »Gar nichts. Ich kann sehr gut für mich selbst sorgen. Schließlich bin ich schon dreißig Jahre alt und kein kleines Mädchen mehr.« Sie brachte den Rest ihrer Kleidung wieder in Ordnung und seufzte. »Vergiss es. Obwohl ich zugeben muss, dass ich mich jetzt viel besser fühle. Du nicht auch? Das hat wirklich gutgetan.«

»Ich soll einfach vergessen, was gerade geschehen ist? Aber was ist, wenn … Was ist, wenn du … Nimmst du eigentlich die Pille, Abigail?«

»O Gott, es ist wirklich hoffnungslos mit euch Männern! Das hättest du mich besser fragen sollen, bevor wir miteinander geschlafen haben, du Trottel.«

»So hast du mich heute schon zweimal genannt.«
»Keine Sorge, Mackenzie, ich bin nicht schwanger. Es sind gerade nicht meine fruchtbaren Tage. Es kann dir also nichts passieren. Und ich werde auch keinem etwas davon erzählen. Es hat Spaß gemacht, ich habe es genossen, aber Sarah wird nie etwas davon erfahren. Versprochen.« Sie ging zum Jeep zurück.
Mackenzie sprang auf, zog sich rasch an, folgte ihr und riss sie in seine Arme. Und dann küsste er sie noch einmal. Langsam dieses Mal. Langsam und zärtlich.
»Du bist wunderschön«, sagte er mit heiserer Stimme.
»Ich weiß«, scherzte sie. »Ich bin absolut hinreißend. Offen gestanden ist es mir ein Rätsel, warum ich nicht auf den Titelblättern sämtlicher Illustrierten zu sehen bin. Die Verträge müssen alle in der Post verloren gegangen sein.«
»Bitte, flieg morgen nicht nach Hause«, flüsterte er. »Bleib noch ein paar Tage hier. Du *musst* bei mir bleiben. Ich möchte gemeinsam mit dir in meinem Bett aufwachen.«
»Aber klar, machen wir doch eine ganze Woche daraus, was hältst du davon? Millicent wird sicher begeistert sein. Außerdem könnte ich mich bei der Gelegenheit gleich in dich verlieben und du dich in mich. Das war übrigens ein Scherz. Meine Art, dir zu sagen, dass ich keine Schlampe bin. Nein, ich werde noch heute Abend abreisen.«
»Bitte bleib. Mum kann einige Tage ihre Verwandten besuchen. Das wollte sie ohnehin, aber dann ist sie dageblieben, um mir Gesellschaft zu leisten. Ich werde es ihr heute Abend beim Essen vorschlagen. Und dann kannst du entscheiden, ob du mir die Chance gibst, dich richtig zu lieben, in einem anständigen Bett.«

»Bist du völlig verrückt geworden?«
»Nur ein bisschen. Es ist wirklich hilfreich, wenn man in einem alten Haus mit Wasserspeiern lebt und einem dauernd die Frauen abhanden kommen.«
»Aber warum, Mackenzie? Ich habe dir doch gesagt, dass dieses eine Mal keine Bedeutung hat. Ich bin nicht der Typ für flüchtige Affären. Das würde ich dir oder mir oder auch Sarah nicht antun. Ich habe keine Ahnung, wie das eben geschehen konnte, aber du sollst wissen, dass dies nicht meine Gewohnheit ist.«
»Bitte bleib, Abigail.«
»Und was wäre, wenn ich dich wirklich gernhätte? Und du mich?«, fragte sie. »Lass uns einfach mal annehmen, wir würden etwas füreinander empfinden. Damit kämen wir doch vom Regen in die Traufe, nicht wahr?«
»Nicht unbedingt. So wie ich das sehe, haben wir nichts zu verlieren. Und bevor du auf die Idee kommst, ich würde das nur tun, um Sarah eifersüchtig zu machen, sollst du wissen, dass mir nichts ferner liegt. Ich bin nur so verdammt einsam, dass ich manchmal das Gefühl habe durchzudrehen. Und mit dir kann ich reden, Abigail. Ich brauche jemanden, mit dem ich wirklich reden kann.«
»Das Gefühl kenne ich«, erwiderte sie leise. »Halt mich ganz fest.«
Sie standen lange Zeit eng umschlungen in der Finsternis, atmeten den Duft des anderen ein, lauschten dem Wind, der durch die Baumwipfel rauschte, und genossen einfach das schöne Gefühl, zusammen zu sein. Dann küssten sie einander ein weiteres Mal sehr zärtlich. Und auch wenn sie nicht ineinander verliebt waren, so wussten sie doch, dass sie Gleichgesinnte waren. Und genau in dem Augen-

blick erkannten sie beide, dass es viel wichtiger war, ob sich zwei Menschen verstanden, und nicht, ob sie sich voneinander angezogen fühlten. Zwischen ihnen war gerade ein unlösbares Band geschmiedet worden.

Schließlich hatte sich Abigails Puls wieder beruhigt. So sehr, dass ihre Zähne beängstigend zu klappern begannen. An manchen Stellen war der Boden schließlich immer noch gefroren.

»Ich wette, jetzt haben wir uns eine Erkältung geholt«, sagte sie.

»Dann lass uns lieber zum Haus zurückfahren«, sagte Mackenzie lächelnd. »Du nimmst ein heißes Bad, und ich fahre Mum zu ihrer Cousine, wenn sie es möchte. Anschließend werfe ich uns zum Abendessen ein paar Reste in die Pfanne, und wir schauen mal, was passiert. Du musst ja heute Nacht nicht in meinem Bett schlafen, wenn du nicht willst, auch wenn ich es mir wirklich mehr wünsche, als du dir vorstellen kannst. Ich fühle mich ausgeglichen und zufrieden, wenn du in meiner Nähe bist.«

»Also schön«, sagte Abigail. »Die Aussicht aufs Abendessen hat mich überzeugt. Ich bin nämlich am Verhungern.«

Sie fragte ihn nicht, wie sie Millicent erklären sollten, dass sie ohne eine einzige Einkaufstüte nach Thistledown zurückkehrten. Und sie fragte ihn auch nicht, was sie wegen Sarah unternehmen sollten.

Aber später am Abend, als sie warm zugedeckt in Mackenzies Himmelbett lag, heißen, wohltuenden Tee trank und darauf wartete, dass er aus dem Bad kam, da durchfuhr Abigail das Gefühl, als hätte sie niemals woanders geschlafen.

Kapitel 17

Abigail und Mackenzie hatten den Tag mit einem ausgedehnten Spaziergang auf dem Anwesen verbracht und es genossen, an der frischen kalten Luft zu sein und Zeit miteinander verbringen zu können. Nun saßen sie auf einem Felsvorsprung in der Nähe des Hauses und blickten aufs Meer hinaus. Mackenzie hatte eine Thermosflasche mit heißer Hühnersuppe dabei, und sie trugen beide warme Schals und Handschuhe und ihre dicksten Winterjacken. Abigails Wangen waren von dem stürmischen Wind feuerrot, und sie hegte die Befürchtung, dass sie wie eine Tomate mit einer blonden Perücke aussah. Mackenzie goss die Suppe ein und drehte dabei dem Wind den Rücken zu. Abigail sah den konzentrierten Ausdruck auf seinem Gesicht, und ihr Herz überschlug sich, weil ihr mit einem Mal klar wurde, dass sie ihn doch ein bisschen liebte. Mehr als nur ein bisschen. Sie genoss es, mit ihm zusammen zu sein, mit ihm zu reden. Sie bewunderte seine Stärke und seine Entschlossenheit. Fand es wundervoll, wie er sich um sie kümmerte. Aber am meisten gefiel ihr seine sensible Seite. Er war kein unsteter Mensch, nicht der Typ Mann, der Risiken einging. Vielleicht verlangte es sie am Ende doch nach häuslichem Glück?

»Danke«, sagte sie, während sie ihre Hände um die heiße Tasse legte. »Riecht köstlich.«

Er lächelte sie an, und dann schauten sie beide wieder aufs Meer hinaus.

Sie hatten seit dem Erlebnis unter den Tannenbäumen gut ein Dutzend Mal miteinander geschlafen. Und jedes Mal war so himmlisch gewesen wie das Mal zuvor. Abigail hatte gespürt, wie sie einander immer nähergekommen waren, den Höhepunkt des anderen vorausahnten, wussten, wann sie das Tempo erhöhen und wann verlangsamen mussten. Am späten Abend schliefen sie dann eng aneinandergekuschelt ein. Oder lagen freundschaftlich Rücken an Rücken. Daran könnte ich mich gewöhnen, dachte sie sehnsüchtig. Sie gab sich alle Mühe, nicht an die Klinik und an die Arbeitslast zu denken, die sie nach diesem märchenhaften Intermezzo oder was immer es sein mochte in London erwarteten. Und sie versuchte auch nicht an die Konsequenzen zu denken, die sich aus ihrem Zusammensein mit Mackenzie ergaben.

»Wann fliegst du wieder nach London?«, fragte er unvermittelt, ganz so, als hätte er ihre Gedanken gelesen. »Das heißt, wann musst du mich verlassen?«

»Na ja, kommt Millicent nicht heute Abend von ihrem kleinen Ausflug zurück? Dann nehme ich wohl besser Reißaus. Sie würde sofort vermuten, dass etwas zwischen uns läuft. Ihr entgeht so schnell nichts, wie du ja weißt. Und ich möchte sie nicht anlügen. Hattest du ihr nicht sagen wollen, dass ich heute abreisen muss, weil ich in der Klinik gebraucht werde?«

»Eigentlich habe ich Mum am Telefon gar nichts gesagt. Und sie hat auch nicht gefragt. Wenn ich sie nicht besser kennen würde, könnte man glauben, sie ahnt etwas. Normalerweise bombardiert sie mich mit Fragen über den Hof und alles Mögliche, wenn sie verreist ist. Aber dieses Mal haben meine Gespräche mit ihr kaum länger als fünf Minuten gedauert. Ehe ich mich versah, hatte sie auch schon wieder aufgelegt.«

»Sie ist ein schlauer Fuchs«, war alles, was Abigail herausbrachte. Ob sie ihnen wohl schon auf der Spur war?

»Ich werde dich schrecklich vermissen«, sagte Mackenzie und legte seinen Arm um sie.

»Mackenzie, bitte versteh mich nicht falsch. Eigentlich möchte dich nicht verlassen und auch nicht Thistledown. Die letzten vier Tage mit dir waren wundervoll. Es war in jeder Hinsicht eine großartige Erfahrung für mich. Doch wir sollten den Tatsachen ins Auge sehen. Schließlich sind wir beide erwachsene Leute.«

»Jetzt geht's los. Und ich dachte, du hättest gesagt, du wolltest mir keine Vorträge mehr halten.«

»Das stimmt. Aber vielleicht ist es an der Zeit, mögliche Erklärungsversuche zu finden. Vielleicht hast du dich zu mir hingezogen gefühlt, weil – nein, lass mich bitte ausreden – weil du Angst davor hattest, allein zu sein. Und ich wiederum … Wenn mir in der Klinik manchmal alles zu viel wird, dann stelle ich mir vor, an einem so schönen Ort wie diesem zu leben. Man hat das Gefühl, am Rande der Welt zu stehen, weil es so traumhaft und friedlich ist. Aber all das wird dich nicht von deiner Trauer kurieren und mich nicht von der meinen. Ich halte große Stücke auf dich, Mackenzie, aber wir müssen akzeptieren, dass wir Verpflichtungen haben und das hier beenden müssen, denn es ist nicht die reale Welt.«

Sie vermochte ihm dabei kaum in die Augen zu sehen, weil sie sich so schuldig fühlte und so traurig war.
»Ich wusste, dass du das sagen würdest. Und ich habe eine Antwort für dich: Sie könnte die reale Welt sein. Das liegt in unseren Händen.«
»Wie bitte?«
»Wir beide sind doch intelligente Menschen. Wir könnten es schaffen. Wenn wir den Mut dazu aufbringen.«
»Wovon redest du da?«
»Denk doch bitte einmal für einen Moment über Folgendes nach: Die meisten Menschen glauben an Liebe auf den ersten Blick, stimmt's?«
»Stimmt.«
»An diesen Moment, wenn sich die Blicke zweier Menschen begegnen und sie spüren, dass es Liebe ist. Warum ist das wohl so, Abigail? Vermutlich wegen irgendeines Films im Fernsehen. Wegen irgendeiner romantischen Vorstellung, die uns allen von Jane Austen ins Hirn gepflanzt worden ist. Oder von irgendwelchen anderen Romanciers.«
»Worauf willst du hinaus, Mackenzie?«
»Ich wollte lediglich meinen Standpunkt klarmachen, weil es nämlich in der heutigen Zeit nicht mehr so sein muss. Wir sind frei, dürfen unsere eigenen Fehler machen und daraus lernen. Wir sind frei, noch einmal von vorn anzufangen.«
»Mackenzie, ich ahne, was du jetzt sagen wirst, und ich bitte dich, es nicht zu tun.«
»Warum nicht? Ich möchte, dass wir uns eine Chance geben«, sagte er und wandte sich ihr zu.
Er streichelte ihr Gesicht und hielt dann ihre Hände ganz

fest in seinen. Sie blickte zu ihm auf und spürte, dass sie mit einem Mal vor lauter Angst einen dicken Kloß im Hals hatte.

»Oh, Mackenzie, was habe ich dir nur angetan? Ich habe alles nur noch zehnmal schlimmer gemacht, nicht wahr? Du hast gesagt, du würdest Jane bis ans Ende deines Lebens lieben. Ich erwarte gar nicht von dir, dass du die Erinnerung an sie über Nacht aufgibst. Das ist dich schon teuer genug zu stehen gekommen. Und soweit es mich betrifft, weiß ich ehrlich gesagt wirklich nicht, was ich hier eigentlich mache. Nun sind wir obendrein auch noch auf Sarahs Träumen herumgetrampelt.«

»Ich bin froh, dass die Hochzeit nicht stattgefunden hat, Abigail. Und das meine ich ernst. Der Druck auf Sarah wäre zu groß geworden, wenn wir die Sache durchgezogen hätten. Denn ich weiß, dass sie mir meine Worte aus jener Nacht immer übelgenommen hätte. Ich habe sie geliebt, Abigail, aber wir haben als Paar einfach nicht richtig zusammengepasst. Das habe ich von Anfang an gespürt. Sie ist einfach zu sensibel. Ich musste mich ständig zusammennehmen und darauf achten, was ich sage. Bei dir muss ich mich nicht verstellen. Du bist ganz anders. Bodenständig und warmherzig. Ich brauche dich, Abigail!«

»Oh, Mackenzie, ich kann gar nicht mehr klar denken. Da werden sie in der Klinik ja nicht viel mit mir anfangen können! Ich habe keine Ahnung, was richtig oder falsch ist.«

»Hör mir bitte zu und lass mich ausreden. Du hast gesagt, dass du seit Donal keinen Mann mehr kennengelernt hast, der dir so wie er das Gefühl gibt, etwas Besonderes zu sein, stimmt's? Und ich kann Jane nicht vergessen. Also, heißt das nicht, dass wir unglaublich viel gemeinsam haben? Wir wissen, was es heißt, jemanden zu verlieren, der unser Ein und Alles gewesen ist. Und auch wenn wir einander im Augenblick nicht lieben, so sind wir doch die besten Freunde, und das mit der Liebe wird noch kommen. Abigail, ohne dich hätte ich die letzte Zeit nicht überstanden, auch wenn ich Gott und der Welt gegenüber so getan habe, als hätte ich alles im Griff. Ich hatte zwischendurch wirklich das Gefühl, durchzudrehen. Du hast mich gerettet, Abigail.«

»Es ist sehr nett von dir, das zu sagen, Mackenzie, aber ich bin mir immer noch nicht sicher, ob das alles eine so gute Idee ist.«

»Bitte lass dich für eine Weile freistellen und bleib für zwei, drei Monate bei mir. Das mit uns könnte wirklich etwas werden. Ich glaube, ich bin dabei, mich in dich zu verlieben.«

»Ich kann nicht leugnen, dass ich auch etwas für dich empfinde. Aber wir sind beide überdreht, Mackenzie. Ich bin über Weihnachten in die Mangel genommen worden, und dir ist es ebenso ergangen. Käme es dir nicht auch so vor, als würden wir uns einfach nur verzweifelt aneinanderklammern?«

»Das hat absolut nichts mit Hilflosigkeit oder Verzweiflung zu tun. Waren die letzten vier Tage nicht großartig? Sind sie nicht wie im Flug vergangen? Ich dachte, dir hätten unsere gemeinsamen Nächte und all unsere Gespräche gefallen?«

»Ja, natürlich habe ich unsere gemeinsame Zeit genossen. Ich bin wirklich gern mit dir zusammen.«

»Also dann«, erwiderte er flehentlich, schaute ihr in die Augen und bat sie eindringlich, ihn nicht leichtfertig abzuschreiben. »Ich habe dich wirklich schrecklich gern, Abigail, weil du ein so starker, pragmatischer, offener Mensch bist und nicht von mir erwartest, dass ich deine Gedanken errate. Ich werde damit zurechtkommen, nicht Donal zu sein, nicht der Mann, der er für dich gewesen ist. Da wir beide wissen, wo wir stehen, können wir viel entspannter miteinander umgehen. Befinden wir uns damit nicht in einer viel besseren Lage, als eine Liebe auf den ersten Blick zu erleben und dann zusehen zu müssen, wie alles schiefläuft? Wir passen doch wunderbar zueinander, Abigail.«

»Das mag wohl sein. Aber keiner von uns kann es sich erlauben, weiterhin viel Zeit mit Beziehungsspielchen zu vergeuden, nicht wahr? Wünschst du dir nicht eine große Familie? Solltest du dann nicht losziehen und dich auf die Suche nach der Mutter deiner Kinder machen? Und sollte man sich nicht lieben, wenn man Kinder in diese Welt setzt? Was auch immer wir uns zu diesem Zeitpunkt einzureden versuchen, letztlich muss eine Beziehung zu etwas führen. Andernfalls sind wir nur WG-Bewohner mit gewissen Vergünstigungen.«

»Abigail Halloran, ich versuche dich gerade zu fragen, ob du mich heiraten möchtest. Ich dachte, du hättest meine Absichten verstanden.«

»Du meine Güte, das wird ja immer schräger.«

Ob Mackenzie möglicherweise vor lauter Kummer verrückt geworden war? Hatte sie ihn etwa um den Verstand gebracht, weil sie diese Affäre überhaupt zugelassen hatte?

»Wieso das denn? Du hast doch gesagt, ich sei ein attraktiver Mann, und ich finde dich hinreißend. Du weißt, dass es mir das Herz gebrochen hat, Jane zu verlieren, und ich weiß, dass du niemals über Donal hinwegkommen wirst. Aber es gibt auch etliche Punkte, die für eine Verbindung zwischen uns sprechen: Im Bett läuft es super zwischen uns. Die Arbeit mit deinen Patienten laugt dich aus, du würdest sicher gern fort aus London, fort aus der Klinik. Und ich bin es leid, allein in diesem Haus mit zehn Schlafzimmern zu wohnen.«

»Und Sarah?«

»Als ich mit Sarah zusammen war, konnte ich mich nie entspannen. Sie wäre mir nämlich irgendwann auf die Schliche gekommen. Ich habe in ständiger Angst gelebt, dass ich sie aus Versehen einmal Jane nenne. Frag Dougal, er wird es dir bestätigen. Er hat mich deshalb mehrere Male gewarnt.«

»Oh, Mackenzie. Liebe kann man nicht über den Verstand anfordern.«

»Wieso nicht? Ich finde, wir sollten so schnell wie möglich heiraten – natürlich nur, wenn du ja sagst. Ergreife die Gelegenheit, dein Glück zu finden! Hast du nicht mal behauptet, dass sich Menschen entscheiden können, glücklich zu sein?«

»Also heiraten wir? Einfach so?«

»Ja.«

»Hättest du denn gar keine Bedenken, wie das auf deine Freunde wirken würde? Auf den Reverend? Sie würden doch glauben, dass ich die Situation ausgenutzt habe. Dass du einsam gewesen bist, dich über eine Enttäuschung hinweggetröstet hast. Deine Mutter würde mich prügeln.«

»Nein, bestimmt nicht. Sie mag dich. Es muss ja nicht so eine große Hochzeit mit allen Schikanen sein. Du findest das eh übertrieben, nicht wahr? Sarah hat mir erzählt, dass du lieber tot umfallen würdest, als sechs Brautjungfern, einen spießigen Empfang und gefühlsduselige Reden über dich ergehen zu lassen.«

»Stimmt schon, das habe ich gesagt. Aber nur, weil ich weder das nötige Aussehen noch das Selbstbewusstsein besitze, um so etwas durchzuziehen«, erwiderte Abigail leise.

»Du bist wunderschön«, sagte Mackenzie.

»Nein.« Sie seufzte und schüttelte langsam den Kopf. Sie war nicht schön. Nicht so wie Sarah, dachte sie schuldbewusst. Sarah hatte umwerfend in ihrem Hochzeitskleid ausgesehen, das, wie sich Abigail plötzlich erinnerte, immer noch in ihrer Londoner Wohnung hing.

»Für mich bist du schön. Und ich wollte nie eine große Hochzeit«, sagte er ruhig. »Ich bin eigentlich ein ziemlich schüchterner Mensch. Und ich ziehe es vor, in alten Jeans, einer gammeligen Jacke und Stiefeln herumzulaufen.«

»Und wie sieht es mit Kindern aus? Hast du daran auch schon gedacht?«

»Das habe ich in der Tat, und ich glaube, wir wären die verständnisvollsten Eltern auf der ganzen weiten Welt. Sind die meisten Menschen nicht ohnehin das Ergebnis von zu viel Alkohol und einem kitschigen Popsong?«, sagte er fröhlich und versuchte Abigail damit zum Lachen zu bringen.

»Mackenzie Campbell, wie kannst du nur!«

»Aber so ist es doch.«

»Weißt du was? Alles, was du da sagst, ergibt einen Sinn.

Ich würde wirklich gern heiraten und meine Arbeit in der Klinik aufgeben und mit dir in diesem prächtigen Haus leben. Es gibt nur ein Problem.«

»Sarah?«

»Genau. Ich habe ihr ihren Traum gestohlen, Mackenzie.«

»Das stimmt nicht. Sie hat mir einen Brief geschrieben, in dem sie erklärt, dass es keine Hoffnung mehr für uns gibt. Es ist zu spät für Sarah und mich. Bitte denk wenigstens darüber nach, Abigail. Ich bitte dich nur um eins: Verlass mich nicht, ohne mit mir darüber zu reden. Ich habe in meinem Leben schon zwei Frauen verloren. Die eine hat bei einem Unfall einen sinnlosen Tod gefunden, und die andere ist mitten in der Nacht verschwunden. Ich könnte es nicht verkraften, wenn es ein drittes Mal geschehen würde. Mir ist klar, dass du mir nicht versprechen kannst, mich ewig zu lieben und all das. Aber bitte versprich mir, dass wir immer über alles reden werden.«

»Einverstanden. Ich verspreche, dass ich dir gegenüber immer ehrlich sein werde, Mackenzie.«

»Und ich werde immer gut zu dir sein, Abigail. Ich werde dich niemals verletzen. Und ich will versuchen, dich so zu lieben, wie du es verdient hast. Und vielleicht wirst auch du mich irgendwann einmal lieben.«

»Ich glaube dir, dass du wirklich meinst, was du da sagst. Aber ich möchte nicht wie die böse Hexe in diesem Märchen dastehen. Deshalb muss ich erst noch etwas erledigen, in Ordnung?«

»Natürlich. Worum handelt es sich denn?«, fragte er, auch wenn er tief in seinem Herzen wusste, wie ihre Antwort lauten würde.

Es gab nur einen einzigen Menschen, den Abigail auf keinen Fall kränken oder verärgern wollte. (Der Rest der Welt konnte denken, was er wollte, soweit es sie anging.) »Ich will versuchen, den richtigen Moment abzupassen, und Sarah von uns erzählen. Wenn ich dich heirate, dann nur mit ihrem Segen.«

Kapitel 18

Aurora und Gemma saßen an einem der zierlichen Bistrostühle im »The Last Chapter«, tranken Kaffee und unterhielten sich über einen wunderschönen Strauß roter Rosen hinweg, der in knisterndem Zellophan mit geringeltem Schleifenband in einer Vase zwischen ihnen stand. Er war am Tag zuvor von einem Boten im Laden abgegeben worden. Auf der beigefügten Karte stand zu lesen: *In Liebe, dein Bücherwurm.*

»Du warst also schon einmal in einem anderen Literaturzirkel?«, erkundigte sich Gemma. »Das hast du nie erwähnt.«

Im Laden ging es an diesem Morgen ruhig zu. Nur ein oder zwei Kunden stöberten in den Büchern.

»Und das hätte ich auch jetzt nicht getan, wenn mich dieser Irre in Ruhe lassen würde«, zischte Aurora leise. »Schickt mir das kleine Wiesel einen solchen Strauß in den Laden! David Cropper. Keine Ahnung, was ich gegen ihn unternehmen soll. Er ist ein notorischer Schürzenjäger. Ehrlich gesagt, ich glaube, dass der Mann unter einer Persönlichkeitsstörung leidet.«

»Ich muss gestehen, dass wir uns schon gefragt haben, wer dir wohl rote Rosen geschickt haben könnte. Miriam

war der Meinung, es sei dein Ex-Mann gewesen, der wieder zu dir zurück will.«
Gemma brannte darauf, zu erfahren, was damals in Belfast passiert war, aber Aurora rückte nicht so leicht mit Informationen über sich heraus. Es hatte allein eine halbe Ewigkeit gedauert, bis sie ihnen verriet, dass sie schon einmal verheiratet gewesen war. Von der Affäre mit einem schmierigen Fernsehproduzenten der BBC ganz zu schweigen.
»Nein, mein Ex-Mann hat mir die Rosen nicht geschickt. Er würde niemals Geld für Gewächshausblumen verschwenden. Zumindest nicht, wenn es um mich geht. Er hat vor einer Weile eine sehr nette Frau geheiratet, die zufällig den Namen Rose trägt. Es würde mich nicht überraschen, wenn David mir die Rosen geschickt hätte, um mich an sie zu erinnern. Um Salz in die Wunde zu streuen. Aber vielleicht ist er doch nicht so schlau. Was soll's. Jedenfalls versucht er mich wieder einmal zu manipulieren. Glaubt, er könne mich mit einem Dutzend überteuerter Blumen und einem Stückchen glänzendem Zellophan herumkriegen. Was wieder einmal zeigt, wie hoffnungslos altmodisch er ist, stimmt's? Eigentlich bin ich ihm völlig egal. Er liebt nur den Nervenkitzel der Jagd.«
»Mich darfst du wirklich nicht fragen, wie ein Mann tickt! Ich habe nicht den leisesten Schimmer. Du bist eine sehr geheimnisvolle Frau, Aurora Blackstaff. Du und deine Rosen und dein besessener Bewunderer. Was hast du uns denn noch verschwiegen? Komm schon, raus damit. Ich will die ganze Wahrheit über diesen Literaturzirkel wissen. Wenn nicht, sterbe ich noch vor Neugier.«

»Du solltest wirklich öfter unter Leute gehen«, sagte Aurora lachend. »Wir haben uns Brontë-Zirkel genannt. Ich war bisher etwas zurückhaltend, was diese Phase meines Lebens angeht, weil das Ganze wirklich ausgesprochen lächerlich ist. Es hatte solche verrückten Ausmaße angenommen, dass ich sogar offizielle Austrittsmitteilungen an die anderen Mitglieder verschickt habe, als ich mich entschloss, von Belfast hierherzuziehen.«

»Wie bitte?« Gemma wusste, dass sie Aurora nicht drängen durfte. Die Freundin würde ihr genau das erzählen, was sie ihr erzählen wollte, und nicht mehr. Dennoch konnte sie es sich nicht verkneifen, ein wenig zu stochern.

»Ja, ich habe meinen besten Hut und Mantel angezogen, bin an einem heiteren Montagmorgen zur Druckerei gegangen und habe die Karten mit einem feierlichen Gesichtsausdruck selbst entworfen. Es waren hübsche, laminierte Karten, die ich da verschickt habe. Hundertzwanzig Stück alles in allem. Und in teueren, schwarzen Umschlägen. O Gott, ich muss den Leuten wirklich leidgetan haben!« Aurora schloss bei dem Gedanken daran die Augen.

»Schwarze Umschläge? Du meine Güte, das klingt ja wirklich sehr schick«, sagte Gemma mit sonorer Stimme.

»Schick? O ja, das kann man wohl sagen. Beim Brontë-Zirkel ging es nur um Vornehmtuerei, meine Liebe. Nichts als Snobs, und auch noch von mir persönlich ausgewählt. Wir haben uns oft mit viktorianischen Kostümen verkleidet und in meinem riesigen, auf antik gemachten Wintergarten Tee getrunken und Gurkensandwiches gegessen.«

»Mein Gott, hundertzwanzig Leute im Wintergarten eines Wohnhauses? Das muss aber ein ziemlich großer Wintergarten gewesen sein.«

»Riesig. Hat mich eine Viertelmillion Pfund gekostet.«

»Nein!«

»Wir waren sogar einmal im Fernsehen. Nichts Weltbewegendes. Die Sendung wurde auf BB2 um halb zwei in der Früh ausgestrahlt, und das auch nur in Nordirland.«

»Trotzdem, das ist doch großartig!«

»Nein, es war sogar ziemlich langweilig.« Aurora seufzte und trank einen Schluck von ihrem Kaffee. »Ich habe mit allen Bewerbern um eine Mitgliedschaft im Zirkel Gespräche geführt, damit nur ja niemand beitrat, der lediglich einsam und gelangweilt war und nicht etwa ein echter Liebhaber der Künste. Wenn ich an die armen Menschen denke, die ich abgelehnt habe … Oh, Gemma! Wenn ich ihnen doch jetzt sagen könnte, wie leid es mir tut. Wie sehr ich mich dafür schäme.«

»Schwarze Umschläge und historische Klamotten?«, sagte Gemma lachend. »Entschuldige, aber das ist wirklich ziemlich komisch. Sie haben sich gewiss über diese schicken Umschläge gefreut. Also, mir hätte das gefallen.«

»Vermutlich ist es schwer zu glauben, dass ich jemals ein solch eingebildeter Snob gewesen bin, aber es stimmt. Für eine Weile waren wir das Gesprächsthema Nummer eins in Belfast. Ebenso wie die Tatsache, dass ich mich mit einem jüngeren Mann traf. Nun ja, ein wenig jünger, leider kein jugendlicher Liebhaber. Mit ihm habe ich mich in den besten Restaurants der Stadt sehen lassen, und am Wochenende waren wir im Theater.«

»Ich werde richtig eifersüchtig. Ich habe nie so etwas

Aufregendes erlebt. Die Details meines Liebeslebens passen auf die Rückseite einer Briefmarke.«
»Da hast du nicht viel verpasst, keine Sorge.«
Aurora beschloss, Gemma nicht von ihrer heimlichen Vorliebe für allzu enge Korsetts und mit Rüschen besetzte Petticoats zu erzählen und dass es sie antörnte, darin Sex zu haben. Sie war wirklich dankbar, dass bei ihr die Wechseljahre eingesetzt hatten. Oh, wie sehr hatte sie diesen durchtriebenen Mistkerl begehrt …
»Es hat nicht gehalten«, sagte sie leise. »Und als mein sogenanntes Verhältnis mit David in die Brüche ging, habe ich es nicht mehr übers Herz gebracht, mit dem Brontë-Zirkel weiterzumachen. Oder mit dem Unterrichten. Mein Mann Henry war in der Zwischenzeit natürlich schon längst fort, wohnte bei seiner neuen Liebe, bei Rose. Und ich vermochte mich nicht einmal mehr an meinem schönen Wintergarten zu erfreuen. Es erinnerte mich alles zu sehr an meine Eitelkeit, an meinen albernen Stolz. Dabei hatte es mich ein kleines Vermögen gekostet, ihn bauen zu lassen. Ganz abgesehen davon, dass er das Ende meiner Ehe eingeleitet hat, weil ich dafür Henrys geliebten Garten planieren ließ. Also habe ich mein Haus für ein Vermögen verkauft und bin hierhergekommen, um meine Wunden zu lecken.«
»Und wo sind Henry und Rose hingezogen?«, fragte Gemma gedankenlos und hätte sich dafür am liebsten gleich die Zunge abgebissen.
»Anfangs haben sie ganz hier in der Nähe gewohnt. Er ist ein guter Mann, Gemma. Er ist mit mir in Kontakt geblieben, obwohl ich ihn so schlecht behandelt habe. Er hat mir von Zeit zu Zeit Fotos geschickt und mir geschildert,

wie friedlich es in diesem Teil des Landes ist. Wie langsam der Rhythmus des Lebens ist und wie gut die Landschaft für die Seele. Also bin ich hierhergekommen, aber ich bin ihm und seiner neuen Liebe nicht auf die Pelle gerückt, o nein. Ich habe sie nicht ein einziges Mal besucht. Obwohl sie mich mehrmals zum Abendessen eingeladen haben. Aber das wäre zu peinlich gewesen, dessen waren wir uns alle bewusst. Und dann bekamen sie Emily und sind nach Frankreich gezogen, um in der Nähe von Roses Freunden zu sein, und das war irgendwie eine Erleichterung. Denn zu dem Zeitpunkt hatte ich mich bereits in Redstone verliebt und wollte es zu meinem Zuhause machen und für immer hierbleiben.«

»Und das mit dem Baby hat dir nichts ausgemacht? Nicht einmal ein bisschen?«

»Nein, denn ich wäre keine gute Mutter gewesen, Gemma. Ich bin viel zu neurotisch und herrisch. Ich hätte das arme Kind mit meinem Hang zur Einmischerei, mit all meinen gut gemeinten Ratschlägen und meiner übertriebenen Sorge wahnsinnig gemacht. Ich kann einfach nichts dafür. Aus diesem Grund will ich auch nicht, dass unser kleiner Zirkel hier noch größer wird. Denn dann könnte es sein, dass ich mich wieder von der Sache mitreißen lasse und es übertreibe. Ich versuche wirklich, weniger beherrschend und kontrollierend zu sein, aber es fällt mir unglaublich schwer.«

»Das verstehe ich gut, ich habe gerade ein ähnliches Thema. Ich werde Victoria den Kopf abreißen, wenn ich sie das nächste Mal sehe, weil sie mich die letzten Tage nicht zurückgerufen hat. Aurora …« Gemma zögerte und holte tief Luft. »Dürfte ich dich um einen riesengroßen Gefallen bitten? Ich habe vor, nach New York zu fliegen, um meine Tochter ausfindig zu machen, aber mir graut vor dem Flug. Ich möchte kein großes Aufhebens darum machen, aber ich leide unter Flugangst.«

»Dafür musst du dich doch nicht schämen. Ist es denn wirklich notwendig, dass du nach Amerika fliegst?«

»Auf jeden Fall. Die Chefin des Schönheitssalons, in dem Victoria arbeitet, hat nach langem Hin und Her endlich mit mir gesprochen und mir gesagt, dass sie seit einer Woche nichts mehr von meiner Tochter gehört haben. Sie dachten, sie habe sich einen anderen Job gesucht, und haben sich nicht einmal die Mühe gemacht, zu ihrer Wohnung zu gehen und nachzuprüfen, ob bei ihr alles in Ordnung ist. Ich musste mich schließlich an die Polizei wenden.«

»Die Polizei?«

»Ich bin mit meinem Latein am Ende, Aurora. Sie suchen in diesem Augenblick nach ihr, aber ich muss persönlich bei ihnen erscheinen, um eine Vermisstenanzeige aufzugeben.«

»Du hast die Polizei eingeschaltet? Um Himmels willen, Gemma Hayes, warum hast du das denn nicht schon früher gesagt? Da lässt du mich über meinen blöden Liebhaber schwafeln! Du musst ja völlig fertig sein – du hättest wirklich etwas erzählen sollen.«

»Das tue ich ja jetzt«, erwiderte Gemma, deren Gesicht vor Sorge und Angst gerötet war. »Würdest du mich eventuell begleiten? Ich käme natürlich auch für die Kosten auf. Es ist nur, dass ich im Flugzeug sicher die Nerven verliere. Ich habe in meinem ganzen Leben noch keinen Langstreckenflug hinter mich gebracht. Ich habe eine Höllenangst, dass ich mich zum Affen machen könnte.«

»Aber natürlich begleite ich dich. Ich freue mich, dass du mich darum bittest«, sagte Aurora.

»Oh, ich danke dir von Herzen!«, rief Gemma erleichtert. »Du kannst dir gar nicht vorstellen, welch eine Erleichterung das für mich wäre.«

»Aber dafür sind Freundinnen doch da. Ich fühle mich außerordentlich geschmeichelt, dass du so viel Vertrauen in mich setzt. Und dann auch noch New York! Aber ich bin mir sicher, dass mit Victoria alles in Ordnung ist, Gemma. Junge Leute vergessen oft, ihre Eltern anzurufen. Sie haben zudem einen völlig anderen Zeitbegriff. Sie schauen immer nur in die Zukunft und denken nie an die, die ihre Jugend schon hinter sich haben. Und das sind für sie, nebenbei bemerkt, ja alle Leute über dreißig.«

»Ich danke dir, Aurora. Es ist lieb von dir, dass du das sagst. Und ich freue mich, dass du mich begleiten und auf mich aufpassen wirst. Ich weiß, dass es albern ist, aber jedes Mal, wenn sich die Türen des Flugzeugs schließen und sie mit diesen ganzen Sicherheitshinweisen anfangen, habe ich Angst, einen Herzinfarkt zu bekommen. Meinetwegen können sie sich den ganzen Quatsch sparen, direkt den Film anschmeißen und Drinks servieren, damit ich mich sinnlos betrinken kann.«

»Du Arme!«

»Ich bin bisher nur dreimal nach London geflogen, und jedes Mal war ich in den Tagen vor dem Flug und auch noch danach völlig fertig. Je älter ich werde, desto schlimmer wird es. Letztes Jahr habe ich deshalb sogar eine wunderbare Lesereise durch Europa abgelehnt, bei der alle Kosten bezahlt worden wären. Dem Verlag habe ich weisgemacht, dass die Auflagenzahlen nicht hoch genug seien, um solche Ausgaben zu rechtfertigen. Dabei hätte das mein Durchbruch sein können.«

»Ach, Gemma«, sagte Aurora mitleidig.

»Und Victoria hält mir vor, dass ich sie nicht genug liebe, weil ich sie nicht alle paar Monate in New York besuche. Zumindest hat sie mir das bei unserem letzten Telefonat an den Kopf geworfen. Und jetzt kann ich sie nicht erreichen – mein einziges Kind! Was ist denn nur los mit mir, Aurora?«, flüsterte Gemma, und Tränen kullerten ihr über die Wangen.

»Jetzt sei nicht so streng mit dir. Wir verlieren mit den Jahren an Selbstvertrauen – zumindest geht es mir so. Dabei sollte doch eigentlich genau das Gegenteil der Fall sein. Aber nein, wir stellen uns selbst und all unsere Überzeugungen plötzlich in Zweifel. Es wird uns bewusst, wie zerbrechlich wir sind und dass sich das Leben von dem einen auf den anderen Tag ändern kann.«

»Das stimmt. Eigentlich hasse ich Männer ja, aber manchmal, wenn ich mitten in der Nacht aufwache und niemand ist da, mit dem ich reden oder den ich umarmen kann, dann bekomme ich es mit der Angst zu tun.«

»Du wirst schon noch jemanden kennenlernen«, sagte Aurora automatisch. Sie erzählte all ihren Freundinnen, dass sie schon bald einen Mann kennenlernen und mit ihm glücklich werden würden. Doch das geschah nur selten. Scheinbar gab es den perfekten Mann lediglich in den Klassikern der Literatur.

»Das will ich eigentlich gar nicht. Was das angeht, gebe ich mich keinen Illusionen mehr hin«, erwiderte Gemma mit betrübter Stimme. »Ich wünschte nur, ich hätte jetzt jemanden, der mir helfen könnte, Victoria zu finden.«

»Aber du hast doch mich. Und Miriam und Sarah.«
Aurora selbst war zufrieden mit ihrem Leben als alleinstehende Frau. Es war so friedlich. Es bestand niemals die Gefahr, dass der Mann, den man liebte, von der Arbeit nach Hause kam und einem eröffnete, dass er mit einer jungen Schauspielerin durchzubrennen gedachte (so wie David Cropper es getan hatte) oder dass er das Haus verspielt hatte (wie ihr Vater es ihrer Mutter gestanden hatte).
»Nein, das mit der Liebe habe ich abgehakt«, sagte Gemma und versuchte, nicht mehr zu weinen. »Ich weiß, dass ich anspruchsvoll bin, und ich werde nicht jünger. Außerdem bin ich viel zu eigenständig, um mein Leben um einen anderen Menschen herum zu planen oder ihm hinterherzuputzen. Im Übrigen müsste er einen Ehevertrag unterzeichnen, weil ich auf gar keinen Fall zulassen werde, dass irgendein Mann mein Haus bekommt, wenn ich einmal den Löffel abgeben muss. Das Haus ist Victorias Erbe, ob sie es nun haben will oder nicht.«
»Du hast wirklich Glück, dass du dich um eine so hinreißende Tochter sorgen kannst, Gemma. Ich hoffe nur, sie weiß das zu würdigen.«
»Danke, Aurora. Und nochmals danke, dass du mit mir nach Amerika fliegst. Denn bei all den Sicherheitsmaßnahmen könnte es passieren, dass mich ein bewaffneter Luftsheriff, oder wie auch immer man diese Leute nennt, erschießt, weil er glaubt, ich sei ein Selbstmordattentäter – so wie ich auf meinem Platz herumzappele und schwitze.«
»Das wird schon«, sagte Aurora und kam zu dem Schluss, dass sie sich vor dem achtstündigen Flug vorsichtshalber noch ein paar Tabletten beim Arzt besorgen sollten.

»Zumindest bist du dann da und kannst ihnen erklären, dass ich nur eine alberne Frau mit Flugangst bin und eine erwachsene Tochter habe, die zu faul ist, zu Hause anzurufen«, sagte Gemma und wischte ein paar neue Tränen ab.

Sie stellten sich beide vor, wie die arme Gemma in zehntausend Metern Höhe festgenommen und mit Handschellen an die Armlehne ihres Sitzes gefesselt wurde.

»Oh, Gemma – das ist ja beinahe genauso komisch wie die Sache mit meinen schwarzen Briefumschlägen. Aber es ist natürlich schrecklich, mit solch einer Angst leben zu müssen. Du tust mir wirklich leid. Wenn wir Victoria gefunden haben, werde ich ihr sagen, dass sie niemals wieder ihr Handy abstellen darf, weil du sie sonst aus deinem Testament streichst. Jetzt komm, lass uns einen kleinen Spaziergang am Strand machen. Ich schließe den Laden, wenn die beiden Kunden gegangen sind. Wir zwei sind doch wirklich verrückt, oder?«

»Das kann man wohl sagen. Und dabei haben wir immer geglaubt, Miriam sei diejenige, die nicht alle Tassen im Schrank hat. Das zeigt mal wieder, wie man sich irren kann.«

Zehn Minuten später zogen sie ihre Jacken an und schlossen den Laden ab. Sie gingen über den sandigen Weg zum Strand hinunter und stellten wieder einmal fest, welch ein Glück sie hatten, an einem solch wunderschönen Ort zu leben. Wäre es nicht schrecklich, wenn sie nur auf trostlose Bahngleise oder eine schäbige Fabrik schauen könnten? Es hatte geregnet, und der Sand war feucht und an manchen Stellen dunkel gefärbt. Aber ein fahler Sonnenstrahl drang durch die Wolken und wärmte den Sand ein wenig.

Aurora hakte sich bei Gemma unter, und sie schritten langsam am Wasser entlang und atmeten die belebende frische Luft ein.

»Erinnerst du dich noch an Mike?«, fragte Gemma gerade, als sie bemerkte, dass ein paar kleine Jungs darüber lachten, dass sie Arm in Arm gingen.

»Dein Redakteur, nicht wahr?«

»Er wollte, dass ich einen Artikel über Frauen schreibe, die aus Verzweiflung lesbisch werden.«

»Und was hast du getan?«, erkundigte sich Aurora mit einem Kichern und warf ihrem jungen Publikum eine Kusshand zu.

»Ich habe zum Ausdruck gebracht, dass Reality-TV und die Schundkultur im Allgemeinen die Denkweise einer ganzen Generation zerrütten und die jungen Leute in faule, ungebildete Klone verwandeln. Dass es nichts zur Sache tut, ob eine Frau aus Verzweiflung lesbisch wird, wo unsere Kinder heutzutage kaum imstande sind, zu lesen und zu schreiben.«

»Gut gemacht! Komm, wir gehen ein bisschen schneller, um ein paar Gramm zu verlieren. Und dann holen wir uns zwei große Portionen Fish and Chips, damit wir sie wieder draufpacken.«

»Einverstanden.«

Kurze Zeit später, während Gemma und Aurora im Golden Griddle auf ihre Fish-and-Chips-Portionen warteten, läutete zu Hause auf Gemmas Glasschreibtisch das Telefon, und der Anrufbeantworter sprang an. Eine Krankenschwester aus einer Privatklinik in New York hinterließ die Nachricht, dass sich ihre Tochter Victoria Hayes in ihrer Klinik von einer Überdosis Heroin erholte. Sie sei noch ernsthaft beeinträchtigt. Die Krankenschwester bat Gemma, sich mit ihnen in Verbindung zu setzen, um die Frage der Bezahlung zu regeln, da Victorias medizinische Behandlung bereits Kosten von mehreren tausend Dollar verursacht hatte. Außerdem sei anzuraten, dass sie ihre kranke Tochter besuchte, da diese unter den Strapazen des Drogenentzugs litt. Die Schwester hinterließ eine Rufnummer und hob noch einmal ausdrücklich hervor, dass sich Victoria inzwischen außer Gefahr befand. Zwei Tage lang habe es auf der Kippe gestanden, fügte sie hinzu. Was auch der Grund dafür war, warum sie eine solch intensive Behandlung benötigte. Victoria sei gegenwärtig untergewichtig, erschöpft und deprimiert, wie in einem solchen Fall zu erwarten. Die Klinik bedauere, dass sie Gemma die Nachricht auf diese Weise übermitteln müsse, erklärte die Schwester, aber die New Yorker Polizei hatte darum gebeten, sie zu verständigen.

Kapitel 19

Als Gemma nach Hause kam, stellte sie zu ihrer großen Freude fest, dass das kleine Lämpchen an ihrem Anrufbeantworter nach zehn Tagen völliger Untätigkeit fröhlich blinkte. Lass es eine Nachricht aus Amerika sein, flehte sie, als sie mit dem Essen in der Hand durch das Zimmer eilte. Ja, es war eine internationale Telefonnummer! Victoria hatte sich endlich gemeldet. Dieses kleine Biest! Ob ihre Tochter auch nur im Entferntesten ahnte, was sie, Gemma, durchgemacht hatte? Sie würde ihr eine gepfefferte Standpauke halten, darauf konnte sie sich verlassen.

»Es war Victoria!«, rief sie Aurora zu.

Die klatschte vor Freude in die Hände und nahm zwei Teller und eine Flasche mit roter Soße aus dem Küchenschrank. Dann holte sie zwei Gabeln aus der Schublade und begann ihr Essenspäckchen auszuwickeln. Oh, welch ein himmlischer Duft! Sie schloss die Tür, damit Gemma ungestört war.

Als die aufgezeichnete Stimme der Krankenschwester ertönte, starrte Gemma erst auf ihren Glasschreibtisch hinab und dann durchs Fenster aufs Meer. Es kam ihr so vor, als würde sich ihr Herz langsam mit eiskaltem Wasser fül-

len. Die Zeit schien stillzustehen. Sie blickte auf ihre Uhr, aber die Zeiger waren verschwommen. Sie versuchte Aurora zu rufen, doch die Worte wollten einfach nicht herauskommen. Und dann hatte sie das Gefühl, ihr Herz habe aufgehört zu schlagen.
Aurora, die in der Küche nichts von dem Drama ahnte, das sich im Wohnzimmer abspielte, nahm unterdessen einen großen Bissen von ihrem knusprigen Kabeljaufilet.
Victoria befand sich in einer Klinik. Einer Privatklinik. In New York. Ganz allein. Eine Überdosis. Sie hätte sterben können.
Gemma sah Bilder vor sich, die sie aus den Krankenhausserien im Fernsehen kannte. Schläuche, Infusionen, Erbrochenes, piepsende Geräte, zuschlagende Türen, Ärzte, die etwas schrien. Eine Überdosis Heroin. Sie hatte Heroin genommen. Harte Drogen. Wie furchtbar! Aber jetzt war sie außer Gefahr. Doch es hatte auf der Kippe gestanden.
Victoria hätte sterben können.
Mit einem Mal begriff Gemma wirklich, was geschehen war. Das Abendessen fiel ihr aus der Hand. Nein, sie warf es in ihrer Wut und Frustration darüber, dass sie nicht dort gewesen war, um die Katastrophe zu verhindern, zu Boden. Ihre geliebte Tochter hätte an einer Überdosis sterben können. Ihr kleines Mädchen mit dem seidenen blonden Haar und den wunderschönen blauen Augen brauchte seine Mutter. Und die stopfte sich derweil Fisch und Fritten in den Mund und zerfloss in Selbstmitleid, weil sie ein bisschen Angst vorm Fliegen hatte.
Aurora kam aus der Küche angerannt und half Gemma auf.

»Was ist los?«, keuchte sie, als sie die auf dem Boden verteilten Fritten sah.
Aber Gemma schien nicht mehr sprechen zu können.
»Himmel, Gemma, so sag doch was!«, flehte Aurora sie an. »Mach kurze Atemzüge. Nicht tief Luft holen! Und sag irgendetwas, egal was. Komm schon, fang an, ich reime mir dann den Rest zusammen.«
Irgendwie schaffte Gemma es, in groben Zügen zu erzählen, was sie erfahren hatte.
»Wie furchtbar!«
Die beiden Frauen umarmten einander, und Gemma versuchte verzweifelt, normal zu atmen, während Aurora immer und immer wieder monoton bis fünf zählte und Gemmas Arme rieb, um sie zu trösten. Eins, zwei, drei, vier, fünf und einatmen. Ein, zwei, drei, vier, fünf und ausatmen.
Sobald sich Gemma ein wenig erholt hatte, rief sie die Klinik umgehend zurück, auch wenn sie ständig gegen ein Gefühl der Übelkeit ankämpfen musste. Aurora ging unterdessen leise in die Küche und bereitete zwei Tassen gesüßten Tee zu. Gemma erklärte der Schwester, dass sie alles Menschenmögliche versuchen würde, um am nächsten Tag in der Klinik zu sein. Und falls ihr dies nicht gelingen sollte, dann zumindest innerhalb der nächsten achtundvierzig Stunden. Und dass die Rechnungen natürlich beglichen würden. (Sie weigerte sich im Augenblick, darüber nachzudenken, woher sie das Geld nehmen sollte. Falls nötig, würde sie das Haus verkaufen.) Ihr größtes Anliegen bestand aber darin, Victoria mit nach Hause nehmen zu dürfen, um sie hier ins Bett zu packen, bevor sie noch im Gefängnis landete. Dazu mussten die Ärzte

ihre Tochter allerdings für reisefähig erklären, wie sie erfuhr. Und da es in Fällen von Drogenmissbrauch bestimmte Vorgehensweisen zu beachten gab, konnte dies einige Tage in Anspruch nehmen. Es mussten haufenweise Papiere unterzeichnet werden. Möglicherweise würde die Polizei eine Befragung durchführen, um in Erfahrung zu bringen, woher Victoria das Heroin bekommen hatte. Und es mussten noch weitere Tests gemacht und Gott weiß was sonst noch erledigt werden. Gemma kam es so vor, als wäre es leichter, den Mount Everest mit einer Wagenladung Steine im Schlepptau zu besteigen, als ihr geliebtes Kind nach Irland heimholen zu können.

»Ich wünschte, ich hätte einen fliegenden Teppich«, schluchzte Gemma, nachdem sie auflegte hatte. Victoria waren Beruhigungsmittel verabreicht worden, um ihr über die schwere Zeit hinwegzuhelfen, und daher hatte sie nicht mit ihr reden können. Wie konnte das nur geschehen?, fragte sich Gemma verzweifelt.

»Hier, trink das«, befahl Aurora, die selbst krank war vor Sorge, und goss ein großzügiges Schlückchen Weinbrand in beide Tassen. »Es wird schon alles gutgehen. Hat die Schwester nicht gesagt, sie habe das Schlimmste überstanden?«

»Ja, aber du weißt doch, wie diese Krankenschwestern sind. Die sind an den Tod gewöhnt. Sie werden ja täglich damit konfrontiert. Victoria könnte heute Nacht hinüberschlummern, und es wäre ihnen völlig egal. Solange nur jemand die Rechnung bezahlt. Gott, ich komme mir so verdammt nutzlos vor! Warum habe ich sie nach New York gehen lassen? Warum, Aurora? Ich hätte sie nie gehen lassen dürfen.«

»Du hättest nichts dagegen tun können, sie ist erwachsen.«
»Ich hätte es versuchen müssen!«
»Wirst du ihrem Vater davon erzählen?«, fragte Aurora unvermittelt. »Vielleicht kann er dich finanziell unterstützen oder dich sogar begleiten.«
Sie hatten noch nie über Victorias Vater gesprochen. Aber dies war schließlich ein Notfall. Und in einem Notfall durfte man gegen die Etikette verstoßen.
»Auf gar keinen Fall!«, rief Gemma. »Er würde es nur zehnmal schlimmer machen. Ich will ihn da nicht mit hineinziehen. Er hat mich sitzenlassen, als ich schwanger war. Und er war süchtig. Bitte behalte das, was ich dir jetzt sage, für dich, Aurora. Victoria hat keine Ahnung, und sie wird es nie von mir erfahren. Bei ihm ging es zwar meist nur um Alkohol, aber Cannabis war auch immer wieder mit im Spiel. Vielleicht ist er schon lange tot. Wir haben keinen Kontakt mehr. Aus diesem Grund bin ich auch froh, dass meine eigenen Eltern nichts von Victoria wissen wollten. Denn sie hätten ihr mit Freuden erzählt, dass ihr Daddy nichts taugte. Sie sind schrecklich nachtragend.«
»Oh, verstehe.«
»Bist du jetzt schockiert?«
»Natürlich nicht. Schließlich komme ich aus Belfast, schon vergessen? Was glaubst du, wie oft sie unsere Schule wegen einer Bombendrohung evakuiert haben? Wenn man einmal gesehen hat, wie Menschen vom Straßenpflaster gekratzt werden, kann einen nichts mehr schocken. Komm schon, jetzt iss wenigstens deinen Fisch, solange er noch warm ist.«

»Ich bringe im Augenblick nichts hinunter. Mein Magen schlägt Purzelbäume.«

»Dann werde ich dir später einen schönen Haferbrei kochen. Haferbrei ist gut gegen Schock. Das habe ich mal irgendwo gehört. Und zieh dir eine Strickjacke über, du zitterst wie Espenlaub. Ich werde die Heizung höher stellen. Es wird alles wieder gut, Gemma, ganz bestimmt. Wir rufen im Reisebüro an und erkundigen uns nach Flügen. Lass mich nur erst kurz mit Miriam sprechen.«

»Warum?«

»Sie soll kommen, dann haben wir etwas Gesellschaft. Und Sarah werde ich auch gleich Bescheid sagen. Die beiden wollen bestimmt helfen. Sie könnten Besorgungen erledigen. Vielleicht haben sie sogar einen nützlichen Rat für uns. Hat Sarah nicht einmal erwähnt, dass ihre beste Freundin in London Psychologin ist?«

»Ich glaube ja.«

»Siehst du.«

Aber der wahre Grund, warum Aurora nicht mit der armen Gemma allein sein wollte, war der, dass sie Angst hatte, dass ihre Freundin einen Kreislaufzusammenbruch erleiden könnte. Gemma setzte sich auf das Sofa, hörte sich die Nachricht auf dem Anrufbeantworter noch einmal an und verfiel dabei in eine Art Trance, während Aurora aufräumte und ein paar Mal telefonierte. Schließlich wich bei Gemma die Starre, an ihre Stelle trat eine rasende Wut, wie sie sie noch nie zuvor empfunden hatte. Nicht einmal, als Victorias Vater sie als Klammeraffe bezeichnet und sitzengelassen hatte. Nicht einmal, als ihre eigenen Eltern sie ein dummes Flittchen genannt hatten. Nicht einmal, als ein Kritiker ihren bislang besten Roman als deprimierendes Geschreibsel über eine in Selbstmitleid versinkende Frau bezeichnet und behauptet hatte, dass sie von erotischer Metaphorik so wenig Ahnung hatte wie ein Schwein vom Reiten.

Dieser Bastard.

Gemmas Hass auf die Männer steigerte sich bis zur Weißglut, während sich Aurora am Vorderfenster herumdrückte und auf das Eintreffen der Kavallerie wartete. Wenn Gemma wütend war, bediente sie sich einer derberen Sprache als TV-Koch Gordon Ramsay, dem »Chef ohne Gnade«, bei einem Männerabend. Sie ließ eine Schimpfkanonade auf das vermeintlich starke Geschlecht los. Diese Dreckskerle!, brüllte sie. Diese teuflischen Drogendealer. Alles Zuhälter, widerliche Perverslinge, die die Sucht junger Menschen ausnutzten. Man sollte sie lebenslänglich hinter Gitter stecken – nein, aufknüpfen sollte man sie.

»Obwohl es in Victorias Fall offenbar zum Glück keinen Beweis dafür gibt, dass sie sich prostituieren musste«, rief Aurora ihr in Erinnerung.

Laut der Krankenschwester hatte Victoria erst seit ungefähr einem halben Jahr harte Drogen genommen und war immer in der Lage gewesen, sie von ihrem Lohn aus dem Schönheitssalon zu bezahlen. Aber sie hatte im letzten Monat häufig gefehlt und war nur noch für die Tage bezahlt worden, an denen sie zur Arbeit erschien. Aus diesem Grund hatte sie ihren Heroinkonsum einschränken müssen. Und dann hatte ihr irgendjemand eine große Dosis verabreicht, und das war für ihren Körper zu viel gewesen. Zumindest nahmen sie an, dass es sich so zugetragen hatte. Die arme Gemma war außer sich vor Sorge

und Wut und völlig aufgewühlt, weil sie nicht dieses fürchterliche Gefühl abzuschütteln vermochte, dass dies alles ihre Schuld war.
»Ich kann es einfach nicht glauben«, wiederholte sie immer wieder.
Aurora simste an Sarah und Miriam und flehte sie an, sich zu beeilen.
In der Zwischenzeit tobte Gemma weiter. Man sollte bei jeder sich bietenden Gelegenheit das wenig hilfreiche Verhalten der Regierungen auf der ganzen Welt anprangern, schluchzte sie. Die Grausamkeit des Gerichtssystems von den Dächern schreien, das fortwährend nur die Opfer bestrafte und niemals die eigentlichen Verbrecher. Die Dealer kamen jedes Mal davon, fauchte sie, und sie protzten mit ihren Luxusvillen, ihren glänzenden Sportwagen und ihren anrüchigen Nachtclubs, was für den unschuldigen Steuerzahler und für besorgte Väter und Mütter wie sie selbst einem Schlag ins Gesicht gleichkam. Ganz zu schweigen von der Dreistigkeit der Musikindustrie, die prominente Süchtige verhätschelte und ihnen die profanen Dinge des täglichen Lebens abnahm, damit sie sich gar nicht erst am Riemen reißen mussten, um ihre Brötchen wie jeder andere normale Mensch zu verdienen.
»Quäl dich doch nicht so«, flehte Aurora sie an.
Und jetzt lag die arme, entkräftete Victoria in New York im Krankenhaus, und niemand kam sie besuchen und hielt ihre Hand. Gott allein wusste, in welchem Zustand sie sich befand. Und möglicherweise erwartete sie eine Anklage, und sie würde bald vorbestraft sein. Damit verlöre sie ihren Job, und man würde sie abschieben und ihr auf Lebenszeit die Einreise in die USA verweigern. Was

kein großer Verlust war, da dort ja offenbar niemand das Verantwortungsgefühl besessen hatte, herauszufinden, wie es ihr ging, obwohl sie eine geschlagene Woche bei der Arbeit gefehlt hatte. Und dabei war sie doch mit ihren einundzwanzig Jahren noch ein Kind. Es war einfach unglaublich.

Gemma war so furchtbar wütend, dass sie in die Küche stürzte und nach dem Erstbesten griff, das ihr unter die Augen kam. Sie schleuderte den schweren Entsafter durch das Küchenfenster und schmiss noch zwei Kiefernstühle genau in dem Moment hinterher, als Miriam und Sarah zur Haustür hereinkamen. Dann sank sie in Auroras Armen in sich zusammen und weinte und schluchzte zum Steinerweichen, bis sie einer Ohnmacht nahe war.

»Zum Glück wollten wir zusammen hier essen, andernfalls wäre sie allein gewesen, als sie das mit Victoria erfuhr«, sagte Aurora immer wieder. »Womöglich wäre sie vor Wut in Flammen aufgegangen und hätte noch das ganze Haus in Brand gesteckt.«

Gemma wurde umarmt und besänftigt und getröstet und wieder umarmt. Und schließlich zur Beruhigung – mit Kräutertabletten abgefüllt – in ein heißes Bad gesetzt. Alle vier Frauen tranken jede Menge Tee. Zwischendurch erhielt Sarah irgendwann einen Anruf von Abigail auf ihrem Handy, aber sie war viel zu beschäftigt, um sich mit ihr zu unterhalten.

»Tut mir leid«, sagte sie. »Ich kann im Moment nicht reden. Wir haben hier einen Notfall. Ich rufe dich später zurück.«

Im Laufe des Nachmittags gelang es Gemma dann doch, mit Victoria zu sprechen, wenn auch nur für einen kurzen

Augenblick, da sie immer noch schwach und ein wenig durcheinander war. Doch trotz ihres jämmerlichen Gesundheitszustandes war sie munter genug, um ihrer Mutter deutlich zu machen, dass sie die ganze Sache zu vertuschen gedachte. Sie flehte Gemma an, niemandem davon zu erzählen. Sie drohte damit, nie wieder nach Irland zurückzukommen, wenn das ganze Land wüsste, was ihr passiert war. Deshalb musste Gemma ihr versprechen, erst einmal niemandem davon zu erzählen. Nun ja, niemandem außer Aurora, Miriam und Sarah.

Dann war da noch die Frage der Krankenhausrechnung zu klären. Gemma hatte zwar etwas Geld zur Seite gelegt, aber es reichte beileibe nicht aus, um alles zu bezahlen. Sie fragte sich, ob sie wohl noch genug Zeit hatte, um einen Kredit aufzunehmen. Andererseits wollte sie so schnell wie möglich nach New York reisen. Und sie musste trotz ihrer schlechten Verfassung mit den Ärzten und der Polizei reden und versuchen, Victoria davon zu überzeugen, mit ihnen zusammenzuarbeiten. Möglicherweise wäre es zudem notwendig, während der ersten Zeit des Entzugs bei ihr zu bleiben – zumindest bis der schlimmste Teil der Entwöhnungsphase vorüber war, was auch nicht eben preiswert sein würde. Es blieb ihr wohl nichts anderes übrig, als ihren Wagen und ihr Haus zu verkaufen!

Gemma geriet in eine blinde Panik. Sie stopfte sich die Kräutertabletten händeweise in den Mund und spülte sie mit Weinbrand hinunter. Aurora verkniff es sich, Gemma darauf hinzuweisen, welch eine Ironie ihrem Verhalten innewohnte, wenn sie sich auf Pillen und Alkohol verließ, um mit den Höhen und Tiefen des Lebens fertig zu werden. Miriam flitzte kurz zurück nach Hause, um einen

Hackfleisch-Kartoffelbrei-Auflauf zu holen, den sie in Gemmas Ofen aufwärmte. Sie blieben die ganze Nacht auf und planten die Reise, sprachen Gemma Mut zu und riefen immer wieder im Krankenhaus an, um zu hören, ob es Victoria besser ging. Am Ende lief es darauf hinaus, dass sie alle vier nach New York fliegen würden. Sarah bot an, sie zu begleiten, da sie schon einige Male in New York gewesen war und sich auskannte. Und Miriam bestand darauf, nicht außen vor gelassen zu werden, obwohl die anderen drei nicht so recht verstanden, was sie zu der Tour beizusteuern hatte. Sie wollte auf gar keinen Fall hier in Redstone sitzen und Däumchen drehen, erklärte sie ihnen. Dies sei immerhin ein äußerst wichtiger Moment in ihrem Leben, und deshalb würde sie, Miriam, mit ihnen fliegen oder ihnen sofort die Freundschaft aufkündigen!

Die gute Aurora bezahlte am Ende hinter Gemmas Rücken Vickys Krankenhausrechnung und auch die Reisekosten mit ihrer Kreditkarte.

Als Gemma herausfand, was sie getan hatte, versicherte Aurora ihr, dass sie noch jede Menge Geld aus ihrem Hausverkauf in Belfast besitze, und sie drohte Gemma Streit an, falls sie sie nicht zumindest für den Moment zahlen lasse, damit die Klinik Victoria nicht auf die Straße setzte. Und sie machte ihr behutsam klar, dass sie ihr das Geld irgendwann einmal zurückzahlen konnte, wenn sie in der Lage dazu war.

Schließlich waren alle vier für den nächsten Flug nach New York gebucht. Sie hatten sich darauf geeinigt, lediglich mit Handgepäck zu reisen, damit sie nicht so lange am Flughafen warten mussten. Aurora versicherte Gemma, dass sie ihre Tochter gemeinsam besuchen und auch bei ihr bleiben würden, wenn Victoria auf HIV und so weiter getestet wurde. Sie versprach ihr, dass sie Victoria so bald wie möglich nach Redstone bringen würden, damit sie daheim wieder zu Kräften kommen konnte.

Gemma war so dankbar, dass sie sie alle nacheinander ganz fest umarmte, bis sie keine Luft mehr bekamen. Dann holte sie ihren Reisepass aus der Schreibtischschublade, um zu prüfen, ob er womöglich abgelaufen war.

Das war zum Glück nicht der Fall. Er war noch ganz steif und sauber und roch wie neu. Sie hatte ihn bisher nur dreimal benutzt, um nach London zu fliegen.

Das Reisebüro rief zurück, um die Flugzeiten zu bestätigen. Sie mussten sich innerhalb der nächsten zwölf Stunden auf den Weg machen.

Dann gewann Gemmas Flugangst wieder die Oberhand, und sie weinte und weinte, bis sie tatsächlich für einige Sekunden ohnmächtig wurde. Anschließend trank sie eine ganze Flasche Wein und schlief ein. Die anderen Frauen gingen kurz nach Hause, um eine Tasche zu packen, wobei immer eine zur Aufsicht bei Gemma blieb.

Gemma konnte sich vor Erschöpfung zwar kaum auf den Beinen halten, aber es gab etwas, das sie unbedingt noch erledigen musste.

Am nächsten Morgen rief sie um kurz nach sechs Mike an und erklärte ihm, dass er sich sein billiges Käseblatt irgendwohin stecken konnte, denn Gemma Hayes war eine seriöse Journalistin, die sich nicht länger dazu herablassen würde, über Titten und Ärsche und irgendwelchen neumodischen Zahnschmuck zu schreiben. Und bevor er ihr auch nur ein Wort antworten konnte, beendete sie den

Anruf. Finanziell war das zwar nicht gut, aber im Moment hatte sie andere Sorgen. Ihr Kind brauchte sie.
Ein kurzer Ausflug zum Arzt, verbunden mit einem Abstecher zur Apotheke, verschaffte ihnen um kurz nach neun das dringend benötigte Valium. Dann vergoss Gemma noch ein paar weitere Tränen in der Küche – wegen des mit Brettern zugenagelten Fensters –, während die anderen sich mit Kaffee und Croissants stärkten, bevor sie sich in Auroras geräumigem Wagen auf den Weg zum Flughafen machten. Gemma hyperventilierte in eine Papiertüte, bevor der Wagen Redstone überhaupt verlassen hatte, und Aurora war heilfroh, dass sie vier Flugtickets gekauft hatte statt zwei, denn dies würde für sie alle eine sehr strapaziöse Angelegenheit werden. Sollte sich Gemma nicht bald beruhigen, würden sie sie nicht an Bord des verdammten Flugzeugs lassen, und dann müsste sie mit Sarah allein fliegen, und Gemma müsste mit Miriam zu Hause bleiben.
»Gut so. Lass alles *jetzt* raus«, sagte sie beschwichtigend vom Fahrersitz aus. »Dann wird es im Flugzeug wunderbar laufen, da bin ich mir absolut sicher. Stimmt doch, Mädels?«
»O ja, ganz bestimmt«, pflichteten Sarah und Miriam ihr ein wenig zu enthusiastisch bei. Aber keine von ihnen glaubte daran.
Dann riss Gemma aus Versehen mit ihrem Fingernagel ein großes Loch in die Tüte, weil ihre Hände so schrecklich zitterten.
Hoffentlich wirkt das Valium bald, dachten die anderen Frauen, während Miriam auf dem Rücksitz sanft Gemmas Arm tätschelte und Sarah ihr eine weitere Tüte aus

dem Vorrat in ihrer Handtasche reichte. Mit ein wenig Glück war Gemma bald so erschöpft, dass sie sie nur noch durch die Prozedur beim Einchecken bugsieren mussten, ehe sie den größten Teil des Fluges über den Atlantik verschlief.

Kapitel 20

Jetzt hör mir einmal genau zu, Gemma Hayes«, begann Aurora in dem Lehrerinnenton, in dem sie früher die Termine für die Aufnahmeprüfungen an den Universitäten oder einen Besuch des Oberbürgermeisters oder auch eine Bombendrohung verkündet hatte. »Du musst jetzt sehr tapfer sein. Tapferer als jemals zuvor in deinem Leben, in Ordnung?«

Gemma antwortete mit einem schwachen Nicken. Sie hatte einen fürchterlichen Kater, wurde von quälenden Sorgen geplagt, hatte entsetzliche Angst vor der bevorstehenden Reise und war völlig ausgepowert. Die zweite Valiumtablette des Tages begann zu wirken, und es kam ihr so vor, als ob ihr Blutzuckerspiegel ins Bodenlose gesackt war. Sie hatte gerade einen Zimt-Bagel und eine Tasse Pfefferminztee erbrochen, und ihr Haar war völlig zerzaust.

Die vier Frauen hielten eine allerletzte Besprechung auf der Damentoilette des Flughafens ab. Miriam zog einen Kamm aus ihrer großen Strickhandtasche und versuchte Gemmas Stoppelkopf in so etwas wie eine Frisur zu verwandeln. Gemma schaukelte stumm vor und zurück. Sie fühlte sich völlig machtlos und vermochte diesen Alptraum nicht zu beenden, der Besitz von ihrem Leben ergriffen hatte.

»Diese Sicherheitsleute machen meistens einen auf knallhart. Aber das ist nichts weiter als Macho-Gehabe, also lass dich davon bitte nicht einschüchtern«, fügte Aurora hilfreicherweise hinzu. »Sie glauben immer, sie seien in einem Hollywood-Film, das ist alles. Kleine Möchtegern-Bruce-Willis. Als ob wir vier einen Jumbojet vom Himmel holen würden!«

Gemma nickte und schloss die Augen. Ihr war selbst *das* im Augenblick ganz egal. Wenigstens wären sie dann eher wieder auf dem Boden.

»Dürfte ich an dieser Stelle etwas sagen, was Gemma vielleicht helfen könnte, Aurora?«, erkundigte sich Sarah und hob vorsichtig ihre Hand, als wäre sie wieder in der Grundschule.

Aurora errötete. Sie konnte nun einmal nicht anders. Dieses herrische Auftreten war ihr in Fleisch und Blut übergegangen. »Erlaubnis erteilt«, sagte sie leise.

»Vielen Dank«, erwiderte Sarah lächelnd. »Ich wollte Gemma nur einen Rat geben, den meine Freundin Abigail ihren Patienten immer gibt. Es ist ein kleiner Tipp für ängstliche Menschen, in Ordnung?«

Sie nickten alle feierlich. Dieser Tipp aus berufenem Munde konnte Gold wert sein.

»Es nennt sich Visualisierung und es ist ganz leicht anzuwenden. Denk an irgendetwas Schönes und Friedvolles, Gemma. Etwas, wobei du dich entspannt und glücklich und positiv gestimmt fühlst. Fällt dir da etwas ein? Wann hast du dich das letzte Mal richtig glücklich gefühlt? Warst mit dir und der Welt im Reinen?«

Gemma dachte angestrengt nach.
»Nach Victorias Geburt, als ich sie heim zu meiner Großmutter brachte und wir beide mit ihr am Kamin saßen und in ihr kleines Gesichtchen schauten«, flüsterte Gemma. »Das Zimmer war so gemütlich und warm, und meine Großmutter hat mich angelächelt und gesagt: ›Gut gemacht, mein Kind.‹«
Niemand hielt es für einen guten Zeitpunkt, um Gemma darauf hinzuweisen, dass ihr letzter wirklich glücklicher Moment offenbar bereits einundzwanzig Jahre zurück lag.
»Ausgezeichnet. Das ist toll. Kannst du dieses Bild in deinem Kopf festhalten? Lass es nicht los. Und während wir auf dem Weg zu Victoria sind, denk einfach immer wieder an diesen glücklichen Moment. Und falls du zwischendurch einmal durch den Reisetrubel abgelenkt wirst, dann stelle dir das alles als eine Art Tunnel vor. Ein Tunnel mit einem Licht am Ende. Du musst in Gedanken durch diesen Tunnel auf das Licht zustreben. Denn wenn dich irgendwelche Dinge quälen, ist dies nichts anderes als ein vorübergehendes Gefühl, das nur kurze Zeit andauert.«
»Sarah, das ist wundervoll«, seufzte Miriam. »Ich bin selbst schon viel ruhiger und habe das Gefühl zu schweben. Wirklich verblüffend. Du machst das ganz toll. Hast du schon einmal daran gedacht, den Beruf zu wechseln?«
»Ja, das war wirklich ein guter Rat«, brummte Aurora. Sie war ein wenig eifersüchtig auf Sarah. Schließlich war sie hier die Anführerin. Na ja, wenigstens kam ihr Gemma etwas weniger angespannt vor, was etwas Gutes hatte.
Dann wurde ihr Flug aufgerufen, und sie verließen schweigend die Toilette und begaben sich zum Abfluggate.

»Merk dir das mit dem Tunnel und vergiss nicht, auf das Licht zuzugehen«, sagte Sara und drückte sanft Gemmas Arm. »Wir sind die ganze Zeit bei dir und halten dir die Hand, in Ordnung?«

»In Ordnung.«

Miriam und Aurora rückten enger zusammen und gingen vor, um Gemma vor den strengen, einschüchternden Blicken der Sicherheitsleute abzuschirmen. Aurora begann mit den vier überaus kräftig wirkenden Flughafenangestellten über das Wetter zu plaudern. Ihre Absicht war es, sie in Grund und Boden zu langweilen, so dass die Zeit, die sie für die tatsächliche Überprüfung aufwandten, knapp bemessen war, was ihr glücklicherweise auch gelang. Anschließend schritten sie die klappernde Verbindungsbrücke zum Flugzeug hinüber und saßen nur wenige Minuten später in einer der Mittelreihen.

Gemma schloss die Augen, und während um sie herum die anderen Passagiere ihre Plätze einnahmen und sich mit Klapptischchen und Bordmagazinen beschäftigten und nervöse Schlucke aus kleinen Wasserflaschen nahmen, dachte sie an Victorias unglaublich zarte Babywangen, die sich an ihre schmiegten. Sie klammerte sich immer noch an dieses Bild, als die riesige ruckelnde und vibrierende Maschine auf die Startbahn rollte, beschleunigte und mit jeder Sekunde lauter wurde. Die Motoren arbeiteten mit voller Kraft, und Gemma hätte am liebsten vor Angst geschrien, doch dann verstummte mit einem Mal der Lärm, und das Vibrieren verschwand, und das Flugzeug hob vom Boden ab, und sie befanden sich in der Luft. Es war zu spät, wieder aussteigen zu wollen oder zur Tür zu stürzen.

»Der Herr bewahre uns«, flüsterte Gemma, weil ihr in dem Moment nur der Lieblingsspruch ihrer Großmutter einfiel. Sie hielt die Augen während des ganzen Startvorgangs fest geschlossen. Wenn ich jetzt sterbe, werden all meine irdischen Sorgen vorüber sein. Und ich werde niemals wieder arbeiten oder das Haus putzen oder mich mit blöden Verpackungen von Fertigmahlzeiten herumplagen müssen.

Miriam und Aurora saßen rechts und links von ihr und hielten ihr die Hände, während Sarah die Rolle der normalen Passagierin spielte und schon einen Stadtplan von New York studierte, geeignete Strecken mit der U-Bahn plante und eine Liste preiswerter Hotels in der Nähe der Klinik erstellte.

Gemma entschied sich, die Augen bis New York geschlossen zu halten und sich Victoria als Baby vorzustellen, nach Puder riechend und sicher in ihre Babydecke gehüllt. Schließlich fiel sie in einen tiefen Schlaf, wie Aurora es vorausgesagt hatte. Sie weckten sie nicht, als das Essen serviert wurde (obwohl es sich um ein leckeres Stück Rindfleisch mit Soße handelte) und auch nicht zum Kaffee, zu dem es hervorragendes Gebäck gab. Genauso wenig wie zu den Drinks, die in kleinen Plastikgläsern mit klirrenden Eiswürfeln und Umrührstäbchen gereicht wurden. Aurora bestellte einen Wiskey mit Ginger-Ale für Gemma, den sie allerdings in einem Zug selbst austrank. Ebenso wie ihren eigenen Wodka-Tonic. Die Frauen machten zwischendurch immer mal wieder ein Nickerchen, blieben aber den größten Teil des Fluges wach, um Gemma im Auge zu behalten. Sie dankten im Stillen ihrem Glücksstern, dass sie nicht in ihrer Haut steckten. Selbst Miriam, die für ein eigenes Kind ihre Seele an den Teufel verkauft hätte, war dankbar, dass sie keine Tochter besaß, die heroinabhängig war.

Victoria sah schrecklich blass und dünn aus und wirkte völlig teilnahmslos. Sie betrachteten sie vom hell erleuchteten, weißen Krankenhausflur aus durch eine Glaswand. Victoria trug ein taubenblaues Krankenhaushemd, das ein Stück von ihrer linken Schulter heruntergerutscht war und den Blick auf ein kleines Schmetterlings-Tattoo freigab. Ihr blondes Haar war kurz geschnitten und hatte zwei rosafarbene Strähnen. Gemma legte ihre Hand auf das Glas und kämpfte wieder einmal mit den Tränen. Wenn sie noch länger weinte, würde sie bald trockener sein als die Sahara und wie eine Rosine auf dem Boden verschrumpeln. Sarah ging los, um noch zwei Stühle zu holen, weil sie auf dem Flur warten wollten, bis der Arzt kam, um Gemma über Victorias Fortschritte zu informieren. Miriam zog ein paar Becher Kaffee im Automaten, und Aurora hatte die ganze Zeit einen Arm um Gemmas Schultern gelegt.
Bislang war eigentlich alles recht gut gelaufen, dachte Aurora. Sie hatten wirklich sehr gut zusammengearbeitet. Wenn es hart auf hart kam, waren sie ein tolles kleines Team. Und diese Klinik machte einen sehr anständigen Eindruck. Alles war in tadellosem Zustand und strotzte nur so vor medizinischem Selbstbewusstsein. Dann sahen sie den Arzt auf sich zukommen. Er war ein sehr großer, dunkelhäutiger Mann. Er blickte stirnrunzelnd in Victorias Krankenblatt, und Aurora verließ ein wenig der Mut. Was wäre, wenn es schlechte Neuigkeiten gab?, fragte sie

sich beunruhigt. Als der Arzt mit ihnen sprach, stellte sie fest, dass er sehr freundliche Augen hatte. Der Ausdruck darin war eine Mischung aus Mitleid und leichter Amüsiertheit. Vielleicht fand er es ein wenig albern, dass sie zu viert hier aufgekreuzt waren.
Gemma hatte sich offenbar wieder gefangen. »Guten Tag, Herr Doktor«, sagte sie und streckte ihm liebenswürdig ihre Hand entgegen. »Ich bin Victorias Mutter.«

Es war spät am Abend, und Gemma unterhielt sich erneut mit dem Arzt, bevor sein Dienst beendet war. Victoria gehe es ein bisschen besser, erklärte er ihr, was gute Neuigkeiten waren. Aber sie habe immer noch Alpträume und müsse sich häufig übergeben. Außerdem sei sie leicht dehydriert und als Folge davon verwirrt. Gemma nickte und gab sich alle Mühe, erwachsen und vernünftig zu wirken. Sie würden ihr keinesfalls erlauben, Victoria mit nach Hause zu nehmen, wenn sie sie nicht für eine zuverlässige Mutter hielten.
»Das Ganze war ein riesiger Schock für mich, Doktor Ife…«, sagte sie und klang dabei erstaunlich ruhig. Gemma konnte sein Namensschild zwar lesen, den Nachnamen aber nicht aussprechen. Sie hoffte, dass er deshalb nicht beleidigt war.
»Es gab keine früheren Anzeichen einer Sucht?«, erkundigte er sich höflich.
»Nein, überhaupt keine. Offenbar ist das Ganze erst kürzlich losgegangen. Sie muss wohl in schlechte Gesellschaft geraten sein«, fügte Gemma murmelnd hinzu und hätte sich gleich dafür ohrfeigen können, denn das klang nun wirklich schrecklich provinziell.

»Was sagten Sie, Mrs. Hayes? Ich habe den letzten Teil Ihrer Antwort nicht genau verstanden.«

»Ich vermute, dass sie von jemandem aus ihrem Freundes- oder Bekanntenkreis beeinflusst wurde. Keine Sorge, Herr Doktor, ich werde mich gut um sie kümmern und sie mit nach Irland zurücknehmen. Dort kann sie sich ausruhen und richtig erholen. Ich wohne am Meer, müssen Sie wissen, in einem Haus direkt am Strand«, sagte sie. »Ich bin Romanautorin und arbeite zu Hause. Deshalb kann ich mich gut um Victoria kümmern. Was das angeht, wird es keine Probleme geben.«

»Tatsächlich?«, erwiderte der Doktor, der gerade eine weitere Doppelschicht hinter sich brachte und nur selten die Zeit erübrigen konnte, einen Roman zu lesen. Doch Victorias Rechnung war beruhigenderweise bezahlt worden, was bedeutete, dass diese Frau zumindest zahlungskräftig war, auch wenn sie ihm mit ihrem fedrigen, weißen Haar und der trällernden Sprechweise ein wenig seltsam vorkam.

Und dann durfte Gemma endlich zu ihrer Tochter, und sie verspürte plötzlich eine solch überwältigend große Liebe für sie, dass es ihr den Hals zuschnürte.

»Kannst du mich hören, mein Schatz?«, flüsterte sie. »Mummy ist hier.«

Victoria öffnete ihre wunderschönen blauen Augen, und der Anflug eines Lächelns umspielte die bläulich gefärbten Lippen. Gemma küsste ihre Tochter auf beide Wangen und die Stirn und auf ihre kraftlose Hand, die auf der Bettdecke lag.

»Es tut mir so leid, Mum«, sagte Victoria mit schwacher Stimme.

»Sei still. Es wird sich schon alles finden. Ich will gar nicht hören, was passiert ist. Für mich ist nur wichtig, dass du lebst und dass du wieder ganz gesund wirst.«

»Ich sehe schrecklich aus.«

»Ja, natürlich, das ist doch klar. Aber es wird dir bald schon wieder bessergehen.«

»Ich möchte nach Hause, Mum.«

»Aber klar, mein Schatz. In ein oder zwei Tagen kommst du mit mir nach Redstone.«

»Wird man mich verhaften, wenn es mir bessergeht?«

»Nein. Du bekommst nicht einmal einen Vermerk in den Akten, wenn du der Polizei erzählst, wer dir die Drogen verkauft hat.«

»Wer hat das gesagt?«

»Dein Arzt.«

»Und ich darf nach Hause, sobald ich es der Polizei erzählt habe?«

»Ja, so lautet die Abmachung.«

»Versprochen?«

»Versprochen. Es sei denn, du kennst den Namen des Kerls nicht. Aber man kann dich hier nicht festhalten, bloß weil du nicht nach seinem Namen gefragt hast, Liebling. Keine Sorge, wenn es sein muss, nehmen wir uns einen Anwalt. Ich werde nicht zulassen, dass sie dich schikanieren. Das Wichtigste ist jetzt, dass du dich wieder erholst.«

Sie hielt Victorias Hand und strich ihr die rosafarbenen Strähnen aus den Augen.

»Ich liebe dich, Mum«, flüsterte Victoria, und dann schlief sie wieder ein.

»Ich liebe dich auch.«

Gemmas Herz floss tatsächlich über vor Liebe für ihre hübsche Tochter. In diesem Moment hätte sie, ohne auch nur eine Sekunde zu zögern, Dutzende von Drogendealern umbringen können und dabei keine Spur von Reue empfunden. Sie musste an die fürchterlichen Schmerzen bei Victorias Geburt denken und an die schlaflosen Nächte der folgenden sechs Monate, an all die Prüfungen, für die sie gelernt hatte, und an all den Mist, den sie über die Jahre für Mike schreiben musste, bloß um über die Runden zu kommen und um sich und Victoria durchzubringen. Und das alles hätte von einem Moment auf den anderen von ein paar getrockneten Mohnsamen im Wert von ein paar Dollar – oder woraus auch immer sie dieses verdammte Zeug herstellten – ausgelöscht werden können. Sie sollten alle miteinander verflucht sein!

Nein, nein, hör sofort damit auf, ermahnte sie sich. Steck die Bestie wieder in den Käfig und denk an Sarah und ihren beruhigenden Tunnel mit dem hellen Licht. Es war nicht die richtige Zeit, um gegen die Welt und alles, was schieflief, zu wettern. Sie musste jetzt stark sein und ihre Tochter nach Hause bringen, damit sie dort ganz gesund werden konnte.

Gemma wollte die Nacht in der Klinik bleiben, und nichts und niemand konnte sie davon abhalten. Also bot sich Aurora an, ihr noch ein paar Stunden Gesellschaft zu leisten. Sarah und Miriam wurden losgeschickt, um zwei Hotelzimmer zu buchen und ein paar Kleinigkeiten in einem durchgehend geöffneten Lebensmittelgeschäft einzukaufen. Sie umarmten einander erneut, und dann standen Sarah und Miriam draußen auf der dunklen Straße und hielten ein Taxi an. Die Fahrerin war eine junge Chinesin, sehr freundlich und hilfsbereit, was Sarah als gutes Omen wertete. Sie bat die Fahrerin, sie zu einem einigermaßen anständigen, preisgünstigen Hotel vier Häuserblöcke entfernt zu fahren, wo sie schon einmal mit einigen Kollegen von ihrer alten Kochzeitschrift gewohnt hatte. Zum Glück hatten sie kaum etwas zu tragen.

Im Hotel, in dem ganz in Beige gehaltenen Foyer, kümmerte sich Sarah um die Buchung der beiden Doppelzimmer, während sich Miriam mit einem ziemlich attraktiven Barkeeper unterhielt und ihn bat, Tee und Gebäck auf ihr Zimmer bringen zu lassen. Der Name des Barkeepers lautete Nigel. So stand es zumindest auf dem laminierten Namensschildchen, das an seiner schokoladenbraunen Weste befestigt war.

Der Name passe so gar nicht zu ihm, teilte Miriam ihm mit. Als sie die Treppe hinaufgingen, warf sie ihm eine Kusshand zu.

»Miriam Gormley, was ist denn in dich gefahren?«, fragte Sarah lachend. »Das muss wohl am Jetlag liegen.«

»Mir ist schon klar, dass wir uns hier bei einer Hilfsmission befinden«, sagte Miriam zu Sarah, als sie zwei Minuten später die Tür zu ihrem Zimmer öffneten. »Aber ich brauche vor dem Schlafengehen nun einmal eine Tasse Tee und einen Keks, sonst kann ich nicht schlafen.«

»Ich hätte auch nichts gegen eine Tasse Tee einzuwenden«, erwiderte Sarah gähnend. »Meinst du, ich sollte Abigail noch zurückrufen? Wie viel Uhr ist es jetzt eigentlich in London?«

»Keine Ahnung. Ich weiß nicht einmal, ob es dort heute oder morgen oder gestern ist.«

»Ach, ich bin auch zu müde, um es mir zusammenzureimen. Ich werde sie morgen anrufen«, sagte Sarah erschöpft und zog sich die Stiefel und die Strümpfe aus. »Ich verschwinde unter die Dusche. Dieser Krankenhausgeruch ist durch meine Klamotten gedrungen. Ich habe das Gefühl, von Keimen befallen worden zu sein.«

»Nur zu. Mach dich frisch. Ich werde auf den Tee warten.«

Zehn Minuten später klopfte es, und als Miriam die Zimmertür öffnete, stellte sie erfreut fest, dass Nigel dort stand und ein kleines Silbertablett in den Händen hielt. Angesichts seines markanten Kinns und des wundervollen dunklen Haars, das mit den lockigen Strähnen an einen kalifornischen Surfer erinnerte, kam Miriam zu dem Schluss, dass er bestimmt Model war und nur nebenher als Barkeeper arbeitete. Er konnte kaum älter als Mitte zwanzig sein.

»Hallo.«

»Wie wundervoll«, seufzte sie. Und meinte damit nicht etwa den Tee und das Gebäck.

Sie dachte für einen Moment an Patrick in seinen alten Fischerklamotten. Patrick war jetzt fünfzig. Manchmal sprachen sie tagelang kein Wort miteinander. Dann saß er allein mit den Leuchttürmen in seinem Arbeitszimmer. Keine Rede davon, sich einmal für ein paar Tests zu dieser Praxis in Dublin aufzumachen. Dabei wusste er doch gar nicht, was er mit seiner Zeit anfangen sollte. Abgesehen von seinem Geschreibe für diese langweilige Fischerei-Fachzeitschrift, wegen der sie sich so schämte, dass sie ihren Freundinnen vorlog, sie würden von ererbtem Geld leben.

»Vielen Dank, Nigel«, sagte sie liebenswürdig, nahm das Tablett vorsichtig entgegen, stellte es ab und gab Nigel fünf Dollar Trinkgeld.
»Danke«, sagte er nur und nickte höflich.
»Da sind wir gerade erst aus Irland angekommen, und schon dürstet es uns nach Tee«, sagte sie lachend und schnipste sich ihre pflaumenfarbenen Locken aus der Stirn.
»Dann herzlich willkommen in New York. Die Iren lieben nun einmal Tee«, sagte er lächelnd und machte sich in seiner schwarzen, enganliegenden Hose wieder auf den Weg.
»Ja, wir wissen unseren Tee zu schätzen. Aber das ist nicht das Einzige, was wir zu schätzen wissen«, seufzte Miriam verzweifelt, während sie ihm nachblickte.
Sie schloss die Tür und warf einen Blick in den Zimmerspiegel. »Manchmal machen wir uns auch gern über ein paar knackige Schenkel wie deine her, Nigel. Aber stattdessen müssen wir uns mit einem Vollkornkeks begnügen.« Sie nahm auf dem Bett Platz, um ihren Tee zu trinken, und blickte sich dabei im Zimmer um. Es war gar nicht so übel. Ein farbenfroher, moderner Druck, auf dem Tulpen in einer schwarzen Schüssel zu sehen waren. Sauberes Bettzeug, gedämpftes Licht und sogar makellos saubere Tasten am Telefon. Offenbar waren die Hotels in Amerika gut gepflegt, auch wenn es auf den Straßen draußen oft anders aussah. Miriam fragte sich, ob Patrick sie wohl schon vermisste. Er war entrüstet gewesen, als sie ihm von der Reise nach New York erzählte.
»Geschieht ihm ganz recht«, sagte sie nun zu den Tulpen an der Wand. »Er redet ja sowieso nie mit mir. Geschieht

dem Blödmann wirklich recht, dass er mal ein paar Tage allein klarkommen muss.«

Unwillkürlich fragte sie sich, wie Nigel wohl nackt aussah. Und dann kam ihr plötzlich ein Gedanke, der sie wie ein Blitz traf. Sie konnte doch auch ein Baby bekommen, ohne sich und Patrick all diesen unangenehmen, erniedrigenden Dingen in der Praxis in Dublin aussetzen zu müssen! Wie wäre es mit einer kleinen Affäre hier im Big Apple? Einer kleinen Affäre mit einem gutaussehenden jungen Mann wie Nigel zum Beispiel. Wenn es ihr gelänge, einen so traumhaften Mann wie ihn zu verführen, würde sie vielleicht mit einem viel besseren Souvenir nach Hause fliegen als nur mit einer Miniaturausgabe der Freiheitsstatue. Nigel in seiner engen schwarzen Hose war die Antwort auf all ihre Gebete.

Fünf Tage später hatte sich die Lage mehr oder weniger entspannt. Gemma hielt weiterhin Wache an Victorias Bett. Das Krankenhauspersonal erlaubte ihr, auch nach Beendigung der Besuchszeiten zu bleiben, weil Victoria viel ruhiger zu sein schien, wenn ihre Mutter bei ihr war. Gemma duschte jeden Morgen kurz im angrenzenden Bad, zog frische Kleidung an, die Aurora ihr vom Hotel mitbrachte, und aß ein paar Happen in der Krankenhauskantine. Sarah und Aurora fungierten als ihre gewissenhaften Assistentinnen und taten alles, was in ihrer Macht stand, um zu helfen. Sie packten Victorias Kleider in ihrer Wohnung zusammen, wuschen sie im Waschsalon und bezahlten dem Vermieter die noch ausstehende Miete. Sie brachten Sachen ins Krankenhaus, holten Sachen von dort ab, kauften neue Pyjamas für Victoria, hielten das Krankenzimmer sauber und ordentlich, beschafften frische Blumen, parfümierte Papiertaschentücher, erfrischende Limonade und Hochglanzmagazine. Die meisten Geschenke blieben zwar unberührt, aber all dies diente dazu, dass sich Victoria weniger wie ein Freak vorkam und mehr wie eine normale Patientin. Gemma vergaß beinahe, dass ihr noch der Rückflug bevorstand.

Victorias klare Momente hielten immer länger an, und ihre Anspannung begann ein wenig nachzulassen. Sie erzählte der Polizei, dass sie das Heroin von einem Straßendealer gekauft habe. Einem Mann von durchschnittlicher Statur mit dunkler Brille und dunkler Haut. Welche Nationalität, vermochte sie nicht zu sagen. Natürlich glaubten sie ihr kein Wort und erklärten, dass sie noch einmal wiederkommen würden, um sich mit ihr zu unterhalten, bevor man ihr erlaubte, das Land zu verlassen. Gemma scheuchte sie aus dem Zimmer. Was für eine Frechheit, der armen Victoria so zu drohen! Darauf anzuspielen, dass man sie nicht nach Hause lassen würde! Sie war mal wieder außer sich vor Wut.

»Wenn meine Tochter noch irgendwelche Informationen für Sie haben sollte, Officers, werde ich sie der entsprechenden Behörde mitteilen. Vielen Dank für Ihre Hilfe.«

Miriam war die Einzige, die sich nicht mit Haut und Haaren dem Projekt »Bringt Gemma und Victoria nach Hause« verschrieben hatte. Sie schien einen Großteil des Tages damit zu verbringen, in der Stadt umherzuwandern, und wenn sie sie fragten, was sie tat, antwortete sie, dass sie sich Schaufenster anschauen würde. Dass sie Läden durchstöberte. Die anderen hakten nicht weiter nach. Im

Grunde hatten sie nichts anderes erwartet. Miriam war eine Tagträumerin, ließ sich vom Strom des Lebens treiben. Sie tat auch zu Hause nicht viel. Werkelte in ihrem lavendelfarbenen Haus herum und besuchte jeden Mittwoch die Senioren im örtlichen Altenheim. Und sie ging sehr oft zur Messe.

»Offen gestanden«, flüsterte Aurora Gemma eines Abends zu, als sie noch spät Seite an Seite im Krankenzimmer saßen und Victorias Fußnägel lackierten, »glaube ich, dass sie die Reise nur mitgemacht hat, um von Patrick wegzukommen. Ich weiß, dass es schrecklich ist, so etwas zu sagen, aber ist dir schon einmal aufgefallen, wie selten sie von ihm spricht? Ich bin mir nicht einmal sicher, ob sie ihn überhaupt schon ein einziges Mal angerufen hat.«

»Glaubst du, sie werden sich trennen?«, fragte Gemma.

»Wer weiß, aber ich glaube nicht, dass sie glücklich sind. Jedenfalls kommen sie mir nicht verliebt vor.«

»Das stimmt. Allerdings ist einem als Außenstehende die Ehe anderer Leute ja oft ein Rätsel. Aber es ist schon ulkig, weil Miriam doch die Einzige von uns ist, die im Augenblick einen Ehemann hat«, sagte Gemma und schüttelte den Kopf. »Ich hatte nie einen, du bist geschieden, und Sarah hat ihren Verlobten praktisch vor dem Altar stehen lassen. Wir schlagen uns nicht gerade sehr wacker, oder? Vielleicht steht die Ehe in der westlichen Welt wirklich bald vor dem Aus, wie es hier in dieser Zeitschrift heißt.« Sie deutete auf ein gut zwei Zentimeter dickes Heft, das auf dem Beistelltisch lag. »Angeblich werden die Leute in zweihundert Jahren gar nicht mehr heiraten.«

»Was soll die ganze Panikmache? Wenn das mit der Erderwärmung so weitergeht, bleibt sowieso keiner mehr übrig. Ob verheiratet oder nicht. Wen interessiert das schon?«

»Mich. Ich möchte, dass Victoria und ihre Kinder und deren Kinder in einer besseren Welt leben als der unseren. Einer Welt ohne Kriege und Rassismus und Armut und Unterdrückung.«

»Völlig richtig. Aber ich fürchte, das wird ein frommer Wunsch bleiben. Übrigens, weißt du eigentlich, dass sich Sarah schon öfter mit Ethan Reilly getroffen hat?«, fragte Aurora so beiläufig wie möglich. Sie schämte sich ein wenig für ihre klatschhafte Veranlagung, aber die Frage, ob zwischen den beiden etwas lief, ließ ihr einfach keine Ruhe.

»Tatsächlich? Ich dachte, sie seien einfach nur befreundet. Sie sind im selben Alter.«

»Nein, ich glaube, dass da etwas im Gange ist. Offenbar geht sie es aber langsam an. Was ja nur verständlich ist, nachdem ihre Hochzeit abgesagt wurde. Aber er scheint etwas für sie übrigzuhaben. Ich habe sie zusammen durchs Dorf gehen sehen. Du nicht?«

»Ich hatte in letzter Zeit zu viele andere Dinge im Kopf. Ich kenne ihn aber auch nicht sehr gut. Weiß nur, dass er eine etwas zweifelhafte Vergangenheit hat. Er war vor zehn Jahren in diesen verdächtigen Vorfall mit dem Feuer auf dem Rummelplatz verstrickt.«

»Wirklich?«, fragte Aurora gespannt. »Soll das heißen, dieses Feuer wurde mit Absicht gelegt? Ich habe von der ganzen Sache zwar gehört, aber ich wusste nicht, dass es Brandstiftung gewesen ist.«

»Es wurde nie bewiesen. Aber er hat in seiner Jugend als

Handlanger dort ausgeholfen, und dann hatte eines der Fahrgeschäfte irgendeinen Defekt, und ein junges Mädchen wurde schwer am Rücken verletzt. Konnte zwei Jahre lang nicht laufen. Die Sache sollte vor Gericht gebracht werden, damit die Höhe des Schadensersatzes festgelegt werden konnte. Es ging dabei um eine halbe Million oder so. Und damals bedeutete das noch verdammt viel Geld. Aber bevor es zu einer eingehenden Untersuchung kam, zerstörte ein Feuer den gesamten Rummelplatz. Es blieb nichts übrig als ein Haufen Schrott, und damit war die Sache beendet.«

»Also hat man nie herausgefunden, was wirklich geschehen ist?«, fragte Aurora nachdenklich.

»Nein. Die Familie des verletzten Mädchens hat sich außergerichtlich geeinigt, und Patrick hat das Land an einen Bauunternehmer verkauft.«

»Patrick? Welcher Patrick?«

»Miriams Patrick«, sagte Gemma leise. »Eigentlich wollten sie auf dem Grundstück Eigenheime bauen, aber es liegt seitdem brach. Ich glaube, die neuen Besitzer ziehen in Erwägung, dort ein Hotel mit einem Wellness-Bereich hochzuziehen. Wie dem auch sei, bisher wächst dort nur Unkraut. O Gott, ich hätte dir das nicht erzählen sollen. Sprich bloß niemals in Miriams Gegenwart darüber! Sie ist sehr empfindlich, was dieses Thema angeht. Nach der ganzen Tortur mit dem Prozess hat sich Patrick verändert, benahm sich sonderbar, zog sich immer mehr zurück. Du weißt ja, wie er ist. Er würde lieber tot umfallen, als mit irgendjemandem über seine Probleme zu reden. Aber er war nicht immer so. Eigentlich war er früher sogar ein lustiger Vogel. Das Ganze ist passiert, als er vierzig war und Ethan Anfang zwanzig. Versprich mir, dass du kein Sterbenswörtchen davon erwähnst! Miriam würde mich umbringen, wenn sie wüsste, dass ich es dir erzählt habe. Aber nach allem, was du für mich und Victoria getan hast ... Und ich weiß ja auch, wie sehr du Klatsch und Tratsch liebst!«

»Tue ich nicht«, erwiderte Aurora voller Entrüstung.

»O doch, das tust du«, sagte Gemma lachend. Sie war zum ersten Mal seit langer Zeit wieder entspannter. Sie setzte sich in ihrem Sessel auf, schraubte das Fläschchen mit dem Nagellack zu, streckte ihre Arme und gähnte herzhaft. Es war sehr ermüdend, die ganze Zeit an Victorias Bett zu wachen. »Jetzt gib es schon zu, du brennst doch darauf, alles über jeden im Dorf zu erfahren. Meiner Ansicht nach solltest du den Lesezirkel für weitere Mitglieder öffnen, sobald wir nach Redstone zurückgekehrt sind. Die Leute wären dankbar für etwas Abwechslung. Und wir hätten endlich wieder so etwas wie ein Gemeinschaftsgefühl im Dorf. Es hat sich seit Jahren nichts in dieser Richtung getan.«

»Ich werde darüber nachdenken«, sagte Aurora und überlegte im Stillen bereits, wie viele Leseratten auf einmal sie wohl in ihrer Buchhandlung unterbringen konnte. »Vielleicht wäre es gut für das Geschäft.« Eins wusste sie nämlich mit Sicherheit: Falls – und noch war rein gar nichts entschieden –, also falls sie den Lesezirkel erweitern sollte, so würde sie diese Treffen dieses Mal auf gar keinen Fall bei sich zu Hause abhalten. Nein, sie war ein für alle Mal fertig mit Wintergärten. Und sie würde auch niemanden dazu überreden, ein Kostüm zu tragen.

Im Hotel saßen Miriam und Nigel auf der Bettkante in seinem winzigen Zimmer im siebten Stock, in dem er seit gut einem halben Jahr wohnte. Er war von Montana nach New York gezogen, in der Hoffnung, einen Platz in einem Schauspielkurs zu ergattern. Oder in einer Theatergruppe. Allerdings hatte er bisher den größten Teil seiner Zeit damit verbracht, als Kellner zu arbeiten und Zeitungen zu lesen. Nun stand er kurz davor, aufzugeben und wieder die Abendschule zu besuchen, um anschließend einen richtigen Beruf ergreifen zu können. Er erzählte Miriam gerade von seinen Plänen. Sie war eine sehr attraktive Frau. Er hatte noch niemals mit einer Frau ihres Alters geschlafen. Aber sie hatte wundervolle, seidenweiche, weiße Haut. Sie hatte ihm gleich gesagt, dass sie nur eine Urlaubsromanze suchte. Nein, nicht einmal eine Romanze, nur eine kleine Affäre, nichts weiter. Und er mochte sie wirklich sehr. Sie trug immer so seltsame, mit Blumen bestickte Klamotten und sagte lustige Dinge. Sie war wie eine gute Fee. Aber eine moderne Fee, keine altmodische mit einem Hut auf dem Kopf und einem Zauberstab in der Hand. Ihre Art sich zu kleiden hatte etwas Theatralisches an sich. So wie bei Helena Bonham Carter, nur farbenfroher. Ja, er mochte Miriam. Er beugte sich zu ihr hinüber und gab ihr einen Kuss auf die Nasenspitze, woraufhin sie laut auflachte.

»Du siehst so verdammt gut aus«, sagte sie. »Du solltest das mit der Schauspielerei vergessen und stattdessen Model werden. Tut mir leid, dass ich gelacht habe, aber ich bin einfach froh darüber, dass mir im richtigen Leben ein so gutaussehender Mann wie du begegnet ist. Männer wie dich sehe ich sonst nur im Kino.«

»Da will ich ja auch eigentlich hin«, sagte er und berührte zärtlich ihre pflaumenfarbenen Locken. Sie ließen sich auf das Bett zurücksinken, und Miriam begann erneut zu lachen.

»Tut mir leid«, kicherte sie. »Ich kann einfach nicht anders.«

»Lachen ist gesund«, erwiderte er. Und dann küsste er sie auf die Lippen.

Kapitel 21

Als das Flugzeug mit einem klitzekleinen Holpern wieder auf irischem Boden aufsetzte, verspürte Gemma eine solche Erleichterung, dass sie beinahe vor Freude geschrien hätte. Es war ein wundervolles Gefühl, wieder festen Boden unter den Füßen zu haben!

Victoria war zwar immer noch in ziemlich schlechter Verfassung, und Gemma schuldete Aurora mehrere tausend Euro, aber all das spielte jetzt keine Rolle. Nachdem sie zehn Tage lang dabei zugesehen hatte, wie die Zeiger der Edelstahluhr im Krankenzimmer über das Zifferblatt krochen, waren sie endlich von Schläuchen und Spuckschüsseln befreit worden. Sie hatten die Polizei davon überzeugen können, dass Victoria nichts wusste, was zu bedeutenden Verhaftungen hätte führen können. Sie hatten die Rechnungen für Victorias restliche Behandlung bezahlt. Und Gemma war so sehr damit beschäftigt gewesen, alles nur Erdenkliche zu tun, damit sich Victoria auf dem Rückflug wohl fühlte, dass sie kaum einen Gedanken an ihre eigene Befindlichkeit verschwendet hatte. Und nun waren sie endlich wieder gelandet.

Einige Leute klatschten und bedankten sich beim Kabinenpersonal für den ruhig verlaufenen Flug. Dann gingen die Lichter an, und die Passagiere erhoben sich nach und nach blinzelnd und gähnend von ihren Sitzen. Gemma machte einen solchen Wirbel um Victoria, dass das arme Mädchen schließlich um Gnade flehte. Nein, sie benötigte keine Jacke, vielen Dank. Ja, sie konnte allein gehen und musste sich nicht bei Gemma unterhaken. Nein, niemand musste ihre Handtasche für sie tragen. Ja, sie hatte vorhin ihre Medikamente genommen. Nein, sie musste nicht ihr Handy wieder einschalten, da sie es schon vor Wochen verloren hatte. Bald schon standen sie auf dem Parkplatz und versuchten sich zu erinnern, wo sie den Wagen geparkt hatten. Es regnete stark. Der Himmel war grau. Ein Rotkehlchen pickte am Rande des Gehwegs Krümel auf.

»Willkommen daheim, mein Schatz«, sagte Gemma zärtlich. »Ich habe dich schrecklich vermisst.«

»Komm schon, Mum, lass uns gehen«, erwiderte Victoria und schenkte ihrer Mutter ein verlegenes, aber warmes Lächeln.

»Ist es nicht toll, endlich mal wieder richtigen Regen zu erleben?«, fragte Gemma seufzend. »Welcher Tag ist heute eigentlich?«

»Es müsste Mitte Februar sein, meine Lieben, mehr weiß ich auch nicht«, erwiderte Aurora gähnend.

»Es ist Valentinstag«, sagte Miriam und lächelte dabei über das ganze Gesicht. »Wenn mich nicht alles täuscht, ist heute Valentinstag.« Und ihre Augen leuchteten dabei.

Sarah machte einen Spaziergang am Strand. Sie hatte Rose Cottage schrecklich vermisst. Jede Woche, die sie in Redstone verbrachte, kostete sie zweihundertfünfzig Euro, und nun hatte sie beinahe elf Tage vergeudet, weil sie in

New York gewesen war. Na ja, es reute sie nicht, denn es war schön mitanzusehen, wie sich Gemmas Persönlichkeit veränderte. Und ihr selbst hatte es auch gutgetan, denn sie hatte nicht so oft an Mackenzie denken müssen, wie sie befürchtet hatte. Schließlich hätte sie ihre Hochzeitsreise nach New York führen sollen.
Sarahs Handy läutete und ließ sie zusammenzucken. Es war Abigail. Sie nahm den Anruf sofort entgegen.
»Hallo«, sagte sie.
»Hallo, Miss Quinn. Was haben wir denn die letzten Tage getrieben? Ich habe andauernd versucht, dich zu erreichen, aber dein Handy war meistens ausgeschaltet«, sagte Abigail vorwurfsvoll.
»Tut mir leid, ich vergesse ständig, es einzuschalten. Ich war in New York«, verkündete Sarah stolz.
»Wie bitte? Für ein Foto-Shooting?«
»Nein, ich bin ja gerade auf Stellensuche, schon vergessen? Ich habe einer Freundin einen Gefallen getan. Ich kann leider nicht darüber reden. Aber ich konnte deinen berühmten Rat mit der Visualisierung weitergeben.«
»Ausgerechnet New York? Außerdem, ich denke, du bist pleite!«
»Bin ich auch. Jemand anderes hat mein Flugticket bezahlt.«
»Klingt ja alles sehr geheimnisvoll. Hör zu, Sarah, ich muss dir etwas Wichtiges sagen. Ich habe –«
»Warte mal einen Moment, Abigail. Ich sehe da gerade jemanden, mit dem ich unbedingt reden muss. Ich ruf dich später zurück, in Ordnung?«
»Oh. Also gut. Dann bis nachher.«
»Mach's gut.«

Sarah ließ ihr Handy zuschnappen und eilte auf Ethan zu, der ihr am Strand entgegenkam. Als sie sich trafen, hob er Sarah in die Luft und wirbelte sie immer und immer wieder im Kreis herum, bevor er sie schließlich absetzte und ihr einen leidenschaftlichen Kuss gab. Und dieses Mal erwiderte sie den Kuss sogleich. Nicht etwa, weil sie einsam oder verängstigt war, sondern weil sie ihn wirklich sehr gernhatte. Und weil heute Valentinstag war.

»Ich habe dich schrecklich vermisst«, sagte er lächelnd, blickte ihr tief in die funkelnden, grünen Augen und hielt dabei ihre Hände ganz fest in den seinen.

»Ich habe dich auch vermisst«, sagte sie atemlos. »Du meine Güte, ich dachte schon, du schleuderst mich ins Wasser! Mach das nicht noch einmal, ich bin schwerer, als ich aussehe.«

»Quatsch, alles, was du bist, ist eine wahre Augenweide! Wie ist es denn gelaufen?«, fragte er.

»Ganz gut. Victoria ist jetzt zu Hause und auf dem Weg der Besserung. Allerdings braucht sie noch viel Zuwendung.«

»Verstehe. Aber es ist toll, dass sie wieder hier ist. Keine Sorge, ich habe niemandem irgendwelche Einzelheiten erzählt. Falls dich jemand fragen sollte: Die offizielle Version lautet, dass ihr vier eine Einkaufstour unternommen habt. Ich habe ein Auge auf Auroras Laden und Gemmas Haus geworfen, und da ist so weit alles in Ordnung.«

»Da bist du ja richtig fleißig gewesen!«

»Das kann man wohl sagen. Und ich habe mir auch etwas einfallen lassen, wie du ein wenig Geld verdienen kannst, und gleich ein paar schöne Stellen zum Fotografieren ausgesucht.«

»Wovon redest du?«

»Du könntest Fotos für diese Touristiktypen machen. Ich habe einen Artikel in der Zeitung gelesen, in dem sie um Einsendungen bitten.«

Sarah hatte keine allzu großen Hoffnungen, dass die Lokalzeitung sie vor der Armut bewahren würde, aber Ethan war so begeistert von dem Wettbewerb, dass sie es nicht übers Herz brachte, ihm seine Illusion zu nehmen. Außerdem hatte sie kein Geld mehr auf der Bank und musste sehr bald etwas tun.

»Eigentlich wollte ich im Süßwarenladen nach einem Job fragen«, sagte sie, als sie Hand in Hand am Strand entlanggingen. »Ich kann schließlich ebenso gut Eis verkaufen, statt es zu essen.«

Aurora und Gemma sahen sie vorbeigehen, als sie die Fenster öffneten, um Gemmas Haus nach der Reise zu lüften.

»Siehst du, hab ich's dir doch gesagt!«, rief Aurora triumphierend. »Ich habe gemerkt, dass da was im Busch ist. Das war ja wohl ein verdammt ernst zu nehmender Kuss.«

»Ich hoffe, sie weiß, was sie tut«, sagte Gemma. »Ich habe Sarah wirklich gern. Ich glaube nicht, dass ich ohne sie in dieses Flugzeug gestiegen wäre.«

»Bist du denn jetzt von deiner Flugangst geheilt?«, fragte Aurora. Sie machte sich daran, die Kissen von Victorias Bett aufzuschütteln, trat dann aber zurück, weil sie spürte, dass Gemma dies lieber selbst für ihre Tochter tun würde.

Gemma, die die Geste zu schätzen wusste, lächelte dankbar.

»Nein, ich bin ganz und gar nicht geheilt, und ich werde gewiss niemals wieder einen Fuß an Bord eines Flugzeugs setzen. Das habe ich mir auf dem Rückflug geschworen.« Sie lachte laut auf und strich die Kissen und die Bettdecke glatt.

Aurora fand, dass ihre Freundin um Jahre jünger aussah. Sie gingen zusammen nach unten, um den Glaser hereinzulassen, der das Fenster in der Küche reparieren sollte. Anschließend machte sich Aurora auf den Weg in ihre Wohnung, um ein langes, heißes Bad nehmen, und Gemma bereitete eine köstliche Lamm-Schmorpfanne mit jenen Zutaten zu, die sie auf dem Rückweg vom Flughafen im Supermarkt gekauft hatte. Victoria musste mindestens zehn Kilo zunehmen. Und Gemma wollte nicht, dass sich ihre Tochter von Mikrowellen-Gerichten ernährte. Sie hatte sogar Spaß an der zeitaufwendigen Arbeit, Wurzelgemüse zu schälen und klein zu hacken und in Mehl gewälzte Fleischstücke in der Pfanne zu bräunen. Vielleicht würde sie sich einen Crock-Pot zulegen, den sie schon am Morgen mit allerlei guten Sachen füllen konnte, die dann den Tag über langsam vor sich hin köchelten.

Victoria lag zusammengerollt unter einer weichen Decke auf dem Wohnzimmersofa und schaute fern. Es war beinahe wie früher. Gemma war im siebten Himmel, als sie den Kessel für den Tee aufstellte. Wie zwei Vögel in ihrem kleinen Nest, dachte sie vergnügt. Niemand wusste, wann Victoria wieder davonfliegen würde. Bis dieser Tag gekommen war, wollte Gemma jede Minute mit ihr genießen.

Kapitel 22

Miriam und Patrick hatten drei Tage lang kein Wort miteinander gewechselt. Patricks einst attraktives Gesicht wirkte noch abgespannter und niedergeschlagener als gewöhnlich. Er hatte einen kleinen Strauß aus rosafarbenen und weißen Blumen nebst einer Valentinskarte auf dem Küchentisch hinterlassen. Aber Miriam schenkte dieser Aufmerksamkeit keine Beachtung, las nicht einmal die Karte. Sie wollte keine Karten und Blumen mehr. Sie hatte die Nase voll von behutsamen Umarmungen und höflichen Unterhaltungen über das lavendelfarbene Haus. Sie wollte ein Baby und einen Mann, der liebevoll war, hin und wieder auch einmal etwas Unerwartetes tat, und der ihr zuhörte, wenn sie mit ihm sprach. Sie dachte an ihren Lover in New York und daran, wie sie sich langsam und mit Hingabe in diesem winzigen Hotelzimmer geliebt hatten. Sie hatte beinahe schon einen Orgasmus bekommen, wenn er nur ihren Hals küsste. Und dann innerhalb von zwei Stunden drei echte Orgasmen gehabt. Dann hatten sie gemeinsam geduscht, und er hatte ihr das Haar gewaschen. Und ihren ganzen Körper liebkost, als er Bodylotion darauf verteilte. Es war der aufregendste Nachmittag in Miriams Leben gewesen. Sie hätte gern noch ein paar weitere Nachmittage mit Nigel verbracht, aber sie wollte ihr Glück nicht überstrapazieren. Er sollte auf keinen Fall mitbekommen, dass sie ihn als inoffiziellen Samenspender benutzte. Daher hatte es leider nur diesen einen, märchenhaften Nachmittag gegeben. Sie hatte sich anschließend den ganzen Abend nicht von ihrem Bett wegbewegt und die Füße auf einem Kissen hochgelegt und um ein Baby gebetet.

Nigel war ein perfektes Exemplar von einem Mann. Dieser muskulöse Bauch, diese wunderbar geformten Beine und die schlanken, harten Schultern … Seine Küsse waren auch perfekt. Er berührte dabei kaum ihre Lippen und ließ sie vor Verlangen dahinschmelzen. Wo hatte er nur solche Techniken gelernt? Oder waren manche Männer einfach von Natur aus so begabt? Kam das vielleicht dabei heraus, wenn sie eine normale Erziehung genossen und keine allzu großen Tragödien erlebt hatten?

Stimmte vielleicht irgendetwas mit Patrick nicht? Gab es einen triftigen Grund, warum sie nicht in der Lage war, zu ihm durchzudringen? Sie versuchte schon so lange, mit ihm zu reden, aber er zog sich immer mehr zurück. Die Jahre vergingen, und das Leben zerrann ihr zwischen den Fingern. Sie war mit ihrer Geduld langsam am Ende.

Miriam hatte Nigel bei ihrer Abreise, als die anderen Frauen gerade nicht hinsahen, zweitausend Dollar in die Hand gedrückt, in einer unbeschriebenen Karte mit einem kleinen roten Herzen auf der Vorderseite. Und sie hatte ihm versichert, dass es keine Bezahlung für jenen wundervollen Nachmittag war. Es war vielmehr dazu gedacht, dass er sich noch ein paar Wochen in New York über Wasser halten konnte, um zu weiteren Vorsprechterminen zu gehen und möglicherweise doch noch den Durchbruch in der Schauspielerei zu schaffen. Miriam war ohnehin bereit gewesen, viel Geld für die künstliche Befruchtung zu zahlen. Und auf diese Weise hatte es deutlich mehr Spaß gemacht.

Im Augenblick lief sie im Haus umher und räumte ein Zimmer nach dem anderen auf, da Patrick große Unordnung hinterlassen hatte. Ihr Mann versteckte sich derweil in seinem Arbeitszimmer und verschwand dann für den Rest des Tages zum Angeln.

Als sie die Hintertür ins Schloss fallen hörte, ging Miriam nach unten und öffnete endlich die Valentinskarte. Ihr Mann hatte *In Liebe, Patrick* hineingeschrieben. Das war alles. Sie warf sie in den Mülleimer und machte sich einen Tee und ein großes Sandwich mit Schinken, Salat und Tomate und aß Kartoffelchips dazu. Wie in New York. In sieben Tagen war ihre nächste Menstruation fällig.

Kapitel 23

Als das Telefon läutete, wusste Victoria gleich, wer es war, ohne dazu den Hörer abnehmen zu müssen. Sie war seit einer Woche wieder in Redstone und hatte befürchtet, dass er sich irgendwann melden würde. Sie ging aber nicht ran, blieb nur kerzengerade am Sofa stehen und wartete, bis das verhasste Läuten endlich aufhörte. Zehn Minuten später ertönte ein lautes Klopfen an der Haustür, was sie ebenfalls ignorierte. Vielleicht war es ja der Postbote mit einem Manuskript für ihre Mutter, das sie Korrektur lesen sollte. Victoria schlug das Herz bis zum Hals.

Und dann hörte sie, wie die Hintertür geöffnet wurde und leise Schritte in der Küche erklangen. Ihre Mutter musste wohl vergessen haben, die Tür abzuschließen, als sie gegangen war. Unvermittelt kam Victoria der Gedanke, dass ihre Großmutter von den Toten auferstanden war, um sie zu besuchen. Oder zumindest um zu sehen, wie sie klarkamen. Und das wäre eigentlich sehr schön gewesen. Sie hätte in diesem Augenblick jedenfalls lieber einen Geist gesehen als Buddy. Doch dann überlief sie ein kalter Schauer, und sie wusste ohne sich umzudrehen, dass er da war.

»Hast du etwa gedacht, du könntest vor mir davonlaufen?«, fragte er mit einer Stimme, die kaum mehr war als ein Flüstern.

Victoria erstarrte.

»Willst du mich denn nicht begrüßen? Mir keinen Kuss geben?«

Sie drehte sich langsam um, und da stand er, bleich wie immer, der schlanke Hals mit der vertrauten Tätowierung, die sie anfangs so anziehend gefunden hatte, weil es ihn gefährlich aussehen ließ, die sie nun jedoch nur noch an Tintenflecken am Boden eines alten Schulranzens erinnerte. Er wirkte gammelig und zerknittert, trug einen ramponierten Filzhut und ein weißes Unterhemd, dazu eine locker gebundene, gestreifte Krawatte, hautenge Jeans, die von roten Hosenträgern gehalten wurden und zu seinen roten Turnschuhen passten, und einen Filzblazer, der zum größten Teil unter einer doppelreihigen, marineblauen Jacke verschwand. Heroin-Chic. Man konnte Buddy, dessen richtiger Name Stuart Holly lautete, eine Menge Dinge nachsagen, aber nicht, dass er Modetrends ignorierte.

»Wie hast du mich gefunden?«, flüsterte sie.

»Ich bin dir zum Flughafen gefolgt, als du aus dem Krankenhaus kamst«, sagte er. »Ich musste doch wissen, wohin du verschwindest. Tut mir übrigens leid, dass ich dich nicht besuchen konnte, ich dachte mir schon, dass die Cops herumschnüffeln würden. Du hättest New York nicht verlassen sollen, ohne dich zu verabschieden.«

»Buddy, hör mir zu, ich kann das erklären«, sagte Victoria und fühlte sich einer Ohnmacht nah. Ein eiskalter Ausdruck lag in seinen Augen, den sie noch nie zuvor gesehen hatte.

»Ich glaube, ich weiß, was passiert ist, mein Schatz. Du hast dich entschieden, nach Hause zu deiner Mummy zu rennen, und bist einfach abgehauen, ohne auf Wiedersehen zu sagen.«

»Nein, ich wäre im Krankenhaus beinahe draufgegangen. Ich musste zurück nach Hause – die hätten mich sonst ohnehin ausgewiesen. Die Polizei war da und hat mich befragt. Sogar zweimal.«

»Hast du ihnen meinen Namen genannt?«

»Was glaubst du denn? Natürlich nicht.«

»Braves Mädchen.« Buddy setzte sich auf das Sofa und legte die Füße auf den Couchtisch. »Nette Bude hast du hier.«

»Gehört meiner Mutter.«

»Aber eines Tages wird sie dir gehören.«

»Hör zu, sie kann jede Sekunde zurückkommen, Buddy. Sie ist nur etwas einkaufen. Du solltest besser gehen.«

»Ich werde nirgendwohin gehen, Vicky. Ich bin gerade erst neun verfluchte Stunden geflogen, um hierherzukommen, und habe mir dann noch den Arsch in einem beschissenen Bus plattgesessen. Da kannst du mich doch wenigstens zum Essen einladen.«

»Du wirst jetzt gehen, und damit basta! Mum hat gesagt, sie ruft die Polizei, falls irgendwelche meiner alten Freunde aus New York versuchen sollten, sich mit mir in Verbindung zu setzen. Und das war kein Witz, Buddy. Sie kann richtig fies sein, wenn sie will.« Victoria durchquerte das Zimmer, um Buddys schmutzige Turnschuhe vom gepflegten Couchtisch ihrer Mutter zu schubsen, doch als sie sich vorbeugte, schlug er ihr mit der offenen Hand ins Gesicht. Victoria stürzte gegen die Tischkante und tat sich dabei an der Schulter weh. Sie konnte es einfach nicht glauben. Buddy war ein unglaublich besitzergreifender, eifersüchtiger und misstrauischer Freund gewesen, und sie hatten sich andauernd gestritten, weil er ihr vorwarf, andere Jungs anzubaggern, aber er hatte sie noch nie geschlagen. Nicht einmal, wenn er high gewesen war.

»Tut mir leid, Süße«, sagte er beschwichtigend, als sei gar nichts Schlimmes geschehen, »aber du kannst mich nicht einfach herumkommandieren. Und du kannst mir nicht befehlen, das Haus zu verlassen, wo ich doch extra hergeflogen bin, um dich zu sehen. Ich bin dein Freund, schon vergessen? Nicht irgendein Kerl, den du für eine Nacht abgeschleppt hast. Wenn du mich mit etwas mehr Respekt behandelst, kommen wir viel besser miteinander klar, okay?«

»*Ich* entscheide, wer in diesem Haus willkommen ist«, sagte eine atemlose Stimme von der Küche aus. Die beiden schauten erschrocken auf. Gemma stand dort mit einer Einkaufstüte in der Hand. »Verschwinden Sie sofort aus meinem Haus! Ich traue Ihnen nicht«, sagte sie zu Buddy. Dann entdeckte sie den roten Striemen auf Victorias Wange und richtete sich vor Entsetzen zu ihrer vollen Größe auf.

»Hat er dich etwa geschlagen?«, fragte sie leise.

Victoria antwortete nicht, aber ihr betretener Gesichtsausdruck und die Rötungen sprachen Bände.

»Hat er dich geschlagen?«

»Bitte mach jetzt keinen Stress, Mum.«

»Und ob ich das tue!«

Gemma ließ die Tüte fallen, machte einen Schritt in die Küche und griff nach einem Messer aus dem Messerblock.

Mit einer flinken Bewegung stellte sie sich zwischen ihre Tochter und diese neue Bedrohung in ihrem Leben. Der Kerl erinnerte sie so sehr an ihre eigenen jugendlichen Fehltritte …

Victoria hatte ganz offensichtlich den Männergeschmack ihrer Mutter geerbt und ebenfalls eine Schwäche für böse Jungs. Dieser böse Junge würde allerdings bedauerlicherweise die Erfahrung machen müssen, dass Gemma Hayes aus ihren Fehlern gelernt hatte.

»Eins darfst du mir glauben«, fauchte sie ihn an. »Nichts würde mir ein größeres Vergnügen bereiten, als dich von oben bis unten aufzuschlitzen und auszunehmen wie einen Fisch. Also schaff deinen dürren Hintern sofort aus meinem Haus und komm nie wieder in unsere Nähe, denn sonst kann ich für nichts garantieren. Solltest du meine Tochter jemals wieder anfassen oder sie auch nur ansehen, dann bist du fällig.«

Buddy stand langsam auf, und bevor er in die Diele trat, zwinkerte er Victoria zu.

»Du findest bestimmt allein raus!«, rief ihm Gemma nach.

»Ich komme wieder«, ertönte es von der Haustür. Er wandte sich noch einmal um und warf Victoria eine Kusshand zu. »Alles Gute nachträglich zum Valentinstag.«

Als er gegangen war, verschloss Gemma sämtliche Türen und Fenster und zog die Vorhänge vor.

»Ist das der Kerl, der dich drogenabhängig gemacht hat?«, fragte Gemma ihre Tochter und war ganz offensichtlich nicht in der Stimmung, sich mit ausweichenden Antworten abspeisen zu lassen.

»Ja«, sagte Victoria mit leiser Stimme.

Zumindest besitzt sie den Anstand, beschämt auszusehen,

dachte Gemma, die nach dieser Begegnung immer noch zitterte.
»Und warum hast du zugelassen, dass er dir so etwas antut?«
»Ich habe ihn geliebt.«
»Herrgott, etwas anderes fällt dir dazu nicht ein? Was ist bloß aus den emanzipierten Frauen geworden? Das ist wirklich das Jämmerlichste, was ich je gehört habe, Victoria. Du hast dieses Stück Scheiße also tatsächlich geliebt? So, wie dieser Mistkerl aussieht, hat er doch in seinem ganzen Leben noch nie gearbeitet!«
»Ich weiß, es tut mir leid.«
»Liebst du ihn immer noch? Verschwende ich hier vielleicht meine Zeit? Ich kann einfach nicht glauben, dass du jemals auf diesen Idioten gehört hast!«
»Vielleicht liebe ich ihn immer noch ein bisschen. Aber ich hasse ihn auch! Ich hasse ihn mehr, als ich ihn liebe. Er hat mich bei dieser Party auf dem Boden liegen lassen und ist weggegangen, um irgendwo etwas zu essen. Ich hätte sterben können! Oder vergewaltigt werden können. Ich will ihn niemals wiedersehen.«
»Gott sei Dank! Versprich mir, dass du die Wahrheit sagst.«
»Versprochen, Mum. Ich bin mit den Drogen fertig. Und mit ihm. Oder mit Jungs wie ihm. Du kannst das Messer jetzt ruhig wieder weglegen, du machst mir Angst.«
»Oh, natürlich. Also schön, die Vernehmung ist beendet. Ich glaube dir. Und jetzt werden wir kein Wort mehr darüber verlieren. Aber wenn er noch einmal hier auftauchen sollte, rufe ich die Polizei, in Ordnung?«
»In Ordnung.«

»Und überprüfe von jetzt an immer, ob die Türen abgeschlossen sind.«

»Geht klar.«

Irgendwie wussten sie beide, dass sie Buddy nicht zum letzten Mal gesehen hatten.

»Du warst so tapfer, Mum«, sagte Victoria und ließ sich in Gemmas Arme fallen.

»Ich danke dir, mein Schatz«, erwiderte Gemma und gab ihrer Tochter einen Kuss auf den Scheitel. »Ich mag ja in zehntausend Metern Höhe ein Waschlappen sein, aber wenn ich festen Boden unter den Füßen habe, bin ich eine echte Amazone.«

Kapitel 24

Sarah stand ein wenig außer Atem auf dem Berg und schaute auf das Dorf, den hellgrauen Strand und den dunkelgrünen Ozean hinunter. Dann blickte sie durch das Objektiv und machte ein paar Schnappschüsse.

»Die Sache ist die, Ethan«, sagte sie so taktvoll wie nur eben möglich, »ich habe solche Panoramablicke schon allzu oft gesehen. Das soll nicht heißen, dass es nicht atemberaubend schön ist, aber ich glaube, wir brauchen etwas anderes. Ein Motiv, das uns eine Geschichte erzählt.«

»Wie kann ein Foto eine Geschichte erzählen?«, fragte er aufrichtig interessiert. »Es hält doch nur einen bestimmten Moment fest.«

»Darin besteht der Sinn der Fotografie«, erwiderte sie lachend. »Das ist das, wonach wir Knipser jeden Tag Ausschau halten. Diese Aussicht ist wirklich wunderschön, aber sie löst im Betrachter nicht wirklich etwas aus.«

»Mit anderen Worten, sie ist langweilig«, sagte er lächelnd.

»Nein, ganz und gar nicht – aber es ist einfach nicht persönlich genug. Ich benötige mehr Details.«

»Verstehe.«

»Immerhin, hier hochzuklimmen war ein verdammt gutes

Training«, sagte sie, packte ihren Fotoapparat wieder in den Rucksack und nahm einen Schluck Wasser aus der Flasche.

Nachdem auch Ethan etwas getrunken hatte, machten sie sich auf den Rückweg ins Tal und rutschten dabei gelegentlich auf dem feuchten, mit Kieseln übersäten Pfad aus. Die Luft war allerdings kristallklar, und Sarah atmete tief durch.

»Es ist ein so wunderschöner Ort zum Leben«, sagte sie traurig. »Ich möchte eigentlich noch gar nicht wieder nach London zurück.«

»Dann bleib doch«, erwiderte er bloß.

»Mal sehen.«

»Hast du dich eigentlich wegen des Jobs im Laden erkundigt?«

»Ja, aber sie suchen erst jemanden ab Mai«, sagte sie seufzend. »Sie waren wirklich nett und wollen sich bei mir melden, falls sich irgendetwas ergibt.«

»Na ja, eigentlich bist du ohnehin zu talentiert für eine solche Arbeit.«

»In der Not frisst der Teufel Fliegen. He, warte mal, was ist denn das da?« Sie zeigte auf ein kleines Feld am Fuße des Berges und einen Haufen buntes Gerümpel, der hinter einigen alten, dunklen Bäumen lag. »Ist das ein Schrottplatz? Das sind Traktoren, nicht wahr? Und irgendwelcher gelber und roter Krempel, wie's aussieht.«

»Ach, das ist nur alter Müll«, sagte Ethan mit heiserer Stimme.

»Aber sieh doch, wie farbenfroh manches angemalt ist! Das könnte interessant sein. Ich würde es gern einmal von nahem sehen.«

Sie drehte sich zu ihm um und stellte fest, dass er unbehaglich dreinblickte.
»Was ist denn los, Ethan?«, fragte sie. »Habe ich etwas Falsches gesagt?«
»Das Zeug da unten stammt von dem alten Rummelplatz in Redstone. Als er vor zehn Jahren geschlossen wurde, hat man es dort abgeladen, und seitdem liegt es da.«
»Aber was ist denn los? Ich sehe doch, dass dich etwas bedrückt. Ich bin schließlich nicht blind.«
»Ich habe damals da gearbeitet, und ich denke nicht gern an die Vergangenheit. Dann komme ich mir so alt vor.«
»Du hast auf einem Rummelplatz gearbeitet? Wie sexy! Komm schon, erzähl mir davon. Aurora hat den Rummelplatz einmal erwähnt, aber dann sind wir aus irgendeinem Grund wieder von dem Thema abgekommen.«
Als Sarah den Berg hinuntereilte, um zu dem bunten Schrott zu gelangen, begann es zu nieseln. Sie fragte Ethan unterwegs nach weiteren Einzelheiten aus.
»War es ein großer Rummel? Warum wurde er geschlossen? Was hast du denn dort gemacht?«
»Da gibt es eigentlich nicht viel zu erzählen. Er war mittelgroß, würde ich sagen, ungefähr zwanzig Attraktionen, aber nicht gerade gut in Schuss. Bei Tageslicht war es kein hübscher Anblick. Ich war für die Autoscooter zuständig und als Mechaniker eigentlich Mädchen für alles. Und dann ist alles abgebrannt.«
»Wie konnte das denn passieren?«
»Das weiß niemand so genau.«
Sarah stolperte das letzte Stück des schmalen Pfads hinunter und marschierte dann mit Ethan im Schlepptau über die zugewucherten Felder.

Als sie schließlich an einem niedrigen Holztor anlangte, musste sie sich dagegenlehnen, um wieder Atem zu schöpfen.

»Ich hoffe, die Mühe hat sich für dich gelohnt. Wie du siehst, ist es nichts weiter als ein großer Haufen Schrott. Alter Plunder«, sagte Ethan.

Aber für Sarah war es mehr als das. Sie erblickte eine Gruppe von Karussellpferden, wunderschön und naturgetreu bemalt, mit großen schwarzen Augen, die voller Emotionen zu sein schienen. Sie sah fließende, goldfarbene Mähnen und lange Schweife. Und aus den Rücken der Pferde ragten goldfarbene, gedrechselte Stangen empor. Die Tiere waren an manchen Stellen sehr verkohlt, aber sie besaßen noch genug von ihrer ursprünglichen Schönheit, dass es die Kamera einzufangen vermochte.

Es gab auch ein wunderschön bemaltes Schild, auf dem in schwungvollen, roten und gelben Buchstaben im Stil eines Zirkusplakats *Willkommen in Redstone* zu lesen war.

»Also, das nenne ich ein Motiv, das eine Geschichte zu erzählen hat«, sagte Sarah vergnügt. Sie kletterte über die Holzbalken des Tors, holte ihren Fotoapparat aus dem Rucksack hervor, betrachtete alles durch das Objektiv, bückte sich wiederholt oder hockte sich hin und kletterte auf das eine oder andere alte Gerät, um verschiedene Blickwinkel zu erhalten.

»Vorsicht!«, rief Ethan warnend, als sie einmal beinahe von einem kleinen Anhänger gefallen wäre.

»Mir ist gerade eine geniale Idee gekommen«, sagte Sarah. »Sind diese Karussellpferde nicht unglaublich schön?« Sie reckte den Hals, um über die Überreste einer Popcorn-

Bude hinwegzusehen. »Sieh dir nur einmal diese Handwerkskunst an: Sie sehen beinahe lebendig aus.«

»Wenn du es sagst«, murmelte Ethan. Er wandte sich ab und entfernte sich ein paar Schritte. Finstere Gedanken plagten ihn. Er wusste, dass dies der perfekte Augenblick war, um es ihr zu erzählen. Dann würde er sich nicht mehr quälen müssen und konnte vielleicht endlich wieder einmal eine Nacht durchschlafen. Aber wie sollte er nur die richtigen Worte finden, um ihr zu erzählen, dass er einmal an einem schweren Fall von Brandstiftung beteiligt gewesen war?

»Hallo, Ethan«, sagte sie in diesem Moment, und als er aufblickte, sah er, wie Sarah den Auslöser an ihrer Kamera drückte. »Mein erstes Foto von dir!«

»O nein, lass das«, stöhnte er. »Ich bin nicht besonders fotogen.«

»Das werden wir ja sehen«, erwiderte sie lachend und nahm einige Einstellungen vor, um sich die Bilder, die sie bisher geschossen hatte, anzuschauen. »Das ist eine Digitalkamera. Wenn du möchtest, kannst du gleich einen Blick darauf werfen.«

»Nein danke.«

»Da ist es ja. Es ist toll geworden!«, sagte sie. »Du siehst super aus mit den Bergen im Hintergrund. Richtig gut. Mal sehen, wie die mit den Karussellpferden geworden sind. Fantastisch! Schau nur, wie alles durch die unscharfe Stange perspektivisch verkürzt wird.« Sie zeigte ihm das Foto.

»Ja, sehr schön. Aber man kann die verkohlten Stellen an der Seite des Kopfes sehen«, gab er zu bedenken.

»Aber das ist doch genau die Geschichte, die ich erzählen

will«, sagte Sarah. Sie war ausgesprochen zufrieden mit ihrer Arbeit. »Es sähe auch in Schwarz-Weiß gut aus, aber durch die Farbe werden die verkohlten Stellen besser hervorgehoben. Weißt du was? Ich werde Fotos von allem hier machen und auch von dem baufälligen Tanzsaal unten an der Straße. Und Gemma hat einen Holzliegestuhl, der wohl schon seit Urzeiten an die Brüstung ihres Hauses gekettet ist. Ich werde das Ganze unter das Motto ›Der Niedergang des traditionellen Badeurlaubs‹ stellen. Ich könnte auch zeigen, wie jemand Fisch mit Pommes im Regen isst oder eine einzelne Möwe auf dem Drehkreuz zum Pier sitzt, oder die gähnende Leere der Strände im Hochsommer – so etwas in der Art.«

»Sarah, hör zu, es gibt etwas, das mich seit langer Zeit beschäftigt. Ich würde es mir wirklich gern von der Seele reden, wenn es dir nichts ausmacht.«

»Schieß los«, sagte sie und wischte ein paar Flecken von ihrem Objektiv, die der Nieselregen hinterlassen hatte. Ihre Hände waren kalt, und sie hatte Schwierigkeiten, die Abdeckung darauf zu befestigen. Doch sobald es erledigt war, blickte sie Ethan erwartungsvoll an. »Worum geht es denn?«

»Um eine Sache, die vor zehn Jahren geschehen ist. Sie ist auch der Grund, warum ich am Silvesterabend nicht mit dir ins Bett gegangen bin, obwohl ich es mir so sehr gewünscht habe.«

»Ethan, das ist schon in Ordnung, du kannst es mir wirklich erzählen. Nur heraus damit. Ich werde dir bestimmt nicht den Kopf abreißen, so bin ich nicht.«

»Also schön, dann mal los … Ich habe große Narben auf dem Rücken und an der Seite, denn ich habe bei dem Feu-

er auf dem Rummelplatz ziemlich schwere Verbrennungen erlitten. Ich wollte nicht, dass du mich nackt siehst. Dass du meine Narben siehst.«
»Oh, Ethan!«, sagte sie und streichelte sein Gesicht.
»Das ist noch nicht alles. Ich weiß eigentlich gar nicht, warum ich es dir erzähle, Sarah. Aller Wahrscheinlichkeit nach würde es sonst niemals zur Sprache kommen. Aber es geht mir nun einmal nicht mehr aus dem Kopf. Vielleicht liegt es daran, dass ich … dass ich dich liebe.«
»Oh, Ethan, ich weiß gar nicht, was ich sagen soll. Wir kennen uns doch erst so kurze Zeit!«
»Ich weiß. Aber so empfinde ich nun einmal. Für mich war es Liebe auf den ersten Blick, als du an jenem Abend in den Pub kamst und dir auf dem Weg nach draußen die Koffer hinfielen. Deshalb muss ich dir unbedingt erzählen, was auf dem Rummelplatz geschehen ist, für den Fall, dass jemals jemand davon anfängt. Ich möchte keine Geheimnisse vor dir haben, Sarah. Ich habe das alles schon viel zu lange für mich behalten. Zehn verdammte Jahre!«
»Dann lass uns zum Haus zurückgehen«, sagte sie und legte ihren Zeigefinger auf seine Lippen. »Dort können wir uns am Feuer wärmen, und du erzählst mir alles.«

Auf dem Rückweg rief Abigail erneut auf Sarahs Handy an, aber sie war im Augenblick nicht in der Stimmung, um über irgendeinen Kerl zu plaudern, den Abigail in London kennengelernt hatte. Sie ließ das Handy läuten. Ethan griff nach ihrer Hand, und sie legten den Rest des Weges schweigend zurück.
Eine ganze Weile später war das kleine Torf-Tipi knis-

ternd zum Leben erwacht, die Vorhänge zugezogen, damit sie ungestört blieben, und der Tee fertig zubereitet.

»So«, sagte Sarah behutsam, während sie ein wenig verlegen auf dem Sofa Platz nahmen, »dann erzähle mir mal alles von Anfang an.«

»Es war der Valentinstag vor zehn Jahren. Wir hatten auf dem Rummelplatz einen guten Tag gehabt. Das Geschäft war trotz des leichten Regens am Nachmittag prima gewesen. Ich arbeitete wie gewöhnlich bei den Autoscootern – einige der Wagen blieben dauernd an der Begrenzung hängen. Als wir am Ende des Abends schlossen, sagte Patrick Gormley, ich bräuchte mich nicht mehr um den Abfall zu kümmern, sondern sollte ruhig schon nach Hause gehen.«

»Sprichst du etwa von Miriams Mann?«, fragte Sarah überrascht.

»Ja, Patrick hat der Rummelplatz gehört. Hat Miriam dir das denn nicht erzählt? Oder hat Gemma Hayes es nie erwähnt?«

»Nein, ich hatte keine Ahnung.«

»Tja, ich kann verstehen, warum sie nicht gern darüber reden. Jedenfalls gehörte Paddy – nur ich nannte ihn Paddy – der Rummelplatz. Es war ein Familienbetrieb, der in den 1950er Jahren von seinem Großvater gegründet worden war. Und er hatte ihn erst seit zwei Jahren, als ich dort zu arbeiten begann. Ich kann gut mit Motoren umgehen und bin handwerklich begabt, und es gab damals jede Menge zu tun. Während der Wintermonate blieb der Platz natürlich geschlossen, aber Paddy öffnete ihn für ein paar Tage rund um den Valentinstag, um davon zu profitieren, dass die Leute auf dem Weg zum Tanzsaal an dem Rummel vorbeikamen. Danach schloss er ihn wieder bis Anfang Mai.«

»Und wie kam es zu dem Feuer?«

»Langsam, dazu komme ich gleich. Also, ich ging an jenem Abend so gegen acht Uhr nach Hause, als sich die letzten Nachzügler auf den Weg zum Tanzsaal gemacht hatten. Der ganze Platz war mit Frittenpapier und Zigarettenkippen übersät, aber Paddy war der Boss, und er hatte gesagt, ich solle nicht aufräumen. Ich nahm an, er wollte selbst früh gehen, weil er vorhatte, Miriam an dem Abend beim Tanz einen Heiratsantrag zu machen. Das hatte er mir zumindest erzählt.«

»Verstehe.«

»Aber als ich dann gegen halb neun ein Bier im Callaghan's trank, bekam ich ein ganz schlechtes Gefühl wegen des Gerichtsverfahrens.«

»Welches Gerichtsverfahren?«

»Ein junges Mädchen war im vorangegangenen Sommer vom Karussell gefallen und schwer verletzt worden. Die Familie des Mädchens verklagte Paddy auf eine ungeheuere Summe, und er war deshalb ganz krank vor Sorge. Er konnte wohl nachts nicht mehr schlafen und magerte ziemlich ab. Er hatte Angst, dass er alles verlieren würde, wenn sich die Höhe des Schadensersatzes auch nur annähernd im Bereich der Summe bewegte, die sich die Anwälte des jungen Mädchens vorstellten. Und er wollte doch so gern heiraten. Miriam war ein großer Fang für ihn, weil sie so viel jünger war und so. Also, ich saß im Callaghan's und hatte dieses Gefühl … nenne es meinetwegen Vorahnung oder einfach eine Vermutung.«

»Und was hast du getan?«

»Ich bin zum Rummelplatz zurückgegangen, um nachzusehen, ob alles in Ordnung ist. Aber als ich dort ankam, stand er bereits in Flammen. Und ich wusste, dass Paddy es wegen des Versicherungsgeldes getan hatte und um jeden möglichen Beweis von Fahrlässigkeit zu vernichten. Einige der Fahrgeschäfte hatten ihre besten Zeiten wirklich hinter sich, auch wenn wir natürlich regelmäßig Sicherheitsüberprüfungen vornahmen. An der Wartung haben wir nicht gespart. Plötzlich höre ich also Paddy irgendwo mitten im Feuer rufen und fluchen. Schließlich habe ich ihn bei den Autoscootern entdeckt. Er hatte seinen Fuß an der Abgrenzung, die die Scooterbahn umgab, eingeklemmt und bekam ihn nicht mehr heraus.«

»O Gott! Und du hast ihm geholfen?«

»Ja, ich bin ins Scooter-Zelt gelaufen und habe den Helden gespielt. Aber anfangs konnte ich Paddy nicht befreien. Deshalb habe ich ein Stück der Abgrenzung losgetreten. Gerade als es mir gelungen war, ihn herauszuziehen, kam die Decke herunter. Teile der Dachabstützung erwischten mich am Rücken und an den Schultern. Es war schrecklich heiß. Ich habe mich sofort im feuchten Gras gewälzt, und es gelang mir, das Feuer zu ersticken, aber es war nun einmal passiert. Paddy war vor Schreck sprachlos. Der arme Kerl hat gezittert wie Espenlaub.«

»Von wegen der arme Kerl! Du hättest getötet werden können! Ihr beide hättet tot sein können! Es war verrückt, so etwas zu tun.«

»Es war ja nicht seine Absicht, jemanden zu verletzen. Zu der Zeit war niemand da, und der Platz liegt ein gutes Stück außerhalb des Dorfes. Er hatte einen Teil der Abfälle gegen ein tragbares Heizgerät geschoben, und es dauerte nicht lange, bis sie in Brand gerieten.«

»Hat denn niemand sonst das Feuer gesehen und die Feuerwehr gerufen?«

»Nein, der Platz liegt doch in einer Vertiefung zwischen zwei Hügeln. Außerdem ist die nächste Feuerwache sechzehn Kilometer entfernt. Und die meisten Bauten auf dem Rummelplatz waren aus Zelttuch und Holz und Spanplatten. Innerhalb von zehn Minuten war alles zerstört.«

»Aber warum hat er das Feuer bei den Autoscootern gelegt, wo er doch hauptsächlich das Karussell loswerden wollte?

»Nun, es beim Karussell zu entfachen wäre vielleicht etwas zu offensichtlich gewesen, oder? Das Feuer sollte bei den Scootern ausbrechen, und er hatte vor, eine Minute später ein Stück brennendes Zelttuch auf das Karussell fallen zu lassen. Aber er musste gar nichts mehr unternehmen, weil alles in Windeseile wie Zunder brannte.«

»Aber du sagtest doch, es hätte geregnet.«

»Früher am Tag. Die Innenseiten der Zelte waren noch staubtrocken.«

»Ach so. Und was ist dann passiert?«

»Er hat mich angefleht, den Mund zu halten, aber ich hätte einen Freund ohnehin niemals verpfiffen. Allerdings habe ich ihn gewarnt, dass irgendjemand zwei und zwei zusammenzählen würde, doch er war zu dem Zeitpunkt beinahe hysterisch, wiederholte ständig, dass man ihm nichts nachweisen könne, es nach einem Feuer immer Gerede gäbe, es aber keine Rolle spielte, solange wir beide unsere Klappen hielten.«

»Das hätte vielleicht gestimmt, wenn ihr nicht beide an

Ort und Stelle gewesen wäret, als es passierte«, sagte Sarah nachdenklich.
»Tja, das ist der nächste Teil meiner Geschichte. Paddy riss sich schließlich zusammen und ging nach Hause, um sich für den Tanz umzuziehen. Er wollte unterwegs noch im Laden vorbeischauen, um Zeugen dafür zu haben, dass er schon wieder auf dem Heimweg gewesen war, als das mit dem Feuer geschah. Er sah nicht unordentlicher aus als sonst, also ging das in Ordnung. Ich war natürlich verletzt und konnte mich nicht so einfach aus dem Staub machen. Ich musste noch ungefähr zwanzig Minuten warten, bis die Feuerwehr auftauchte, und dann habe ich denen erklärt, dass ich mich bei einem Löschversuch verletzt hätte.«
»Hatte Patrick denn keinen Wagen?«
»Nicht an dem Abend. Er war zur Wartung in der Werkstatt.«
»Also schön, du hast der Feuerwehr erzählt, du hättest das Feuer gerade entdeckt und es sei aus Versehen ausgebrochen?«
»Ja. Ich sagte, ich wäre noch mal zurückgekommen, um mein Portemonnaie zu suchen, und da hätte schon alles in Flammen gestanden.«
»Du meine Güte. Haben sie dir das abgenommen?«
»Eigentlich nicht. Aber es blieb ihnen nichts anderes übrig, als mich erst einmal ins Krankenhaus zu bringen, und hinterher haben Paddy und ich uns an unsere Geschichten gehalten, und es sah so aus, als würde sich das mit der Klage über Jahre hinziehen. Doch dann bekam Paddy das Geld von der Versicherung, und die Familie des jungen Mädchens begnügte sich mit der Hälfte dessen, was sie

vielleicht vor Gericht bekommen hätten. Ich fühle mich deshalb immer noch ganz schrecklich. Die arme Kleine war acht Monate im Krankenhaus. Sie hatte sich den Rücken an zwei Stellen gebrochen.«

»Ist sie jemals wieder ganz gesund geworden?«

»Sie konnte später wieder gehen, allerdings nur mit Hilfe eines Stocks.«

»Oje!«

Ethan rieb sich die Augen und seufzte.

»Das muss für dich schrecklich gewesen sein«, sagte Sarah und griff nach seiner Hand. »Und wie war es mit deinen Verbrennungen?«

»Ich hatte eine ganze Weile lang verdammte Schmerzen.«

»Das kann ich mir vorstellen.«

»Ich musste immer wieder ins Krankenhaus. Es hat eine halbe Ewigkeit gedauert, bis alles abgeheilt war.«

»Hast du auch eine finanzielle Entschädigung erhalten?«

»Nein.«

»Warum denn nicht?«

»Paddy hatte mich nicht versichert.«

»Und er hat dir nichts gegeben? Obwohl er selbst das Geld von der Versicherung erhalten hat?«

»Er sagte, er würde es brauchen, um ein Haus für Miriam zu kaufen. Sie hatte ihr Herz wohl an dieses lavendelfarbene Haus gehängt.«

»Aber du warst schwer verletzt, verdammt noch mal. Du hast ihm das Leben gerettet!«

»Was soll's. Ich hätte ja wohl kaum zusehen können, wie er verbrennt, oder?«

»Das ist doch unglaublich, Ethan! Du hast ihm das Leben gerettet, und er hat dir nichts gegeben? Ich fasse es einfach nicht. Er hätte dir doch wenigstens etwas Bargeld zustecken können, oder?«

»Das wollte er auch tun. Sobald er irgendwann in der Lage dazu war.«

»Hat er es jemals getan?«

»Nein. Wir haben seitdem nicht mehr richtig miteinander gesprochen. Hör zu, es spielt wirklich keine Rolle, Sarah. Meine Eltern haben mir ihr Haus überlassen, als sie im selben Jahr nach England zogen. Mein Vater hat eine Hausmeisterstelle mit Unterkunft an einem College in Sheffield angenommen. Und ich bekam einige Monate später einen Job in der Werkstatt. Ich hätte Paddys Geld ohnehin nicht haben wollen – was er getan hat, ging einfach zu weit. Und ich hätte mich damit erst recht mitschuldig gemacht. Er wusste, dass ich das Geld nicht wollte.«

»Aber das ist einfach unverzeihlich von ihm! Du hast dein Leben für ihn riskiert, und er gibt dir keinen Penny. Die beiden haben doch eine Menge Geld – Gemma hat mir das erzählt. Die Gormleys in Galway sind wohl stinkreich. Vermutlich haben die beiden einiges geerbt. Deshalb müssen sie auch nicht arbeiten.«

»Die beiden haben kein Geld, Sarah. Das weiß ich ganz sicher. Paddy Gormley bestreitet seinen Lebensunterhalt von einer Kolumne für eine Anglerzeitschrift in England.«

»Aber Miriam behauptet doch, sie hätten Geld!«

»Miriam lebt in einer Traumwelt, Sarah. Ist dir das noch nicht aufgefallen? Sie ist eine reizende Frau, aber sie ist nicht ganz bei Sinnen.«

»Sag so etwas nicht! Miriam möchte gern ein Baby haben

und will es mit künstlicher Befruchtung versuchen, aber Patrick schaltet auf stur.«

»Da hat er vermutlich seine Gründe. Er ist ein Mann vom alten Schlag. Vermutlich möchte er nicht diese ganzen medizinischen Tests über sich ergehen lassen. Und wie schon gesagt, sie sind nicht gerade reich.«

»O Gott! Miriam hat gerade einen Haufen für die New-York-Reise ausgegeben. Sie hat ihr Flugticket und ihr Hotelzimmer selbst bezahlt. Patrick wollte wohl nicht, dass sie mit uns fliegt, und deshalb hat sie einfach alles mit einer Kreditkarte bezahlt. Und sie hat außerdem mit einem der Kellner geflirtet.«

Ethan zuckte hilflos mit den Schultern. »Das ist nicht unser Problem. Patrick ist verrückt nach dieser Frau, Sarah. Er ist ganz versessen auf sie. Ich hoffe nur, dass sie ihn wegen ihres Kinderwunsches nicht verlässt, denn ich kann mir ehrlich gesagt nicht vorstellen, dass er in der Lage wäre, ohne sie zu leben. Und das ist ein weiterer Grund, warum ich ihn nie wegen des Geldes gedrängt habe. Er kann nicht klar denken, wenn es um Miriam geht. Er würde alles für sie tun. Na ja, fast alles. Zumindest hat er ihr dieses Haus gekauft.«

»Zeig mir deine Narben.«

»Was?«

»Zeig sie mir bitte.«

»Können wir damit nicht wenigstens warten, bis es dunkel wird?«

»Nein. Ich möchte sie jetzt sehen.«

»Also schön.«

Er erhob sich, knöpfte sein Hemd auf, zog es aus und ließ es zu Boden fallen. Sarah erblickte die sieben diagonalen roten Striemen auf seinem Rücken, so als wäre er mit einer glühend heißen Rute geschlagen worden. Und sie sah auch ein großes Stück vernarbter Haut an seiner Seite. Die Haut, die keine Verbrennungen erlitten hatte, war weich und weiß.

»Tut es noch weh, wenn man es anfasst?«, fragte sie leise.

»Nein, schon lange nicht mehr.«

»Komm, lass uns ins Bett gehen.«

»Oh. Also, äh ... das geht jetzt alles ein bisschen schnell. Gib mir eine Minute, damit ich's auch verstehe. Ich dachte eigentlich, du würdest nicht mehr auf mich stehen, wenn du die Narben siehst.«

»Schon gut, entspann dich. Ich meinte, lass uns schlafen gehen, das ist alles. Wir sind beide müde. Es wäre doch schön, zusammen einzuschlafen, oder?«

»Ja, das fände ich auch toll.«

Später, nachdem sie geduscht und gegessen hatten, gemeinsam zu Bett gegangen waren und sich Sarah gerade an Ethans muskulöse Brust kuschelte, klopfte es plötzlich an der Haustür. Sie hörten gedämpfte Stimmen und das Zuschlagen einer Autotür.

»Ignoriere es einfach«, flüsterte sie. »Da hat sich bestimmt jemand im Haus geirrt.«

»Wie viel Uhr haben wir denn?«

»Neun. Eigentlich zu spät, um jemanden zu besuchen. Ich erwarte auch niemanden.«

Es klopfte erneut. Dieses Mal lauter.

»Oh, Mist«, sagte Sarah seufzend, erhob sich und zog sich einen Pullover über den Pyjama. »Ich mach besser mal auf – vielleicht ist es Mrs. Casey.«

Sie eilte zur Tür.

Und dort auf der Schwelle standen Agatha und Richard Quinn, ihre fröstelnden Eltern. Und daneben drei riesige Koffer. Auf der Straße hob ein Taxifahrer gerade noch zwei weitere große Gepäckstücke aus dem Kofferraum. Und dazu einen Satz Golfschläger.

»Überraschung, mein Schatz! Wir kommen dich besuchen«, sagte ihre Mutter. »Und wir haben dir einige deiner Sachen mitgebracht.«

»Ach, du lieber Gott …«

Im selben Moment kamen Gemma und Victoria über die Straße auf sie zu. Beide sahen ziemlich mitgenommen aus.

»Können wir bitte heute bei dir übernachten, Sarah?«, fragte Gemma. »Oh, hallo, hoffentlich stören wir nicht.«

Sarah fühlte sich, als hätte sie der Schlag getroffen. Sie schaffte es trotzdem, ihre Besucher einander vorzustellen, auch wenn sie eigentlich am liebsten die Tür zugeknallt hätte.

»Gemma, das sind meine Eltern, Agatha und Richard Quinn. Mum und Dad, das ist Gemma Hayes, die berühmte Autorin, und ihre reizende Tochter Victoria.«

Freundliche Begrüßungen wurden ausgetauscht und Hände geschüttelt, und Sarah betrachtete das Treiben vom Türpfosten aus, an den sie sich gelehnt hatte, um nicht umzufallen.

»Unterhaltet euch nur weiter dort draußen und amüsiert euch«, sagte sie schließlich mit resoluter Stimme, »ihr könnt ja hereinkommen, wenn ihr fertig seid.«

»Sarah, wir haben ein kleines Problem«, sagte Gemma mit gesenkter Stimme, damit Mr. und Mrs. Quinn nicht allzu viel mitbekamen. »Wir werden in meinem Haus belästigt.

Es sind zwar nur Anrufe, aber wir wollen kein Risiko eingehen.«

»Du meine Güte, weißt du denn, wer es ist?«, flüsterte Sarah zurück.

»Victorias Ex-Freund. Der Idiot will einfach nicht kapieren, dass sie Schluss gemacht hat. Aber mit ihm ist nicht zu spaßen. Ich habe schon die Polizei angerufen, und die hat uns geraten, heute Nacht woanders zu schlafen. Sie haben mir versprochen, mein Haus im Auge zu behalten. Ich wollte Aurora damit nicht behelligen. Sie hat schon so viel für uns getan, und du hast doch bestimmt nichts dagegen, oder?«

»Aber natürlich nicht, kommt nur herein«, sagte Sarah, trat zurück und öffnete die Tür sperrangelweit. Sie fragte sich, wie sie ihren Eltern beibringen sollte, dass sie das ganze Zeug, das sie von London hergebracht hatten, gar nicht benötigte, weil sie Rose Cottage nur noch für wenige Tage gemietet hatte. Und nun hatte sie mit einem Mal vier Hausgäste und nur ein zweites Schlafzimmer mit einem Doppelbett darin. Gemma und Victoria mussten die Nacht also auf den beiden Sofas verbringen. Oder sie überließ ihnen ihr Bett. Aber darin lag ja im Moment Ethan. Wie sollte sie nur allen erklären, dass ein halbnackter Mann in ihrem Bett auf sie wartete, wo sie doch eigentlich nach Redstone gekommen war, um ihr gebrochenes Herz zu heilen?

»Das war eine richtige Ochsentour!«, sagte Agatha Quinn und schleppte emsig die beiden ersten Koffer ins Haus. »Wenn man lange nicht gereist ist, vergisst man ganz, dass es eine halbe Ewigkeit dauert hierherzugelangen. Gib uns einen Kuss, Schatz, und dann führ uns durchs Haus. Ich kann es kaum erwarten, alles zu sehen. Hast du dich schon eingerichtet?«

»Na ja, das wäre wohl übertrieben. Ich habe bisher nur einen hübschen kleinen Buddha für das Wohnzimmer gekauft. Er soll mir Glück bringen«, erwiderte Sarah strahlend. Sie wusste nur allzu gut, wie ihre Mutter darauf reagieren würde, dass ihre christlich erzogene Tochter »Götzenbilder« in ihrem Haus hatte.

»Du hast was?«, fragte Mrs. Quinn auch prompt, und ihre Stirn legte sich vor Verwirrung und Sorge in Falten.

Kapitel 25

Natürlich war es ein aufregender Abend im Rose Cottage. Zuerst musste Mrs. Quinn so unauffällig wie möglich in die Küche gelotst werden, damit Sarah sie mit warnenden Worten davon abhalten konnte, Gemma über ihren geheimnisvollen Stalker auszufragen. Dann beunruhigte sie der Anblick von Sarahs Buddhakopf derartig, dass er aus dem Regal genommen und hinter den Weidenkörben in die Ecke gestellt werden musste. Um schließlich in den Garten verbannt zu werden, weil Mrs. Quinn darauf beharrte, unter einem Dach mit ihm gewiss keinen Schlaf finden zu können.

»Was wäre, wenn ich mitten in der Nacht sterbe?«, fragte sie ein ums andere Mal.

»Man sollte das Schicksal nicht herausfordern«, flüsterte Sarah Gemma zu, und beide brachen in Kichern aus.

Dann musste Sarah eine Entschuldigung erfinden, um in ihr Schlafzimmer gehen und Ethan beibringen zu können, dass ihre Eltern überraschend aufgetaucht waren. Und dass ihre Mutter gern einen Blick in die Schlafräume werfen würde.

Ethan, der inzwischen aufgestanden und wieder angezogen war, fühlte sich immer noch ganz aufgewühlt von seiner Gewissenserleichterung und der Entblößung seiner Narben und wollte im Augenblick mit der ganzen Sache nichts zu tun haben.

»Ich bin ehrlich gesagt ziemlich müde«, begann er.

»Du kannst aus dem Fenster klettern und nach Hause gehen, wenn du möchtest«, sagte Sarah und hielt die Tür hinter sich zu, für den Fall, dass ihre Mutter hereingeplatzt kam. »Ich rufe dich an, wenn sie wieder abgereist sind.« Sie warf ihm eine Kusshand zu und stürzte sich wieder ins Getümmel.

Als sie verschwunden war, blickte Ethan sehnsüchtig zum Schlafzimmerfenster hinüber. Er musste nichts weiter tun, als hinauszuschleichen und am Strand entlang nach Hause zu gehen. Das wäre bei weitem die einfachste Lösung gewesen, aber dann plagte ihn die Sorge, dass Sarah ihn für ein Phantom halten könnte. Außerdem wollte er nicht, dass sie von ihm enttäuscht war, wie von diesem Mackenzie. Sarah stellte ganz offensichtlich hohe Ansprüche an Männer.

Mit einem Mal hatte er einen Einfall, und er riss die Schlafzimmertür auf. »Hallo, alle miteinander!«, rief er fröhlich, hielt einen Stuhl in die Höhe und trat damit ins Wohnzimmer.

Mrs. Quinn vollführte vor Überraschung einen Hüpfer.

»Du meine Güte! Du hast ja gar nicht gesagt, dass du Besuch hast, Liebes«, sagte sie anschuldigend.

»Habe ich das etwa vergessen? Das muss an der Aufregung liegen. Ethan ist bloß vorbeigekommen, um einmal nach dem Heizkörper im Schlafzimmer zu sehen …«

»Und ich habe von dort noch eine Sitzgelegenheit mitgebracht, Sarah«, sagte Ethan laut und stellte den Stuhl in der Nähe der Küchentür ab. »Man kann nie genug Stühle haben, wenn überraschend Gäste kommen«, fügte er lächelnd hinzu.

»Danke, Ethan, du bist wirklich nett«, sagte Sarah, angenehm überrascht, dass er geblieben war, zugleich aber auch dankbar für seine kleine Darbietung. Es war zwar lächerlich, auf diese Weise um Mrs. Quinn herumzuschleichen, aber manchmal machte es einfach zu viele Umstände, ihrer Mutter gewisse Dinge zu erklären. Wie beispielsweise die Tatsache, dass sie durchaus eine Nacht mit Ethan verbringen konnte, ohne Sex mit ihm zu haben. Und dass es, wenn sie doch Sex mit ihm hätte, ihre Sache war und niemanden sonst etwas anging. Und dass es nicht gleich bedeutete, dass sie Ringe kaufen und ihre Verlobung bekanntgeben würden.

»Das hier ist einer meiner neuen Freunde, Ethan Reilly«, fügte sie hinzu, bemüht, es beiläufig klingen zu lassen. Ganz so, als sei es überhaupt nichts Besonderes, wenn ein so umwerfend aussehender Mann wie er um neun Uhr abends mal eben vorbeischaute, um die Heizung zu reparieren – und das mit nackten Füßen in den Schuhen und einem aus der Jeans hängenden Hemd. Während sie selbst nur einen Pyjama und Hausschuhe trug.

Gemma sprangen vor Erheiterung beinahe die Augen aus dem Kopf. Schön für dich, Sarah, dachte sie und gab sich allergrößte Mühe, ein Lachen zu unterdrücken. Ethan war ein toller Fang. Er hatte zwar im Dorf den Ruf, lieber für sich zu bleiben, aber Gemma war immer willens, einem Außenseiter einen Vertrauensbonus zu gewähren. Schließlich gehörte sie selbst ja auch zu den Außenseitern im Leben.

»Kennst du eigentlich schon Sarahs Eltern?«, erkundigte sich Gemma frech bei Ethan und nickte zu dem gutgekleideten, wenn auch etwas nervösen Ehepaar hinüber. Mrs. Quinn glänzte in einem grauen, wollenen Twinset und einem Trenchcoat, während ihr Mann einen eleganten, beigefarbenen Regenmantel und eine Leinenmütze trug.
»Nein, aber es ist mir ein Vergnügen«, sagte Ethan freundlich, trat auf die beiden zu und schüttelte ihnen die Hände. »Wie geht es Ihnen, Mrs. Quinn und Mr. Quinn? Es freut mich, Sie kennenzulernen. Aber jetzt werde ich mich mal wieder auf den Weg machen. Gute Nacht Ihnen allen. Ich glaube, das alte Ding wird dir jetzt keine Probleme mehr bereiten, Sarah. Es müsste eigentlich wieder funktionieren.« Er nickte zum Schlafzimmer hinüber.
»Bitte geh noch nicht, Ethan. Bleib noch etwas«, flehte Sarah ihn an, denn sie wollte auf keinen Fall mit ihren Eltern und mit Gemma und Victoria allein bleiben. Sie wäre wohl mit jeweils einem der beiden Pärchen gut allein zurechtgekommen, aber jetzt, da sie alle hier unter einem Dach versammelt waren, war die Lage ein wenig prekär. Zwei Welten trafen aufeinander. Ihre Eltern waren religiöse und konservative Menschen, und sie wussten gern, ob andere Leute es auch waren. Unabhängig davon, welcher Konfession sie angehörten. Zudem hatten sie keine Ahnung von Victorias laufendem Entzugsprogramm. Und Sarah wollte auch nicht, dass sie es erfuhren. Sie hoffte inständig, dass Gemma nicht irgendwann einmal versehentlich ihre Erleichterung darüber zum Ausdruck brachte, dass Victoria bei der Party in der Bronx nicht an einer Überdosis Heroin gestorben war.
Ach herrje, dachte Sarah und verspürte ein unangenehmes

Drücken im Magen. Sie liebte ihre Eltern zwar von ganzem Herzen, aber es war immer wieder peinlich, wenn Mrs. Quinn Columbo spielte. Sie hatte einfach einen Drang, gewisse Details über Menschen herauszufinden. Und wie aufs Stichwort begann die Ausfragerei auch schon.

»Sie sind hier geboren, nicht wahr, Ethan? Sind Sie auch hier zur Schule gegangen? Auf die Saint-Michael's-Jungenschule?«

Ethan nickte bejahend. Natürlich war er hier auf die Schule gegangen, wo denn sonst? »Ja, ich war dort vierzehn Jahre lang Schüler«, erwiderte er lächelnd. »Und es war eine schöne Zeit. Glücklicherweise hatten sie die Prügelstrafe schon abgeschafft. Ich gehörte zum Hurling-Team. In meinem letzten Schuljahr haben wir den County Cup gewonnen.«

Mrs. Quinn nickte ihm zu, erfreut, jemandem zu begegnen, der so mitteilsam war. Das war ein guter Anfang.

»Hat Father Healy zu Ihrer Zeit noch unterrichtet?«

»O ja«, sagte Ethan.

»Er hat immer so eine wunderbare Messe gelesen.«

»Das stimmt.«

»Sagen Sie, Ethan, hält Father Healy noch jedes Jahr die Gebetswoche für Männer ab?«

»Aber gewiss tut er das, Mrs. Quinn. Ich verpasse sie selbst nie. Sitze dann jeden Abend um Punkt sieben Uhr in der ersten Reihe.«

»Wirklich? Wie ist noch mal der Ablauf? Ich vergesse ihn immer«, sagte sie.

Sarah hielt den Atem an, aber Ethan hatte die Situation im Griff. Er nahm schon längst nicht mehr an den Gebetswochen teil, aber die Abfolge hatte sich in den letzten vierzig Jahren nicht geändert. Außerdem hörte er hin und wieder die neuesten Einzelheiten von einem seiner Kollegen in der Werkstatt, der sehr religiös war.

»Nun, zuerst hält er natürlich die Messe, und dann folgt seine Predigt über die Sünden des modernen Lebens. Ich bin mir nicht sicher, ob ich es hier erwähnen darf, aber letztes Jahr ging es um Pornografie. Ach, unser Father Healy hätte wirklich ins Showgeschäft gehen sollen! An ihm ist ein echter Komiker verlorengegangen. *In jedem Zeitschriftenladen Irlands kann man spärlich bekleidete Mädchen aus aller Herren Länder durch die Gegend hüpfen sehen!*, hat er uns von der Kanzel zugerufen.«

»Schön wär's!«, sagte Mr. Quinn lachend.

»Ich muss doch sehr bitten, Richard«, schimpfte seine Frau.

»Entschuldige, Agatha.«

»Fahren Sie nur fort, Ethan«, forderte sie ihn auf.

»Wo war ich stehengeblieben? Ach ja, nach der Predigt beten wir alle den Rosenkranz und zünden anschließend eine Kerze an, damit sich all unsere guten Vorsätze erfüllen mögen. Und zum Schluss singen wir gemeinsam *Star of the Sea*. Das ist immer sehr ergreifend.« Ethan gab sein Bestes, um einen frommen Gesichtsausdruck aufzusetzen. »Es ist wirklich eine großartige Erfahrung.«

All dies gab er ohne jeglichen Anflug von Spott zum Besten. Der Mann war ein echtes Genie, dachte Gemma bewundernd.

Mrs. Quinn wusste nicht so recht, wie sie reagieren sollte. Sie war sprachlos angesichts diesen hohen Maßes an Frömmigkeit.

Das hat Ethan wirklich sehr schlau angestellt, dachte Sarah, als er ihr hinter Mrs. Quinns Rücken zuzwinkerte. Er hatte ihre Mutter gründlich in ihre Schranken verwiesen, ohne dabei in irgendeiner Weise unhöflich zu werden.

Im Zimmer herrschte verlegenes Schweigen. Alle standen mehr oder weniger im Kreis herum und sahen einander an, in der Hoffnung, dass irgendjemand das Eis brechen und sich als Erster hinsetzen würde. Dann gähnte Victoria mit einem Mal vernehmlich und begann leicht hin und her zu schwanken. Sie sah wirklich sehr müde aus, dachte Sarah schuldbewusst.

»Ich bin kurz vorm Verhungern«, sagte Gemma tapfer, denn sie spürte die leichte Anspannung, die in der Luft lag. »Wie wäre es, wenn ich Victoria ins Bett verfrachte und wir dann etwas zum Abendessen zubereiten? Ach, tut mir leid, Sarah, jetzt, wo deine Eltern da sind, hast du natürlich kein Zimmer mehr für uns frei. Ich rufe rasch Aurora an und frage sie, ob sie uns aufnehmen kann. Tut mir leid wegen dieses ganzen Theaters.«

»Du brauchst Aurora nicht so spät zu stören«, sagte Sarah, die aus ihrer Träumerei erwachte und ihre Hand ausstreckte, um Gemma davon abzuhalten, Auroras Nummer auf ihrem Handy zu wählen. »Ich würde mich freuen, wenn ihr bleibt«, fügte sie mit fester Stimme hinzu.

»Wir möchten Ihnen nicht im Weg sein. Es tut mir wirklich leid«, sagte Victoria mit leiser Stimme. Es war ihr schrecklich peinlich, dass das unmögliche Verhalten ihres Ex-Freundes auf diese Weise bekannt wurde. Zum Glück hatte sie die USA verlassen, bevor er sie dazu überreden konnte, sich seinen Namen auf den Arm tätowieren zu lassen. Dann wäre sie für alle Ewigkeit an diesen Kerl erinnert worden.

»Geh nur mit Victoria ins zweite Schlafzimmer. Es befindet sich dort hinten«, sagte Sarah und zeigte Gemma den Weg. »Dreh die Heizung etwas höher, Victoria, damit ihr es warm habt. Ich hoffe, es macht euch nichts aus, dass ihr euch das Bett teilen müsst.«

»Vielen Dank, Sarah«, erwiderte Gemma lächelnd. Sie nickte ihr und Ethan zu. Emanzipation hin oder her: Sie war sehr froh, einen starken Mann hier zu wissen, falls die Lage ausartete. Genau genommen sogar zwei Männer. Sie geleitete Victoria ein wenig beruhigter zu ihrem Schlafzimmer.

»Mum und Dad, ihr könnt mein Zimmer haben«, fuhr Sarah fort. »Ihr könnt gleich euer Gepäck dort abstellen, wenn ihr wollt. Ich werde auf dem Sofa schlafen. Ethan, würdest du dich bitte um das Feuer kümmern? Und ich schaue einmal nach, ob wir noch etwas Essbares dahaben. Ich fürchte, meine Vorräte sind sehr bescheiden. Ein paar Dosen Hühnersuppe und ein frisches Brot werden wahrscheinlich das Einzige sein, was ich euch bieten kann. Und eine Schachtel mit Rosinenkeksen. Ach ja, und ein paar Pfirsiche. Ist das allen recht?«

»Klingt gut, mein Schatz«, sagte ihr Vater, der sich langsam zu entspannen begann. Sarah hatte offensichtlich hier in Redstone eine neue Liebe gefunden. Das konnte doch ein Blinder sehen, dass da etwas zwischen den beiden war. Und dieser Kerl war wenigstens sehr viel jünger als Mackenzie Campbell. Er schien allerdings nicht viel Geld zu haben, so gammelig, wie er gekleidet war. Nun ja, dachte Mr. Quinn großzügig, vielleicht war das ja nur seine Arbeitskleidung. Sarah war ein vernünftiges Mädchen, sie wusste schon, was sie tat.

Und so ließen sie sich auf den Sofas nieder und veranstalteten eine Art Picknick, während Victoria schon bald tief und fest schlief und Gemma ein wachsames Auge auf Türen und Fenster hatte. Sarah wusste, dass Ethan gehen würde, sobald sie sich alle für die Nacht zurückzogen, und sie vermisste ihn jetzt schon. Er hatte ein Talent dafür, peinliche Moment zu überspielen. Sie schenkte ihm ein Lächeln, das er erwiderte, ehe er ihr erneut zuzwinkerte.

»Ethan, würde es dir etwas ausmachen, heute Nacht hierzubleiben?«, fragte Gemma ihn in diesem Augenblick. »Könntest du bitte auf dem anderen Sofa schlafen, für den Fall, dass ein unliebsamer Besucher kommt?«

»Klar«, erwiderte er. »Wenn du dich dann sicherer fühlst.«

»Tausend Dank«, sagte Gemma erleichtert. »Ich werde jetzt auch schlafen gehen. Gute Nacht.«

Mrs. Quinn presste die Lippen aufeinander, bis sie durch ein Nadelöhr gepasst hätten, sagte aber nichts.

»Gute Nacht«, sagte Sarah zu Gemma.

Und dann waren sie vier allein. Ethan schnitt sogleich ein unverfängliches Thema an und plauderte über verschiedene alteingesessene Familien aus der Gegend. Eigentlich lief alles ganz gut. Sehr gut sogar. Sarah amüsierte sich beinahe, während sich der Abend seinem Ende zuneigte. Als ihre Eltern endlich auch zu Bett gegangen waren, erledigte sie den Abwasch gemeinsam mit Ethan, und sie umarmten einander in der Küche triumphierend.

Aber draußen am Strand wartete jemand.

Kapitel 26

Abigail saß an dem Schreibtisch in Mackenzies Schlafzimmer (das inzwischen eigentlich schon zu ihrem gemeinsamen Schlafzimmer geworden war) und blickte zum Telefon hinüber, das glänzend und stumm darauf wartete, dass sie über den Teppich hinging und zum Hörer griff.

Sie wollte Sarah das, was sie zu sagen hatte, eigentlich lieber persönlich mitteilen, aber inzwischen war einfach zu viel Zeit vergangen, und die Neuigkeiten waren bedeutend, und daher hatte sie bislang gekniffen. Sie vermochte die Worte einfach nicht zu formulieren, geschweige denn sie laut auszusprechen, das wusste sie genau. Sie hatte in den letzten Tagen schon oft kurz davor gestanden, Sarah anzurufen, und es dann doch nicht fertiggebracht. Und so beschloss sie entgegen alldem, was sie in ihrer Ausbildung zur Therapeutin gelernt hatte, der Konfrontation aus dem Weg zu gehen. Mit einem tiefen Seufzer zog sie den Schreibblock zu sich herüber und griff nach einem Stift. Eigentlich wollte sie auch keine schriftlichen Aufzeichnungen ihres Verrats produzieren, aber dies schien ihr eindeutig das geringere Übel zu sein.

Liebe Sarah,
ich hoffe, es geht dir gut.
Und ich hoffe auch, dass du mir verzeihst, wenn du das Folgende nun auf diese Weise erfährst, obwohl wir beide doch schon so lange miteinander befreundet sind. Ich habe in den letzten Wochen einige Male versucht, dich telefonisch zu erreichen, doch du bist entweder vollständig mit deinem neuen Leben in Redstone beschäftigt oder aus irgendwelchen anderen Gründen nicht zu erreichen. Daher habe ich beschlossen, es dir auf diesem Weg mitzuteilen.
Ich habe dir gegenüber vor einer Weile erwähnt, dass ich wieder mit einem Mann zusammen bin. Allerdings habe ich ihn nicht in London kennengelernt, und es handelt sich auch nicht nur um eine oberflächliche Affäre. Sarah, ich möchte dir gegenüber absolut ehrlich sein. Ich bin jetzt mit Mackenzie zusammen. Mackenzie Campbell. Deinem Mackenzie. Wahrscheinlich kannst du es nicht fassen, wenn du diese Worte liest, aber bitte glaube mir, wenn ich dir versichere, dass mich beim Schreiben die gleiche Fassungslosigkeit überkommt. Da einige Mädels aus unserem Bekanntenkreis vermutlich bereits einen Verdacht hegen, ist es mir lieber, wenn du es von mir erfährst und nicht von ihnen. Bitte versuche es zu verstehen, Sarah. Falls es dir ein Trost ist, Mackenzie möchte dir damit nicht etwa eins auswischen, und es handelt sich auch nicht um einen dummen Plan, um dich eifersüchtig zu machen. Das Ganze ist echt, Sarah. Es ist eine echte Beziehung.
Ich kann dir gar nicht sagen, wie sehr mich mein Ge-

wissen geplagt hat, als uns zum ersten Mal klarwurde, dass wir etwas füreinander empfinden. Natürlich waren es keine Gefühle rein romantischer Natur, sondern es war mehr ein Band der Freundschaft und der Kameradschaft. Wir haben beide einen geliebten Menschen verloren, und ich vermute, dass wir beide bereit waren, zur Ruhe zu kommen, sesshaft zu werden und ein ruhiges Leben zu führen. Es war wohl für uns einfach der richtige Zeitpunkt und auch ein glücklicher Zufall. Ich habe auf Millies Einladung hin über Silvester einige Tage hier in Thistledown verbracht, und Mackenzie und ich gelangten in dieser Zeit zu einer Art Übereinkunft. Wir wollten uns eine Chance geben und abwarten, was geschieht. Und nun, neun Wochen später, bin ich immer noch hier in Thistledown. Ich habe meine Stelle in der Klinik gekündigt, und meine Wohnung in London steht zum Verkauf.

Mackenzie hat mich gebeten, zu bleiben und ihm bei der Verwaltung des Gutes zu helfen. Wir werden das Geld von dem Wohnungsverkauf dazu benutzen, die baufälligen Cottages am Rande des Dorfes zu renovieren, und wollen sie an Künstler und Schriftsteller vermieten. Vielleicht geben wir dem Ganzen irgendeinen witzigen Namen – wie Quill Lane zum Beispiel. Hoffentlich werden sich einige der Häuschen das ganze Jahr hindurch vermieten lassen und nicht nur in den Sommermonaten, dann hätten wir, wenn alles funktioniert, das Zeug zu einer richtigen Künstlergemeinde. Möglicherweise starten wir noch eine Kunstgalerie im Internet. Oder veranstalten Kurse in Forstmanagement oder Bogenschießen. Ich bin ganz begeistert von den Plänen, die wir gemacht haben, und vermisse meine Arbeit kein bisschen. Ich besuche jeden Sonntag gemeinsam mit Mackenzie den Gottesdienst und habe inzwischen die meisten der Bewohner von Glenallon kennengelernt. Um es kurz zu machen: Er hat mich gefragt, ob ich ihn heiraten will.

Sarah, ich weiß, dass du mich für all das abgrundtief hassen wirst, aber bitte glaube mir: Ich hatte nie die Absicht, etwas mit Mackenzie anzufangen. Nicht einmal, als ich mit Bestimmtheit wusste, dass ihr zwei nicht wieder zusammenkommen würdet. Gewiss erinnerst du dich daran, dass ich mein Bestes getan habe, damit ihr euch wieder versöhnt, und ich glaube bis heute, dass ich als Therapeutin und Freundin versagt habe. Aber ich hätte mir wirklich in meinen wildesten Träumen nicht vorstellen können, dass Mackenzie und ich einmal ein Paar werden. Es ist mir wichtig, dass du das verstehst, Sarah. Was auch immer zwischen Mackenzie und mir geschehen wird, es ist für mich von großer Bedeutung, dass du uns zu diesem Zeitpunkt deinen Segen gibst.

Denn es graut mir davor, dass unsere Freundschaft möglicherweise zerstört wird, wenn Mackenzie und ich heiraten sollten. Wir haben über die Jahre so viel gemeinsam erlebt. Aber nach all diesen Wochen, in denen Mackenzie und ich uns so nahe gewesen sind, habe ich mich wirklich in ihn verliebt. Und er liebt mich auf seine Art auch. Ich bin bereit zu akzeptieren, dass ich seine Liebe immer mit Jane werde teilen

müssen, denn etwas in mir wird auch immer Donal gehören.
Wir haben ein vorläufiges Datum für die Hochzeit bestimmt. Sie soll am 30. Juni dieses Jahres stattfinden. Ich erwarte nicht, dass du daran teilnimmst, aber es würde mir unendlich viel bedeuten, wenn du uns deine besten Wünsche senden würdest. Millicent geht erstaunlich gelassen mit der ganzen Sache um. Ich glaube, sie ist einfach nur froh, dass Mackenzie in der Zukunft nicht mehr allein ist.
Bitte hasse mich nicht dafür, Sarah. Weißt du noch, wie wir zusammen auf den Schaukeln im Park gesessen und endlos über unsere Zukunft geredet haben und wie sie wohl aussehen würde? Nun, genau so fühle ich mich im Augenblick. Als würde ich wieder auf dieser Schaukel sitzen und darauf warten, dass etwas geschieht. Ich hoffe von Herzen, dass du in Redstone eine schöne Zeit mit all deinen neuen Freunden verbringst. Und ich wäre dir sehr dankbar, wenn du dir einen Augenblick Zeit nehmen würdest, um dich bei deiner alten Freundin zu melden. Das würde mir wirklich sehr viel bedeuten.

Alles Liebe,
deine Freundin
Abigail

PS: Ich habe dein Hochzeitskleid bei deinen Eltern vorbeigebracht. Tut mir leid, dass ich es in diesem Zusammenhang erwähne, aber vermutlich hast du dir deswegen Gedanken gemacht.

Es war wohl besser, den Brief nicht mit »deine beste Freundin« zu unterschreiben. Bevor sie wieder der Mut verließ (wie es ihr in Bezug auf den Telefonanruf passiert war), faltete Abigail die Seiten sorgfältig, steckte sie in einen passenden Briefumschlag, klebte ihn zu und schrieb die Adresse darauf.

An Sarah Quinn, Rose Cottage, Redstone, Irland.

Dann versah sie den Umschlag mit einer Briefmarke. Allerdings verzichtete sie darauf, ihren Absender anzugeben.

Nach dem Frühstück lieh sie sich den Jeep, um nach Glenallon zu fahren, und nahm dabei Millies alten Einkaufskorb und eine kleine Liste der Dinge mit, die im Lebensmittelladen zu besorgen waren.

»Fahr vorsichtig!«, rief Mackenzie ihr nach, als sie durch die Haustür hinaustrat.

»Das mache ich«, versicherte sie ihm. Sie war sich bewusst, dass er diese Worte wohl für den Rest ihrer gemeinsamen Zeit auf Erden sagen würde. »Keine Sorge.«

Mackenzie sah zu, wie sie die Auffahrt hinunterfuhr. Er wusste, dass sie den Brief an Sarah absenden wollte, und er hoffte, dass Sarah nicht allzu enttäuscht von ihnen beiden war. Die Hunde kläfften. Sie wollten auf die Felder hinausgelassen werden. Aber er verweilte noch und beobachtete, wie Abigail losfuhr. Und als sie durch das Tor auf die Straße bog, da hob er seine Hand hoch über den Kopf und winkte.

Kapitel 27

Es war der vierte Tag, den sie im Rose Cottage in beengten Wohnverhältnissen verbrachten. Gemma und Victoria gaben sich alle Mühe, niemandem zur Last zu fallen, und verbrachten die meiste Zeit entweder in der Küche oder in ihrem Schlafzimmer. Eigentlich hätten sie inzwischen wieder nach Hause zurückkehren wollen, aber es war so schön, in der Not Gesellschaft zu haben. Manchmal gelang es ihnen sogar, Buddy zu vergessen, weil es so viel Spaß machte, das Essen zuzubereiten oder sich am Kamin zu unterhalten. Doch Mrs. Quinn blickte immer wieder zum Fenster hinüber, um Ausschau nach dem Schwarzen Mann zu halten, was dazu führte, dass sich Gemma und Victoria in einem ständigen Angstzustand befanden. Sarahs Versuche, ihre Mutter davon abzubringen, erwiesen sich als zwecklos. Sie hätte selbst eine hervorragende Stalkerin abgegeben, wie Sarah fand. Die Frau besaß die Kraft und die Entschlossenheit von zehn Männern.

»Ich hätte nichts dagegen einzuwenden, den Scheißkerl eigenhändig umzulegen, wenn ich ohne Anklage davonkommen würde«, flüsterte Gemma Sarah zu, als sie am nächsten Mittag in der Küche ein paar Sandwiches für

Victoria zubereitete. »Aber wenn ich im Gefängnis lande, wer kümmert sich dann um Victoria? Sie hat ja nur noch mich, die arme Kleine. Ich wünschte, ich hätte eine große Familie um mich. Wenn ich doch nur wüsste, was ich tun soll!«

»Mach dir keine Sorgen«, beruhigte Sarah sie. »Die Polizei wird ihn fassen, wenn er sich noch in der Gegend herumtreibt. Er kann nicht in irgendeinem Hotel oder in einem Gasthaus abgestiegen sein, denn dann hätte man ihn inzwischen gefunden. Und er kann auch nicht lange im Freien schlafen oder in einem Auto oder sonst wo. Nein, er wird schon bald wieder nach Amerika zurückkehren, und damit ist die Sache dann ausgestanden. Vielleicht hat er es auch schon getan. Solche Typen bleiben nicht, wenn sie sich unterlegen fühlen. Letztlich sind sie trotz all ihrem Getue nur Feiglinge.«

»Danke, Sarah. Ich bin dir wirklich sehr dankbar, dass wir bleiben dürfen.«

»Ihr seid mir jederzeit willkommen. Außerdem bin ich im Augenblick überglücklich, dass ihr hier seid. Ihr stellt einen wunderbaren Puffer zwischen meinen Eltern und mir dar. Sie können mich nicht ausquetschen, solange ihr in der Nähe seid. Und du bekommst als Belohnung dafür, dass du meine Mutter ablenkst, auch noch einen Teil der Prügel ab! Wenn sie nicht ständig über Buddy reden könnte, würde sie mich wegen meiner Pläne mit Ethan ins Kreuzverhör nehmen. Ehrlich, ich müsste jeden Morgen vor dem Frühstück mindestens zwanzig Fragen beantworten.«

»Kommt Ethan denn heute wieder?«, erkundigte sich Gemma, legte die Sandwiches auf einen Teller und goss

Milch in ein Glas. »Ich weiß, dass er zur Arbeit musste, aber er kommt doch später zurück, oder?«

»Ja. Er will einen halben Tag freinehmen und meinen Vater zu diesem tollen Golfplatz fahren, der gut dreißig Kilometer entfernt liegt. Und Mum will mit, weil sie gern spazieren fährt.«

»Das ist aber nett von ihm. Ich wusste gar nicht, dass Ethan Golf spielt.«

»Tut er auch nicht.«

»Oh, Sarah, den Mann musst du festhalten! Ich finde es toll, dass er sich so um deine Eltern kümmert. Ich bringe Victoria das Essen, dann räume ich die Küche wieder auf, in Ordnung? Ich freue mich, dass sie endlich richtig isst. Ich glaube, wir sind auf dem Weg zurück in die Normalität.«

»Nur keine Eile. Oh, hör nur, ist das die Post?«

Sarah eilte die kleine Treppe hinauf, um zu sehen, was der Postbote ihr gebracht hatte. Sie erwartete zwar nichts, aber es bereitete ihr immer großes Vergnügen, wenn ein an sie gerichteter Brief die Adresse von Rose Cottage trug. Selbst wenn er nur von ihrer Bank stammte. Zwei Briefe lagen auf ihrer Matte. Und ja, einer war tatsächlich von der Bank. Sie riss ihn auf. Ihr zweites Ersuchen um einen kleineren Überziehungskredit war auch abgelehnt worden. Diese knauserigen Mistkerle, dachte sie bestürzt. Was sollte sie jetzt nur tun, um an Geld zu gelangen? Das Einzige von Wert, das sie besaß, waren ihr Fotoapparat und das Goldarmband, das ihr Mackenzie vor der Hochzeit geschenkt hatte. Sie fragte sich noch, ob sie sie wohl verkaufen sollte, als sie auf dem anderen Umschlag Abigails unverwechselbare Handschrift erkannte.

»Das ist ja eine schöne Überraschung«, sagte sie freudig. Doch bevor sie die Gelegenheit hatte, den Brief zu öffnen, hörte sie, wie ein Teller auf den Wohnzimmerboden fiel und Gemma leise, aber eindringlich ihren Namen rief. Irgendwie wusste sie sofort, was vor sich ging.

»Komm schnell her, Sarah!«, rief Gemma ein zweites Mal, und Sarah flitzte mit den Briefen in der Hand die Stufen hinunter ins Wohnzimmer.

Gemma stand neben den Vorhängen am Panoramafenster und spähte hinaus. Sarahs Eltern drängten sich hinter ihr.

»Wir glauben, dass unser Stalker zurückgekehrt ist«, sagte ihre Mutter mit einer Stimme, die nichts Gutes ahnen ließ.

»Sieh doch nur«, keuchte Gemma, »das da, das ist er. Das ist Buddy. O Gott!«

Sarah blickte aus dem Fenster.

Buddy und Victoria saßen auf der Gartenmauer, hatten die Köpfe zusammengesteckt und schienen in eine ernsthafte Unterhaltung vertieft.

»Sie ist bloß nach draußen gegangen, um etwas Luft zu schnappen. Der Mistkerl muss in der Nähe gewartet haben. Ich weiß nicht, was ich tun soll. Ich habe keine Ahnung, wie er uns hier gefunden hat. Sollen wir die Polizei rufen und darauf hoffen, dass er nicht bereits verschwunden ist, wenn sie eintrifft? Oder soll ich rausgehen und ihn zur Rede stellen?«

»Ruf du die Polizei. Ich werde rausgehen. Du solltest besser nicht in seine Nähe kommen, sonst begehst du noch irgendeine Dummheit. Mum und Dad, ihr bleibt, wo ihr seid, und macht kein Trara«, befahl Sarah.

»Als ob ich jemals Trara machen würde«, hob ihre Mutter an.
Doch dann legte ihr Mann seinen Arm um ihre Schultern und führte sie zum Sofa hinüber.
»Sei jetzt still«, sagte er liebevoll. »Das Ganze geht uns nichts an. Sarah, mein Schatz, du solltest ebenfalls im Haus bleiben und die Polizei die Angelegenheit regeln lassen. Aber wenn du rausgehst, dann begleite ich dich.«
»Ich glaube, er wird sie schlagen! Oje, jetzt ist es passiert!«, rief Mrs. Quinn.
Sie hörten Buddy schreien. Er beschimpfte Victoria, die schluchzend und völlig eingeschüchtert auf der niedrigen Mauer saß. Buddy verpasste ihr erneut eine Ohrfeige.
»Jetzt reicht es aber!«, knurrte Gemma. »Ich habe die Nase voll von dem Kerl!«
Sie rannte zur Hintertür, riss sie auf, stürmte auf Buddy zu, packte ihn bei den Jackenaufschlägen und schubste ihn von Victoria weg. Dann schlug sie auf ihn ein und trat ihm gegen die Schienbeine. Mr. Quinn machte sich hastig auf den Weg ins Schlafzimmer, um einen Golfschläger zu holen, und Mrs. Quinn lief auf die Straße, um nach Ethan Ausschau zu halten.
Sarah sah wie erstarrt zu, dass sich Buddy zu fangen schien und offenbar vorhatte, sich zu wehren. Er ballte seine knochige Hand zur Faust und verpasste Gemma einen Hieb aufs Auge. Victoria begann zu schreien. Gemma war zu Boden gegangen und scheinbar zu verdutzt oder zu benommen, um wieder aufzustehen. Victoria beugte sich über sie, und es machte den Eindruck, als wolle Buddy auch auf sie losgehen. Er schien vollkommen die Beherrschung verloren zu haben. Sein Gesicht war wutverzerrt.

»Du kannst nicht einfach mit mir Schluss machen!«, brüllte er. »Das werde ich nicht zulassen! Wir lieben uns doch!«
»Du meinst wohl, du liebst meinen Lohn, du Schmarotzer! Verschwinde und lass mich in Ruhe!«, schrie Victoria unter Tränen. »Siehst du denn nicht, dass dich hier keiner haben will? Ich will nichts mehr mit dir zu tun haben. Ich bin fertig mit den Drogen, und ich hasse dich! Hau endlich ab!«
Sarah erwachte aus ihrer Trance. Sie ließ ihre Post fallen, huschte zur Hintertür hinaus und packte einer plötzlichen Eingebung folgend den nach draußen verbannten Buddhakopf und zog Buddy damit eins über. Mitten auf den Hinterkopf. Er schwankte für einen Moment und kippte dann über die Mauer und fiel auf der anderen Seite wie ein nasser Sack in den Sand.
»O Gott, Mummy, alles in Ordnung?«, fragte Victoria weinend und half ihrer Mutter vom Betonboden hoch. »Ach, dein armes Auge! Ich kann einfach nicht glauben, dass er dir das angetan hat. Ich hätte nie gedacht, dass er derart ausrastet. In New York war er nie so. Besitzergreifend, das schon, aber nie gewalttätig. O Mum, ist dein Auge in Ordnung?«
»Ich werde es überleben. Aber was ist mit diesem Scheißkerl da drüben?«, keuchte Gemma. »Ist er tot?«
»Er rührt sich nicht! O mein Gott, das Ganze ist eine einzige Katastrophe! Ich glaube, Sie haben ihn umgebracht«, sagte Victoria zu Sarah, nachdem sie einen Blick über die Mauer auf Buddy geworfen hatte.
»Ich wollte ihn nicht umbringen«, erwiderte Sarah mit erstickter Stimme. »Ich wollte nur nicht, dass er Gemma

noch mehr verletzt. Hilfe, was habe ich getan? Ich bin eine Mörderin …«

Doch der Moment der Panik verflog rasch, als Buddy stöhnte, die Augen öffnete, noch lauter stöhnte und sie wieder schloss.

»Rühr dich nicht von der Stelle, Bursche«, sagte Mr. Quinn, der inzwischen mit dem Golfschläger in der Hand aufgetaucht war und ihn bedrohlich neben Buddy in die Höhe hielt. »Keine Sorge, Sarah, wir sind alle Zeugen, dass es Notwehr war.«

»Mit diesem Dorf … geht es bergab … seit wir nach London … gezogen sind«, keuchte Mrs. Quinn, die mit Ethan im Schlepptau angelaufen kam.

»Das mit dem Golfspielen sollten wir verschieben, Ethan«, sagte Mr. Quinn mit matter Stimme und wischte sich ein paar Schweißtropfen von der Stirn, während Ethan versuchte zu begreifen, was geschehen war. Gemmas linkes Auge begann zuzuschwellen, und Victorias Gesicht war rot und verweint.

»Dieser junge Mann dort« – Mr. Quinn deutete mit seinem Golfschläger auf Buddy – »hat Victoria und ihre Mutter angegriffen. Wir haben alle gesehen, was geschehen ist. Es war seine Schuld. Er ist völlig durchgedreht.«

»Ich habe ihn allerdings zuerst geschlagen«, gestand Gemma leise ein.

»Aber erst nachdem er Ihre Tochter geschlagen hat«, mischte sich Agatha Quinn ein. »Und was für ein Schlag das war! Ich habe es mit eigenen Augen gesehen.«

»Das stimmt«, sagte Mr. Quinn. »Welcher Mann schlägt schon eine Frau?«

»Und ihre Mutter noch dazu«, ergänzte Mrs. Quinn.

»Kein Mann. Ein Taugenichts.«

»Dann hat Sarah ihm einen Schlag mit dieser Götzenfigur versetzt«, fügte Mrs. Quinn hinzu. »Und hat ihn dadurch kaltgestellt.«

Sarah nickte. Sie war zu schockiert, um ein Wort herauszubringen.

»Wahnsinn! Also gut, hat schon jemand einen Arzt gerufen? Der Kerl sieht ziemlich mitgenommen aus«, sagte Ethan rasch. »Ich schlage vor, dass alle wieder ins Haus gehen und Richard einen Arzt ruft. Ich werde draußen bleiben und diesen Typen im Auge behalten. Wir sollten ihn besser nicht bewegen.«

Sie marschierten alle zurück ins Haus. Mrs. Quinn ging in die Küche, um einen Tee zu kochen.

»Es tut mir ja so leid, Mum. Jetzt bekommst du richtig Ärger«, schluchzte Victoria und betupfte Gemmas Auge mit einem Waschlappen, den sie in kaltes Wasser getaucht hatte. »Und Miss Quinn auch. Man wird sie wegen Körperverletzung drankriegen.«

»Niemand bekommt irgendwelchen Ärger«, sagte Mr. Quinn, und er klang mit einem Mal sehr respekteinflößend. »Ich werde mit der Polizei reden. Ich bin mir sicher, dass wir das alles ganz schnell aus der Welt schaffen können.«

»Ich brauche jetzt irgendetwas Alkoholisches«, sagte Sarah und strebte auf den Kühlschrank zu, um Wein herauszuholen. »Ich würde euch auch gern etwas anbieten, aber es sind nur noch ein paar Tropfen übrig, und die werde ich selbst trinken, für den Fall, dass man mich verhaften sollte.«

Alle nickten zustimmend.

»Es tut mir wirklich leid«, sagte Victoria in die Runde. »Ich verspreche, dass ich in meinem ganzen Leben niemals wieder etwas Dummes anstellen werde.«

»Ach, das ist doch jetzt egal, mein Liebling. Hauptsache, es geht dir gut. Dieser Kerl braucht Hilfe. Und das in mehr als einer Hinsicht.« Gemma drückte ihre geliebte Tochter an sich, als wolle sie sie niemals wieder loslassen. Sie wusste jetzt, dass Victoria gute Fortschritte machte und ganz gesund werden würde. Das Liebäugeln mit der dunklen Seite war beendet. Ihre eigenen Gene hatten sich gegen die von Victorias Vater durchgesetzt, und sie würde ihrer Tochter nun nicht die schäbige Wahrheit über ihre Abstammung verraten müssen. Victoria glaubte, dass ihr Vater ein wunderbarer Mann gewesen war, mit dem sich Gemma für eine Weile getroffen hatte, bevor er nach Neuseeland auswanderte, und dass er schon vor langer Zeit beim Bergsteigen den Tod gefunden hatte. Sollte Victoria jemals in den Sinn kommen, sein Grab besuchen zu wollen, so würde Gemma ihr erklären, dass er damals eingeäschert worden war und er ihres Wissens keine Verwandten gehabt hatte. Glücklicherweise hatte Victoria bislang keine Anstalten gemacht, Ahnenforschung zu betreiben.

Buddy rann ein schmales Rinnsal Blut über das Gesicht. Die Leute in diesem Land sind ziemlich schräg drauf, dachte er verbittert. Ein paar Freunde hatten ihn zu Hause bereits gewarnt, dass die Nordiren alle ziemlich durchgeknallt waren, man im Süden dagegen auf nette, freundliche Leute traf. Er sehnte sich nach der Geborgenheit seines eigenen Viertels in der Bronx. Ein heftiger, pochender Schmerz tobte in seinem Kopf, und bei jedem Pulsschlag hatte er das Gefühl, sein Schädel würde platzen. Er gelangte zu dem Entschluss, keine Anzeige zu erstatten. Er wollte vermeiden, dass seine persönlichen Umstände näher unter die Lupe genommen wurden. Außerdem hatte er zur Finanzierung dieser Reise eine gestohlene Kreditkarte benutzt. Sobald er ohne fremde Hilfe laufen konnte, würde er sich vom Acker machen und diesen fürchterlichen Ort verlassen, um wieder nach Amerika zurückzukehren. Buddy legte seinen Kopf in den Sand und schloss die Augen.

Kapitel 28

Sarahs Eltern waren wieder daheim. Die Tage in Redstone hatten ihnen die Augen geöffnet. Sie wussten nun ihren kleinen, blumengemusterten Palast in Islington ganz neu zu schätzen und hatten ein für alle Mal den vagen Traum aufgegeben, irgendwann nach Irland zurückzukehren, um ihre letzten Jahre am Meer zu verbringen. Nein, es verlangte sie nicht mehr nach dem Frieden und der Stille der irischen Küste, und ein paar Besuche im Callaghan's hatten ihnen vor Augen geführt, wie wenige ihrer Altersgenossen überhaupt noch hier lebten.

Sarah hatte sie im Bus bis Galway begleitet und bei ihrem Aufenthalt dort widerwillig das Goldarmband für einen recht guten Preis an einen Schmuckhändler verkauft. Es reichte aus, um einen weiteren Monat die Miete und die nötigsten Dinge zu bezahlen. Ihr Vater hatte ihr zwar Geld angeboten, doch sie wollte nicht sein mühsam Erspartes ausgeben. Richard Quinn hatte für dieses Geld vierzig Jahre lang als Elektriker geschuftet, und es kam für Sarah nicht in Frage, sich auf die faule Haut zu legen und es zu verprassen. Sie schwor sich, schon bald irgendwo Arbeit zu suchen. Wenn es sein musste, sogar in der Frittenbude!

Als Nächstes ging sie in ein Internetcafé, lud die Fotos von den Karussellpferden und die anderen nostalgischen Aufnahmen vom alten Tanzsaal und von verlassen daliegenden Stränden von der Digitalkamera herunter und speicherte alles in einem Ordner für einen befreundeten Verleger in London. Sein Verlag hatte sich auf Bildbände und Fotokalender spezialisiert.

Natürlich war es ziemlich aussichtslos, aber sie wusste, dass es sich um eine gute Idee handelte. Ein hübscher Buchkalender mit Hochglanzfotos von der irischen Küste vergangener Zeiten, genug leeren Seiten für Notizen und Vorschläge, wo die Gäste heutzutage bei ihrem Besuch der grünen Insel absteigen konnten. Sie umriss ihre Idee in einer kurzen E-Mail, fügte ihre Kontaktdaten und den Ordner mit den Fotos hinzu und betonte, dass sie privat momentan nicht online gehen könne. Und dann schickte sie alles mit einem Mausklick los.

Anschließend verkaufte sie bei einem Pfandleiher auch noch ihre Kamera. Er war bereit, einen guten Preis dafür zu zahlen, und sie stimmte zu, bevor sie gefühlsduselig wurde und es sich doch noch anders überlegte. Um ihren Geldregen zu feiern, gönnte sie sich etwas Schönes zu essen und einen Wein in dem Feinkostgeschäft in der Stadtmitte. Als sie später mit dem Bus nach Hause fuhr, kam sie zu der Entscheidung, dass sie sich noch bis zum Beginn des Sommers Zeit geben würde, um ihren Aufenthalt in Redstone zu genießen. Und um mit Ethan zusammen zu sein. Danach würde sie nach Islington zurückkehren und sich auf die Suche nach einem Job machen.

Zurück im Rose Cottage genoss sie die himmlische Ruhe, die für ihre Sinne Balsam war. Die Polizei war da gewe-

sen, ohne sie zu verhaften. Man beabsichtigte zum Glück nicht, sie wegen Körperverletzung anzuklagen.
Buddy war in einem nahe gelegenen Krankenhaus behandelt und anschließend zum Flughafen gebracht worden. Inzwischen weilte er wieder in New York und war mit ziemlicher Sicherheit geheilt von seiner »Liebe« zu Victoria Hayes.
Gemma und Victoria waren wieder die besten Freundinnen, verglichen ihre »Buddy-Schrammen« und konnten inzwischen sogar darüber lachen. Gemma war es gelungen, Aufträge für Kolumnen bei einigen Lokalzeitungen zu ergattern, und langsam ging es wieder aufwärts mit ihr. Aurora hatte ihr versichert, dass es mit der Rückzahlung des geliehenen Geldes noch Zeit hatte, bis sie wieder auf den Beinen war – wo kämen sie denn hin, wenn Frauen in einer Krise nicht zusammenhalten würden?
Ethan hatte sich auch in schwierigen Zeiten als ein verlässlicher Mann erwiesen. Und er hatte sich nicht von der Begegnung mit Sarahs Mutter abschrecken lassen. Oder von der Tatsache, dass Sarah so arm war, dass sie das wenige, das sie von Wert besaß, verhökern musste. Alles in allem war das Leben gar nicht so schlecht.
Und dann fiel Sarah plötzlich Abigails Brief ein, der geduldig auf dem Bücherregal auf sie wartete, wo ihn ihre Mutter oder sonst jemand wohl an jenem Tag plaziert haben musste, als Buddy seine dramatische Bekanntschaft mit dem hübschen Buddhakopf gemacht hatte.
Sarah kochte sich einen Tee und wunderte sich aufs Neue, wie süchtig sie nach diesem Gefühl geworden war, das eine warme Tasse in ihrer Hand verursachte. Dann zündete sie den Kamin an und nahm in dem Schaukelstuhl

Platz, um Abigails Brief zu lesen. Sie nahm an, dass er randvoll war mit witzigen Neuigkeiten von den Mädels. Sie war ganz besonders gespannt auf Elizas neueste Eskapaden.

Es dauerte eine Weile, bis sie die Bedeutung der Worte begriff. Selbst als sie Mackenzies Namen las, hatte ihr Verstand noch Schwierigkeiten zu folgen. Abigail und Mackenzie wollten heiraten. Sarah konnte es einfach nicht glauben. Und das schon im Juni? Abigail hatte sich in Mackenzie verliebt? Sie hatte ihre vielversprechende Karriere in London aufgegeben?

Das war alles so falsch, so schrecklich falsch! Es geschah nur, weil beide einsam und verletzt und ihrer einstigen Partner beraubt und es leid waren, immer die Starken zu spielen. Doch je länger Sarah darüber nachdachte, desto offenkundiger wurde es für sie, dass die beiden füreinander geschaffen waren. Irgendwann standen ihr die Tränen in den Augen. Die liebe, rücksichtsvolle Abigail, die sich immer so fürsorglich um alles und jeden kümmerte. Ja, sie würde ihnen ihren Segen geben. Auch wenn es ihr das Herz brach. Denn nun konnten Abigail und sie keine Freundinnen mehr sein. Sie vermochte ja wohl schlecht so zu tun, als wäre sie nie mit Mackenzie verlobt gewesen und als hätte sie nicht fünf Jahre lang mit ihm geschlafen. Außerdem hatte sie ihn sozusagen vor dem Traualtar stehenlassen. So etwas ließe sich wohl kaum verleugnen.

»Ich schreibe ihr morgen oder übermorgen«, sagte Sarah zu den tanzenden Flammen im Kamin, die orange und purpurn um die Pyramide aus schwarzem Torf züngelten. Es gab ein kleines, knackendes Geräusch, als eines der Torfstücke aufgrund der Hitze in der Mitte zerbrach.

Sarah sah zu, wie eine Fülle leuchtender Funken den Kamin hinaufschwebte, und begann zu weinen. Sie konnte einfach nicht anders. Natürlich war es egoistisch von ihr zu erwarten, dass bei anderen Menschen alles beim Alten blieb. Mackenzie und Abigail waren frei und ungebunden. Sie hatten nichts Böses getan. Trotzdem fiel es Sarah schwer zu akzeptieren, dass sie nun ein Paar waren. Sie hatte ihre beste Freundin verloren, ihr emotionales Sicherheitsnetz, und es kam ihr so vor, als wäre sie nun allein auf der Welt.

»Ja«, flüsterte sie, »ich werde es Abigail so leicht wie möglich machen. Sie hat es verdient, glücklich zu sein, ebenso wie Mackenzie. Aber ich werde die beiden schrecklich vermissen.« Und dann vergoss sie noch ein paar Tränen.

Da sie niemals wieder an diesen Augenblick erinnert werden wollte, in dem sie ihre beste Freundin verloren hatte, faltete sie die Blätter, nachdem sie den Brief ein weiteres Mal gelesen hatte, zusammen, schob sie in den steifen, schweren Briefumschlag zurück und legte ihn ehrfürchtig ins Feuer. Seufzend sah sie zu, wie Abigails Brief zu Asche verbrannte, und verbrannte dann gleich noch die Quittungen für das Goldarmband und für die Kamera. Sie wäre ja ohnehin nie in der Lage, sie wieder zurückzukaufen, warum sollte sie sie also aufbewahren?

Sarah kochte sich einen weiteren Tee. Sie wünschte Mackenzie so sehr, dass er im dritten Anlauf glücklich werden und es ihm gelingen würde, die Liebe festzuhalten. Nach einer Weile lief sie die Straße hinauf, um Mrs. Casey die überfällige Miete zu bringen und um ein paar Sachen für den Abend zu kaufen: Kerzen, eine weitere Schachtel Streichhölzer, Servietten, Eiskrem.

Als Ethan später am Abend herüberkam, um sie zu fragen, ob sie mit ins Callaghan's gehen wollte, da zog Sarah ihn ins Haus, schloss die Tür, legte ihre Arme um seinen Hals und gab ihm einen langen Kuss.
»Wofür war der denn?«, fragte er hinterher lachend.
»Beschwerst du dich etwa?«, neckte sie ihn.
»Ganz und gar nicht. Das kannst du gern öfter machen.«
»Ich wollte mich dafür bedanken, dass du so nett zu meinen Eltern gewesen bist.«
»Warum sollte ich denn nicht nett zu ihnen sein?«, erkundigte er sich und klang dabei aufrichtig verwundert.
»Na ja, nicht jeder Mann hätte sich solche Mühe gemacht für eine Freundin, die er erst so kurze Zeit kennt. Sie haben zwar beide ein Herz aus Gold, sind aber manchmal ein wenig anstrengend.«
»Das macht mir nichts. Ich mag sie«, erwiderte er.
»Ich auch.«
»Nun, was meinst du, sollen wir in den Pub gehen?«, fragte er. »Wir könnten dort ja auch eine Kleinigkeit essen. Ich hab riesigen Hunger.«
»Eigentlich dachte ich, wir essen hier. Ich habe heute Morgen in Galway ein paar Sachen eingekauft und wollte für uns kochen. Nichts Ausgefallenes, nur Steaks und Salat. Ist dir das recht? Irgendwie habe ich keine Lust, in den Pub zu gehen.«
»Gute Idee. Ich würde sehr gern hierbleiben.«
Sie schauten einander einen Moment lang an.
»Es klingt vielleicht komisch, so etwas in unserem Alter zu sagen, aber … ich mag dich wirklich, Ethan.«
»Vielen Dank für dieses Vertrauensbekenntnis, Miss Quinn. Und was ich früher schon einmal gesagt habe, gilt

immer noch«, erwiderte er leise. »Aber ich weiß, dass wir nach wie vor im Anfangsstadium sind, deshalb werde ich es für eine Weile nicht wiederholen.«
»In Ordnung«, sagte sie lächelnd. »Dann häng doch bitte deine Jacke auf und mach es dir gemütlich. Ich kümmere mich derweil ums Essen.«
Sie ging in die Küche, um die Steaks und die Salatzutaten aus dem Kühlschrank zu nehmen.
»Kann ich dir helfen?«, fragte Ethan, der ihr gefolgt war und in die kleine Küche schaute.
»Nein danke. Ich fürchte, wir würden gar nicht hier hineinpassen«, entgegnete sie lachend. »Aber stell doch im Wohnzimmer bitte den kleinen Tisch an das Fenster. Ich habe auch ein paar Teelichter gekauft, die könntest du anzünden und vielleicht auch schon den Tisch decken?«
»Klar«, sagte er. »Wird gemacht.«
Eine Stunde später saßen sie beide an dem winzigen Tisch, und die Steaks und der grüne Salat und die Kartoffelplätzchen waren aufgegessen. Sarah hatte dem Kartoffelbrei Lauchzwiebeln hinzugefügt und die lockere Mischung zu flachen, runden Küchlein geformt, die sie dann in Butter gebraten hatte, so wie ihre Mutter es immer tat. Die Flasche Rotwein war beinahe leer getrunken, und die Teelichter verloschen eines nach dem anderen. Ethan zündete neue an und juxte darüber, dass Rose Cottage wie ein Schrein aussehe.
»Den haben wir erst, wenn ich meinen Buddha von der Polizei zurückbekommen habe«, widersprach Sarah.
Sie hörten, wie die Wellen in gut zehn Metern Entfernung an den Strand schlugen, denn es herrschte Flut. Keiner von Sarahs neuen Freunden würde heute Abend bei ihr

vorbeischauen, weil sie allen erzählt hatte, dass sie mit Ethan zu Abend essen würde, und sie verstanden hatten, dass es Wichtiges zwischen ihnen zu klären gab.

»Ich habe vor ein paar Tagen einen Brief von Abigail erhalten«, sagte Sarah. »Aber ehe ich dazu kam, ihn zu lesen, tauchten meine Eltern auf, und das Drama mit Buddy folgte. Als ich dann endlich die Muße hatte hineinzuschauen, habe ich erfahren, dass Abigail Mackenzie heiraten wird.«

»Wie bitte? Deinen Mackenzie?«

»Ja«, sagte Sarah lächelnd. »Genau so hat sie ihn auch bezeichnet. Aber er ist nicht mein Mackenzie. Niemand gehört einem anderen Menschen.«

»Kommt das nicht ein wenig plötzlich? Wie lange ist das Ganze jetzt her? Gerade mal drei Monate, oder?«

»Ja. Sie sind wohl seit Neujahr zusammen.«

»Kommst du damit klar?«

»Das muss ich wohl. Und seltsamerweise kann ich nicht leugnen, dass sie gut zueinander passen.«

»Ich bin sprachlos. Der Mann ist von der schnellen Truppe.«

»Nun ja, er ist jetzt neunundvierzig, und vermutlich kann er es sich nicht leisten, weitere zehn Jahre Trübsal zu blasen.«

»Neunundvierzig? Ehrlich? Du meine Güte, ich hatte angenommen, er sei in deinem Alter«, sagte Ethan, ein wenig überwältigt, da er noch kaum verdaut hatte, dass Mackenzie ein Landgut in Schottland besaß und in einem denkmalgeschützten Gebäude mit Wasserspeiern lebte.

»Ich habe nicht sonderlich darüber nachgedacht, als wir zusammen waren«, erwiderte Sarah und stand auf.

»Das war ein tolles Essen, vielen Dank«, sagte Ethan, der sich ebenfalls erhob und rasch nach den Tellern griff. »Ich werde abwaschen.«

»Lass nur«, sagte sie. »Setzen wir uns lieber rüber und unterhalten uns.«

»In Ordnung.«

Aber als sie dicht beieinander auf dem Sofa saßen und dem Wind lauschten, der immer stärker um die Ecken des Hauses blies, begannen sie sich erneut zu küssen. Ganz sanft und zärtlich zunächst, da sie der Stimmung des anderen nicht gewiss waren.

Beide wünschten, Sarah hätte das Thema Mackenzie nicht angeschnitten, denn nun schien es so, als seien sie die Überbleibsel in dieser Liebesgeschichte. Nun ja, zumindest Sarah fühlte sich ein wenig so. Als wäre sie die Unreife, die nicht mit den Gefühlen einer Erwachsenen klarkam.

Ethan kam sich zwar nicht so vor, als wäre er die zweite Wahl, aber Sarahs abgesagte Hochzeit warf immer noch einen Schatten auf ihre Beziehung. Vielleicht würde das immer so sein. Vielleicht wurde Sarah durch diese neue Entwicklung erst bewusst, was sie verloren hatte, und sie würde sich nach ihrem alten Leben in Schottland zurücksehnen. Frauen waren komplizierte Wesen. Das war kein Vorurteil, sondern es entsprach der Wahrheit. Doch er wollte Sarah erst bitten, eine Bindung mit ihm einzugehen, wenn er sich sicher sein konnte, dass sie endgültig über Mackenzie hinweg war.

»Bleibst du heute Nacht bei mir?«, fragte sie unvermittelt und riss ihn damit aus seinen Gedanken.

Er nickte wie in Trance.

Vielleicht verzehrte sie sich ja doch nicht mehr nach Mackenzie. Zumindest hoffte er das …

»Dann komm«, forderte sie ihn auf und nahm ihn bei der Hand. »Es ist kalt hier. Wenn es draußen so stürmt, bekommt man diesen Raum einfach nicht warm. Ich hatte mich schon gewundert, warum Mrs. Casey das Haus nicht bereits vor Jahren für ein kleines Vermögen verkauft hat, aber jetzt begreife ich es langsam. Vermutlich erkennen die Einheimischen einen solchen Kühlschrank auf Anhieb.«

Sie gingen zusammen ins Schlafzimmer. Ethan bemerkte, dass Sarah hier einiges verändert hatte. Am Fenster hingen jetzt schwerere Vorhänge, und am Fuß des Bettes lag eine bauschige, auberginefarbene Satindecke. Auf dem Nachttisch stand eine kleine Lampe mit einem perlenbesetzten, violetten Schirm. An der ehemals nackten Wand hing ein kleines Herz aus Zweigen, und auf dem Boden lag ein kleiner Flickenteppich. Es wirkte nun viel gemütlicher.

»Warst du einkaufen?«, fragte er und setzte sich vorsichtig auf das Bett, um die zusätzlichen Kissen nicht ins Rutschen zu bringen.

»Nein, das sind nur ein paar Sachen, die meine Eltern mir aus meinem alten Jugendzimmer mitgebracht haben. Ich werde sie wieder mitnehmen, wenn ich gehe.«

»Aber das ist doch noch nicht so bald, oder?«

»Nein, ich bleibe mindestens bis zum Beginn des Sommers. Dann werde ich weitersehen.«

Sarah schaltete das Deckenlicht aus und ließ nur die kleine Nachttischlampe an. Sie warf gesprenkelte, violette Schatten an die weiß gestrichenen Wände und verwandelte das kleine Schlafzimmer in einen magischen Ort. Die frischen, weißen Kissenbezüge waren kreuz und quer mit Falten überzogen, die Sarah erfolglos versucht hatte fortzubügeln. Es sah alles sehr einladend aus. Sarah setzte sich neben Ethan, küsste ihn abermals, zog die Umrisse seines Gesichts mit ihren Fingern nach. Sie fand, dass er ein wunderschönes Gesicht hatte. Sie bedauerte es fast ein wenig, dass sie heute Nacht miteinander schlafen würden. Sie wollte sich ihre Illusionen lieber nicht so schnell zerstören lassen. Ethan war in ihren Augen sehr sexy, und der Gedanke, dass er im Bett egoistisch sein könnte, gefiel ihr gar nicht. Aber andererseits wollte sie diese Erfahrung nicht noch länger aufschieben. Es war an der Zeit, gewisse Dinge abzuhaken. Sie war nicht länger Mackenzies Freundin.

»Sollen wir ins Bett gehen?«, fragte sie. »Dort ist es bestimmt wärmer.«

»Bist du dir auch ganz sicher?«

»Ja, das bin ich.«

»Ist es wegen Mackenzie?«, fragte Ethan leise.

»Du meinst, weil er Abigail heiraten will?«

»Ja. Es macht mir wirklich nichts aus, noch etwas länger zu warten, wenn das der Fall sein sollte.«

»Nein, es hat nichts mit ihm zu tun. Ich bin jetzt einfach bereit dazu, das ist alles.«

Sie zogen sich aus und schlüpften unter die Bettdecke. Sarah konnte trotz des schummrigen Lichts der Nachttischleuchte Ethans Narben recht deutlich sehen, aber es störte sie nicht. Sie gehörten einfach zu ihm, und Sarah bewunderte ihn dafür, dass er Patrick Gormley gerettet hatte. Auch wenn dieser Ethans Mut und sein selbstloses Verhalten nicht genug zu würdigen gewusst hatte.

Der Regen wurde stärker. Die Tropfen erzeugten ein angenehmes Trommelgeräusch auf dem Dach. Ethan begann, Sarahs Körper zu streicheln.

»Du hast wunderschöne Haut«, sagte er. »So weich. Sie sieht aus wie Marmor …«

Anfangs war sie ein wenig verlegen und gehemmt, aber nach einer Weile entspannte sie sich und genoss seine Zärtlichkeiten. Er schien im Bett offenbar ebenso rücksichtsvoll zu sein wie außerhalb. Sie legte einen Arm um seinen Hals und erwiderte seine Küsse. Bald schon sehnte sie sich danach, eins mit ihm zu werden. Sehnte sich nach der zärtlichen, liebevollen Vereinigung mit einem Menschen, dem sie vertraute.

Sie wollte die Leere füllen, die Mackenzies Stärke und Abigails Klugheit hinterlassen hatten. Und sie wollte die Einsamkeit verscheuchen, von der sie befürchtete, dass sie sie umschließen würde, wenn sie sich zurückzog und über das Ende ihrer Beziehung mit Mackenzie in Selbstmitleid zerfloss. Doch sie genoss es, mit Ethan zusammen zu sein, sie fühlte sich stärker zu ihm hingezogen, als sie es sich eingestehen wollte. Er hatte so wundervolle Lippen. Manchmal erwischte sie sich dabei, wie ihr Blick auf ihnen verweilte, wenn er sprach.

Nun drehte er sich auf den Rücken und zog sie sanft auf sich.

»O Ethan, lass mich erst das Licht ausschalten«, flüsterte sie.

»Warum?«

»Ich möchte nicht, dass du mich siehst.«

»Warum denn nicht?«

»Ich möchte es einfach nicht.«

»Ich will dich aber sehen.«
»Noch nicht.«
Sie lehnte sich hinüber und schaltete die Lampe aus, aber es drang etwas Mondlicht durch einen Schlitz in den neuen Vorhängen. Ethan drückte Sarah sanft in die Höhe, so dass er sie besser sehen konnte.
»Du bist wunderschön«, sagte er und bewunderte ihre kleinen, festen Brüste. »Du musst dich für deinen Körper nicht schämen. Wie schmal deine Taille ist ...«
Sie beugte sich zu ihm hinab, für einen langen Kuss dieses Mal, leidenschaftlicher und fordernder. Sie küsste hungrig seinen Hals, und er berührte sie zwischen ihren Beinen. Es war nur eine ganz sanfte Berührung, doch er spürte, dass sie bereit war. Ethan schob ihren Körper ein wenig nach hinten, und sie nahm seine Männlichkeit in sich auf. Endlich wurden sie eins. Seine Hände lagen fest um ihre Taille, und sie lächelten einander an.
Sarah schloss die Augen, als er sich in ihr zu bewegen begann und dabei sanft gegen ihren Rücken drückte.
Sie nahm den sich steigernden Rhythmus auf, und schon bald spürte sie ein vertrautes Kribbeln, das zu einem brennenden Verlangen wurde und schließlich in diesem lustvollen, elektrisierenden Schaudern endete, das ihren ganzen Körper erfasste und dann auch den seinen. Sie mussten beide unwillkürlich lachen.
»Tut mir leid, das ging jetzt etwas schnell«, sagte er und verzog reuevoll das Gesicht. »Es war einfach zu gut. Das nächste Mal werde ich ...«
»Es war toll«, unterbrach sie ihn.
Sie streckte sich neben ihm aus und legte ihren Kopf auf seine Brust, und dann lagen sie unter der auberginefarbe-

nen Decke und lauschten dem Regen und dem Rauschen der Wellen am Strand.

»Ich liebe dich«, flüsterte Ethan, und seine Finger drehten ihr Haar zu dunklen, glänzenden Spiralen.

»Ich liebe dich auch«, erwiderte sie mit verschlafener Stimme.

»Meinst du das wirklich ernst?«

»Ja, das tue ich.«

»Aber ich dachte, es sei noch zu früh für dich.«

»Es fühlt sich alles so richtig an«, sagte sie. »Bei dir kann ich ich selbst sein. Das gefällt mir. Das ist ein gutes Gefühl.«

Er küsste sie wieder, und dann schliefen sie beide eng umschlungen ein.

Kapitel 29

Beim Frühstück hatte Miriam fürchterliche Laune. Sie knallte Teller und Tassen auf den Tisch, verschüttete Milch, ohne sich die Mühe zu machen, sie aufzuwischen. Patrick sah zu, wie sich der Fleck langsam auf der rosakarierten Decke ausbreitete, und wagte es nicht, etwas zu sagen.

Diese offene Zurschaustellung ihrer schlechten Stimmung war neu. Für gewöhnlich kümmerte sich Miriam um ihr Zuhause und legte sehr großen Wert darauf, dass alles ordentlich und heimelig war. Sobald er irgendetwas auch nur um einen Zentimeter verrückte, bemerkte sie es und stellte es wieder an den alten Platz zurück.

»Ich habe in New York mit einem Mann geschlafen«, sagte sie unvermittelt, ließ sich auf den Stuhl fallen und starrte Patrick zornig über den Toastständer hinweg an.

»Was sagst du da?«, erwiderte Patrick mit krächzender Stimme.

»Ich war mit einem Mann im Bett. Einem jüngeren Mann. Allerdings bloß ein einziges Mal. Aber es war *wundervoll.*«

Miriam blickte Patrick an, als würde sie ihn hassen. Und in diesem Augenblick hasste sie ihn auch. Sie wünschte sich, dass sie ihn nicht geheiratet hätte, ihm nie begegnet wäre.

Patricks Herz begann zu rasen, aber das war nichts Neues.

Er spürte, wie das vertraute Hitzegefühl in ihm aufwallte und ihm schwindelig wurde.

»Ach, wirklich? Ich habe mich schon gewundert, dass es nur um Gemma Hayes' Tochter gegangen sein soll. Also hattest du einen Seitensprung. Schön für dich. Aber warum erzählst du mir das?«

»Ich habe es gemacht, um schwanger zu werden.«

»O Gott! Soll das etwa heißen, dass du ungeschützt mit ihm … Mit irgendeinem dahergelaufenen Kerl?«

»Es war kein dahergelaufener Kerl. Er war sehr nett. Und wir haben diese Angelegenheit durchaus besprochen, wenn du es unbedingt wissen willst.«

»Du meine Güte, bist du jetzt völlig verrückt geworden?«

»Du musst dir keine Sorgen machen, mein Schatz. Es hat nicht funktioniert. Ich habe heute Morgen meine Periode bekommen.«

»Verstehe. Das erklärt so einiges. Die Milch –«

»Ist das etwa alles, was dir dazu einfällt? Dass ich Milch verschüttet habe?«

»Was willst du denn von mir hören? Etwa, dass es mir leidtut, dass dir dein amerikanischer Lover kein Kind gemacht hat? Wie viel Geld hast du da drüben überhaupt ausgegeben?«

»Ein paar tausend.«

»Das können wir uns nicht leisten.«

»Ich weiß.«

»Warum hast du es dann gemacht?«, fragte er mit lauter werdender Stimme.

»Weil es mir egal ist«, entgegnete sie rundheraus.

»Was genau ist dir egal?«

»Seit heute zunächst einmal, ob ich überhaupt noch jemals ein Kind bekommen werde. Es soll ja ganz offensichtlich nicht geschehen. Und ansonsten ist es mir egal, dass wir kein Geld haben. Und deine verdammte Klaustrophobie. Und dieses verfluchte Haus und all die blöden Kinkerlitzchen, die ich gesammelt habe. Es ist mir einfach alles egal.«

Patrick starrte sie an.

»Das glaube ich dir nicht«, sagte er mit heiserer Stimme. »Du liebst dieses Haus.«

»Das ist vorbei.«

»Dieses Haus war mein Hochzeitsgeschenk für dich.«

»Es tut mir leid, Patrick. Ich habe mich verändert. Das lavendelfarbene Haus langweilt mich nur noch.«

»Ach, wirklich?«

»Ja. Es langweilt mich zu Tode.«

Schweigen.

»Das ist in gewisser Weise eine gute Neuigkeit«, sagte er schließlich.

»Was soll das heißen? Warum ist das gut?«

»Weil wir bankrott sind.«

»Was?«

»Der Brief kam, als du weg warst. Ich konnte die vielen Kreditkartenrechnungen nicht mehr bezahlen, und deshalb habe ich letztes Jahr ein hohes Darlehen auf das Haus aufgenommen.«

»Ich habe nie einen Darlehensantrag unterschrieben.«

»Ich habe deine Unterschrift auf dem Formular gefälscht. Aber das ist jetzt auch nicht mehr von Belang. Wir sind das Haus in zwei Monaten los.«
»Meinst du das ernst, Patrick?«
»O ja. Ich schulde dem Kreditgeber vierzigtausend Euro. Es nutzt nichts, die Bank um Hilfe zu bitten. Keiner von uns hat einen anständigen Job. Außerdem ist sowieso keine Zeit mehr für Verhandlungen. Das Geld ist Ende nächsten Monats fällig.«
Miriam seufzte leise. Es kam ihr so vor, als würde sich das Zimmer um sie drehen.
»Tut mir leid, dass ich dich enttäuscht habe«, sagte Patrick. »Und das gleich in mehrfacher Hinsicht …«
Minutenlang war im Raum nur das Ticken der Wanduhr zu hören.
Miriam goss sich eine weitere Tasse Tee ein und trank sie, den Blick von dem verstörten, blassen Gesicht ihres Mannes abgewandt. Es hatte keinen Sinn mehr, die Augen vor der Wahrheit zu verschließen. Die Kolumne in der Anglerzeitschrift war ihre einzige Einkommensquelle, und sie brachte ihnen nur einhundertfünfzig Pfund in der Woche ein. Patrick hatte schon seit Jahren nicht mehr gearbeitet, weil er unfähig war, Menschen in alltäglichen Situationen gegenüberzutreten oder sich mit ihnen zu unterhalten. Er hielt es nicht lange in geschlossenen Räumen aus, nur in seinem eigenen Haus. Er mochte weder Flugzeuge noch Züge noch Busse. Er setzte sich auch nicht mehr ans Steuer eines Wagens. Genau genommen hielt er es in keinem Raum aus, wo andere Menschen Zeugen seiner Not werden konnten. Er ging niemals ins Kino oder in den Supermarkt. Er ging auch nicht zu Hochzeiten, Beerdigungen

oder Partys. Und auch nicht zum Friseur, zum Arzt oder zu dieser Praxis in Dublin, die ihnen mit einer künstlichen Befruchtung weitergeholfen hätte. Und Miriam konnte sich keine Arbeit suchen, weil er nicht wollte, dass sie ihn tagsüber allein ließ, für den Fall, dass er wieder einmal einen seiner Schwindelanfälle bekam und sie ihm helfen musste. Er hatte ihr versprochen, dass alles mit der Zeit besser werden würde, aber er hatte sein Versprechen nicht gehalten.

»Der Typ in New York hat sich wahrscheinlich sterilisieren lassen«, sagte Miriam mit einem Mal wie zu sich selbst. »Bestimmt schläft er mit jeder Menge Frauen und musste sich sterilisieren lassen, um nicht für Dutzende von Kindern Alimente zahlen zu müssen. Ich bin ja so blöd! Ich habe einfach nicht daran gedacht, ihn zu fragen, ob er sterilisiert ist. Nur ob er gesund ist.«

»Hättest du auch mit ihm geschlafen, wenn du gewusst hättest, dass du keine Chance auf ein Baby hast? Wolltest du unbedingt mit einem anderen Mann zusammen sein?«

»Was kümmert dich das, Patrick? Hast du nicht schon genug Sorgen am Hals?«

»Es würde mir helfen, wenn ich wüsste, dass du es bloß wegen eines Kindes getan hast.«

»Hättest du dich gefreut, wenn ich dir heute Morgen gesagt hätte, dass ich schwanger bin?«

»Ich weiß es nicht. Ich weiß es wirklich nicht.«

»Ach verdammt, Patrick. Wir sitzen ganz schön in der Klemme, nicht wahr? Was zum Teufel sollen wir denn jetzt tun?«

»Verlass mich nicht, Miriam«, sagte er leise, und die Angst trieb ihm die Tränen in die Augen. »Ich wollte dir das mit dem Geld heute Morgen ohnehin erzählen. Aber das muss nicht das Ende bedeuten. Wir verkaufen das Haus, bezahlen die Schulden und schauen uns nach etwas Kleinerem um. Und ich verspreche dir, dass ich zu dieser Praxis in Dublin fahren werde. Ich tue alles, was nötig ist.«

»Wirklich?«, sagte sie fassungslos. »Nach all diesen Jahren? Du hast immer gesagt, du würdest mit der Zeit schon wieder gesund werden.«

»Ja, aber es geht mir noch nicht besser. Im Gegenteil, es wird immer schlimmer. Ich habe wegen eines Wertgutachtens einen Termin mit dem Immobilienmakler gemacht, aber als er mit seinem Messband und seinem Fotoapparat hier auftauchte, habe ich es einfach nicht geschafft, ihm die Tür zu öffnen. Ich stand im Flur, neben dem Bücherregal, bis er wieder fort war. So kann es doch nicht weitergehen, Miriam.«

»Dessen bin ich mir bewusst.«

»Wenn wir uns trennen, würde das Haus ohnehin verkauft. Dann sollten wir es doch lieber jetzt verkaufen und zusehen, dass wir einen guten Preis dafür bekommen. Ansonsten könnte der Kreditgeber noch in die Versuchung kommen, es rasch unter Wert abzustoßen. Außerdem hätte er dann monatelang die Kontrolle über unsere Finanzen, und wir wären in der Zwischenzeit mittellos.«

»Aber was ist mit meinem Fremdgehen? Ich dachte, du würdest mich rauswerfen, wenn ich es dir erzähle.«

»Wieso sollte ich das tun? Ich liebe dich doch, Miriam.«

»Aber ich habe dich betrogen.«

»Das stimmt, aber das kann ich dir nicht einmal zum Vorwurf machen. Es ist wirklich nicht leicht, mit mir zu leben.«

»Oh, Patrick, es tut mir ja so leid!«

»Nun, die letzten zehn Jahre waren keine sehr glücklichen, nicht wahr? Ich bin dir kein guter Ehemann gewesen.«

»Aber warum nur, Patrick? Was ist mit dir passiert? Du warst so anders vor unserer Hochzeit. Es hat immer so viel Spaß gemacht, mit dir zusammen zu sein. Jeder sagt das.«

»Ich habe etwas Schlimmes getan, Miriam, und ich kann dieses Geheimnis einfach nicht mehr länger mit mir herumschleppen. Ich habe damals den Rummelplatz angezündet.«

»Wie bitte?«

»Du hast richtig gehört. Ich habe ihn in Brand gesetzt.«

»Aber warum denn nur?«

»Wegen des Geldes von der Versicherung, verdammt noch mal! Er war sehr gut versichert.«

»Aber dafür hättest du ins Gefängnis kommen können. Oh, Patrick, das war wirklich eine hirnrissige Idee! Hat Ethan Reilly etwa dabei seine Verbrennungen erlitten? Ich fand es immer schon völlig verrückt, dass er sich in die Nähe eines Feuers begeben hat, obwohl niemand in Gefahr war! Wie hast du nur etwas so Dummes tun können?«

»Ich gebe zu, ich bin ein großes Risiko eingegangen. Aber meine Fingerabdrücke waren ohnehin überall, deshalb konnten sie mir nicht beweisen, dass ich es mit Absicht getan habe. Ich habe etwas Frittenpapier in den Rost eines gasbetriebenen Heizgeräts in dem Autoscooter-Zelt gesteckt.«

»Patrick! Es hätte alles in die Luft fliegen können!«

»Die Gaskartusche war fast leer. Ich habe vorher nachgesehen.«

»Aber du hättest trotzdem getötet werden können.«

»Das wäre vielleicht besser gewesen.«

»Sag doch so etwas nicht.«

»Aber wenn es doch stimmt! Ich lebe in einem Alptraum, seit das Ganze passiert ist. Ich kann ja nirgendwo mehr hingehen, ohne Angst zu haben, dass ich einen Herzinfarkt bekomme. Ich hätte das alles schon vor Jahren beenden sollen.«

»Nein!«

»Du liebst mich nicht mehr. Du hast gerade gesagt, dass dir alles egal ist.«

»Ich war enttäuscht, weil ich wieder nicht schwanger bin.«

»Du wärest ohne mich besser dran. Du könntest dir einen Mann suchen, der dir endlich ein Kind schenkt. Du bist eine wunderschöne Frau, Miriam. Die Kerle würden Schlange stehen. Du könntest noch einmal heiraten.«

»Hör auf damit, Patrick. Du hast gerade gesagt, dass du alles machen wirst, was ich verlange. Dass du zu einem Arzt gehen und versuchen wirst, wieder gesund zu werden.«

»Das werde ich auch tun. Denn ich hasse den Mann, der aus mir geworden ist, Miriam. Ich hasse ihn, siehst du das denn nicht?«

»Oh, Patrick!«, schluchzte Miriam. »Es tut mir so schrecklich leid. Ich liebe dich doch auch!«

»Wirklich?«

»Natürlich tue ich das. Auch wenn du manchmal so ein verdammter Idiot bist.«

»Ich weiß. Manchmal wünschte ich, Ethan Reilly wäre an jenem Abend nicht noch einmal zurückgekommen.«

»Was meinst du damit? Weil er den Preis für deinen Wahnsinn bezahlt hat?«

»Ja, zum einen natürlich deshalb, denn ich wollte doch nie, dass jemand dabei verletzt wird. Schon gar nicht fürs Leben gezeichnet. Aber hinter der ganzen Sache steckt leider noch viel mehr. Ethan ist zurückgekommen, um noch einmal nach dem Rechten zu sehen. Ich glaube, er wusste, wie sehr mir diese Klage zugesetzt hat. Eine große Schadensersatzzahlung hätte uns ruiniert. Er hat vor Gericht ausgesagt, er sei zurückgekommen, um nach seinem Portemonnaie zu suchen. Aber in Wahrheit hat er mir damals das Leben gerettet, denn ich war noch dort, Miriam.«

»Das wird ja immer schlimmer! Du warst noch dort? Aber warum denn? Patrick Gormley, ich hoffe sehr, dass du eine gute Erklärung parat hast, denn sonst werde ich doch noch meinen Kram zusammenpacken und auf der Stelle verschwinden.«

»Ich hatte keine andere Wahl, mein Schatz, denn ich war mit dem Fuß in der Umrandung der Scooter-Bahn stecken geblieben. Eigentlich hätten wir den Schaden schon längst repariert haben müssen, aber die Autoscooter waren nun einmal unsere Hauptattraktion, und ich konnte es mir nicht leisten, die Bahn für eine Woche zu schließen. Als das Feuer um sich griff, wollte ich nur noch schnell rauskommen und bin in der Eile ausgerechnet an der Stelle über die Umrandung gestiegen, wo sie kaputt war. Das nennt man wohl ausgleichende Gerechtigkeit.«

»Himmel!«

»Ich hätte keine Chance gehabt, wenn Ethan nicht zurückgekommen wäre. Aber manchmal wünschte ich, er hätte mich nicht gerettet.«

»Hör endlich auf mit diesem Gerede! Ethan Reilly hat sein Leben für dich riskiert, und du bist nicht einmal dankbar dafür. Du hast dem Mann einen Hungerlohn gezahlt, als er für dich gearbeitet hat, und ihm nach der Katastrophe nichts von dem Versicherungsgeld abgegeben. Warum hast du es mir nicht erzählt? Du hättest dieses Haus nicht kaufen sollen, denn im Grunde konnten wir es uns nie leisten. Der arme Ethan! Und dabei hält ihn das ganze Dorf für einen Einfaltspinsel. Alle haben sein Verhalten nicht verstehen können, weil er scheinbar ohne guten Grund ins Feuer gelaufen ist und sich dabei schwere Verbrennungen zugezogen hat. Herrgott, ich weiß wirklich nicht, was ich jetzt noch von dir halten soll, Patrick. Was für ein Mann bist du eigentlich?«

»Ich bin ein Spinner, Miriam. Das denkst du doch insgeheim, oder etwa nicht? Und das denken auch Gemma und Aurora und alle anderen im Dorf. Patrick Gormley hat nicht mehr alle Tassen im Schrank. Patrick Gormley ist übergeschnappt. Patrick Gormley hat Angst vor seinem eigenen Schatten.«

Er stand auf und warf mit einem Schrei, der Miriam zu Tode erschreckte, den Küchentisch um, so dass Teller, Tassen, Teekanne, Milchkrug, Toast und Besteck durch die Gegend flogen.

»Beruhige dich!«, rief sie. »Es bringt doch nichts, das Haus zu zerstören.«

»Lieber will ich gar nicht mehr leben, als dieses halbe Leben zu führen!«, schrie er. »Andauernd Angst haben müssen vor dem, was als Nächstes geschieht. Ich halte das nicht mehr aus, Miriam. Ich halte das einfach nicht mehr aus!«

»Ich werde dir helfen, Patrick. Aber hör bitte auf, so herumzutoben. Du machst mir Angst. Also bitte beruhige dich. Ich möchte dich nicht verlieren, Patrick, denn ich liebe dich.« Sie begann zu schluchzen, und das Herz hämmerte ihr gegen die Brust.

»Was sagst du da?«, fragte er, und sein ganzer Körper zitterte dank der aufgestauten Frustration von zehn Jahren.

»Ich liebe dich, Patrick«, flüsterte sie.

»Trotz allem, was geschehen ist? Obwohl ich mich wie ein Verrückter benehme? Obwohl sich deshalb die Schulden bei uns türmen?«

»Ja, ich liebe dich. Lass mich bitte nicht allein in dieser Welt.«

»Was ist mit deinem jungen Liebhaber?«

»Der wird sich inzwischen nicht einmal mehr an meinen Namen erinnern«, erwiderte sie mit leiser Stimme.

»Und er wird nicht auf unserer Türschwelle auftauchen und dir eine Liebeserklärung machen?«

»Sei nicht albern. Da wäre es wahrscheinlicher, dass du als Elvis-Imitator auftrittst«, spöttelte sie, und dann lächelten sie einander an und stolperten über die Reste ihres auf dem Boden verteilten Frühstücks aufeinander zu und fielen sich in die Arme.

»Oh, Patrick, ich bin ja so dumm gewesen. Habe Buttermesser und Weidenkörbchen gekauft, statt dir zu helfen. Ich hätte dich viel früher zu einer Therapie drängen sollen.«

»Aber ich bin doch auch dumm gewesen. Was sollen wir jetzt nur tun?«

»Lass uns nachdenken. Also, ich räume jetzt erst einmal auf, und dann rufe ich noch einmal den Makler an. Wir sagen einfach, dass wir den Termin ganz vergessen hatten. Du kannst dich draußen auf den Pier setzen, während er hier ist, und ich werde mich um den Verkauf kümmern. Vielleicht hat er sogar schon eine Liste möglicher Interessenten. Dann packen wir diesen ganzen Ramsch zusammen und ziehen vorübergehend woanders hin, und ich regele die Sache mit dem Darlehen. Anschließend suchen wir uns etwas Kleineres. Und sobald sich in ein paar Wochen die Wogen geglättet haben, beginnst du eine Therapie und damit basta!«

»In Ordnung«, sagte er. »Ich bin mit allem einverstanden.«

»Und keine Geheimnisse mehr, verstanden? Nie mehr.«

»Keine Geheimnisse mehr. Aber eins möchte ich noch wissen.«

»Was denn?«

»Warum hast du mit einer Affäre zehn Jahre gewartet?«

»Es war ein One-Night-Stand, keine Affäre«, entgegnete sie. »Nein, nicht einmal das. Es war ein nachmittägliches Intermezzo, mehr nicht.«

»Und warum hast du so lange damit gewartet?«

»Sarah war der Auslöser«, sagte sie. »Sie hat Gemma geraten, ihre Flugangst als einen Tunnel zu sehen, durch den sie sich treiben lassen soll, und nicht etwa als eine Backsteinmauer, die einem den Weg versperrt. Und genau das habe ich getan. Als ich Nigel zum ersten Mal sah, kam mir direkt der Gedanke an ein Baby.«

»*Nigel*? Das ist aber kaum der richtige Name für einen Gigolo.«

»Da hast du recht. Patrick ist viel hübscher. Es tut mir wirklich schrecklich leid. Können wir noch einmal neu anfangen?«

»In Ordnung«, sagte er und küsste ihre Hand. »Lass uns noch mal ganz von vorn beginnen. Aber als Erstes sollten wir die Bilder abnehmen, bevor die Hausbesichtigungen beginnen.«

»Die Bilder?«

»Brenda Browns Bilder. Ich habe kürzlich gelesen, dass bei Hausbesichtigungen des Öfteren Kunstobjekte gestohlen werden. Ganz besonders kleinere Stücke, die sich leicht verstecken lassen. Offenbar packen sich die Leute alles Mögliche unter ihre Pullover. Wir sollten kein Risiko eingehen. Ich weiß doch, wie viel dir diese Bilder bedeuten.«

»Oh, Patrick, das ist die Lösung! Wir werden unser Haus doch nicht verkaufen müssen! Wie gut, dass du nicht imstande warst, dem Makler die Tür zu öffnen, sonst würden wir jetzt schon mitten in der ganzen Prozedur stecken. Diese Bilder sind unsere Rettung! Auch wenn ich jedes Einzelne von ihnen fast so sehr liebe wie dich. Ich hätte nie gedacht, dass sie uns einmal retten würden.«

»Wie kommst du denn darauf? Sie haben doch höchstens zweihundert Pfund pro Stück gekostet. Oder hast du mich wegen des Preises etwa angelogen?«

»Aber nein. Die Preise standen doch in dem Katalog, aber sie sind gestiegen. Unglaublich sogar. Aurora hat mir erst letztens erzählt, dass Brenda mit ihrem Mann nach Los Angeles geflogen ist, weil sie dort eine Ausstellung hatte. Und was glaubst du, wer hingekommen ist und eins ihrer Bilder gekauft hat? Nicolas Cage! Der Schauspieler. Sie haben wohl auch im Fernsehen darüber berichtet. Hast du denn nichts davon mitbekommen?«

»Nein, ich habe mir in der letzten Zeit zu viele Sorgen wegen unserer Schulden gemacht, um Nachrichten zu schauen.«

»Nun, jedenfalls hat Nicolas eine Meereslandschaft gekauft, und daraufhin haben sich die anderen Gäste wohl um die restlichen Bilder geprügelt.«

»Nicolas Cage? Ist der bekannt? Wie hieß denn sein letzter Film?«

»Ach, Patrick! Du solltest wirklich öfter unter Menschen gehen. Er ist einer der größten Hollywood-Stars. So wie Brad Pitt oder Johnny Depp.«

»Johnny wer?«

»Du bist einfach ein hoffnungsloser Fall. Jetzt halt den Mund und hör mir zu. Brenda hat alles verkauft und kann ihre Bilder inzwischen für mindestens fünftausend das Stück anbieten. Das ist der Preis für die kleineren Leinwände, und wir haben *neunzehn* Stück davon. Alles wird gut werden, Patrick.«

»Neunzehn mal fünf sind fünfundneunzigtausend. Fünfundneunzigtausend Euro! Und du hättest nichts dagegen, sie alle zu verkaufen, falls es nötig sein sollte? Es hängt ja offensichtlich davon ab, wie viel wir für jedes Einzelne bekommen … Aber ich habe ein ganz schlechtes Gewissen, dich darum zu bitten, Miriam. Diese Sammlung bedeutet dir doch so viel.«

»Das stimmt. Aber du bedeutest mir eben mehr! Wir müssen jetzt logisch vorgehen. Die Bilder sind viel Geld wert, und das brauchen wir ganz dringend. Wir können ja ein oder zwei als Geldanlage behalten. Wir sollten sie ohnehin nicht alle auf einmal verkaufen. Was soll's, am besten bitten wir Brenda und Sean um Rat. Vielleicht helfen sie uns dabei, irgendwo eine weitere Ausstellung zu organisieren.«

»Gepriesen sei der Herr! Ich glaube, mir wird schon wieder schwindelig …«

»O nein, ganz bestimmt nicht. Da wir jetzt gerettet sind, können wir gleich deine Probleme angehen.«

»Wie bitte? Ich muss mich jetzt erst mal hinlegen.«

»Auf gar keinen Fall! Von jetzt an gibt es keine Schwindelanfälle und Nickerchen mehr für dich, Patrick Gormley. Ich werde dich ins Land der Lebenden zurückschleifen, und wenn es das Letzte ist, was ich tue. Zieh auf der Stelle deine Jacke an.«

»Bitte, Miriam!«

»Keine Diskussion. Dieses ganze Vermeidungsverhalten führt doch zu nichts, Liebling. Von heute an wirst du alles offen und direkt in Angriff nehmen. Du musst es versuchen. Tu es mir und auch dir selbst zuliebe. Ethan Reilly wäre an jenem Abend, als er dich aus dem Feuer gerettet hat, beinahe gestorben, da kannst du doch wenigstens versuchen, wieder in ein normales Leben zurückzufinden. Ich verlange ja nicht von dir, dass du dich der Polizei stellst und dich der Brandstiftung für schuldig bekennst. Ich verlange nicht, dass du alles eingestehst. Was geschehen ist, ist geschehen, und ich möchte auf keinen Fall obdachlos werden, denn die Versicherungsleute würden uns mit Sicherheit das Haus wegnehmen. Und dann müssten wir meine Sammlung verkaufen, um die Kreditkartenschulden zu bezahlen, und stünden ohne einen Cent da. Und unser Name wäre für alle Zeiten beschmutzt. Außerdem würdest du hinter Gittern landen.«

»Daran habe ich nie gedacht! Ich kann nicht ins Gefängnis gehen, Miriam. Dazu darf es niemals kommen. Das ist mein schlimmster Alptraum. Ich würde dort innerhalb von zehn Minuten durchdrehen«, sagte Patrick bleich vor Angst.

»Na ja, du musst ja auch nicht ins Gefängnis, wenn wir den Mund halten. Aber eins lass dir gesagt sein: Wenn wir unsere Schulden bezahlt haben, werden wir Ethan Reilly das geben, was übrig bleibt. Und jetzt komm. Wir gehen auf einen Kaffee zu Aurora, um unsere Rettung vor dem Armenhaus zu feiern. Und du wirst eine halbe Stunde in diesem Café sitzen und keine Sekunde weniger! Wir fangen heute noch mit einer Konfrontationstherapie an. Ich habe darüber in einem Selbsthilfebuch gelesen.«

»Auf gar keinen Fall! Ich setze heute keinen Fuß mehr vor die Tür«, erwiderte Patrick bestimmt, ging ins Wohnzimmer und hockte sich auf die Kante eines der bequemen weißen Sofas.

»Aber du hattest mir doch versprochen, es zu versuchen, Patrick«, sagte Miriam mit sanfter Stimme. »Du wolltest es diesmal wirklich versuchen.«

»Ja, und das tue ich auch. Aber ausnahmsweise plagt mich einmal nicht meine übliche Angst, sondern die Angst um die Bilder. Ich werde sie keinen Moment mehr unbewacht lassen, bis wir alle verkauft haben oder zumindest irgendwo außerhalb des Hauses in sicherer Verwahrung wissen, mein Schatz. Sie sind ja noch nicht einmal versichert!«

Kapitel 30

Es war der erste Tag im Mai.
Aurora war schon den ganzen Morgen über schrecklich nervös. Sie hatte vor einigen Tagen einen Aushang ins Schaufenster ihrer Buchhandlung geklebt, in dem sie das Eröffnungstreffen ihres neuen Literaturzirkels in Redstone ankündigte. Die Geschäfte waren in den letzten Monaten ziemlich gut gelaufen, und Aurora bot seit neuestem außerdem ein kleines Nebensortiment außergewöhnlicher Grußkarten an. Sie hatte ungefähr fünfzig Stammkunden, die sie mit Namen kannte. Und sie hoffte, dass wenigstens zehn von ihnen heute Mittag erscheinen würden. An den drei kleinen Tischen im Café-Bereich fanden zwölf Leute Platz, und am Tresen standen vier hohe Barhocker. Falls nötig, konnte sie ein weiteres Dutzend Teilnehmer im Verkaufsbereich unterbringen. Neben der Kasse befand sich eine große Schüssel mit Naschereien, und es sollte frisch aufgebrühten Kaffee in Pappbechern geben. Aurora dämpfte das Licht ein wenig für den Fall, dass einige ihrer potenziellen Leseratten ein wenig schüchtern waren, und wartete ab. Ihr grün gestrichener Laden hatte nie einladender ausgesehen.
Und auch sie selbst sah heute ganz anders aus. Gemma

hatte sie überredet, sich die langen Haare kurz schneiden und in einem warmen Honigblond färben zu lassen. Und sie hatte ihre altmodischen Röcke und Schuhe gegen Hosen mit weitem Schlag, moderne Schuhe mit Keilabsatz und einen enganliegenden Rollkragenpulli eingetauscht. Sie trug sogar knallroten Lippenstift! Die alte Aurora war kaum wiederzuerkennen. Sie putzte den Tresen zum zehnten Mal an diesem Morgen, wischte noch einmal über die Schaufensterscheibe und kontrollierte erneut, ob auf der Toilette auch genügend Papier und Seife vorhanden waren.

Um ein Uhr betraten die ersten Besucher neugierig den Laden oder spazierten die Promenade entlang, weil sie zunächst die Lage peilen wollten. Gemma und Victoria trafen ein, um Aurora zu unterstützen, ebenso wie Miriam und Patrick. Patrick blieb zwar direkt neben der Tür stehen und sah andauernd auf seine Uhr, aber immerhin war er *im* Laden, und das war die Hauptsache. Sarah und Ethan kamen auch, obgleich Ethan nach seiner Mittagspause wieder in die Werkstatt zurückmusste. Aurora zählte schließlich fünfzehn neue Gesichter und erklärte das Treffen für eröffnet. Als der Kaffee und die Naschereien ausgegeben wurden, ertönte vereinzelter Beifall, und dann sprach Aurora vom Tresen aus kurz zu der kleinen Versammlung, verkündete die Lesevorschläge und dass die Titel zum Vorzugspreis erworben werden konnten. Sie schlug vor, darüber abzustimmen, welches Buch sie für das nächste Treffen in der kommenden Woche lesen wollten.

Die Abstimmung wurde von aufgeregtem Geplapper begleitet, und gerade als Aurora damit beginnen wollte, ein

Probekapitel zu lesen, um die Sache in Gang zu bringen, öffnete sich die Tür, und David Cropper höchstpersönlich betrat den Laden.
Er trug ein großartiges viktorianisches Dandy-Outfit: einen stark taillierten, schwarzen Gehrock und ein weißes Leinenhemd inklusive seidig glänzender weißer Halsbinde. Sein Haar war elegant aufgebauscht, und seine Schuhe glänzten wie schwarzes Glas. In der linken Hand hielt er einen Gehstock mit silbernem Griff. Er schritt über das ganze Gesicht lächelnd auf die kleine Versammlung zu und machte, begleitet von einer übertriebenen Handbewegung, eine vollendete Verbeugung. Dann erst bemerkte er, dass er der Einzige in einem Kostüm war.
Man hätte eine Stecknadel fallen hören können.
»Ach herrje«, entfuhr es ihm. »Ich war in dem Glauben, dass der Brontë-Zirkel wiederauferstanden sei. Dies scheint offenbar nicht der Fall zu sein.«
Niemand sagte etwas.
David hatte Aurora mit ihrem neuen Kurzhaarschnitt noch nicht bemerkt. Sie war vorübergehend wie gelähmt vor Verlangen und Wut. Oh, er sah in der Tat hinreißend aus in diesem Gehrock. Er hatte sogar den dazu passenden leichtfüßigen Gang perfektioniert. Wenn sie allein im Laden gewesen wäre, wäre sie vielleicht der Versuchung erlegen. Aber sie war nicht allein. Sie war umgeben von ihrem neuen Literaturzirkel, und sie wollte nicht zum zweiten Mal zur Zielscheibe des Spottes werden.
»Ich möchte Ihnen meinen guten Freund, David Cropper, vorstellen«, hob sie an. »Wenn Sie mich bitte für einen kleinen Augenblick entschuldigen würden? Vielen Dank.«
David hastete durch die Tische und Stühle auf sie zu.

»Liebste Aurora, was hast du nur mit deinem Haar angestellt?«, fragte er leise, und seine Stirn legte sich vor Enttäuschung in Falten. »Trägst du etwa Make-up? Was ist nur los mit dir?«

»Ich würde gern wissen, woher du von meinem neuen Literaturzirkel weißt.«

»Ich habe eine Ankündigung im Internet gelesen.«

»Ich habe aber gar nicht im Internet dafür geworben.«

»Nun ja, irgendjemand hat es in seinem wöchentlichen Blog über Redstone erwähnt«, gab er zu und klang dabei etwas verlegen.

»Hast du Redstone etwa gegoogelt?«

»Ich habe nur von Zeit zu Zeit einmal nachgeschaut.«

»Ach, David. Wozu denn?«

»Weil ich dich liebe«, erwiderte er. Die versammelte Zuschauermenge lauschte aufmerksam, um nur ja kein Wort zu verpassen. Wer hatte jemals behauptet, dass solche Veranstaltungen langweilig waren?

»Halt! Rede keinen Unsinn«, befahl Aurora ihm und hustete vernehmlich. »Ich habe hier einen Literaturzirkel zu leiten. Bitte geh jetzt, David.«

»Ich werde nirgendwohin gehen«, entgegnete er höflich und nahm eine herausfordernde Pose neben der Kasse ein.

»Na gut. Du hast es nicht anders gewollt«, flüsterte sie. Sie drehte sich zu den erwartungsvollen Gesichtern ihrer Leseratten um, um ihnen eine wichtige Mitteilung zu machen.

»Mein verehrter Freund hat dankenswerterweise angeboten, für heute die Rolle des Vorlesers zu übernehmen«, sagte sie und klatschte überschwenglich in die Hände.

Davids Wangen begannen sich zu röten. Wollen wir doch mal sehen, wie schnell er wieder verschwunden ist, dachte Aurora bei sich. Denn er würde ganz bestimmt keine Zeit im »The Last Chapter« vergeuden, um einer kleinen Gruppe von Hausfrauen und Bauern in dicken Anoraks und Jeans etwas vorzulesen.
Doch sie hatte sich geirrt. Denn David gab seine Hoffnung auf eine Versöhnung so leicht nicht auf.
»Äh«, kam es zaudernd aus seinem Mund, »also schön, wenn du darauf bestehst. Ich habe zufällig in meiner Jackentasche eine Auswahl der Gedichte von Lord –«
»O nein, ich habe bereits ein Buch ausgewählt, vielen Dank. Meine Damen und Herren, ich darf Ihnen *Lucky Kisses* von Jackie Collins ans Herz legen. Vorgelesen von meinem alten Freund, Mr. David Cropper. Leg los, David!«
Überraschend lauter Beifall ertönte.
Aurora reichte David das Buch und nahm hinter dem Tresen Platz. Sie goss sich einen Kaffee ein, zwinkerte ihm zu und nahm sich vor, seine Erniedrigung in vollen Zügen zu genießen. Davids Gesicht verfärbte sich dunkelrot vor Scham. Sie konnte gerade noch ein Kichern unterdrücken.

Kapitel 31

Im Juni kam endlich der Sommer nach Redstone und in den Rest des Landes, und er trocknete die unzähligen schimmeligen und feuchten Stellen, die sich während der langen Wintermonate in manchen Ecken und Winkeln der Häuser gebildet hatten. Die Sonne schien strahlend vom Himmel. Es war ein außergewöhnliches Wetter für Irland, denn nicht eine einzige Wolke störte. Tagesausflügler trafen in fröhlichen, hupenden Kolonnen aus Richtung Galway und den umgebenden Orten ein und strömten mit Picknickkörben und weichen, karierten Decken an den Strand. Sandburgen wurden gebaut, und die Softeis-Maschine beim Zeitungshändler war dauernd in Betrieb. B&B-Schilder standen vor den frisch gestrichenen kleinen Sommerhäusern entlang der Küstenstraße, und Sarah verließ Rose Cottage. Gerade als die Rosen im Garten zu blühen begannen.

Sie hatte sich entschieden, Ethans großzügiges Angebot anzunehmen und in sein kleines Haus mit Blick auf die Bucht zu ziehen. Es hatte nur zwei winzige Schlafzimmer, Puppenhausfenster und im Wohnzimmer gerade mal Platz für ein Zweisitzersofa. Im Augenblick war es kahl und leer, mit weißen Wänden und abgebeizten Holzdielen, aber Sarah wusste, dass sie mit dem ganzen Krempel, den sie über die Jahre hinweg gesammelt und in ihrem Dachzimmer in Islington aufbewahrt hatte, Wunder vollbringen konnte.

Ethan hatte gesagt, dass dem Haus die weibliche Note fehle, und sie hatte geantwortet, dass sie sich gern daran versuchen würde. Und mit diesen wenigen, harmlosen Worten war es eine beschlossene Sache gewesen. Ohne ernste Liebeserklärungen und Heiratsversprechen und Klärung des Kinderwunsches. Sie wussten beide, dass all dies mit der Zeit kommen würde. Aber der Teil mit der Liebe war bereits vorhanden.

Sarah hatte schon einige Nächte in Ethans Kiefern-Doppelbett verbracht. Hatte in seinen Armen geschlafen und dem beruhigenden Klang seines Atems gelauscht, der sich mit den Geräuschen der Wellen vermischte. Er hatte ihr einen Schlüssel zum Haus gegeben, den sie an ihrem Schlüsselbund mit dem grünen Apfelanhänger befestigte.

Am heutigen Abend gaben sie eine Party, bevor Sarah den großen braunen Schlüssel von Rose Cottage wieder bei Mrs. Casey abgab. Es war eine Abschiedsparty für das rosafarbene Haus, denn der nächste Mieter würde bald einziehen.

»Soll ich das Eis schon in die Schale füllen?«, erkundigte sich Ethan, der mit sechs Beuteln Eiswürfel in der Kühltasche vom Laden zurückgekehrt war.

»Ja, das wäre wohl das Beste«, erwiderte Sarah. »In dem kleinen Gefrierschrank ist ja gar nicht genug Platz. Ich hoffe nur, dass diese Party keine Katastrophe wird. Ich bin furchtbar nervös.«

»Es wird schon klappen«, versicherte er mit seinem breiten Lächeln. »Hier nimmt man alles locker. Wir werden schon unseren Spaß haben, mach dir keine Sorgen.«

»Ich finde, wir haben diesen Raum toll hergerichtet«, sagte Sarah und betrachtete die blauen und weißen Kreppbänder, die kreuz und quer unter der Decke gespannt waren, und die Sträuße mit Schwertlilien und Sonnenblumen, die in Gläsern und Dosen auf den Fensterbänken standen, und den Couchtisch, der unter der Last der Häppchen und Naschereien zusammenzubrechen drohte. Einige hatte sie selbst zubereitet, aber die raffinierteren Sachen stammten von Miriam und waren von Patrick vorhin mit dem Wagen vorbeigebracht worden.

Sarah trug eine ausgestellte Hose und ein schlichtes rotes T-Shirt, und sie hatte sich das Haar zu einem Pferdeschwanz zusammengebunden. Es blieb ihr gerade noch genug Zeit, ihr Make-up im Spiegel zu überprüfen, ehe auch schon die Gäste eintrafen.

Gemma und Victoria kamen zuerst. Gemma geizte in einem engen schwarzen Kleid und Stöckelschuhen nicht mit ihren weiblichen Reizen. Sie hatte sich den Pony aus dem Gesicht gekämmt, und er wurde von einer Haarspange mit einer Seidenrose gehalten. Victoria hatte eine ausgebleichte Jeans und eine mit Pailletten besetzte Bolero-Jacke an und trug ihr Haar ganz glatt. Sie hatte ein paar Pfund zugenommen, und der gehetzte Ausdruck war aus ihrem Gesicht verschwunden. Sie überreichten Sarah zwei Flaschen Wein und eine große Schachtel Pralinen und begrüßten Ethan.

»Ihr seht ja umwerfend aus!«, rief Sarah. »Da kann ich gar nicht mithalten.«

»Ach, hör auf, du siehst auch fabelhaft aus«, erwiderte

Gemma lachend. »Bei deiner Größe steht dir doch alles. Und dieser rote Lippenstift ist wirklich toll.«
»Oh, vielen Dank. Ich freue mich wirklich, dass ihr kommen konntet.«
»Das hätten wir uns auf keinen Fall entgehen lassen. Wir sind extra ein wenig früher gekommen, Sarah, weil ich dir meine Neuigkeiten erzählen wollte. Stell dir vor, man hat mir einen Job bei einer großen Zeitschrift angeboten.«
»Das ist ja großartig! Und bei welcher?«
Gemma zog die neueste Ausgabe aus ihrer Handtasche und hielt sie in die Höhe. Es war ein in ganz Großbritannien erscheinendes Hochglanzmagazin.
Sarah bekam kugelrunde Augen. »Gratuliere! Auch wenn ich vor Neid über die Klippen springen könnte.«
»Ist das nicht toll?«, fragte Gemma strahlend. »Ich bekomme pro Monat ganze vier Seiten für mich allein und darf selbst entscheiden, worüber ich schreibe. Und die Bezahlung ist einfach umwerfend. Falls es funktioniert, werde ich die Romanschreiberei vielleicht aufgeben. Ist eigentlich viel zu viel Arbeit.«
»Oh, Gemma, ich freue mich ja so für dich.« Sarah umarmte ihre Freudin. »Herzlichen Glückwunsch! Gut gemacht!«
»Du glaubst ja nicht, wie ich darangekommen bin.« Gemma grinste.
»Wie denn?«
»Durch Mike, den Chefredakteur meiner alten Zeitung. Er hat beim Herausgeber meinen Namen fallenlassen und ihm klargemacht, dass ich zu gut bin für ein Boulevardblatt. Ist das nicht unglaublich? Und das nach allem, was ich ihm vor der New-York-Reise an den Kopf geworfen

habe! Ich stand gestern den ganzen Tag unter Schock. Dann habe ich ihm Blumen geschickt. Er ist also doch kein übler Kerl. Offenbar hatten sich die beiden zufällig bei irgendeinem Medien-Event in Dublin getroffen.«

»Das sind gute Neuigkeiten, Gemma. Du hast es wirklich verdient. Auch wenn dieser Mike bei der Sache nachgeholfen hat«, sagte Sarah und goss Gemma und Victoria ein wenig Wein in ihre Gläser. (Die beiden hatten sich vorgenommen, gesünder zu leben.) Dann bugsierte Gemma Sarah in die Küche und erzählte ihr, dass sich einer der Mitarbeiter ihres neuen Arbeitgebers, mit dem sie telefoniert hatte, mit ihr verabreden wollte.

»Er klang nett, Sarah. Richtig nett«, sagte Gemma vergnügt.

»Was hast du geantwortet?«

»Dass das unmöglich ist.«

»Gemma!«

»Ich habe ihm erklärt, dass ich meine Zeit im Augenblick mit meiner Tochter verbringen will. Sie wird das Nest bald schon wieder verlassen, und dann wird es wohl für immer sein. Ich glaube, sie hat ihre Lektion gelernt. Sollte sie noch einmal in Schwierigkeiten geraten, dann sicherlich nicht aus eigener Schuld. Das arme Ding. Ich liebe sie so sehr, Sarah. Ich möchte jede freie Minute mit ihr verbringen, damit ich nichts bereue, wenn der Augenblick gekommen ist und sie wieder in die Welt hinauszieht.«

»Du bist eine tolle Mutter, Gemma. Aber du solltest in deinem Leben auch noch Platz für etwas Romantik lassen«, gab Sarah zu bedenken.

»Das werde ich tun, wenn die Zeit gekommen ist«, versicherte Gemma und schob die Zeitschrift wieder in ihre

Handtasche zurück. »Das Beste an der Sache ist, dass ich mit dem Schiff und mit dem Zug nach London reisen kann, wann immer ich will!«

In diesem Augenblick kam Victoria auf der Suche nach einer Gabel für den Käsekuchen in die Küche, und die Unterhaltung über potenzielle Liebesaffären war beendet. Sie hörten, wie die Haustür geöffnet wurde, und dann betraten Aurora und David den Raum. David hatte nie wieder in der Öffentlichkeit seinen Gehrock getragen. Heute hatte er eine beigefarbene Hose und einen hellbraunen Pullover mit Rundhalsausschnitt an. Aurora war in einem ausgezeichnet sitzenden, weißen Sommerkleid und zehenfreien Schuhen erschienen. Sie hatte einen großen Korb Erdbeeren und eine Schüssel frisch geschlagene Sahne mitgebracht.

»Vielen Dank, das ist eine tolle Idee«, sagte Sarah, umarmte ihre Freundin und schüttelte David die Hand.

Sie waren noch nicht vertrauter miteinander, weil David während der Woche in Belfast arbeitete und nur die Wochenenden in Redstone verbrachte.

Aber das kam Aurora gelegen, denn für sie war David noch »in der Probezeit«.

»Ihr seht ganz großartig aus«, trällerte Gemma, noch ganz berauscht von ihrem neuen Jobangebot.

»Ja, ich glaube, wir können uns sehen lassen«, erwiderte Aurora lachend. »Ich habe mich allerdings immer noch nicht an meine neue Frisur gewöhnt. Ich habe mehr Arbeit damit als mit meinem Knoten. Aber sie gefällt mir trotzdem.«

»Sie steht dir auch sehr gut«, sagten die Frauen automatisch.

Aurora zuckte bescheiden mit den Schultern.
Miriam und Patrick trafen als Nächste ein. Miriram sah aus wie ein Weihnachtsbaum. Sie trug ein grünes Kleid mit einem roten, glitzernden Schultertuch, dazu eine rote Handtasche, rote Schuhe und mehrere rote Armreifen an jedem Handgelenk. Patrick fühlte sich nach wie vor sehr unwohl auf Partys, aber sie hatten ihm einen Stuhl in die Nähe der Tür gestellt und versicherten ihm, dass sie nicht beleidigt wären, wenn er früher ginge, sich aber sehr freuen würden, wenn er bis zum Schluss bliebe. Er versprach, es zu versuchen, und warf seiner Frau, die sich im Kreis drehte, um ihre neuen Sachen zur Schau zu stellen, eine Kusshand zu.
»Wie läuft es mit dem Verkauf der Bilder?«, erkundigte sich Sarah.
»Wir sind schon zehn Stück losgeworden«, sagte Miriam, und ihre Augen funkelten vor Freude.
»Ist nicht dein Ernst!«, stieß Sarah hervor.
»Doch. Brenda hat uns geraten, nicht die ganze Sammlung auf einmal anzubieten, um eine Destabilisierung des Marktes zu verhindern. Deshalb haben wir zehn Stück in einer Galerie in Dublin zum Verkauf angeboten, und sie sind alle gleich am ersten Tag weggegangen. Wir haben unsere Schulden bezahlt, und es ist alles in bester Ordnung.«
»Oh, Miriam, das sind wirklich gute Neuigkeiten«, seufzte Gemma.
»Und ich werde im Zeitschriftenladen arbeiten und Patrick zwei Tage in dem Gartencenter außerhalb von Galway, nicht wahr, Patrick?«
Er nickte verhalten. Er wollte es zumindest versuchen.

»Du hast die Stelle im Laden also bekommen?«, fragte Sarah.
»Ja, sie sagten, du hättest es dir anders überlegt«, erwiderte Miriam. »Sonst hätte ich sie natürlich nicht angenommen. Aber es hieß, du würdest sie nicht mehr benötigen, und daher haben sie sie mir angeboten. Ich hoffe doch sehr, dass das nicht bedeutet, dass du uns verlässt, Sarah! Gibst du etwa deshalb diese Party?«
»Nein, ich verlasse das Dorf nicht, keine Angst. Die Sache ist nur die, also – hört doch bitte einmal alle her, denn ich habe auch gute Neuigkeiten zu verkünden: Es wird einen Kalender mit meinen Fotos geben!«, sagte Sarah atemlos.
»Hurra«, riefen alle, und Ethan öffnete eine Flasche Champagner.
»Ich habe es selbst erst vor zwei Tagen erfahren«, erzählte Sarah. »Ich konnte es zuerst gar nicht glauben. Der Kalender soll schon zum kommenden Jahr erscheinen. All meine Fotos werden darin zu sehen sein, und es gibt jede Menge Zitate von Prominenten, in denen es um Erinnerungen an die Urlaube ihrer Kindheit geht. Das Honorar ist zwar nicht gerade fürstlich, aber es ist auch nicht schlecht. Und wenn sich der Kalender gut verkauft, bekomme ich vielleicht auch noch Tantiemen. Letzten Endes läuft es darauf hinaus, dass ich für eine Weile in der Lage sein werde, freiberuflich zu arbeiten. Und man hat mich gefragt, ob ich Aufträge für meine alte Kochzeitschrift annehmen würde, weil der derzeitige Fotograf ein Urlaubsjahr nimmt. Ich schätze, der Reiz des Neuen war für ihn wohl schnell verflogen.«
»Na, das ist ja großartig«, sagte Aurora. »Du musst mir unbedingt den Namen des Verlages nennen. Ich möchte

auf jeden Fall die Erste sein, die den Kalender hier in Redstone anbietet. Er wird einen besonderen Platz im Schaufenster bekommen!«
Dann öffnete sich die Tür erneut, und Mrs. Casey erschien in Begleitung ihrer vier Töchter und deren Familien, und dann kamen die Callaghans aus dem Pub und Ethans Kollegen aus der Autowerkstatt und schließlich die beiden Mädchen aus der Frittenbude, mit denen Sarah inzwischen per du war.
Ethan spielte niveauvolle Musik auf seiner tragbaren Stereoanlage, und die Party kam in Fahrt. Gegen Ende des Abends versuchte Miriam, Ethan dazu zu bringen, einen Scheck von ihr und Patrick anzunehmen, als Dank für das, was er an jenem Abend vor zehn Jahren getan hatte. Aber Ethan weigerte sich, überhaupt nur darüber nachzudenken.
»Ich habe Patrick schon damals gesagt, dass ich kein Geld will. Es war nicht seine Schuld, dass ich verletzt wurde. Er wollte, dass ich mich in Sicherheit bringe. Aber ich konnte ihn wohl kaum einfach dort zurücklassen, oder? Ich hätte das für jeden anderen auch getan, Miriam. Also vielen Dank, aber ich kann das einfach nicht annehmen.«
»Ich dachte mir schon, dass du so etwas sagen würdest«, erwiderte Miriam lächelnd. »Patrick war sich sicher, dass du nichts davon wissen willst. Da dem so ist, möchten wir dir dieses Bild schenken. Es ist zwar das kleinste, das wir besitzen, aber es hat mir immer am meisten bedeutet. Patrick und ich haben eine Menge geklärt, und wir sind dir beide sehr dankbar für das, was du getan hast. Ich hoffe sehr, dass du dieses Bild annehmen wirst. Ich verspreche dir auch, dass es das letzte Mal ist, dass einer von uns das

Thema zur Sprache bringt. Es ist an der Zeit, diese ganze Sache endlich abzuhaken.«

Miriam reichte Ethan das Leinwandgemälde, und er nahm es und dankte ihr.

»Ist es nicht hübsch?«, fragte Miriam. »Es trägt den Titel *Seevögel.*«

Kapitel 32

Am Morgen ihrer Hochzeit eilte Abigail, als es läutete, aufgeregt zur Tür, denn sie wartete auf ihren Brautstrauß vom Floristen. Doch stattdessen handelte es sich um ein kleines Paket, für das sie unterschreiben musste. Es war in dickes, braunes Papier eingepackt und mit altmodischer Kordel verschnürt. Die Briefmarke stammte aus Irland. Dann konnte es wohl nur von Sarah kommen. Ja, dort auf der Rückseite stand Sarahs Name.

Es wussten nicht viele ihrer Bekannten von der Hochzeit. Nur ein paar von den Mädels. Eliza hatte ihr hübsche Pantoffeln geschickt. Sie konnte nicht an der Hochzeit teilnehmen, weil sie zu einem Foto-Shooting nach New York musste. Irgendein junger Schauspieler namens Nigel (den Nachnamen hatte Abigail vergessen) hatte gerade eine Hauptrolle in einem großen Film ergattert, der in einer Bäckerei spielte, und Eliza musste ein paar Schwarz-Weiß-Fotos von ihm schießen lassen, wie er mit Mehl überzogen und nur mit einer Schürze bekleidet auf der Theke lag.

Abigail trug das Paket in die Küche und schnitt die Kordel vorsichtig mit einer scharfen Schere durch.

»Was hast du denn da?«, fragte Millicent, die gerade die Hunde fütterte und ihnen frisches Wasser gab.

Nach der Hochzeit würde sie in eins der renovierten Häuschen am Dorfrand ziehen. Sie freute sich darauf, die Füße hochlegen zu können. Aber sie wollte auch ihrem Sohn und seiner Frau und den Zwillingen ihren Freiraum lassen. Abigail war im dritten Monat. Sie war jetzt die Herrin des Hauses, und daher gehörte es sich, dass Millicent ihren Platz räumte. Außerdem waren die Häuschen wirklich hinreißend geworden, vollständig modernisiert. Das Beste war, dass sie es von nun an im Winter kuschelig warm haben würde. Sie freute sich schon jetzt darauf, morgens aufzuwachen, ihre Füße aus dem Bett zu strecken und auf herrlich weichen Teppichboden zu stellen statt auf zugige Holzdielen. Außerdem würde Donals Vater nebenan einziehen. Der Vater von Abigails verstorbenem Freund war ein sehr attraktiver Mann, wie sie fand. Und Witwer dazu. Abigail hatte angeboten, ihm eins der Häuschen zu vermieten, und er war letzte Woche von London hergezogen. Für ihn wurde ein Traum wahr, wie er sagte, denn er hatte die schottische Landschaft schon immer geliebt. Er kam auch heute zu der Hochzeit. Vielleicht würde er sie bei der anschließenden Feier einmal zum Tanzen auffordern …

»Ein Paket von Sarah.«

Abigail hatte inzwischen das Papier entfernt, hob etwas Kleines, Flaches aus einem Karton und wickelte es aus den zahlreichen Bögen Seidenpapier.

»Ich glaube, es ist ein Bilderrahmen«, sagte Millicent, erfreut, dass Sarah ein Geschenk geschickt hatte.

»Ich glaube nicht, dass es ein Rahmen ist, es ist sehr leicht«, erwiderte Abigail. »Oh, schau nur, es ist ein Bild! Ein Gemälde von zwei Seevögeln. Ist es nicht wunderschön?«

»Ja, wirklich wunderschön. Das ist aber lieb von Sarah! Eine wirklich nette Geste.«
»Ich sehe gerade, dass es ein Bild von Brenda Brown ist. Die ist doch inzwischen ziemlich berühmt, oder? Es kam kürzlich etwas über sie in den Nachrichten. Sie lebt in Redstone. Hoffentlich hat Sarah nicht zu viel Geld dafür ausgegeben … Oh, hier ist ein Zettel.«

Liebe Abigail,
mit diesem Bild ist eine Geschichte verbunden, die zu erzählen mir aber nicht zusteht. Ethan, ein sehr lieber Freund von mir, hat es in Anerkennung eines Gefallens erhalten, den er einmal jemandem getan hat. Und Ethan hat es mir geschenkt. (Bei der Gelegenheit sollst du wissen, dass wir ein Paar sind!) Und jetzt schenke ich es euch beiden zu eurer Hochzeit. Ich wollte dir nur sagen, wie sehr ich dich vermissen werde und dass du die beste Freundin gewesen bist, die man sich nur wünschen kann. Ich werde hier in Redstone bleiben, und ich habe Foto-Aufträge, so dass ich wohl doch kein Eis verkaufen muss – weißt du noch, wie ich immer Witze darüber gerissen habe?
Ich hoffe, dass ihr beide heute einen wunderschönen Tag haben werdet, und wünsche euch viele glückliche, gemeinsame Jahre.

Deine alte Freundin Sarah

»Das ist wirklich sehr lieb von ihr, nicht wahr?«, sagte Millicent und wischte sich eine Träne aus dem Auge.
»Ja, das stimmt«, erwiderte Abigail.

Es war ein Abschiedsbrief. Sie würde Sarah niemals wiedersehen. Ihr war nach Heulen zumute, doch das durfte sie auf gar keinen Fall tun. Damit würde sie ihr Make-up ruinieren, und Mackenzie wartete inzwischen sicherlich in der Kirche auf sie.

Es läutete erneut an der Haustür, und Millicent eilte los, um zu öffnen.

»Es ist der Strauß!«, rief sie. »Und die Hochzeitslimousine ist da. Bist du so weit?«

»Ich komme«, sagte Abigail und betrachtete für ein paar kostbare Sekunden noch einmal das Bild. Zwei Seevögel umkreisten einander in einem dunstigen, blauen Himmel. Jeder für sich genommen war schon wunderschön, aber zusammen waren sie perfekt. Wie ihre Flügel über die Schäfchenwolken hinwegglitten … Wenn sie aus der Kirche zurückkam, würde sie entscheiden, wo es hängen sollte. Mackenzie und sie unternahmen keine Hochzeitsreise, denn es erschien ihnen wegen Abigails Schwangerschaft zu riskant.

»Abigail«, sagte Millicent besorgt, denn es wurde immer später, »ich möchte dich ja nicht drängen, aber wir sollten Mackenzie nicht länger warten lassen. Ich habe deinen Strauß schon in den Wagen gelegt. Bist du fertig?«

Abigail nahm ihre Stola von der Stuhllehne und legte sie sich um die Schultern.

»Leb wohl, Sarah, und viel Glück und danke schön«, murmelte sie in sich hinein, während sie Thistledown zum letzten Mal als ledige Frau verließ.

Danksagungen

Ich danke meiner wundervollen Verlegerin und guten Freundin, Paula Campbell, dass sie mir vor einigen Jahren die Chance gegeben hat, meinen ersten Roman zu veröffentlichen. Dadurch hat mein Leben eine positive Wendung erhalten, und ich kann mir nichts Schöneres auf der Welt vorstellen, als Autorin zu sein.
Außerdem möchte ich meinem Team bei Poolbeg, meinen Übersetzern und allen Buchhändlern im In- und Ausland für ihre unermüdliche Arbeit danken. Es ist erstaunlich, wie viel Detailgenauigkeit und Hingabe vonnöten sind, um die Veröffentlichung eines Buches zu ermöglichen. Bevor ich Autorin wurde, habe ich nie einen Gedanken daran verschwendet, wie viel Arbeit erforderlich ist, um die Regale unserer Lieblingsbuchhandlungen zu füllen.
Mein ganz besonderer Dank gilt meiner großartigen Lektorin, Gaye Shortland, der nie etwas entgeht, die gleichwohl aber immer versteht, was ich zu sagen versuche. Ein großes Dankeschön auch an all die tollen Medienleute, die mich von Anfang an unterstützt haben, auch wenn ich hoffnungslos kamerascheu bin. Danke auch an alle bei Penguin Books, insbesondere Clare Ledingham, an all meine Verleger rund um den Globus und an alle irischen

Autoren. Ich bin ausgesprochen stolz, Teil einer solch unglaublichen Gemeinschaft zu sein.
Ich hätte auch dieses Buch nicht ohne die Unterstützung meines Mannes Dermot schreiben können, der nicht nur mein IT-Experte und mein Chauffeur ist, sondern auch mein bester Freund. Und meiner Tochter Alice möchte ich sagen: Die Welt ist ein ganz besonderer Ort, weil du darin lebst.
Ich liebe euch beide.
Ein aufrichtiges Dankeschön auch an meine Leser überall auf der Welt, die meine Bücher kaufen und die die Kunst des Lesens lebendig halten. Ohne Sie gäbe es keinen Bedarf an Autoren, und ich müsste mir einen sehr viel weniger interessanten Job suchen. Vielen Dank auch für all die netten, ermunternden Worte, die mir immer sehr willkommen sind und von denen ich jedes einzelne sehr zu schätzen weiß. Ich hoffe, dass Ihnen dieses Buch Freude bereiten wird.

Mit allerherzlichsten Grüßen
Sharon